国民国家と文学

Literature and the Nation-State
Subnational, Intranational, and Transnational Literary Imaginations

植民地主義からグローバリゼーションまで

庄司宏子【編著】
Hiroko Shoji

作品社

国民国家《ネイション=ステイト》と文学——植民地主義《コロニアリズム》からグローバリゼーションまで／目次

目次

郵便はがき

料金受取人払郵便

麹町支店承認

9089

差出有効期間
2020年10月
14日まで

切手を貼らずに
お出しください

1 0 2 - 8 7 9 0

1 0 2

[受取人]
東京都千代田区
飯田橋2—7—4

株式会社 作品社
営業部読者係 行

【書籍ご購入お申し込み欄】

お問い合わせ 作品社営業部
TEL 03(3262)9753／FAX 03(3262)9757

小社へ直接ご注文の場合は、このはがきでお申し込み下さい。宅急便でご自宅までお届けいたします。送料は冊数に関係なく300円（ただしご購入の金額が1500円以上の場合は無料）、手数料は一律230円です。お申し込みから一週間前後で宅配いたします。書籍代金（税込）、送料、手数料は、お届け時にお支払い下さい。

書名	定価　　円	冊
書名	定価　　円	冊
書名	定価　　円	冊
お名前	TEL　（　　）	
ご住所 〒		

フリガナ
お名前

男・女　　　　歳

ご住所
〒

Eメール
アドレス

ご職業

ご購入図書名

●本書をお求めになった書店名	●本書を何でお知りになりましたか。
	イ　店頭で
	ロ　友人・知人の推薦
●ご購読の新聞・雑誌名	ハ　広告をみて（　　　　　　　）
	ニ　書評・紹介記事をみて（　　　　　）
	ホ　その他（　　　　　　　　　）

●本書についてのご感想をお聞かせください。

ご購入ありがとうございました。このカードによる皆様のご意見は、今後の出版の貴重な資料として生かしていきたいと存じます。また、ご記入いただいたご住所、Eメールアドレスに、小社の出版物のご案内をさしあげることがあります。上記以外の目的で、お客様の個人情報を使用することはありません。

国民国家《ネイション＝ステイト》と文学

──植民地主義《コロニアリズム》からグローバリゼーションまで

凡　例

一、引用の形式はMLA方式に則っている。

一、引用の訳文は、邦訳がないものはすべて原テクストから執筆者が訳出した。邦訳があるものについては、原テクストに当たり、用語や文体を統一するため適宜変更を加えながら参照させていただいた。邦訳題名、訳者名、出版社、刊行年を引用文献および参考文献で示した。

一、「　」は、執筆者による引用、もしくは論文や短編小説のタイトルを表わし、『　』は作品、雑誌名、長編小説のタイトル、および引用文中の引用を表わす。〈　〉は執筆者の特筆した概念や語句を、（　）内のアラビア数字は原著のページ数を、［　］は原著の補足を、〔　〕は執筆者による補足を、……は原著の省略を、〔……〕は執筆者による省略を、それぞれ表わす。

序章　国民国家《ネイション＝ステイト》と文学

グローバリゼーションのなかでの文学研究にむけて

庄司宏子

グローバリゼーションと〈国民国家《ネイション＝ステイト》〉の変容

二〇世紀末以降、新自由主義と金融資本主義を基軸とするグローバリゼーションのもと、私たちは人・モノ・資本、それに情報やイメージが国境を超えて移動する時代に生きている。それらの移動を容易にする現代の交通移動手段や電子通信技術の発達は、コミュニケーションのスピードを飛躍的に高め、世界中をネットワークに組み込む。もはやグローバリゼーションの外に身をおき、これと無縁であることはできない時代に生きているといえるだろう。

資本や生産拠点、それに労働人口の国際的移動を牽引するグローバリゼーションは、一九八〇年代に製造業から金融に重点を移し、一国単位の経済からグローバル経済へと舵を切ったアメリカ合衆国によって牽引されたものである。アメリカは、経済活動をグローバルに駆動する無限の電子空間に、新たなフロンティアを見いだしたかのようだ。そしてグローバリゼーションとそれにともなう移動のなかで、国境に区切られた〈国民国家《ネイション＝ステイト》〉の概念は変容し、国民国家の空間や時間の感覚、およびそれらとアイデンティティとの関係も変わりつつある。

グローバリゼーションのもとでの経済活動や市場の統合、デジタル化されたコミュニケーション・ネットワークによる国境を越えた交流は、超国家的な〈場〉を出現させ、それは私たちが生きるナショナルな場の編成を変え、国民国家に支えられた同時性の感覚や想像の共同体という同一性の感覚を変容していく。国家によって制御される境界を揺さぶり、多孔的で多元的な時空間に開かれたグローバルな地政的スペースが生み出されつつある。

近代以降の植民地主義や一九世紀末からの帝国主義のもとでは、ヨーロッパやアメリカからなる先進国と、それらに資源や労働力を提供する後進国という、「北」と「南」、あるいは「中心」と「周辺」という、欧米の国民国家の利益に資する世界の分割がなされてきた。それに対し、現代のグローバリゼーションの波は、西洋の国民国家の政治的・経済的なブロックによって分断された境界線とは異なるかたちで、空間の新たな分界を編成している。サスキア・サッセンが論じる〈グローバル・シティ〉とは、そのように分界された空間である。国民国家の制御を離れた多国籍企業や金融資本と、そのもとで移動する人びとによって形成される〈グローバル・シティ〉では、一つの都市のなかに「北」と「南」、あるいは「中心」と「周辺」が背中合わせに併存し、脱中心的で脱領域的な空間が形成される。グローバリゼーションのもとでの都市は、それぞれの国の顔というより、国境を越えて拡大する情報や人のネットワークによって、トランスナショナルにつながる都市群の結節点《ノード》である。

グローバリゼーションは都市の景観を変容させると同時に、グローバル・シティに流入する国外からの越境者によるディアスポラの文化的スペースをつくり出している。そうしたディアスポラ空間では、国籍、地域共同体、世代、民族、性別といった近代国家のもとで形成された「国民」の共通感覚は解体され、アイデンティティの新たな再編が起こる。国境を越えた相互依存により、国家が相対化されるグローバリゼーションは、主権をもち平等一体なる国民からなる近代以降の国民国家の概念を浸食させつつある。

その一方で、国境を越えた相互依存により国家が相対化されるグローバリゼーションの現代にあって、資金や資産はより有利な場所を求めて国外に流れても、文化的なアイデンティティは国民国家やナショナリズムを志向しているようにもみえる。そうしたネイションへの表面的な回帰をわれわれは、「クール・ジャパン」という、カナ表記で記される官民一体型の文化的・経済的な成長戦略のなかに目撃しているといえるだろう。海外からの投資や観光を呼び込むべく海外市場に向けられた「ネイション」のコンテンツがつくり出されるその場では、グローバリゼーションとナショナリズムは、矛盾することなく同居している。さらに移民規制や保護主義を掲げアメリカ・ファーストを唱えるトランプ米大統領の誕生、イギリスのEU離脱、ヨーロッパの各地での排外主義的なポピュリズム政党の台頭など、アンチ・グローバリゼーションの現象が目につく現在、人心は国境のない世界から国民国家の枠に戻ろうとしているようにもみえる。

グローバリゼーションが各方面に浮上させる現象が顕著になるなか、新自由主義的なグローバリゼーションにより超国家的な協定や人の繋がりが要請される一方で、偏狭的なナショナリズムの台頭や、政官主導で商品化されるネイション・イメージのグローバルな流布をどのように考えるべきなのだろうか。グローバリゼーションは、ネイションの概念的な枠組みをグローバルな場で交換可能で相互作用的なものとするがゆえに、国家や国民のアイデンティティを変容させる。さらにネイションのイメージやその物語はグローバルな規模で流通し、新たにつくり変えられていく。そこではネイションのアイデンティティは、国民国家から切り離され、起源の地である〈故郷《ホーム》〉を離れた海外の空間で広がっていく。

文化の流れがグローバルに加速すれば、それにともなってナショナルなアイデンティティの拡散も容易になり、グローバル化されたネイションの文化的コンテンツはネットワークを経由して、日々生産されるネイションの文化のなかに囲い込まれていく。グローバリゼーションとナショナルなアイデンティティとは対立し合うものではなく、複雑に絡み合ったプロセスである。だとすれば、文化やアイデンティティとは、国民国家の内部で自生するものではなく、外部の浸透を受け、横断的に生成されるものであり、昨今のグローバリゼーションはそれを早い速度で可視化させているといえるだろう。

異なる人種や民族、習慣や思想、そして言語の相互作用から混成的に文化やアイデンティティが生み出されてくるという捉え方から、国民国家を脱構築することは、エドワード・サイードやホミ・K・バーバなどによるポストコロニアリズムによる文化研究によってなされてきた。ポストコロニアリズムは、国民国家の概念が分析概念や方法論として機能しないことを論じ、それを超える思考実践を行なってきた。

ポストコロニアリズムに拠らずとも、国民国家はメディアを通じて想像／創造されるパフォーマンスであり物語《ナラティヴ》であることは多くの研究が明らかにしている。その一方で、近代とその植民地主義のもとで広がり、そして現代のグローバリゼーションの時代に国境を越えて経済的格差を生み出す、デジタル時代の新植民地主義においても、国民国家ないしネイションは今なお私たちの想像力の深いところに存在しているのではないだろうか。

国民文学から世界文学へ――ネイションの位相

〈国民国家〉の出現については、アーネスト・ゲルナー、アンソニー・D・スミス、ベネディクト・アンダーソン、エリック・ホブズボームなどが、近代産業社会の出現や神話・象徴体系を保持する文化的単位や大衆的メディアなどの論点から論じている。国民国家は、おおむね一八世紀のヨーロッパから始まり、その領域内においては法律、経済、交通、軍事を統括する中央集権的行政機構をつくり出し、教育制度を通じて標準的な言語や文化的共同体や市民意識を育むものとなった。また国民国家は、その領域の外で、地球上のあらゆる地域を資本主義の経済的なネットワークへと統合する近代世界システムのなか、競いあう経済的単位としても機能することになる。国民国家のもとで、同一の共通の神話や共有される歴史記憶、それらを伝達する言語をもち、文化的な自己同一性のアイデンティティで徴《しるし》づけられた「国民」の概念が後付け的に創出される。そしてこの国民による固有の領土境界で区切られた国土への想像的な同一化が起こる。

　一九世紀までに国民国家は、固有の領土と同じ言語や文化を共有する国民の概念からなる近代国家のシステムとして確立する。そして、いったん誕生した国民国家は模倣されるべき公的モデルとなり、以降この国民国家のモデルは、ヨーロッパの植民地であった西半球世界《アメリカス》、アジア、アフリカからうまれる独立国家へと移植されていく。問題は、こうした新生国家における国民国家形成のプロジェクトのうちに植民地主義が内包されていることである。二〇世紀に古いヨーロッパの植民地支配を脱却して旧植民地が新しい国家を形成するなかで、そうした国々は、植民地支配以前の過去や自由への闘争を、国家の公的な歴史として装備していく。そこでは旧植民地側で権力を掌握し、旧宗主国の政治文化を内面化したエリート層による上からの国民形成の問題、さらには先進諸国による新植民地主義的な介入の問題が起こる。

近代西洋のもとで植民地主義と関わりながら出現する〈国民国家〉について、ベネディクト・アンダーソンは、出版資本主義のもと標準化された公的言語が、ネイションという想像の共同体を形成したと論じる。国民国家との関わりにおいて文学は、その時空的な広がりを幻視させ、そのなかで躍動する物語の主人公に自らを同一化する、無数の読者集団の繋がりをネイションとして想像させる場を提供した。また、植民地から独立した新興国にあっては、生まれたばかりの国土を神聖視し、その国土と一体となる新しい民族＝国民という自己像を造型する役割を文学は果たそうともした。その意味で、文学は「国語」や「国民」を創出し、国民国家が要請する同一性の政治学に資する側面があったといえるだろう。

そして近年のグローバリゼーションは、自己と世界の関わりの感覚を大きく変容し、文学の読み方や文学研究の方法にも変化をもたらしている。その潮流は、グローバリゼーションと文学の関わりを問い、国民国家を超えてグローバルな視座から文学史を捉え直す試みや、フランコ・モレッティによる、従来の「精読」に替わる「遠読」というデータ分析を用いたデジタル人文学の提唱など、新しい文学研究の手法によって促進されている。そして何より、サルマン・ラシュディ、ゼイディ・スミス、J・M・

クッツェー、デレク・ウォルコット、フリオ・コルタサル、アミタヴ・ゴーシュ、オルハン・パムクなど、「グローバルな作家」の登場は、「世界文学」という枠組みを要請している。こうした作家たちが描く地政的空間やその世界の参照枠は、国民国家を超えて世界システムをまるごと含みこみ、その小説をめぐり国内外で読者ネットワークが形成される。くわえて人間の移動が激しいディアスポラ、ポスト・ディアスポラの現代では、祖先の記憶を共有する国籍の異なる作家たちが同様なテーマを追い求める小説を書くことが多く、国民国家を単位に区切られた文学史や文学研究が機能しなくなってきていることは確かである。

最近のグローバリゼーションと文学をめぐる議論のなかで、文学とは〈国民文学〉以前に長らく「グローバル」なものであったということがいわれる。なかでも、スティーヴン・グリーンブラットは「もっともグローバルな」文学であった英文学について、英語のほか、スコットランド語、ウェールズ語、コーンウォール語、その他いくつか消滅した言葉が不安定に混合し、涼しい顔で中央に君臨する英語自体、不純で移ろいやすい表現媒体であったという。さらに英文学研究は、植民地という周縁から始まったという意味で「グローバル」であったという議論もなされる。

近年、アンダーソンが論じる出版資本主義は、「国民」という「想像の共同体」をつくり出すのみならず、トランスナショナルな読者層を形成し、小説は国境を越えて文芸エリートを結びつけるコミュニケーション・テクノロジーとして、文学のグローバリゼーションに寄与したという側面が強調される。グローバル時代の公共圏についてアルジュン・アパドュライは、アンダーソンの「想像の共同体」を拡大させた「想像の世界《ワールズ》」を論じる。アパドュライが複合的な「想像の世界」を構築するものとして提示するグローバルな文化的流動《フロー》の五つの〈景《スケイプ》〉は、移動する人、拡散する情報、テクノロジー、グローバル資本、イメージ・思想が織りなす〈景〉であるが、どの〈景〉も国民国家の制御を超えるものである。

グローバル化のなかで国民国家の相対的な地盤沈下にもかかわらず、世界文学と呼ばれ、グローバルな文化を志向する小説のなかにも国民国家の持続性は認められるのではないだろうか。ネイションに区分けされた土地と言葉、その歴史、神話体系、そのもとでの日常的経験は、人間の精神のなかに棲みつき、そう容易に消え去るものではないだろう。先述したグローバルな英文学は、インド、アフリカ、スコットランド、カリブ海のイギリス領植民地で発祥するや「英国性《イングリッシュネス》」の規範として愛国的な色彩を帯び、植民地局を通じた英文学教本により、植民地住人を宗主国の国民国家の教育制度に組み込むものとなる。とりわけネイションは、かつて奴隷制度や植民地支配を経験した場所において、人びとの存在の深層で、そのアイデンティティや記憶、物語創造にいまだ終わることのない影響を及ぼしている。また、グローバリゼーションの時代において、国民国家の領土、文化や言語を超えた空間に、新しいアイデンティティの場が見いだされ、国境を越えた物語《ストーリー》が創造されるならば、そうした「非在の場所」としての国民国家とも、われわれは向き合わねばならないのではないだろうか。

世界文学ないし文学のグローバリゼーションと、それに先立ち植民地時代からポスト植民地の時代に続く北と南、西と東の政治的・経済的・文化的な不均衡と差異を人種、民族、ジェンダーなどの位相と絡めて論じてきたポストコロニアリズムは、国民国家を超える視点において共有の関心を有している。しかしその一方で、ポストコロニアリズムによる西洋とそれ以外の世界、中心と周縁の思考モデルは、既成の地政学的な境界に拠らないグローバリゼーションの複雑で偶発的な力の流れの状況に対応できないという批判を受ける。マイケル・ハートとアントニオ・ネグリの『帝国』によれば、グローバリゼーションとは、新しい政治的主権が構築されるプロセスであり、さまざまな形態やレベルの政治的力によってつくり出されるグローバルな秩序〈帝国〉と、そのもとで駆動されるグローバル資本主義に、もはやその〈外部〉はない。ネグリとハートの〈帝国〉は、国民国家の主権のパラダイムのなかで動くかつての帝国主義とは異なる、相互連携のネットワーク状世界である。主権を一義的に国民国家に由来させ、グローバリゼーションを、そのネイションが駆動してきた資本主義の拡大の延長にある〈新帝国主義〉とみるポストコロニアリズムの見方もまた、同様に批判の対象となる。グローバリゼーションの時代に、ポストコロニアリズムをどう位置づけるべきであろうか

国民国家と植民地主義、旧宗主国と旧植民地との関係は重要な問題である。国民国家とその主要なイデオロギーであるナショナリズムは、国民と国民ならざるものとの境界を策定するその包摂と排除の仕組みにより、植民地主義を再生産する装置であった。そして、植民地支配は国の外に規範的モデルとしてのネイションを生み出し、それは今なお旧植民地の人びとを支配している。世界を一つの市場とみる経済活動は国を離れ、より安く効率のよい生産の場を求めて動くグローバリゼーションが、国を超えたグローバルな空間での収奪と格差を生み出す新植民地主義の構造をもつことが明らかである以上、国民国家と文学との関係をいまいちど考察しなくてはならないのではないだろうか。

近代の植民地主義から現代のグローバリゼーションへと移行する時代のなかで、文学は国民国家とどのように関わってきたのかを問い直すこと。そのことで国民国家を乗り越える文学・文化研究のあり方、国民国家によって規定される存在であることからの解放の視座を求めること。さらに、グローバリゼー

ションの現在、かつての「帝国」の言語である英語がグローバルな「日常語」となる現状において、他言語からの英語への翻訳も含めて英語文学が、それ以外の言語のなかに集積された想像力を覆い隠し、そこに在る記憶を収奪してしまう可能性と向きあうこと。そうした問題意識からなる研究方法のひとつとして、ネイションと文学的想像力というポストコロニアリズムの問題を共有する、さまざまな言語の文学研究者が、一つの言語からなる〈国民国家〉という文学研究の既成の領域を超えて対話することがあるのではないか。そこから新しい文学研究の思考様式が編成されるのではないか。本書はそのような意図から編まれたものである。

植民地主義およびグローバリゼーションのなかでの国民国家と文学研究

本書の構成はつぎのとおりである。

第Ⅰ部では「ネイションを求めて」と題して、二〇世紀の脱植民地支配と国民国家との関わりを問う三論文を収める。旧宗主国のヨーロッパに始まる国民国家は、模倣されるべき公的モデルとして旧植民地に移植される。ネイションは、多様な帰属のあり方を排して、一つの民族、宗教、言語からなる民族＝国民を創出するべく、部族の象徴をも書き換えながら新生国家への帰属意識をつくり出す一元的な装置となる。

鵜戸論文は、政権によるアラブ＝イスラーム主義的な「アルジェリア」建設に対し、民族の古層にべルベルの古代王国を見いだしながら別様のネイションの生成を求めるカテブ・ヤシンのヴィジョンを、その作品を論じる。溝口論文は、一九三〇年代から四〇年代のイギリス連邦の自治領であったアパルトへイト下の南アフリカ連邦で、白人主導による旧植民地主義を内包する国民国家の概念を内面化しつつ、そこから排除されるアフリカ人中産階級の知識人の苦悩と新しいアフリカ人像への希求の足跡を、H・I・E・ドローモの作品にたどる。結城論文は、日本の植民地統治下の朝鮮で生まれ、「朝鮮に育てられた」森崎和江が帰国ののち、敗戦から戦後復興をはじめる日本で〈地上〉の国民国家によるエネルギー政策をささえた北九州の炭坑町において、国民国家には回収されない〈地下〉世界を見いだす道のりを、その作品に読み解く。

第Ⅱ部では、「ネイションのはざまで」と題して、植民地支配を脱して新生のネイションの構築へと向かう際、植民地主義の爪痕はインターステイトな空間でどのような情動や心性を生み出すのか、そのありようを植民地主義と反植民地主義とのはざまにおいて論じる三論文を収める。

吉田論文は、バルバドス出身の作家ジョージ・ラミングの小説やエッセイから、植民地支配の共犯性の認識のなかで立ち現われる〈恥〉という情動に注目し、ポストコロニアリズム研究と情動批評の接続に新たな視座を展開する。小林論文は、一九三〇年代ジャマイカで自治権獲得運動が台頭する時代にあって、英国式のパブリックスクールで植民地教育を受けた詩人ウナ・マーソンが、帝国イギリスによる臣民教育の刷り込みを自覚しつつ、ジャマイカのナショナリズムやブラック・インターナショナリズムに傾斜していく軌跡を、その詩などの著作にたどる。北原論文は、統一運動《リソルジメント》を経て国民国家となったイタリアを、一八六〇年代末から二〇世紀初頭にかけて何度も訪れたヘンリー・ジェイムズが書き記した旅行記を論じる。異国趣味を求める観光者ジェイムズのまなざしのなかで擬似植民地化され、エスニック・ホワイトとして、また女性化されて表象されるイタリアは、彼がアングロ＝アメリカのヘテロセクシュアルな男性として「パス」する場ともなる。

第Ⅲ部は「ネイションを超えて」と題して、二論文を収める。国民国家は、そこに帰属する「国民」をつくり出し、そのなかで一国的な歴史観とその物語《フィクション》が共有される想像上の空間であるが、文学は、国民国家が生み出す一国主義的な歴史観とその物語が共有される国境とは異なる、オルタナティヴな物語《ナラティヴ》を想像／創造する時空間の可能性も開いてきた。一六世紀に始まる奴隷貿易と植民地支配は、そうした国民国家の境界がとうてい内に囲い込むことのできない歴史の痕跡を環大西洋世界に揺曳させている。収録した二つの論文は、環大西洋世界に漂う、民話や舞踊に宿る記憶の断片から、国民国家を超える〈物語創造〉の可能性を考察する。

大辻論文は、カリブ海のグアドループとマルティニック、フランスのブルターニュ地方、カナダのオンタリオと、大西洋をはさんだフランス語圏世界に拡散する「ちびジャン」民話を論じる。国民国家のもとで形成される神話や寓話が文化的同質性を要請するのに対し、それぞれの土地でさまざまに変奏されながら語り継がれる民話は、国民国家が回収しえない記憶のネットワークであることが浮かび上がる。庄司論文は、アメリカ合衆国の歴史の正典では決して語られることのない、一八五九年のジョン・ブラウンのハーパーズ・フェリー襲撃を支援した、ジャマイカからカナダへとつながる黒人女性の奴隷制廃止運動のネットワークと、その地下活動を描くミシェル・クリフの小説を論じる。クリフの小説から、国民国家による忘却と隠蔽の力に抗する、トランスナショナルな歴史構築の可能性を環カリブ海の時空に浮上させる。

本書は、かつて植民地支配を受け、旧宗主国の支配のもとで脱植民地化後の世界秩序に組み込まれていった地域や場所で生み出された文学を論じる。そこでは、〈国民国家〉が植民地主義の権力構造を内包する機構――言語、教育制度、人種イデオロギー、歴史認識――を通じて、その植民地支配の残滓を今なお人びとの生や想像力にとどめている。そうした問題意識の共有から、本書はアラブ、アフリカ、日本、カリブ海地域、アメリカと、地域横断的に国民国家と文学の関わりを捉える論考を収めている。国民国家の支配からの解放とはどのようなものだろうか。文学および文化研究はそれにどのように関わっていくことができるか、グローバリゼーションのなか、国民国家のあり方も変化する時代にあって、国民国家をめぐり、どのような思考を編成していくことができるのか、本書はそうした問題と取り組もうとするものである。

本書では、〈国民国家〉と〈ネイション〉の表記が混在している。ゲルナーやスミスが論じるような、固有の領土に画定され、産業化社会や教育制度によって文化的に均質で、民族の神話や象徴体系を共有する国民からなる国家という概念の国民国家は、生まれた土地を離れて暮らす人びとによるディアスポラ・コミュニティの形成、ディアスポラの人びとによる遠隔地ナショナリズム、移動したホスト・カントリーではなくローカルな場所への帰属意識等々、グローバリゼーションが顕在化させるさまざまな事象のなかで、土地と人間のリアルな一致、すなわち〈定住〉を前提とする〈国民国家〉は収まりのわるい言葉となる。また本書で取り上げる旧植民地と国民国家との関わりにおいては、植民地支配から独立、国家形成にいたるまで、ヨーロッパ型の国民国家は宗主国の規範モデルであり、その概念は旧植民地の現状のなかで、つねに分断を余儀なくされる。人種、宗教、民族、文化、歴史等を共有するアイデンティティ・グループにとって、「ネイション」の同一性の意識が構築される場と「国土=故郷《ステイト》」とは一致しないからである。国民国家と植民地主義およびグローバリゼーションとその新植民地主義との捩れた関係という、本書の問題意識を顕在化させるため、表記を統一させることなく、国民国家とネイションの語を併存させている。

参考文献

Anderson, Benedict. *Imagined Communities: Reflections on the Origin and Spread of Nationalism*. Revised ed., Verso, 2016.（『定本 想像の共同体——ナショナリズムの起源と流行』白石隆・白石さや訳、書籍工房早山、二〇〇七年。）

——. *The Spectre of Comparisons: Nationalism, Southeast Asia and the World*. Verso, 1998.（『比較の亡霊——ナショナリズム・東南アジア・世界』糟谷啓介ほか訳、作品社、二〇〇五年。）

Appadurai, Arjun. *Modernity at Large: Cultural Dimensions of Globalization*. U of Minnesota P, 1996.（『さまよえる近代——グローバル化の文化研究』門田健一訳、平凡社、二〇〇四年。）

Bhabha, Homi K. J. "DessemiNation: Time, Narrative, and the Margins of the Modern Nation." *Nation and Narration*, edited by Bhabha, Routledge, 1990, pp. 291-322.

Damrosch, David. *How to Read World Literature*. Wiley-Blackwell, 2008.

——. "Toward a History of World Literature." *New Literary History*, vol. 39, no. 3, Summer 2008, pp. 481-95. *JSTOR*, www.jstor.org/stable/20533098.

Gellner, Ernest. *Nations and Nationalism*. 2nd ed., Cornell UP, 2009.（『民族とナショナリズム』加藤節監訳、岩波書店、二〇〇〇年。）

Gikandi, Simon. "Globalization and the Claim of Postcoloniality." *The South Atlantic Quarterly*, vol. 100, no. 3, Summer 2001, pp. 627-58.

Greenblatt, Stephen. "Racial Memory and Literary History." *PMLA*, vol. 116, no. 1, January 2001, pp. 48-63. *JSTOR*, www.jstor.org/stable/463640.

Hardt, Michael, and Antonio Negri. *Empire*. Harvard UP, 2000.（『帝国――グローバル化の世界秩序とマルチチュードの可能性』水嶋一憲ほか訳、以文社、二〇〇三年。）

Hobsbawm, E. J. *Nations and Nationalism since 1780: Programme, Myth, Reality*. 2nd ed., Cambridge UP, 2012.（『ナショナリズムの歴史と現在』浜林正夫ほか訳、大月書店、二〇〇一年。）

Moretti, Franco. "Conjectures on World Literature." *New Left Review* 1, Jan.-Feb. 2000, pp. 54-68.

Said, Edward W. *Culture and Imperialism*. Vintage Books, 1994.（『文化と帝国主義』全二巻、大橋洋一訳、みすず書房、一九九八～二〇〇一年。）

Sassen, Saskia. *The Global City: New York, London, Tokyo*. 2nd ed., Princeton UP, 2001.（『グローバル・シティ――ニューヨーク・ロンドン・東京から世界を読む』大井由紀・高橋華生子訳、ちくま学芸文庫、二〇一八年。）

Smith, Anthony D. *The Ethnic Origins of Nations*. John Wiley & Sons, 1991.（『ネイションとエスニシティ――歴史社会学的考察』巣山靖司・高城和義他訳、名古屋大学出版会、一九九九年。）

第Ⅰ部　ネイションを求めて——コロニアリズムからの脱却

第1章　「アルジェリア人」とは誰か？

カテブ・ヤシンにおける「ネイション」の潜勢

鵜戸　聡

はじめに

地中海の南岸からサハラ砂漠にかけて、広大なアフリカ大陸のなかでも随一の領土を誇るアルジェリアは、古代よりベルベルの王国が栄え、ローマ、ヴァンダル、ビザンツの侵入を経て、七世紀以降はイスラームを受容するとともに徐々にアラブ化した。さらにオスマン朝の支配を被り、一八三〇年からはフランスの侵略を受け、一三〇年あまりの植民地支配の果てに七年半の血みどろの戦争を戦って、一九六二年に至ってようやく独立国となったのである[1]。

この脱植民地化時代の新生国家、かつての「第三世界の雄」において、「ネイション」はいかに構想されてきたのだろうか。本稿では、「現代アルジェリア文学」の祖ともされる作家の一人であるカテブ・ヤシンが、どのように「アルジェリア（人）」をその文学的想像力において把握しようとしたのかを辿りながら、二〇世紀文学とは骨がらみの関係にある「ネイション」について語ることの可能性と限界をみていきたい。ただし、この曖昧で歴史的に揺れ動いてきた概念を細かく定義するよりも、むしろ作家が自由に論じている「ネイション」あるいは「アルジェリア（人）」をその融通無碍な姿のままに追うことにしよう[2]。

一　アラブ・ベルベル・アルジェリア

アラブとは誰か

そもそも「中東・北アフリカ」と総称される広大な領域は、その大部分がウマイヤ朝・アッバース朝などのアラブ・イスラーム帝国の膨張の過程でアラブ化・イスラーム化された地域である。そのため、歴史的に拡張された「アラブ」という概念は、とりあえずは民族分類とみなされるものの、その内実はきわめて多様な対象を包含している。というのも、（多）民族国家のように「民族」が国民国家のなかに統合されるモデルと異なり、国家を遥かに超えた領域を覆う概念が「アラブ」であって、むしろ「スラブ民族」や「ゲルマン民族」に近い位相にあるからだ。

しかしながら、「スラブ祖語」や「ゲルマン祖語」のような歴史以前の言語学的仮説にもとづく概念と違って、七世紀という具体的で近しい過去のアラビアにおける詩的言語と啓典コーランを記した宗教的言語を基盤に持つ正則アラビア語（フスハー）は比較にならないほどのリアリティを持つ。「アラブ」がこの言語をその民族的紐帯として、一九世紀以来の「文芸復興」（ナフダ）を承けつつ「アラブ民族主義」を涵養したのも当然である。

とすれば、「アラブ」という概念を「フランス人」や「日本人」と同じ位相の民族概念として扱うことには、ときに困難が生じる。しかも「アラブ民族主義」の理想はその後著しく衰微し、脱植民地化後にばらばらの独立国家となったアラブ諸国は民族的一体性よりも国民国家の自律性をはるかに優先させることになったし、アラブ化を推し進めたアルジェリア国家においては、アルジェリア国民のアラブ性称揚は他のアラブ諸国との連帯よりも国内の非アラブ的要素（ベルベル・ユダヤ）の抑圧に向かった。

話は少し脇に逸れるが、ここで「アラブ」という範疇の多重性も確認しておきたい。現代アラビア語においても、「アラブ」という語は二つの意味を持つ。まずはいわゆる「アラブ民族・アラブ人」という広い意味だが、狭義には「砂漠の遊牧民」を指す。言語人類学者の西尾哲夫は、カイロでチャーターしたタクシーの運転手に、シナイ半島のベドウィンの村に立ち寄るように指示したところ、「本当に行くんですか？　だってアラブなんですよ？　怖いですよ？」と言われたという。西尾はその経験について、つぎのように解説している。

ドライバーに「だって、あなたもアラブ（アラブ人、アラブ民族）」でしょう？」と質問したとすると、彼は「アナ・マスリー」つまり「わたしはエジプト人ですよ」と答えたかもしれない。マスリーというアラビア語（エジプト方言の形）には、「カイロっ子」というせまい意味もある。アラブということばが、一義的なアラブ人あるいはアラブ民族を意味するようになったのは、アラブナショナリズムがさかんになる十九世紀以降のことだった。元来、アラブとは沙漠に暮らす遊牧民

（ベドウィン）をさしていたからだ。（西尾 39）

また、遊牧民の文化、とりわけラクダの研究で知られる堀内勝は、語彙の分析によって「アラブ」の意味範疇をつぎのように詳述している。

アラブは二つの対立語からその性格が明瞭になる。その一つはアラブと非アラブとを識別するアジャム ʿajam である。アジャムは「わけのわからぬことばを話す者」の義から「外国人」に対して用いられる。このことからアラブはアラブ固有の言語に対する距離を、民族性を示す一尺度と見做していたことが分かる。もう一つの対立語はアアラーブ aʿrāb である。アアラーブは「牧草や水を求めて遊牧する砂漠のアラブ」の意味、即ち我々のいうベドウィンと同義である一方、「アラブの中のアラブ」と言うアラブ古来の慣習の純粋性をも強調する意味を持つ。この反意語であるアラブはしたがってアジャムと混じり、純粋性を失った「都市や村の定住アラブ」の意味となる。こちらも言語の純粋性が尺度となっている。（堀内 34）

都市民にとって砂漠の遊牧民は、粗野な田舎者としてしばしば嘲弄されつつも、「真のアラブ」、「起源のアラブ」として畏敬の対象ともなるアンビヴァレントな存在であり、それゆえアアラーブとは蔑称ともなれば敬称ともなるのである。

「アラブとは誰か」という問いは、このように「アラブ」という語の内にも濃淡があり、さらにフランスやアメリカ合衆国に移民したアラブ系の人びとのなかにはもはやアラビア語を解しないアラブが存在する以上、言語的な範疇とすることもできない。キリスト教徒をはじめ非イスラーム教徒を多く含み、身体的特徴、文化・慣習も人さまざまであるとき、アラブという概念はいかにも扱いがたく、差異と同一性のあいだで揺れ続けているのである。

アルジェリア人とは誰か

この定義しがたい「アラブ」と国民国家としての「アルジェリア」という、二つの位相を異にする「ネイション」を重ねて生きるとはどういうことなのだろう。「極東の島国」に「有史以来」住み続けてきた「日本人」や、ケルト系のガリア人を祖先に古代ローマの言語的・文化的な遺産とゲルマン系のフランク人王朝の政治的・領土的な基盤を受け継いだ「フランス人」は、それぞれ曖昧な境界を持ちながらも、歴史的に構築されてきた基体を想像しやすいネイションを形成している。それに比べて、中東やアフリカの植民地化を経て独立国家を形成したネイションは、いわば起源神話において脆弱である。この点では、近代化の過程で植民地化を免れ、しかも古代ペルシア帝国以来の伝統を継承するイランはアラブ諸国と対照をなす。

さて、レバノンの「フェニキア主義」をはじめ、古代に遡ってネイションの起源を「再発見」する議論は、「西洋の衝撃《ウエスタン・インパクト》」に接したアラブにおいても各地に種々展開されてきた。なかんずくチュニジアにとってのカルタゴやアルジェリアにとってのヌミディアは、フランスからもたらされた古代ローマ史学・ラテン文学研究を基に想像された起源であったが、いまもハンニバル将軍はチュニジアの英雄であり、マシニッサ王は（とくにベルベル系の）アルジェリア人が誇りとするところである。このようなネイションの遡行欲求は、「国文学」においてはアプレイウスの『黄金の驢馬』や聖アウグスティヌスの『告白』をアルジェリア文学史に組み込むことによってラテン文学あるいは広義のヨーロッパ文学に介入し、権利要求を突きつけることへと発展する。

なお、ローマ・ビザンツに続いて北アフリカに侵攻してきたのがウマイヤ朝期のアラブの軍勢であるが、自らをアラブと認じる北アフリカ人にとって、これを「侵略」とみなすには抵抗があるようだ。むしろベルベル系のターリク・イブン・ズィヤード（ジブラルタルの語源）によるアンダルス征服は彼らの誇らしい歴史の一幕である。逆に、一六世紀からオスマン朝の支配下にあったアルジェリアやチュニジアでは、しばしば「トルコ人」による圧政が語られ、一種の暗黒時代とみなす向きもある。[3]

現今のマグレブ三国の祖型ともいえる枠組みは、オスマン朝の支配に先んじ一三世紀から一六世紀にかけて鼎立したマリーン朝（モロッコ）、ザイヤーン朝（アルジェリア）、ハフス朝（チュニジア）ともいわれる。しかしながら、前近代の王朝支配をもってそこにネイションが存立したとするのは判断の分かれるところである。一六世紀初頭にオスマン朝の支配下に入ったアルジェリアであるが、一六七一年以降イスタンブルの統制を離れてアルジェ大守のもとに事実上の独立政権が確立する。この名目上の主権と実質的な支配が乖離した状況で、一八三〇年よりフランスの侵略を受けることになったのである。この際、フランス議会において、征服の道義的可否を左右する事項として、そこにネイションが、「アラブのナショナリテ」が成立しているのかが問われたことは工藤晶人の研究に詳しい。[4]

そのような経緯もあって、「アルジェリアはフランスが創った」という説をいまだに耳にすることがある。これは、アルジェリアという国家の枠組みはフランス支配において初めて創出されたとする立場であるが、そこに込められたニュアンスは文字どおりフランスの「貢献」を主張するものから単に近代国家の成立する歴史的契機と考えるものまで、なかなか微妙なものがある。たしかに、アルジェを中心とする一地域にすぎなかった「アルジェリア」の領域は、東のコンスタンチーヌや西のオランなど、ほぼ独立した君侯が支配していた地域にまで、フランスによる植民地化の進展とともに拡大されていったのである（その後、それぞれの都市が中心となってフランスの三つの県となる）。なんにせよ、起源をどこにおくのかというのは、その政治的立場によって意見が分かれる例であろう。

さらにいえば、「アルジェリア人とは誰か」という定義も歴史的には必ずしも自明でない。たとえば、西半球世界《アメリカス》において「植民地生まれの白人」が「クレオール」（クリオーリョ）と呼ばれたように、「アルジェリア人」を名乗っていたのは「フランス領アルジェリアに生まれ育ったヨーロッパ人」たちだった。そして、この「アルジェリア人」であることの探求と権利要求によって二〇世紀前半の「アルジェリア文学」が形づくられたともいえるのである。

すでに一九〇〇年前後から「カガユー」という主人公の登場する連作小説がアルジェとパリで出版され、作者のミュゼットはアルジェリア初のベストセラー作家となっていた。やがてロベール・ランドーやルイ・ベルトランといった作家たちが「アルジェリアニスム」という文学潮流を起こし、ついで「アルジェ派」と呼ばれるガブリエル・オーディジオやアルベール・カミュが現われる。つまりアルジェリア文学の最初の半世紀は「コロン」（植民者）作家の時代といえるのだ。

アルジェリアニストたちによって描かれたのは地中海諸国からの移民が混血して生まれた新しい「地

中海人種」であり、理念上の祖先には古代ローマのアフリカ属州が想像され、「ラテンのアフリカ」の再誕が謳われた。実際、「心ならずもイスラーム化されたベルベル」を、聖アウグスティヌスの時代のように再キリスト教化しようという機運はすでに一九世紀に高まっていたし、ベルベル語を古代ギリシア語と同根とする学説まで現われていた。これらの言説は、北アフリカを支配することの正当性を主張するものであったが、おそらくフランス本土のフランス人に対して己の存在の真正性を訴えるものでもあった。本国のフランス人とは異なるわれわれアルジェリア人は、しかしフランスより古い血筋を蘇らせる存在なのだ、と。このような植民地ナショナリズムは、ラテンアメリカ諸国をはじめ、おそらく世界各地に類例があることだろう。

しかし、カミュの『異邦人』において「アラブ」は名前を与えられず声もなく殺されるように、たいていの場合はアラブやベルベルの存在は「フランスのアルジェリア」のエキゾティックな風景を彩る脇役でしかなかった。彼らが自分自身の手で本格的に文学の主人公となるのは一九五〇年代以降のことだが、そこでただちに彼らがアルジェリア人になったわけではなかった。

自らの「アルジェリア性」を称揚するアルジェリアニスムの作家たちは、アラビア語や地中海諸言語との接触を通して、本国のフランス語とも異なる言語を創り上げてきた（「パタウェット」や「サビール」とも呼ばれる混成語を用いたのはその最たる例だろう）。そのようなテクストが生成されてきた場にカミュを置きなおして考えながら、その言語について、アルジェリア出身の研究者クリスティアヌ・ショレ＝アシュールはこう述べている。

カミュの語りにおいては、このような〔アルジェリアニスムの語りにみられるような〕言語的緊張はもはや痕跡の状態でしか見受けられない。フランスのフランス語とアルジェリアのフランス語（たんなるアクセントの違いだけではない）との緊張関係、そしてアラビア語とフランス語との緊張関係。この二つめの緊張関係は沈黙によって解決されている、というのもアラブ人は話さないからだ。しかしながら、アラブ人とその他〔の民族〕との意思疎通に本当に困難があったようには思われないことに気づかされるだろう。（Chaulet-Achour 83）

主体化されない「ものいわぬアラブ人」への非難は、カミュをはじめコロン文学全般にしばしば向けられてきた。両者の交流がかりそめにも存在していたのならば、「ものいうアラブ人」を描かないということはやはりひとつの選択であったことを認めなければならない。それはムスリムたちがコロンの心象風景において周縁化されていたことを示すのみならず、言語の問題を隠蔽あるいは回避する行為としても理解される。ショレ＝アシュールは「緊張関係」と概括して問題に深入りしないが、ここで論じられているアラブの沈黙は、彼らの話すフランス語を消し去るだけではなく、一部のヨーロッパ系住民が用いていた片言の口語アラビア語（いわゆる「アルジェリア方言」）をも表象の埒外に置くものである。

このような作品を前にしたムスリム読者たちは、その「普遍的」価値に瞠目しつつも、それを自分たちの物語と考えることができたかはまた別の問題である。「アルジェリア文学」とひとくちに言っても、コロンと「原住民」とのあいだには世界観に断絶がある。独立以前の文脈においてはアルジェリア性とアラブ性とは一致することがないのである。ショレ＝アシュールの指摘をふたたび引用する。

植民地文学においてはこれらの二つの概念〔アルジェリア性とアラブ性〕を混同するわけにはいかない。コロン――植民地における支配的な共同体のあらゆる成員を指す総称であり経済的な意味での〔土地〕所有者とは限らない、〔たとえば『異邦人』の〕ムルソーがこのケースにあたる――は自分のことをアルジェリア人とみなしているが、自分をアラブ人だということはできないし、同様の反応として、被植民者への二重の帰属を拒否するだろう。「アルジェリア人」という国民は存在せず、ただ「民族」や共同体が一緒に暮らしているだけなのだ。（51-52）

「アルジェリア（人）」という名をめぐる争いは、いわばアルジェリアの主権をめぐる戦いなのである。そもそもアルジェリアという語の起源はアラビア語のアル＝ジャザーイル、すなわちアルジェの町とその周辺を指す語であった。その地名をもとに、アルジェリアおよびアルジェリア人というフランス語が形成されていくのだが、「アルジェリア」の語が使用されるのはフランスによる征服以後であり、それ以前は「アルジェ政庁」や単にアフリカと呼ばれたのである。ついで「アルジェリア人」という語が創出されるものの使用頻度は少なく、むしろ「アラブ」や「モール」という語が使われることが多い。しかもコロンたちが自らを「アルジェリア人」という語で形容したために、ムスリムたちはいわば「アルジェリア」から疎外されてしまうという奇妙な事態が発生していたのである。

二　アルジェリアのナショナリズム運動とカテブ・ヤシン

植民地期アルジェリアにおけるナショナリズムの形成

植民地時代のアルジェリアにおいて、「原住民」あるいは「ムスリム」と総称されていたアラブやベルベルの人びとは、フランス植民地帝国の「臣民」として「原住民法典」と呼ばれる身分法に属し（ただしカビール地方など一部地域は独自の慣習法を保持）、全人口の一割に満たないヨーロッパ系のコロンたちが富の大半を独占する世界に生きていた。政治的・経済的な不平等は、植民地体制の不正をムスリムたちに悟らしめ、その不満を増大させていくことになる。

ナショナリズムの萌芽は、まず「同化」の徹底を求めるところに始まった。すなわち、法的差別を撤廃し、フランス市民権を持つヨーロッパ系住民と同等の権利が与えられるべきだと主張するのである。その際、徴兵という血の義務を果たすことは権利要求に先行すべき行為であった。第一次世界大戦に従事した植民地兵の存在は近年ようやく世間一般にも知られてきたが、一七万三〇〇〇人がアルジェリアから戦地に送られ、二万五〇〇〇人が戦死した。同時に、戦時の人手不足を補うため、ムスリム労働者も大量にフランス本土へと移入された。一九三〇年代初頭までには七万八〇〇〇人が海を渡り、結果として宗主国の現実に触れたムスリムたちが政治意識を目覚めさせていく。

一九世紀末、「進歩派」と呼ばれるエリートたちが権利向上のために立ち上がる。彼らの組織した

「青年アルジェリア人」は議会やメディアを通じて公論に訴え、あるいはパリに代表団を送って中央政府に陳情し、差別の撤廃と同化の促進を図った。ダマスカスに生まれパリで教育を受けたエミール・ハーレドなどがその代表であり、彼は最終的にアルジェリアを追放されるものの、その後の諸運動にとってのモデルとなった。

一九二七年にフェラハート・アッバースらによって設立されたムスリム議員連盟も、穏健派ナショナリストによる権利向上運動である。また宗教界にも革新の波が押し寄せ、一九三一年にはアブドゥルハミード・イブン・バーディースによって「アルジェリア・ウラマー協会」が発足する。後者は、そのスローガン「イスラームはわが宗教、アルジェリアはわが祖国、アラビア語はわが国語」に明らかなように、アラブ・ムスリムの宗教的・言語的なアイデンティティを来るべきネイションへと結びつけた。

この両者よりも急進的かつ組織的な運動を展開したのが、移民労働者を中心とした共産主義系の「北アフリカの星」(一九二六年創設)である。この組織はメサーリー・ハーッジの指導下にアルジェリア独立と社会革命を求める民族運動をフランスで展開しはじめるが、一九二七年のブリュッセル反植民地主義会議にて初めてアルジェリア独立を明確に主張した点で画期的だった。共産主義的、民族主義的な傾向に加え、レバノンのドゥルーズ派出身のシャキーブ・アルスラーンのイスラーム復興思想からの影響も受けている。急進性のゆえに一九三七年にはレオン・ブルム内閣の弾圧によって解散させられ、メサーリーは「アルジェリア人民党」(PPA)を設立する。しかし、これも一九三九年以降は非合法の活動となった。

一九四三年にはド゠ゴールが「コンスタンチーヌ演説」でアルジェリアの解放を示唆し、翌年には「原住民法典」などの特別法が廃止された。この間、フランスとの協調関係を留保するウラマー協会とメサーリーの地下組織となったPPAが対立するが、フェラハート・アッバースの仲介により統一戦線である「宣言と自由の友の会」（AML）が一九四四年三月に発足する。しかし三五万人の会員を擁する同会は終戦直後の経済不安を背景に急進化し、急速にメサーリー派が主導権を握ることとなった。時しも隣国モロッコでも独立運動が公然化し、サンフランシスコ会議でアルジェリアの独立が宣言されると噂された。

こうした政治的緊張の高まりに決定打を与えたのがメサーリーの軟禁である（一九四五年四月二五日）。五月一日にはいくつかのデモが行なわれ、五月八日にはアルジェリア東部のセティフとゲルマが大変な騒擾の舞台となった（後述する「セティフ暴動」）。この事件以降AMLは解体し、フェラハート・アッバースら穏健派の「アルジェリア宣言民主同盟」（UDMA）とメサーリー派の「民主的自由の勝利ための運動」（MTLD）に分かれて議会活動をパリで展開していく。後者が非合法軍事活動のために準備した「特別組織」（OS）は、やがて独立戦争を戦う「民族解放戦線」（FLN）を組織する若者たちを育てることになるだろう。

セティフ暴動とカテブ・ヤシン

第二次世界大戦のヨーロッパ戦線が終結し、フランスが戦勝を祝う一九四五年五月八日、アルジェリア各地で独立を求めるデモが行なわれた。セティフとゲルマでは一部が暴徒化して大混乱が生じ、ヨーロッパ系市民一〇二人が殺害されるに至る。時をおかずしてフランスの制裁が発動され、「原住民」の

図版　『ネジュマ』出版時にサインをするカテブ・ヤシン（1956年）

外出が禁じられるなか、陸海空の三方に軍が展開され、外人部隊やセネガル狙撃兵までもが投入された。この一方的な虐殺と私刑によって、一説には四万五〇〇〇人もが殺害されたという（公式発表では一一六五人と犠牲者数には議論がある）。これがいわゆる「セティフ暴動」である。

　さて、このアルジェリア戦争を予告するような大惨禍の際に、逮捕尋問されてセティフの軍事キャンプに送られた少年がいた。後に「アルジェリア文学」の最初の大作家の一人となるカテブ・ヤシンである。当時はまだ一六歳にならぬころで、コレージュ・ド・セティフに在学、偶然級友を見つけたため、政治的な意識もとくになくデモに参加してしまったのだという。その一方で、すでにナショナリズムに目醒めていた一部の学生たちはビラを撒くなどの政治活動に従事していた。彼らは反仏闘争の英雄を描いた『アブデルカーデル伝』を読み、サッルスティウスの『ユグルタ戦記』のなかにローマの支配に対して戦ったヌミディアのユグルタ王の姿を見いだそうとしていた。

　カテブの主著と目される小説『ネジュマ』（一九五六年）には、祖国の象徴たる女性ネジュマをめぐって四人の主人公が登場する。この四人にはそれぞれ作者の自伝的要素が分散されており「複数形の自伝」ともいわれているが、その一人であるラフダルの造形にセティフ暴動の経験が反映されている。カテブ同様にコレージュの学生だったとされるラフダルは、その一年後に別件で収容された監獄のなかでフラッシュバックを起こす。

春たけなわのころだった。一年以上も前のことになるが、同じ光だった。あの日、五月八日、俺は徒歩で出かけた。出かけるどんな必要があったというのだろう？　デモのあと、まず学校へ戻った。三つの授業はからっぽだった。俺はそんなこと信じたくなかった。俺の耳は濾過器みたいで、爆音でふさがっていた。俺はそんなこと信じたくなかった。そんなに多くのことが起こったなんて思ってもいなかった。（カテブ『ネジュマ』54）

その日になにが起こったのか。さまざまなかたちで展開された弾圧はテクストにも影を落としているが、カテブは直接的にそれらを描写することはない。具体的な出来事を知るために生存者の証言を少し引こう。

すぐさま弾圧が始まった。セティフでは軍法下に入ることが布告された。特別な腕章を付けていない限り、すべてのアルジェリア人は外出を禁じられた。ヨーロッパ系住民には武器が配布された。アルジェリア人は誰でも見つかるやいなや撃ち殺された。ある子どもは公園で花を摘んでいるところを軍人に撃ち殺された。何日ものあいだ、まさに人間狩りというべきものが行なわれた。多くの家々では何日も食料もないまま人びとが閉じ込められていた。弾圧は都市にとどまらなかった。セティフと海との間のあらゆる地域に拡大した。実行したのはヨーロッパ人の自警団と陸海空軍である。セネガル兵や外人部隊も殺戮、強姦、強奪、放火に参加した。ボーヌから派遣されたデュゲ・トゥルーアン機はヘッラータ周辺を爆撃した。ゲルマでは警察と軍と自警団が集団逮捕を行ない、町の周辺で数百人が銃殺された。（Arnaud 108）

『ネジュマ』ではラフダルは拷問に遭い、殴られ、水攻めにあい、鞭打たれる。ヤシン少年も逮捕・尋問され、軍事収容所に送られた後にようやく釈放されたが、息子が死んだと思った母はすでに発狂していた。その一方、この体験は彼が詩人に生まれ変わる契機となった。後にカテブはこう回顧している。

自分自身を十全に受けとめ、人間存在を発見するのはその牢獄ででした。まさにそのとき、はじめて詩が私のなかに蓄えられはじめたのです。ある種の啓示を受けたことを憶えています……ふりかえってみれば、それは私の人生で最も美しい瞬間でした。そのとき私は自分にとって最も重要な二つのもの——詩と革命——を見いだしたのです。（Kateb, *Le poète comme un boxeur* 109）

以来、カテブにとって詩と革命とは独立して存在する二つのものではない。彼にとって詩を書くことはそのまま政治的な行為でもあったが、それは政治的な詩を書くことを意味しない。より根源的な意味で人間の条件を問うこと、自由を歌うことを詩人の任としたのである。

しかし、死に直面した入牢体験は少年期のカテブの心に暗い影を落とした。彼は一種の神経症的な状態に陥り、何週間ものあいだ部屋にひきこもってボードレールやロートレアモンを読み耽ったという。

さらに、逮捕されたためにコレージュを放校になり、チュニジアとの国境に近い海岸の町、ボーヌのリセに登録することになる。この短い旅の経験は『ネジュマ』においてラフダルがボーヌへ向かうシーンに描かれている。

この三等車のなかで、田舎の人たちの一家が降りる準備をしている。若いフランスの水夫が亭主に手を貸して〔……〕六個ばかりの大籠を集める。ラフダルは口ひげをひねっている。感動のしるしか、それとも困惑のしるしか。

「……五月八日の事件は、この水夫の親切が残酷と入れ替わることを示した。いつだって恩着せがましさから始まるのだ……。マルセイユ訛のこの水夫は、アルジェリアの汽車のなかで何をしているのか。もちろん汽車はフランスから供給されている……。〔……〕」

水夫はタバコの箱を取り出す。そして農民に、ついでラフダルにすすめる。

「なぜこんなに親切にするんだろう。彼らは自分たちの犯罪を忘れさせようとしているんだ……。」

ラフダルはすぐさまこの考えを追い払う。

「いい水夫なんだ! たぶん彼の父親も貧乏人なんだろう……。たぶん彼は〈旧港〉で飢えを知っていたのだろう……。彼には、ここの連中から悪影響をうける時間がなかった。だが、彼もこの連中と同じように変わるだろう。みんな彼に、こいつらは泥棒だ、恩知らずだ、警棒しか尊敬していない、と言うだろう。彼はもうフェッラーフ〔農民〕にタバコをすすめたりすまい……」

(『ネジュマ』69-70)

フランス領アルジェリアという一個の世界を律している植民者と被植民者の二分法（コロン／ムスリム）は、しかし本土のフランス人という闖入者をうまく規定することができない（同様の例として、「原住民」に同情的なフランス人女性マルグリットが描かれる）。内務省管轄のアルジェリア三県はいわば内地に準ずる植民地で、植民地省管轄のインドシナや外務省管轄の保護領モロッコなどよりもはるかにフランス国家の「不可分」の一部であったが、「臣民」であるムスリムはフランス国籍保持者でありながら「市民権」を持たず、フランスというネイションのなかで平準化されない異胎として残された。

しかもアルジェリアのユダヤ人には市民権が付与されたため（たとえばジャック・デリダの祖先などに）、フランス本土のフランス人／アルジェリアのフランス人（帰化したイタリア人やスペイン人を含むコロン）／フランス市民のユダヤ人／臣民のムスリム、という奇妙な「人種」的グラデーションが現出することになった。ここに描かれているのは、被植民者の側から見たレイシズムの動揺——人種主義的世界観の揺らぎともいえよう。

フランスというネイションに同化しようとするムスリムの権利向上のためのナショナリズムは結局受け入れられず、アルジェリアはフランスというネイションの内部に存在するいわば下位のネイションとして入れ子状に保持された。そして、そのアルジェリアという擬制的なネイションを統治するのは自分たちであると信じて疑わなかったのがコロンたちであった（彼らはフランス人であると同時にアルジェリア人だった）。ガッサーン・ハージのいう「統治的帰属」をもってムスリムたちが何者であるのか（「こいつらは泥棒だ、恩知らずだ、警棒しか尊敬していない」）を決定するのは彼らである。それゆえ、アラブの若い男はコロンの娘にとって潜在的な強姦者である、という命題はむしろアラブにとっての強迫観念となる（なぜなら彼ら自身にそれを決定する権能がないからだ）。

「こんにちは、お嬢さん」

シュジーは、農民たちがラバの首をたたきながら自分をじろじろ見ていると思い、ムラードに近づく。農民たちが通り過ぎる時、彼女はあまりにも彼に近づいたので、彼はちょっと身を引く。

「遠くへおいでですか」

「散歩しているの」

彼らは足を速める。

ムラードはうつむいて歩く。

「あたしに構わないで」

「ほら、魅惑は消えてしまった」とムラードは思う。「俺は再び彼女の父の人夫になった。彼女は再び空き地を横切って走り出すだろう。まるで俺が彼女を追いかけてでもいるかのように。彼女と同じ場所を散歩しているだけなのに、まるで俺が彼女に無理強いしているかのように。まるで乱闘と強姦による以外は、我々が同じ世界にいてはいけないかのように。ほら見ろ。すでに彼女はぞんざいな口のきき方をして、自分に構うなと言っている。まるで俺が彼女の体に抱きついて、不意をおそい、強姦でもしたかのように。ちょうど農夫たちが、ただ彼女を見ただけなのに、彼女を不意打ちして強姦したとみなされているのと同じように。彼女は彼らの世界にも俺の世界にも属さず、人夫も農夫もいない別の惑星の人間なのだ。もし今晩、人夫や農夫が彼女の悪夢のなかに出てこないとすればだが……。もし俺が彼女の乳房をぎゅっと押したら?」それから彼の念頭には、彼女を殴り、倒れた彼女を見、おそらく彼女を起こし、そして再び彼女を倒すことしかなかった。〔……〕(『ネジュマ』15-16)

同じ場所にいながら別の世界に属しているのはコロンだけではない。たとえばもう一人の主人公ムスタファは、ヒロインであるネジュマについてこう妄想する。

「〔……〕彼女は俺にフランス語で話した。俺のことを使いっ走り扱いした上に不信心者だとして、母語で話すことを避けることによって、自分はそんなやつと何の共通点もないってことにして、関係を絶ってしまいたいんだ。俺がトラムまでついて行くなんてお呼びじゃないって……〔……〕」(『ネジュマ』80)

ユダヤ人(すなわちフランス市民)の母を持つネジュマは、父親は四人の主人公たちの誰かの父親と目されており、アラブとユダヤ、ムスリムとフランスの境界で揺らいでいる血縁ある他者である。母語であるアラビア語ではなく「国語」であるフランス語を話すことがネイションにおける「支配的帰属」を蓄積することになる、という意識がここに見てとれる。だが、ムスタファもフランス語による対話者である以上、彼自身もそれに与るはずが、彼は、いわば「人種」が違う、ナショナルな価値体系におけるヒエラルキーを誇示されたのだと劣等感を覚えている。同じ「フランス語の話し手」であってもその正統性に上下が存在する植民地アルジェリアは、まさに一個の「ホワイト＝ネイション」であった。

三　個我とネイション

「戦利品」の言語から民衆の詩学へ

独立前後のアルジェリアでは識字率は非常に低く、フランス語を理解できるのは一部の知識人のみであり、正則アラビア語の知識を有していたのは宗教エリートなどさらに少数の人びとであった。アルジェリアニスムの作家たちは、時にはスペイン語やイタリア語の語彙を混ぜ込むなどして「フランスのフランス語」とは異なる文学言語を作り出したが、それは彼らが同時に「フランス人」であったからこそ可能な身振りであり、ムスリム作家たちがフランス語の規範から逸れたならば無学の誇りを免れなかった。それゆえ、彼らはフランス語の規範を墨守しつつ文体上の差異化を図ったわけだが、カテブ・ヤシンのように「言葉というものはそれを暴行する人間にこそ属するのだ」という詩人は、フランス語を我が物として檄を飛ばす。

私はしばしば言語〔の使用〕に対する自分の態度について質問を受けます。生活のなかでは私は〔口語〕アラビア語を話します、しかしフランス語で書くのです。私にはこれが乗り越えられぬ問題だとは思われません。もちろんこのことを証明しなければなりません、というのも私たちの国では、ほんとうは〔価値ある文学作品を〕書く能力がある作家たちのあまりに多くが実際にはフランス語のなかで自らを見失っているからです。これらはすべて、詩人が言語をどう捉えるかにかかっているのです。真の詩人たちはつねに言語に擦過傷をもたらしてきたのであり、母語も例外ではありません。言語の破壊は少なくともその彫琢と同程度には重要なのです（Kateb, *Le poète comme un boxeur* 49）

アルジェリアのフランス語作家が自らを見失うのは「劣等コンプレックス」に捉われて「フランスの古典作品」の模倣に終始したときだ、と言うカテブにとって、フランス語による「アルジェリア文学」は「フランス文学」を内から食い破るものであらねばならない。あくまで「アルジェリア人」として書くことを追求する作家にとって、詩的言語とはアルジェリアに共存する複数の言語がぶつかり合うなかで産み出されるものだった。

個人的に、詩人として、私は言語の刷新のためと可能な限りアルジェリアにアラビア語を広げるために闘ってきましたが、それはフランス語を毀損するものではありません。フランス語もまたアルジェリアの言語なのです。ひとつの旗のもとに複数の言語を置くことはできません。（Kateb, *Le poète comme un boxeur* 50）

これに続けて、もちろんフランス語という西洋の文化を内在させた言語を使用する際には内的な反発あるいは齟齬を感じることは認めながらも、現在実際に流通している言語を廃止するような動きは過度の反応だと退けるのである。カテブは植民地のフランス語使用を対仏従属としてではなく、異なる言語を話す人びとのリングア・フランカとして捉えようとしている。「さまざまな方言を話す人びとがフランス語を利用する」ことは、その重層性のゆえに「言葉の進化において非常に感動的な瞬間」となりうるのである。

カテブの主張する言語的複数性は、新生ネイションとしてのアルジェリアの文化的複数性の認知を要求する。独立直後のインタビューでは、政治的独立のみでは複数性を包含した統一体としてのアルジェリアは構築されないことを示唆している。

> アルジェリアとはなによりもまずアルジェリアなのです！　ベルベルのアルジェリア、アラブのアルジェリア、フランスのアルジェリアというものは存在しません。アルジェリアはひとつなのです。このアルジェリアを分断してはいけません。アルジェリアは「マルチナショナル」であり、「マルチナショナル」であることによって非常に豊かなネイションとなるのです。（Kateb, *Le poète comme un boxeur* 52）

平準化された一個のネイションが同時にマルチナショナルでなければならない（マルチカルチュラルではなく）というのは一種の撞着語法だが、言語や文化によってネイションを分断すべきではなく、そもそも多重のアイデンティティこそがアルジェリアというネイションにとって本源的だ、とカテブは看破するのである（たとえば、ベルベル的な起源を持ったフランス語を話すアラブとして）。

興味深いのは「フランスのアルジェリア」という植民地期を指す定型表現を、独立後の政府の「アラブのアルジェリア」というネイション観と並置させるところで、フランス語やベルベル語に対する抑圧を牽制しつつも、原理主義的にどれかひとつに傾くことはない。『ネジュマ』においてラフダルが「おれもまた、われわれの言語で自分を再教育せねばなるまい」と言ったときの「言語」はアラビア語であったが、苦難とともに身につけたフランス語は自分たちの「武器」あるいは「戦利品」なのだ、とカテブは主張する。だが同時に、カテブがなにより重視したのは生活に息づく口語アラビア語（とベルベル語）だった。

> 口語アラビア語とはアルジェリアの民衆が作ったもので、何世紀も前から作り上げてきたのです。正則アラビア語ですって？　そんなものは「たいしたもの」ではありません！　この文化はあるカースト、ウラマー（私の祖父がそうでした、私はそのなかで生まれたのです）によって与えられたものです。それは例外的な知識人、つまり「エリート」に少しずつ与えられる一種の宗教教育に関わるものだったのです。このアラビア語は数百人ほどの人間の専有物なのです。アルジェリアで話されているようなアラビア語とはそれはなんの関係もありません！（Kateb, *Le poète comme un boxeur* 54）

「コーランの言語」たる正則アラビア語と自分たちの口語アラビア語はなにも関係がない、と言い切るのはかなり過激な発言だ。後にアルジェリア政府によるアラビア語化政策が進み、教育現場に正則アラビア語が押しつけられるようになると、カテブの批判はさらに激しさを増す。

私たちの国には「アラブ化」と言われるものがあります——教育において正則アラビア語、つまりラテン語のように少数の知識人にしか理解されないアラビア語を教えるのです。生きている言語は禁止され、ブルジョワのナショナリストは文化が自分たちに帰属することを望んでいるのです。ほかの人たちを切り離そうとして、彼ら自身が孤立しています、というのもこの聖なる言語、学者の言語は死なんとしており、たとえ彼らにとってさえ、もはやなにも意味しないからです。不幸なのは、彼らがそれを学校や大学に何年ものあいだ押しつけたことなのです……（Kateb, *Le poète comme un boxeur* 29-30）

この発言には、いわば「民衆派のナショナリスト」であるカテブと「ブルジョアのナショナリスト」である政権との「統治的帰属」をめぐる角逐が表われているともいえようか。ここで彼は、口語アラビア語が「民衆」に支持されている証拠として演劇の言語を挙げる。

つまり、教育においては正則アラビア語が勝利しましたが、演劇においては、われわれが勝ったのです、というのも独立以来アルジェリアでは、いかなる作品も正則アラビア語では作られず、つねに失敗していたからです……（Kateb, *Le poète comme un boxeur* 30）

そして、このような口語を重視する姿勢からは、当然口承伝統への興味が生まれてくる。

ナショナルな局面においてわれわれが有している最も非凡で豊かなもの、それは外国のみならずわれわれの国においても軽視されているもの、つまり民衆詩なのです。この詩的総体はわれわれにとって非常に重要です。演劇や悲劇においてそれを表現することは、現代的な形式においてそれを実現することなのです〔……〕(Kateb, *Le poète comme un boxeur* 48)

このようなカテブの民衆への傾きについて、マルティニックの作家にして特異な思想家であったエドゥアール・グリッサンは、カテブ・ヤシンのフランス語戯曲集『報復の円環』に寄せた序文できわめて興味深い指摘を行なっている。

今日では円環は閉じられている。われわれは皆ここに、同じ場所にいる。そしてそれが地球全体なのだ。そのときからわれわれの時代の悲劇的なもの――すなわち諸々の民衆(peuples)と相対した〈人間〉、集団的な運命に直面した個人的な運命にとっての悲劇的なもの――が生まれ育つのである。この悲劇というものの永遠の基盤は、現代の〈深淵の歌〉の偉大な仕事の基盤となるのだ。というのも、(個人としての)人間が民衆というものを愛し理解できるようになること、そして民衆が人間の仕事を、個々人が大事なものとして抱いているものを歪曲させることなく、富ませ継続させることができるようになることとは、この個人的な運命と集団的な運命の衝突から始まるのである。

(Glissant 10)

民衆のなかに詩、すなわち「深淵の歌」を見いだすこと。おそらくその先駆としてグリッサンはロルカを想起しているのだろうが(Lorca)、カテブに啓示を与えたのはまずアイスキュロスであった。もともと詩として書かれていた「包囲された屍体」が戯曲のかたちをとるのは、「オレステイア三部作」の上演をパリで観て、さらに戯曲を読んだことがきっかけである。「詩はただひとつの対象を持つのではなく、世界全体を対象化しなければならない」と主張し、「コロスは民衆を表象する」という詩人にとって、悲劇とは詩をもって世界を描き出す格好の手段となった。その戯曲はつぎの台詞で始まる。

ラフダル:ここはヴァンダル通り。アルジェ、あるいはコンスタンチーヌ、セティフ、あるいはゲルマ、チュニス、あるいはカサブランカにある通りだ。ああ、場所が足りない、あらゆる方向から乞食通りやびっこ通りをお見せするためには。夢遊病の乙女たちの呼び声を聞き、子供らの柩についてゆき、閉ざされた家々の音楽のなかに扇動者の短い囁きを聞きとるためには。ここで俺は生まれた。ここで立つことを学ぼうといまだに這いつくばっているのだ。もはや縫い合わせる時間もないあいかわらずの臍の傷を負ったままで。そして俺は血まみれの源へ、われらが不滅の母へと立ち返る。それは欠けるもののないマチエール。ある時は血と精力の生みの親となり、またある時は夜の涼しき懐の皓々たる街へと俺を連れ去る太陽の燃えさかるなかで石と化す。男が殺された原因はおそらく説明が付かぬことになってしまう。次の麦打ち場の戦いでより高く波打つために鎌の下に落ちた一粒の硬質小麦のように俺の死が実を結ぶのでなかったならば。それは打ち砕かれた肉体を打ち砕く力の意識へと接合し、全面的な勝利の裡に犠牲者が死刑執行人に武器のあつかいを教え、死刑執行人はおのれにそれが使われることを知らず、犠牲者はマチエールが涸らす血と飲みこむ太陽のなかに攻略しがたく潜んでいることを知らない……ここはヴァンダル族の、亡霊の、活動家の、割礼したチビどもの、そして花嫁たちの通り。ここは俺たちの通り。それが、そこで俺が魂を失うことなく死ぬことができる、唯一のあふれそうな動脈のように鼓動するのを俺は初めて感じている。俺はもはやひとつの肉体ではなくひとつの通りなのだ。（「包囲された屍体」97-98）

「民衆＝屍体」を経由して「血まみれの」源たる「不滅の母＝マチエール」に回帰する。つまり存在の深層において個我と他者とが根を同じくするとき、そこに出来するのは二つの個我の単なる同一化を超えた「われら民衆」という複数性の主体である。ここでアルジェリアというネイションは一個の世界となり、同時に一個の「われら」となる。

以後もカテブ作品の登場人物はしばしば没個性的であり、断片集『星の多角形』（一九六六年）に描かれた綽名の人物や身元不明な語り手には顔がない。プロフィールの描かれない、出所不明の人物たちは、個々の挿話を語るにあたって、交換可能とも思われる存在だ（『ネジュマ』の主人公たち四人も然り）。しかし単一の「われ」が絶対性を失い「私たち」という集合性の海に呑まれていくとき、現実の「われ」はどうなるのか。「われら」の一部でありつつも「われ」を引き受ける存在は「われ」でしかないとき、カテブ・ヤシンにとって「われら」の勝利の前に断末魔を迎える「われ」は悲劇的存在である。

それが、カテブ作品の個々の人物たちが描き出す小さな悲劇の連なりをなしているのだ。

「包囲された屍体」の末尾でオレンジの木に背をもたせかけたまま断末魔をむかえるラフダルは、死後、『祖先たちは残酷さを増す』において、部族という集合的存在のトーテムである「禿鷲」となって甦るが、それは個人の死を超克するものではない。カテブがネジュマに仮託して語るネイションとは、部族という過去の集合的自我へ回帰することの破綻の上に志向され、さらに「個我」と「集合性」の関係性は、たしかに「個人的な運命と集団的な運命の衝突」として現われている。たとえその衝突の力が世界を動かし、民衆の生命がその内部に充満するのだとしても、個々の「われ」の死が痛ましいものであることに変わりはない。「個人の死」と「民衆の生」の弁証法的な衝突の果てに、カテブ・ヤシンのエクリチュールは「予期しえぬ一点」へと突き抜けていこうとするのであり、ネイションとはこの未完の運動性のなかに幻視されるのである。

ベルベルの方へ

世界に充満する民衆の生命が、来るべきネイションの極限的な詩的ヴィジョンであるのに対して、ネイションに至る道筋は起源のわからぬ離散と結集の歴史的反復運動として示される。たとえば、独房のラシードはシ・モフタールの「情熱的な啓示」をこのように聞く。

お前は我々が生まれたこの国、フランスの一地方ではなく、ベイもスルタンもいないこの国の運命に想いをいたさねばならぬ。お前はたぶん、つねに侵略されてきたアルジェリア、その錯綜した過去のことを考えているじゃろう。というのも、我々はまだひとつのネイションではないのじゃから。よく知っておくがよい。我々は大量虐殺されたいくつもの部族にすぎん。我々の部族を敬うことは後戻りすることではない。部族こそ、たとえそれ以上のものを希望するとしても、我々が結合し、自己を取り戻すために残された唯一のきずななのじゃ……（『ネジュマ』142-43）

部族を敬おうとする老人はその故地にて殺害され、祖先ケブルートの象徴たる大鷲は神々しくも呪わしい。フランスの侵攻とケブルートの敗北、さらに父親たちの裏切りを経て、身の内に孕まれた暴力の痕跡は一族のなかで循環しつつ甦り続ける。そのような暴力性の象徴は短刀となって四人の息子たちのあいだをも経巡るのだが、これはすでに加えられた暴力でありつつ加え返す暴力をも暗示し、革命それ自体の象徴ともなるだろう。ムッシュ・エルネストを殴り倒したラフダルのためにムラードが売った短刀は、転々としてやがてラシードの手にわたり、後に獄中でムラードに突き立てられることとなる。己の生まれる前から連なる父祖以来の運命のなかで、「こんどは俺たちの責任で、この挫折を引き受けねばならないんだ……」と確信する。しかも息子たちの視線は父親たちのそれを越え、部族の起源よりもさらに千年も古いヌミディアの存在――すなわち古代のベルベル人に自らの起源を見いだしていく。もはやケブルート部族のみが問題なのではなく、ベルベルをはじめとしてローマ、ビザンツ、アラブ、そしてフランスまでを吸収した総体としての「アルジェリア」が問われることとなる。「包囲された屍体」には鎮圧部隊の少佐によるこんな台詞もある。

少佐：……ヌミディアの歴史をみたまえ。今日の北アフリカがわかるだろうよ。そこには戦闘を指揮するのがローマ人からわれわれに替わったという違いはあるがな。かつてはヌミディアの騎馬隊を破るのは生易しいことではなかった。今日ではわれわれには航空機があり、この国は三つに分割されているのがわかる。だがそれはいつだって同じ国なんだ。われわれには住民を制圧することはできないだろうよ、他のどのアフリカの帝国にも送ったことのないほどの数のコロンを送り込んだ後であってもな。チュニジアやモロッコでもここと一緒で、同じやつらがわれわれの敵にまわるんだ。そいつらは何世紀も経てから出現し、また再起するんだ。そして土埃を噛みしめてはまたあらわれる。ヌミディア人が敗走するのはまた決起するためなのだ……（「包囲された屍体」34）

このベルベルの古代王国にアルジェリアの礎を求めていくカテブ・ヤシンにとって、ヌミディア騎兵こそはアルジェリア＝アフリカの歴史に繰り返し登場する抵抗者たちの祖である。そして飽くなき抵抗がアルジェリア人のアイデンティティであるとき、ヌミディアのベルベル人たちはアルジェリア人そのものの元型として幻視されるだろう。この抵抗するベルベル人像を象徴するのがアラブ侵攻時のベルベルの女王、北アフリカ史に名高き「カーヒナ」（巫女）である。

カーヒナは七世紀の末、アルジェリア東部のオレス山地の首長だった（ユダヤ教徒だったともいわれる）。彼女は並み居る敵と善戦し、一時はアラブ軍を押し返したものの、ついにはオレスのとある井戸の傍らに斃れ、打ち落とされた首はカリフのもとへと運ばれた。以来、その井戸は「カーヒナの井戸」（Bîr el Kahina）と呼ばれているという。

カテブが一九五一年に発表した「ケブルートとネジュマ」という詩に「だれがカーヒナの末裔を家政婦に変えてしまったのだろう?」(Kateb, *L'Œuvre en fragments* 81)との一節が見え、戯曲『カーヒナあるいはディヒヤ』ではカーヒナはこう述べる。

彼ら〔アラブ〕は私をカーヒナと呼ぶ、彼らは私たちをベルベルと呼ぶ、
私たちの祖先を/ローマ人たちがバルバール〔野蛮人〕と呼んだように。
バルバール、ベルベール、それは同じ言葉、/いつでも同じ
これまでの侵略者たちのように、彼らは呼ぶ/バルバールと
彼らが抑圧する人びとを/文明化すると言いながら
彼らは私たちをバルバールと呼びながら、彼らは盗む
私たちの国を(Kateb, *Parce que c'est une femme* 58-59)

カーヒナを軸にしてアルジェリア史を眺めてみることによって、古代ローマからフランスへ到る「侵略者」たちの歴史が「文明化」の名で語られることへの批判が展開され、植民地活動がその輪郭を露わにする。アラブ=イスラーム主義的なアルジェリア国家観への反駁ともなっている(5)。その後『カーヒナあるいはディヒヤ』は加筆され、マグレブの戦乱の歴史を凝縮した『二千年戦争あるいは西の王』と改題される。そこではカーヒナに続いて反仏闘争の英雄アブデルカーデルも登場し、二〇〇〇年の抵抗史のうちにアルジェリアというネイションが幻視されることになる。

カテブ・ヤシンによるアルジェリアのベルベル的起源への関心は、おそらく彼が長年にわたってアルジェリアのアフリカ的次元について論じてきたことと関係がある。とりわけ、一九八七年のベルベル研究者のタサディット・ヤシンとの対談では、アルジェリアのアフリカ性を主張し、政府のアラブ化政策を強烈に批判している。そこでカテブはアルジェリアを「ルジャザイル」と口語アラビア語で呼びながら、しかもそれはアラブ人によって付けられた名にすぎないと主張して、ベルベル語の名称である「タメズガ」――すなわち「タマジグト」(ベルベル語)の行なわれている土地――のほうが良いと主張するのだが、それではベルベルこそが真の「アルジェリア人」だと言うのだろうか。

しかし、カテブはローマ化したベルベル人とされる聖アウグスティヌスをむしろ弾劾する。ローマのラティフンディア(大土地所有制)に対して(フランスと戦った「私たち」のように)反抗したドナティストを弾圧・虐殺したからだと言う。「聖アウグスティヌスを祝うとはどういうことでしょう? なぜ? 彼がアルジェリアで生まれたからですか? それならば、カミュもアルジェリアで生まれました。多くの総督も……」と問うカテブにとっては、「アルジェリア人であるためにはアルジェリアに生まれるだけでは不十分なのです、とりわけその人が〔アルジェリアの〕歴史に、真にアルジェリア人であった人びとに反した行ないをしたならば〔その人はアルジェリア人とは言えない〕」のである。つまり、生まれではなく行ないによって人はアルジェリア人になるのだ。それゆえカーヒナがユダヤ人として忌避されるのを不当とし、なによりも「彼女はナショナリストとして歴史に参入した」アルジェリア人なのだとする。そしてイブン・ハルドゥーンの『ベルベル史』がアルジェリアで教えられねばならないと言い、「アフリカ人と私たちは名乗らねばならないのです」と主張する。

私たちはアフリカ人です。タマジグトとはアフリカの言語です。料理、手工芸、踊り、歌、生活様式、あらゆるものが私たちはアフリカ人だということを示しています。アラブのマグレブだとかそんなことはすべてでっち上げ、イデオロギーなのです。それは私たちをアフリカから遠ざけるためになされたのです。〔……〕以前、マリの音楽を聴いたことがあります。それを知らなかったことがショックでした。恥ずべきことでした。しかし、マリと、われわれは同じステージにいるのです。ニジェールやマリがあり、アフリカがあるのです。そこでは、アラブ＝イスラーム主義がマグレブ的形態のもとでアフリカを、われわれの真の、深い次元を覆い隠しているのです。それこそが重要なのです。（Kateb, *Le poète comme un boxeur* 109）

アルジェリアのアラブ＝イスラーム性を非本質的とみなして、アフリカ的次元を称揚する。この「アフリカ」とはもはやローマの属州ではなく、アウグスティヌスはベルベル人を代表しない。しかしカテブが見いだしたアフリカの習俗、アルジェリアの伝統というものは古代から現在へと続いてきたもの、いわば現代に残された歴史の古層である。それゆえアフリカ性を主張することは、アルジェリア人の起源としてベルベルの正統性を担保し、なおかつ（アフリカのものとされる）文化の根源性を称揚することである。あるいはそのような文化の担い手として民衆を主体化することでもあろう。

そして古代から現代に至る歴史の展開において「アフリカ」は、ベルベルを基層としつつも、抵抗者の形姿のもとに多種多様な人びとを統合していく。そこではアラブ人のみならず、ベルベル人もユダヤ人も、あるいはフランス人やイタリア人さえもが渾然一体となり、ひとつの言語や宗教が強制されることなく、複数の文化が混淆されていく。それは、独立アルジェリア政府の「アラブ化」路線とはまったく異なる多様性・多重性への志向であり、新しいアルジェリアというネイションを別様に見いだすための理念なのである。

おわりに——人間的なものを超えたユマニスムへ

アルジェがフランスに征服された折にハムダーン・ホジャが「アルジェリアのナショナリテ」を訴えて以来、アルジェリアというネイションは（その有無も含めて）さまざまに変奏され論じられてきた。カテブ・ヤシンにとって、それが真に存在するものであることは疑いえなかっただろう。だが同時に、それはいまだかつて十全に姿を顕《あらわ》したことがなく、いわば潜勢体のまま確信されていたもののように思われる（「胎児」のモチーフによってもそれは示唆されている）。現在から遡行された「起源」を措定し、爾来連綿と続くものとしてネイションの存在を主張するのとは少し異なって、あくまでも、地中海南岸における多民族・多文化の混淆を背景に、ヌミディア以来の自由を求めて戦う歴史の運動そのものにネイションの姿を見いだそうとするのである。反旗を翻すベルベル、アラブ、あるいは反抗する言語としてのフランス語が、その時々にネイションの運動を担うことになるのだが、それらのどれかひとつが本質的にネイションを規定するわけではない。なんらかの唯一性において他者を抑圧しないこと、自らの内に育まれた多様性・多重性を発揮させる自由が、カテブのいう「ネイション」に賭けられているとき、そこで同時に探求されているのは、多様性ゆえの分裂（たとえば「虐殺されたいくつもの部族」）あるいは多重性を忘却した一元化（たとえば「アラブ化」）を克服し、統合体としてのアルジェリアを想像することであろう。

本稿はここまで、カテブ・ヤシンの作品やインタビューから、彼のネイション論を明らかにしようとしてきた。つまりは、ジャンルを跨いだ多様な言説をネイションという（いささか曖昧な）概念の方へ収斂させようとしたのである。たしかに、「死につつある世界の中で生まれつつある世界」としてアルジェリアそのものを初めて文学の中心的な主題とし、ヒロイン「ネジュマ」をアルジェリアの象徴として提示したのもカテブ・ヤシンその人であった（われわれは彼の企みに乗せられたともいえよう）。しかし、文学によって未完のネイションを先取りしようとした彼の詩的ヴィジョンは、ネイションを超え、あるいはそれを内から破るものをも宿している。

その鍵となるのがアフリカ性をめぐる議論だろう。アルジェリアの深層を形成しつつ、その外部へと接合し、ネイションを丸呑みしてしまうような巨大な次元は、ネイションの基盤でありつつそれを融解させせかねない諸刃の剣である。しかもカテブは、すでに初期詩篇「彷徨う民衆」（一九四七年）において、水漬く屍に取り囲まれた聖なるアフリカのなかにアルジェリアを幻視していたのである。筆者はこれまでの研究で、その屍体をセティフ暴動の屍体たちと結びつけ、後の「包囲された屍体」へとつながっていく「アルジェリアの歴史を証する民衆」の形象とみなして、カテブのネイション論が構築されていくパースペクティヴを仮構し、そのなかで解釈を行なってきた。それはなんら間違っていないだろう。しかし同時に、テクストから汲み尽くすべき可能性を制限してしまったのではないかという惧れもある。

ネイション論の怖ろしいところは、その強力すぎる象徴化の力ではないだろうか。たとえば、部族の祖と関わり、黒人たちの儀礼によってアフリカ的次元に開かれ、死せるラフダルが屍体たちとともに集合的生へと統合された形象でもある猛禽は、個我と部族とアルジェリアの象徴としてアフリカの空に飛翔する。こんどは、この集合的な人間の類へと向かう象徴化作用を還元させて、多様な個物そのものに向き合うことが必要となるだろう。猛禽を具体的な一羽の鳥へと立ち戻らせることは、私たちにパースペクティヴの反転を要請するはずだ。その契機もまた、カテブの言葉のなかに潜んでいる。

あるカビリーの農民が父に猛禽の若鳥をくれたことがある。〔……〕母はその若鳥に生肉の切れ端をいくつも投げてやったが見向きもせず、自由を求めて何時間も必死で飛んだり跳ねたりして、抵抗の果てに肉には触れもしないで死んでしまった。この檻に対する死に至る戦いは、私が子どもだっただけに、また母が私を祖先から受け継いだ迷信で育んでいただけに、私に大きな感銘を与えたのだった。小女の頃、母はコンスタンチーヌのシーディー・ムシードの聖なる舞踏を目にしたことがある。猛禽の大群が、禿鷲祭の間に特別に犠牲にされた黒い雄鶏や黒い雄牛の、血の滴る肉塊を喰らいに岩場に集まるのだ。

〔……〕とあるマグレブの彷徨える部族のトーテムとして、白黒の禿鷲はラフダルとその祖先を同時に表象する。死んだラフダルと生きているラフダル。運命のように曖昧で、同様に宿命的。彼はつねに此処も彼方にも居る。現前するとともに不在で、彼は生を破壊する過去であると同時に未来を殺す残虐な現在である。生きるためには死なねばならない。白黒の禿鷲、それは人間の矛盾であり、自然——優しき継母であり、そこでさんざん飲んだ後には嘔吐せねばならない魔法の泉——の大いなるはたらきのなかにその矛盾が有している苦しくも豊穣なものである。人間は白くもなければ黒くもなく、黒くて白いのだ。そしてその他の物事もまた、祖先の使いたる禿鷲のように捕えがたいものなのだ。(Abdoun 250-51)

檻の中の猛禽を見つめる私のまなざしは、檻の中から外の世界へ脱出しようともがく猛禽のまなざしへと反転し、猛禽は私となる。部族の象徴とされる猛禽を（人間という類の比喩としてではなく）個的存在としての人間そのものとして見返すこと——そこに新たなユマニスムが開かれているのではないだろうか。

註記

＊　本稿は以下の博士論文と部分的に重複する内容がある。「コスモグラフィーとしてのカテブ・ヤシン作品——アフリカ性と民衆の詩学をめぐって」（東京大学大学院総合文化研究科・二〇一二年四月学位授与）。

（1）　この北アフリカの先住民は、現在もアルジェリア・モロッコ・チュニジア・マリなどに広がり、独自の言語を保持している。ギリシア語の「バルバロイ」（わけのわからぬ言葉を話す者たち）を起源とする「ベルベル人」という他称はとくに差別的な含意なく今も使用されているが、「アマジグ」という自称を用いることもかなり増えつつある。

（2）　アルジェリアに関する「ネイション」概念を扱った歴史学の研究には工藤晶人『地中海帝国の片影——フランス

領アルジェリアの一九世紀』があり、とくに第二章「征服とネーション」を参照されたい。

（3）ちなみに、とあるアルジェリアの民俗文化に関するシンポジウムに筆者が参加した折、何人かの発表者が「オスマン朝の支配を被らなかったモロッコがいかに伝統を保持しているか」に言及し、隣国への羨望を露わにするのを目にしたことがある。

（4）工藤晶人によれば、ナショナリテの概念はヨーロッパ中心主義的な発展的歴史観と結びつきつつも、アラブのナショナリテを認める一群の人びとの存在により、文明化が植民地化を正当化するという論法の矛盾は当初から指摘されていた（66-67）。

（5）教条的な正則アラビア語の導入と口語アラビア語・ベルベル語の抑圧・隠蔽に対してカテブはつねづね批判を繰り広げており、とりわけカビール人の文化的権利要求に連帯したために彼をカビール人と誤認している人は現在でも多い。彼が反イスラームでも反アラブでもなく、ただイスラームという宗教と（それに結びついた）正則アラビア語のみをアルジェリアのアイデンティティとしてその他の要素を排除することに対して異議を唱えていたことは、いまだ十分に理解されているとはいえない。

引用文献

Abdoun, Ismaïl. *Lecture(s) de Kateb Yacine*. Casbah Editions, 2006.

Arnaud, Jacqueline. *La littérature maghrébine de langue française, Tome 2: Le cas de Kateb Yacine*. Publisud, 1986.

Charles-André, Julien. *Histoire de l'Afrique du Nord. Des origines à 1830*. Première édition 1931, Edition Payot & Rivages, deuxième édition 1951, 1969, 1994.

Chaulet-Achour, Christiane. *Albert Camus, Alger, « L'Etranger et autres récits »*. Atlantica, 1998.

Glissant, Edouard. « Préface », *Le cercle des représailles* par Kateb Yacine. Seuil, 1959.

Kateb Yacine. *L'Œvre en fragments*. Sindbad, 1986.

——. *Le poète comme un boxeur*. Seuil, 1994.

――. *Parce que c'est une femme*. Antoinette Fouqué, 2004.

Lorca, Federico García. *Poema del cante jondo*, 1921. Primera edición, Ediciones Ulises, 1931.

カテブ、ヤシーヌ『ネジュマ』島田尚訳、現代企画室、一九九四年。

カテブ、ヤシン「彷徨える民衆」鵜戸聡訳、『神奈川大学評論』七六号、二〇一三年、一四〇～四三頁。

――「包囲された屍体」鵜戸聡訳、『紛争地域から生まれた演劇5　アラブ・イスラム世界の現代戯曲』国際演劇協会日本センター（ＩＴＩ／ＵＮＥＳＣＯ）、二〇一四年、九五～一六四頁。

工藤晶人『地中海帝国の片影――フランス領アルジェリアの一九世紀』東京大学出版会、二〇一三年。

西尾哲夫『言葉から文化を読む――アラビアンナイトの言語世界』臨川書店、二〇一五年。

堀内勝『砂漠の文化――アラブ遊牧民の世界』教育社、一九七九年。


【付記】研究の過程で以下の科研費の支援を受けた（JSPS KAKENHI Grant Numbers 26300021, 15H03200, 15H03202, 15H03136）。

第2章　国民国家《ネイション＝ステイト》を希求する人びと

南アフリカ人作家H・I・E・ドローモの劇における国家観の変遷

溝口　昭子

はじめに

南アフリカでは、一九世紀後半のイギリス領ケープ植民地において「ケープ・リベラリズム」[1]と呼ばれる同化政策のもとで、選挙権や土地所有権などに関しては条件つきの人種的平等が保証されており、また、ほかの地域でも人種隔離政策は徹底的な実施には至っていなかった。ところが、第二次ボーア戦争後、イギリス領だったナタール、アフリカーナー系住民の国だったトランスヴァール共和国とオレンジ自由国とともにケープ植民地が州として組み入れられ、一九一〇年に自治領「南アフリカ連邦」が成立すると、その人種的平等をめぐる状況は一変する。自治領政府は、人種隔離政策を国是とする「白人の国」へと国の体制を大きく変貌させたのである。

自治領政府がつぎつぎと施行したアパルトヘイト根幹法や関連法は、先住アフリカ人（以後「アフリカ人」とする）[2]から土地や財産およびその取得手段を奪い、彼らを安価な賃金労働者の地位に貶めつつ、

「白人の国民国家《ネイション＝ステイト》」から隔離し、「再部族化《リトライバライズ》」していった。一九一三年の「原住民土地法」は、大多数のアフリカ人から土地の所有・借用の権利を奪い、労働においては産業調整法（別名「カラー・バー法」と呼ばれる人種割り当て法）を適用し、差別的待遇を固定した。「原住民行政法」（一九二七年）は、原住民居住区に住むアフリカ人住民に白人住民に適用されるものとは異なる「慣習法」を適用し、「原住民代表法」（一九三六年）は、ケープ州のアフリカ人にはまだ限定的に付与されていた選挙権を奪い、その選挙権を前提とする「アフリカ人が平等な一員として参加する国民国家」のかたちを完全に消滅させた[3]。

このように変わりゆく国家体制をめぐる葛藤は、二〇世紀前半に活躍した南アフリカの作家・知識人・政治活動家であるＨ・Ｉ・Ｅ・ドローモの、生涯およびその作品に深く刻まれている。彼はＡＮＣの党員、劇作家、詩人、学校長、バントゥー・メンズ・ソーシャル・センターの創設メンバー、カーネギー財団が設立した非白人用図書館の図書館員、新聞の編集者などの立場を通じて、生涯「アフリカ人同胞を啓蒙し、その地位向上に貢献する」地位にい続け、「人種間の平等が実現された国家」の実現を目指した人物である。

本稿ではドローモの四つの劇について、汎アフリカ主義や共産主義の影響を踏まえながら彼の「国家」観の変遷を考察する。まず、一九三〇年代後半に、彼が植民地主義的なアフリカ史に抗い、植民地時代前のアフリカ人の歴史を近代に生きるアフリカ人にふさわしい「国家的／民族的な」な歴史として復権させるべく書いた、一見「民族主義的」な英語歴史劇を取り上げる。とくに『救うために殺した少女――解放者ノンガウセ』（一九三六年）とその翌年に書かれた未刊行の劇『セテワヨ』について、そこに書き込まれた「国民国家から排除されたアフリカ系中産階級」の葛藤を考察する。さらに、彼が一九四〇年代に書いたが当時未刊行だった、「思想劇（plays ideas）」（Couzens 348）とも呼ばれた、より政治的な色彩が濃い現代劇を考察する。とくに『身分証明《パス》』と『労働者』のなかに、当時彼が論じていた「新しいアフリカ人《ニュー・アフリカン》」の概念と絡めて、アラン・バディウが定義する「いまだ非在である国家の未来における存在可能性にしたがって存在」する「人民」（バディウ 20-21）の姿を検証してみたい。

一　懐柔と分断に曝されるアフリカ系エリートの葛藤

「想像の共同体」をめぐる連帯と抑圧、強制される「創られた伝統」

南アフリカ連邦の幾重にも張り巡らされていった収奪・圧政・隔離のシステムのなかで、アフリカ系植民地エリートたちは「平等な権利を保障された臣民（あるいはその予備軍）」から「永遠の二流市民」へと苦渋に満ちた自己認識の変容を余儀なくされる。しかし、彼らがこういった政府の動きに対して当初取った「民族主義的な」行動は、きわめて穏健な請願型の運動であった。彼らは民族を越えて結成された南アフリカ原住民民族会議（SANNC、アフリカ民族会議〔ANC〕の前身）を通じて、以前と同じように政府の要職にある白人に働きかけ、さらには陳情団をイギリスへ送り、イギリス政府の要人やリベラルな層に訴えかけた。

アフリカ系エリートたちがこのような穏健な手段に依拠したのは、彼らの「イギリス帝国の忠実な臣民」としてのアイデンティティが大きく関係している。彼らはミッションスクールでの教育およびその

「文明化する使命」の産物であり、人種的平等が多少なりにも保証されていたケープ植民地において、そしてまだ人種差別政策が徹底的に実施されていなかった他のイギリス領において、植民地社会に多少なりとも同化し成功を収めていた層であった。彼らは、自らが「イギリス帝国臣民」であることを、ベネディクト・アンダーソンのいう「想像の共同体」、つまり国民国家の平等な一員でいることと同義に捉えていた。もちろん、イギリス帝国は正確には「国民国家」ではない。しかし、イギリス憲法上の人種間平等を約束するケープ・リベラリズムは、彼らにイギリス帝国を「国民のなかにたとえ現実には不平等と搾取があるにせよ、国民は、つねに、水平的な深い同志愛として心に思い描かれる」(Anderson 7) 場所として想像することを可能にしていたのである。

一九世紀後半、アフリカ系エリートたちは、ケープ・リベラリズムが保証する人種間平等や各種出版物から得られる情報を通して、アンダーソンのいう「もっとも広い意味での近代西洋文化、とくに一九世紀に世界の他の地域で生み出されたナショナリズム、国民、国民国家のモデル」(Anderson 116) を手に入れ、これによって「知識人は〔土語の〕話者同胞に対し、『われわれ』も〔白人たち〕のようでありうると語ることができるように」(Burnet qtd. in Anderson 116) なっていた。彼らは獲得した諸権利を擁護すべく、自分たちの利益を代表する白人政治家や弁護士を動かした。また、啓蒙主義的進歩史観に従い自分たちの後に続くように、民衆を近代化し、平等な権利につながる教育や収入を得られるようにすることを自らの使命と考えていた。実際、彼らが積極的に発行した同胞向けの新聞では、婚資や一夫多妻制など「前近代的」慣習の廃止、英語力向上の必要性、諸権利の擁護・拡大の方法などを呼びかけていた (Willan 6-9)。また彼らの多くは、アフリカ系アメリカ人をロールモデルと考え、ブッカー・T・ワシントンのような穏健なアフリカ系アメリカ人知識人が提唱する「自助努力」を信奉する者も多かった（Vinson 2）。もちろん、このような姿勢は、必然的に植民者との共犯関係や支配者の視点の内面化を孕んでいた。

しかし、自治領政府の人種隔離政策によってアフリカ人の政治的・経済的な状況が悪化をたどるなか、追いつめられた彼らはしだいに、植民地主義を内包した近代西洋を批判する反植民地主義、汎アフリカ主義（とくにガーヴィー主義）を謳う機関誌の国際的流通や、黒人労働者、学生、政治活動家の国を超えた移動やその情報網に支えられた黒人公共圏、西洋近代資本主義に対するオルタナティヴな国際主義としての共産主義との関係を深めていく。その後の反アパルトヘイト闘争および黒人意識運動を構成する、こういった、より国際的で横断的なコミュニティのなかで、彼らは自らのあり方そして南アフリカという「国家」を捉え直していくことになる。その運動も先鋭化し、民衆と連帯して、デモやストライキ、暴動など、より直接的な行動で国家体制に抗議するようになっていった。

このようなアフリカ系知識人の急進的な動きに対して、白人政府はさまざまな方策を用いて彼らを懐柔し、民衆からの分断を試みた。ロバート・トレント・ヴィンソンによれば、この懐柔手段に重要な役割を果たしたのは、アメリカのハンプトン・インスティテュートの社会学者でフェルプス＝ストークス基金の事務局長でもあったトーマス・ジェシー・ジョーンズなど、大西洋を越えて協力しあうアメリカと南アフリカの「リベラルな人種専門家」の白人たちであった。彼らは「ジム・クロウ的アメリカ南部を世界的に拡大した」人物たちで、「アメリカ南部をひとつの実験室とみなし、そこにおける人種関係を研究し、その教訓をアフリカにおける植民地政権下に応用しようと」（Vinson 95）した。

たとえば、彼らはアメリカ留学を希望するアフリカ人の若者にはリベラルアーツよりも農業などの実学分野を勧め、ブッカー・T・ワシントンの『奴隷より立ち上がりて』（一九〇一年）を南アフリカに広く流通させている。また、一九二一年にはフェルプス＝ストークス基金の委員会メンバーであり、アメリカの大学で教えるイギリス領ゴールド・コースト（現在のガーナ）出身の教授ジェイムズ・E・アグレイが南アフリカを訪れ、「進歩主義的な」アフリカ系知識人たちに向けて、ガーヴィー主義を批判し、自助努力や人種間の宥和の重要性を説いている。また、バントゥー・メンズ・ソーシャル・センターなどのさまざまな文化活動・啓蒙活動にアフリカ系知識人たちを組み込み、彼らの中産階級意識に特徴づけられた既存国家への帰属意識や、自助努力による社会的上昇への信頼といった「幻想」が多少なりとも維持されるよう仕向けた。

アパルトヘイト法のなかで知識人と民衆を分断する政策としてもっとも破壊的だったのが原住民行政法（一九二七年）である。この行政法により、原住民居住地の代表には政府に協力的な首長が任命され、その住民には新たに「慣習法」が適用された。この「慣習法」とは政府が解釈し法典化した「アフリカの慣習」であり、そこには知識人層が前近代的なものとして忌み嫌う慣習も多分に含まれていた。政府はこの法律を、民族構成も政治体制も植民地近代への対応も地域によって異なる住人たちの暮らしに一律に適用した。つまり、植民地政府によって捏造・固定された「アフリカの伝統」、すなわちテレンス・レンジャーのいう「創られた伝統」（Ranger 211）が、土地を喪失した共同体の自発的な発展の機会を奪うかたちで強制され、アフリカ系知識人が自認していた指導者的役割は「首長」という名の植民地機構にとって代わられたのだ（Willan 311）。

このような懐柔と分断に曝された南アフリカのアフリカ系知識人の抱える葛藤は、必然的に彼らのこの時代の著作に色濃く影響を与えることとなる。

H・I・E・ドローモ――「穏健派エリート」の軌跡

そして、本稿の冒頭で述べたように、そうした知識人のひとりがH・I・E・ドローモであった。ドローモは南アフリカ黒人文学の創成期の著名な作家であり、英語作品においては当時最も多作だった。しかし、日本では知られていない人物であるため、次節以降で彼の作品を論じるにあたり、まずは経歴を紹介しておきたい。ドローモはナタールに生まれ、黒人教員養成大学であるアダムズ・カレッジを卒業し、ヨハネスブルグで教鞭をとる。一九二〇年代は社会活動も活発に行ない、ダーバンの新聞『イランガ・ラセ・ナタール』や『バントゥー・ワールド』にも寄稿。ANCのメンバーでもあった。一九二八年から三五年はアメリカン・ボード・ミッション・スクールの校長を務める。

一九三〇年代には、リベラルな白人がアフリカ系中産階級向けに創設した数々の文化団体の主要メンバーとして活躍していた。一九三二年にはバントゥー・メンズ・ソーシャル・センターの委員会創設メンバー、そしてバントゥー・ドラマティック・

図版1　若かりしころのドローモ

図版2　バントゥー・ドラマティック・ソサエティがオスカー・ワイルドの『ウィンダミア卿夫人の扇』を上演したときの演劇仲間とともに。ドローモは後列右。

図版3　カーネギー財団の資金で運営されていた非白人用の移動図書館の貸し出し状況を調べている図書館員ドローモ（右側人物）

ソサエティの創設メンバーとなる。彼がこのころ書いた劇は、一九三八年ごろバントゥー・メンズ・ソーシャル・センターでよく上演されていた。一九三七年にはカーネギー財団が設立した非白人用図書館の図書館員となり、一九三八年には図書館の機関誌『読者の友』の編集にも携わる。一九三七年にはトランスヴァール原住民教員会議を開催し、バントゥー作家会議に参加している。一九四〇年に図書館員の職を解任された彼は、失意のなかでジャーナリスト活動を続け、やがて『イランガ・ラセ・ナタール』紙（後に『バントゥー・ワールド』に吸収される）の編集者となっている。このころ、政治活動もより活発に行なうようになり、穏健派のANCエリート層と急進的な労働者を中心とする層の橋渡し役を進んで担い、ナタールでは直接行動に訴えるANC青年同盟の立ち上げに尽力した。

作家としては多数の劇、短編、詩を残している。劇に関しては、初期は『救うために殺した少女――解放者ノンガウセ』（一九三六年）、『ンツィカナ』（一九三五年）、『ディンガネ』（一九三六〜三七年）、『シャカ』（一九三六〜三七年）、『セテワヨ』（一九三六年）、『モショエショエ』（一九三七年）など歴史劇を多く書いており、そのうち、『救うために殺した少女』は南アフリカの黒人作家の英語劇として初めて地元出版社ラヴデイルから刊行されている。その後は『生ける屍』（一九三九年）、『マラリア』、『身分証明《パス》』（一九四二年）、『男と女』、『労働者』、『ルビーとフランク』など、現代を舞台にした社会劇を多く執筆している。同時代の南アフリカを舞台にした短編も、雑誌や新聞に発表している。詩人でもあり、モダニスト的詩集『千の山がある谷』（一九四一年）を刊行している(4)。

ドローモはその生涯を南アフリカで過ごしたため、先に述べた汎アフリカ主義といった黒人労働者、学生、政治活動家の国を超えた移動や交流をともなう黒人公共圏を、直接には経験することはなかった。

だが、リベラルな白人の文化政策を使命感を持って担っていた一九三〇年代から、図書館員の職を解任された後、政治的に先鋭化しジャーナリストとして弁をふるった一九四〇年代にかけての変化には、後の反アパルトヘイト闘争につながる国際的で横断的なコミュニティの影響が顕著に認められる。同時に、白人が経営する出版社や新聞社の検閲および自己検問が、つねにその著作に影を落とし続けた作家でもある。

二　「国民国家から排除されるアフリカ系中産階級」
──『救うために殺した少女──解放者ノンガウセ』と『セテワヨ』

南アフリカの歴史劇における「国民／民族」

ドローモが作品を書きはじめた時期、すなわち、二〇世紀前半の南アフリカの黒人文学の黎明期においては、彼らの作品のほとんどが最初は歴史小説あるいは歴史劇であった。そのジャンルの選択の背後には、植民地時代前のさまざまなアフリカ系民族の歴史を、植民地近代に生きるアフリカ人にふさわしい「国家的／民族的な」歴史として復権させるというナショナリスト的要諦が存在している。同時に、ベキズィズウェ・ピーターソンが当時のアフリカ人作家による歴史小説について指摘する同じ特徴が、こういった作品にはみられる。それは、平等な権利の喪失と民衆からの分断を経験したアフリカ人エリートが、植民地行政官と彼らが選んだ「首長たち」と対峙するなかで、植民地近代のなかで汎アフリカ主義的抵抗を意識しつつ、「自らの階級集団としてのアイデンティティと抱負をどう構築するか」

（Peterson 291）という問題意識であった。

ドローモの歴史劇も例外ではない。当時、白人の「リベラルな文化政策」によって設立されたバントゥー・ドラマティック・ソサエティの創設メンバーでもあった彼は、その論考のなかで、イズィボンジェロのようなズールーの「部族劇の形式」が「アフリカの諸民族に一体感を与える」「民族／国家」劇になる可能性を指摘している（Dhlomo, "Why Study Tribal Dramatic Forms?" 37）。また、新しい世代のアフリカ人が、各民族の歴史上の人物たち「シャカ、ンツィカナ、モショエショエ、ムジリカジ、カーマ、ディンガネ、ノンガウセ、モロミ、セテワヨ、ロベングラ、マンタンティシなど」が、植民地教育のなかで歪められ「教室や教科書で野蛮人、殺人者、詐欺師」として登場するのを拒否し、彼らを「偉大な悲劇の国家／民族の指導者」としてみなそうとする動きを讃えている（"Why Study Tribal Dramatic Forms?" 42）。

実際、ズールー人であるドローモが、ソト人の王モショエショエやコサ人の予言者ノンガウセを主人公にした劇も書いていること、そしてその際に、当時の宣教師たちがアフリカ人作家に使用を薦めた民族語ではなく、英語をその媒体に選んだことは、その対象とする読者や聴衆が民族や人種を越えた都市部の英語話者であったことを意味する。これは、「想像の共同体」とはいかずとも、ローレン・クルーガーがいう「多人種多文化から構成される公共圏形成」を目指す行為であった（Kruger, "Placing" 121）。彼の歴史劇は、その内容においても対象者においても、アパルトヘイト法の分断に抗い、民族の違いを越え均一のアイデンティティを備えたアフリカ人が帰属できる近代的な国民国家を、そのヴィジョンに含んでいたのである。必然的に、彼の劇に登場するアフリカ人の王たちは「すばらしい伝統文化の担い手」というよりは、民族を越えた連帯をもたらした指導者として描かれていた。つまり、彼らは国民国家に帰属するうえで必要なアフリカ人の近代化および、その統一されたアイデンティティ構築への貢献者の側面を持つ者として、再構築される傾向にあったのである。

伝統をまとう近代、同化をまとう転覆者

ドローモのこのような歴史劇のなかでも、『救うために殺した少女——解放者ノンガウセ』は特別な位置を占めている。まずこの作品が他の歴史劇と大きく異なる点は、主人公の少女ノンガウセが偉大な王族ではないことである。それどころか、彼女は一九世紀半ばに「牛と穀物をすべて破棄すれば先祖の霊が白人をこの地から追い払う」と予言し、それを多くのコサ人が実行したために何十万人もの餓死者を出し、結果的にコサ人共同体の植民地化を促進させてしまった、いわばコサ人共同体の歴史的トラウマに深く関わる人物である。当然、植民地主義的言説では、ノンガウセの予言は譫《せん》妄状態で見た幻覚によるものであり、この事件は異教徒の迷信による集団自殺や千年王国運動と捉えられることが多かった(Davies 1-30)。ドローモ自身、一九三二年に、白人女性が書いたコサ語の劇に登場する「薬で朦朧とした巫女ノンガウセ」を目撃している(Orkin 27)。彼はこういった表象に抗い、ノンガウセをジャンヌ・ダルクにたとえ、彼女の行為が悲劇的なかたちであっても、結果的にはコサ人の近代化を促進させたと公言し(Couzens 176)、劇のなかでは彼女を進歩主義史観から肯定的に捉え直している。

さらに特筆すべきは、この作品が彼の劇のなかで唯一南アフリカで刊行され、しかも政治的な作品の出版を避け検閲的編集すら行なうラヴデイル社が刊行し、植民地近代への同化を称揚する「非政治的

な」テクストとして当時は評価されていたにもかかわらず、コード化された体制批判を含む高い政治性がみられることである。(5) 実際、この劇には国民国家を実現する指導者であったはずのアフリカ人中産階級が、「再部族化され政府と首長たちに取り込まれる同胞」から分断される不安、そして汎アフリカ主義的抵抗への共感が書き込まれている。

そもそもノンガウセという存在は、一九三〇年代の当時の観衆にとっては一九二〇年代に農村部で頻繁に起こった、ガーヴィー主義の影響を受けた千年王国運動「アマ・メリカ・アイェザ(Ama Melika Ayeza)」(ズールー語で「アメリカ人がやってくる」を意味する)を想起させるものであった。とりわけ想起されるのは、シカゴ生まれのアメリカ黒人医師を騙るズールー人、通称ウェリントン博士が率いたウェリントン運動である。彼は、アメリカ黒人からの物資調達、そして解放者としての彼らの到来を予言し、税金不払い運動、民族学校での独自教育などさまざまな抵抗運動を農村部で展開して、政府を大いに悩ませた人物であった。もちろん、劇中にノンガウセとウェリントン運動を直接結びつける描写は存在しない。しかし、当時の南アフリカの新聞でガーヴィー主義をノンガウセと結びつけて批判的に論じていたこと(Vinson 90)や、ウェリントン運動で白い家畜の屠殺を奨励した(Halisi 24)ことがノンガウセの牛殺しを彷彿させるなど、当時の観客がノンガウセという歴史的人物からガーヴィー主義やウェリントン運動を連想する可能性は十分にあったのである。

作品の前半に登場するノンガウセは、一見、その人物像もその予言の効果も「近代性」と深く結びついているようにみえる。彼女は譫妄状態にある巫女としてではなく、自らが聞いた音を周囲の「伝統的」首長たちに意図的に政治的に解釈され、利用される状況に疑問を持つ、すなわち「伝統的役割への近代的懐疑」を備えた人物として描出されている（Dhlomo, *The Girl Who Killed to Save* 10）。彼女が引き起こす牛殺しについても、ドローモら知識人が前近代的風習として忌み嫌った、「ロボラ」と呼ばれる婚資制度（牛で支払われる）を崩壊させる側面が言及されている（6-7）。さらに、彼女のこのような破壊的な「伝統的予言」がもたらす「近代」は宣教師、そして植民地政府長官の義理の弟ヒューという「植民地近代の使徒」たちによって、つぎのように社会進化論的に正当化されるのである。

私たちが目撃している牛殺しの事件は、来るべき宣教師のメッセージ、医学の恩恵、行政官によってもたらされる法律と秩序、教育の光に対して、コサ民族の大地と魂に備えさせるものです。〔……〕ノンガウセは代償が多い方法ではありますが、キリスト教や教育や行政の知恵が何世代もかかったことを短い期間で成し遂げてしまうでしょう〔……〕適者生存の法則を信じるならば、彼女の粛正し解放するテストを生き延びた者たちは、ほかの者たちよりも肉体的にも知的にも優れているでしょう。すでに、彼女の予言を疑い牛殺しを拒否することで、その知的独立性を示した者たちがいるとあなたも今おっしゃったばかりです。（Dhlomo, *The Girl Who Killed to Save* 18）

ドローモの進歩主義的解釈を代弁するかのようなこの白人為政者たちの発言は、この作品を植民地近代への同化を称揚するテクストとして同定することを可能にしている。しかし、白人たちに向けられたドローモの皮肉なまなざしは、彼らがこのような発言ゆえに「植民地近代」から「国民国家」へとアフリカ人を導くには不適格であることも同時に仄めかしている。彼らが飢餓状態にあるコサ人の救援に奔走しながらも、植民地近代やキリスト教の勝利に酔いしれる様子には、コサ人の苦境への共感が欠落しており、また、飢えを逃れたコサ人たちが白人の雇い主に「正直で十分で忠実な労働者」（17）として引き取られる様子を喜ぶ様子は、彼らのヴィジョンのなかに「アフリカ人を同じ国家の同胞とみなす」視点が欠けていることを露呈するのである。

そして興味深いことに、この劇では、植民地近代の申し子であるアフリカ人知識人ですら「国民国家」の実現者の地位を与えられていない。劇の最後において、白人の宣教師たちに命を救われ改宗したコサ人たちが、歴史上の人物であるコサ人宣教師ティヨー・ソガを紹介される場面がある。しかし、彼はこの場面で彼らを導くどころか、いかなる台詞も与えられていない。代わりに彼らに称揚されるのは、ノンガウセなのである。彼女は史実ではこの事件を生き延びるのだが、劇中ではすでに死亡した設定になっており、キリスト教徒となったコサ人の老人は、天国にいる彼女の姿を死の間際に目にして、つぎのように叫ぶ。

〔彼女を取り巻く人びとは〕彼女を迷信や無知の支配からの解放者と呼んでいるよ。その人びとは私たちが身につけているような皮の外套や毛布ではなく、光を身にまとっている――その光で彼らの体を見ることができないし。男か女かもわからない〔……〕さあ、彼女が私たちのところにやってくる。ごきげんようノンガウセ。はい、そちらに参ります。ええ、感謝いたします。どうか主のもとにお導き下さい。ああ、ノンガウセ、解放者よ！（Dhlomo, *The Girl Who Killed to Save* 29）

ここでは、彼女とともにいる人びとが「西洋の衣装」ではなく「光」をその身にまとうことで、人種や性で規定されるヒエラルキーが消滅した世界が示されている。そのような世界はソガや白人宣教師が体現する植民地近代を越えた場所に出現する可能性が仄めかされ、植民地体制の潜在的な転覆者として、そして真に平等な国民国家の実現者としての解放者ノンガウセが前景化されている。また、この場面に用いられるドローモ自作の賛美歌の最初の一節「ンコシ・カウ・シケレレ（Nkosi kawu sikelele）」（コサ語で「ああ神よ、祝福を」を意味する）が、ANCの集会で歌われる「ンコシ・シケレリ・アフリカ（Nkosi Sikelele' iAfrika）（「神よ、アフリカに祝福を」を意味する）に酷似していることも、「国民国家への希求」（Kruger, *The Drama* 57）とノンガウセを深く結びつけている。そこには、ガーヴィー主義にもウェリントン運動にも概して懐疑的であった（Couzens 118）当時のアフリカ系知識人が感じていた、「国民国家」の実現者としての自らの限界が示されている。そして彼らが最も前近代的とみなしたはずの農村部住民によるグローバルな汎アフリカ主義・反植民地主義を土着化し展開した抵抗運動への共感が、曖昧なかたちではあるが書き込まれているのである。

「ナショナリズム」と「排除されるアフリカ系中産階級」

『救うために殺した少女』とは対照的に、刊行も上演もされることがなかった『セテワヨ』においては、アフリカ人中産階級のアイデンティティの危機によって特徴づけられた反植民地主義的および汎アフリカ主義的なメッセージが、より明確に打ち出されている。強力な軍事力を誇り、イギリス人相手にズールー戦争（一八七九年）を戦ったズールー人の王セテワヨは、その卓越した「外交手腕」によって

「さまざまな部族を、白人にとって脅威となるような一つの強力な国家／民族にまとめあげようと」（*Cetshwayo* 145-46）する人物として描出される。その「部族」の違いを超えた「近代的なアフリカ人」という統一されたアイデンティティ構築への貢献者という側面は、ドローモらアフリカ人知識人の自認する役割とも重なるものである。

一方で、白人農場主や、白人の冒険家ダン、そして実在した原住民担当長官セオフィラス・シェプストンといった白人たちは、『救うために殺した少女』に登場した白人たちが、アフリカ人のキリスト教への改宗や文明化という植民地支配の大義名分の実現を意識していたのとは対照的に、そういった大義名分すら持たない、収奪や搾取を目的とする集団として表象される。白人農場主はアフリカ人の土地を欲し、ダンは「自分はアフリカ人たちに寄生している」（133）と公言してはばからない。シェプストンにいたっては、「セテワヨを倒し原住民を支配下に置くこと」は「無尽蔵の税収入」と安価な「労働力の宝庫」を得ることになり、財政的支援を本国から得られない植民地政府や、満足な税収入がないアフリカーナーたちの国家の利益となるため、「白人の文明と優位性を維持するためには、原住民は非武装化されなければならない」（146）と宣言する。ドローモは、シェプストンのこのような政策を、ナタール司教ジョン・コレンソの娘でズールー人の権利を擁護するハリエットに痛烈に批判させる（147）ことで、植民地政府の「イギリス帝国の国民国家的理念」からの明らかな退行を強調する。

劇の最後、セテワヨはダンたちに殺害される直前に「もう戦士の時代は終わったのだ」（175）と痛感しつつも、「ほんのひとときのことだ／過去にあったことは未来でも起こる／私たちは自由になるだろう／それぞれの人種がその首長と土地を持つであろう／アフリカ人のためのアフリカは続いていくだろう／黒人の王たちはその広大な領土を見守り続けるであろう」（176）と、マーカス・ガーヴィーの有名なスローガン「アフリカ人のためのアフリカ」（Africa for Africans）を含んだ言葉を遺して息を引き取る。ここには、アフリカ人を搾取しつつ「国民国家」から彼らを排除する現白人政府への怒り、指導者としての自らの無力さとともに、汎アフリカ主義・反植民地主義にもとづく、分離主義的な国家イメージが現政権に代わる未来として強く希求されている。

ティム・カズンズは、この作品に明確に表明されるナショナリズムについて、当時成立したヘルツォーク法とよばれる一連のアパルトヘイト法、そのなかでも原住民代表法（一九三六年）が、ドローモに『救うために殺した少女』の根幹にある進歩主義への信頼を失わせた（Couzens 155）ことの反映であると論じている。しかし、カズンズが、ヘルツォークの一九二〇年代の政策がシェプストンの政策の論理的かつ正当な後継者であるとするJ・R・サリヴァンの著書『セオフィラス・シェプストン卿の原住民政策』（一九二八年）の議論を挙げて（135）説明しているように、この作品でもっとも痛烈に批判されているのは、先住アフリカ系知識人たちをその同胞から分断し、アフリカ人共同体の自発的な発展の機会を奪った「原住民行政法」であろう。というのも、その法律への批判は、シェプストンとその先任書記パークとのあいだに展開される不自然なほどに長い政策論議に、その詳細な説明とともにはっきりと表明されているからである。

パークによれば、シェプストンの策定するさまざまな温情的かつ隔離主義的な法律が「教育を受け進歩的な原住民」を除外しないものであるならば、やがて、「教育を受けた大量のアフリカ人にヨーロッパ人は呑み込まれてしまう」（144）危険が発生する。その事態を防ぐためには、「教育を受け教養がある〔それゆえアパルトヘイト法の適用対象から免除された〕原住民の権利を削ぐ」（144）方策を講じる必要が生じる。その意味では「植民地長官を原住民の最高守護者」とする保護政策（のちの「原住民行政法」となる方策）こそが、政府のために働く下級官吏的な傀儡《かいらい》首長を大量につくり出し、「原住民」の慣習的な法を「法典化することで原住民の法律、思想、そして習慣の発展を止める」（144）ゆえに、その方策となりうるのである。しかも一九世紀後半という「現段階」では、そこまで見通せる者はおらず、白人側にとってはアフリカ人の生活を保護する名目で既得権益を守ることができ、アフリカ人首長たちにとっては自分たちが認知され、その「文化的・社会的な遺産を守る」ことが可能になるため、両陣営から反対者は出るはずもない。その意味でもきわめて「巧妙で効果的な手段」（145）だと、パークは皮肉を交えつつ褒め称えるのである。

このように、アフリカ系知識人のルサンチマンが前景化されたこの歴史劇においては、「原住民行政法」はイギリス帝国領時代から巧妙に政策のなかに組み込まれ、国民国家からアフリカ人を排除し、ドローモのような「アパルトヘイト法適用を免除される」はずの教養あるアフリカ人の発生を抑える「間接統治」の仕組みとして可視化されている。ドローモはアパルトヘイト根幹法や関連法のなかで、アフリカ人から土地を収奪した「原住民土地法」ではなく、この法律をとくに注視した。それは、「アフリカ人を含めた国民国家」実現に向けて、自分を含めたアフリカ系中産階級が「教育を通じてすでに国民国家の一員となる」というロールモデルとしてアフリカ系民衆を啓蒙し、代表しうる存在なのか、それとも民衆とともにアパルトヘイト国家の「永遠の二流市民」となるのか、そのアイデンティティに深く関わる法律だったからにほかならない。

そして、ドローモ自身を「永遠の二流市民」に貶める一連の法律がイギリス帝国時代から準備されていたのであれば、彼は自らを生み出した植民地近代の枠組みから離れ、新たな道を模索しなければならなかったのである。その作業は、一九三六年の原住民代表法の成立だけでなく、彼が一九四〇年に図書館員の職を解任され、「中産階級意識に特徴づけられた国家への帰属意識という幻想」から追放されたことで、より苦難に満ちたものであったに違いない。

三　「新しいアフリカ人《ニュー・アフリカン》」と国民国家の可能性——『身分証明《パス》』と『労働者』

「新しいアフリカ人《ニュー・アフリカン》」とは誰か

一九四〇年代、政治的に先鋭化しジャーナリストとして弁をふるったドローモの思索にみられる、共産主義や汎アフリカ主義など国際的で横断的なコミュニティの影響を語るうえで欠かせないのが、彼が一九四五年に発表した論考「アフリカ人のヨーロッパ人に対する考え」であろう。(6)

ドローモはこの論考のなかで、当時のアフリカ人をおおまかに「部族的アフリカ人《トライバル・アフリカン》」、「『どちらでもない』アフリカ人」(The "Neither-Nor" African)、そして「新しいアフリカ人《ニュー・アフリカン》」に分けている。とくにこの「新しいアフリカ人」は、都市部に台頭する新しいアフリカ人を定義したものである。彼らはマルクス主義でいうところの「対自的」な民衆、すなわち、資本主義社会において非抑圧者が自分たちを抑圧する階級に対して抵抗あるいは階級闘争を行なおうと自覚する人びとであり、また自発的に政治行為を行なうアフリカ人でもある。この「新しいアフリカ人」という名称およびそのあり方には、アメリカのハーレム・ルネサンスを牽引したアラン・ロックが、アメリカ都市部の新しいアフリカ系アメリカ人たちを定義した「ニュー・ニグロ」および共産主義の影響がみられる（Couzens 111-12）。ここで注目すべきは、とくに「どちらでもない」アフリカ人から「新しいアフリカ人」への移行過程が示す、アフリカ人エリートが中産階級的袋小路から軌道修正を余儀なくされ、来たるべき国民国家との関係において自らのあり方を再定義していく、苦渋に満ちたひとつの軌跡であろう。

「どちらでもないアフリカ人」は、「伝道所のアフリカ人、都市部の原住民地区の住人」、そしてアフリカ人のなかで「最も高い教育を受けた者たちの一部」がそこに含まれる。彼らはドローモの定義によれば、「資本主義者を信奉するキリスト教徒であろうとし、教養をそなえ進歩主義的であろうと」し、「ほとんどすべてのことにおいて西欧の権威と基準を受け入れ」、「リベラルな白人、宣教師〔……〕温情主義的な支配者を信頼し支持」している。当然、個人主義な志向を持つが、一方で「自分の人種集団が概して差別されている国」では「個人としての自分が成功できない」ことを知っている。にもかかわらず、「南アフリカの人種問題の現実的かつ根本的な争点については無知」であることに加えて、政府のプロパガンダや伝道所の教育のために、「自由になるためには、支配者たちの信頼と厚意を勝ち得なければならない」（Dhlomo, "African Attitudes to the European" 21）と考える人物である。つまりは植民地近代およびその大義名分を完全に内面化したゆえの矛盾に苦しむ人物であり、植民地エリートとしてのかつてのドローモの姿を想起させる存在である。

「新しいアフリカ人」は、このような矛盾を乗り越え新しいアイデンティティを獲得し、対自的かつ自発的に政治行為をするようになった者たちである。さらに、ドローモが彼らを「取り組むべき問題に目覚め、組織化され知的に導かれた民衆の行動の力に気づきつつある都市部の組織化された労働者たちと、進歩主義的な考え方をするアフリカ人知識人と指導者たち」(24)と定義づけるとき、そして、「労働者たちのストライキ、組織化されたボイコット、不正義に対する民衆の抵抗といった事件やさらに多くの出来事は、新しい民衆の目覚めを示す予兆にすぎない」(24)と語るとき、そこには共産主義による自己および国家の再定義が明確に示されている。

そもそも「どちらでもないアフリカ人」と「新しいアフリカ人」は、「人種、肌の色、政治信条が、特権や差別を生み出す印にはならない社会体制」(24)に向けて社会が進化すべきであるという、「進歩主義的考え」においては一致している。ただ、その到達方法およびその背景となる思想が異なるのである。「どちらでもない」アフリカ人に共有される「進歩」とは、エリートに導かれる民衆が「前近代的」な生活から脱却し近代国家の市民となるという、啓蒙主義的進歩史観にもとづくものであった。しかし、その道筋が閉ざされた状況で「新しいアフリカ人」が新たに選択するのは、むしろマルクス主義によって再定義された進歩、すなわち「進歩とはプロレタリアートが革命によって自らの手で勝ち取る」道筋なのである。

それゆえに、皮肉にもアパルトヘイト法によってつくり出された「人種という名の階級」のもとに、それまで分断されてきた本来はブルジョワ階級であるエリートと民衆の「プロレタリアート」としての共闘が可能になり、ボイコットやストライキといった直接的な抗議行動が、平等な社会の実現に向けての「進歩主義的」手段として提唱されうるのである。実際、ドローモ自身、一九五三年というかなり後の記事においてではあるが、アフリカ人中産階級を「この国の〔人種差別〕政策そのものが教育を受けた者と無学な者を交わらせ団結させる」ために他の中産階級の例とは異なる、と再定義している（Dhlomo, “Busy-Bee” qtd. in Couzens 321）。

当然、ドローモら知識人がその「新しいアフリカ人」の要件を満たすためには、彼らが陥っていた袋小路の元凶である「リベラルな白人」のさまざまな政策との共犯関係からの決別、すなわち、かつての中産階級意識、あるいは「どちらでもない」アフリカ人意識からの決別が必須となる。この彼の論考では、「リベラルな白人たちとそのリベラルな制度」、すなわち「原住民省や原住民庁およびそこに選ばれた卑劣で無知な首長の輩、原住民代表者会議、ブンガ制、[7] 人種別に分けられた教育、歳入、課税制度などといった、当事者の権利や権威が著しく侵害された伝統的な諸制度」によって進歩主義的なアフリカ人たちが自らの民を導くことも、アフリカ人が前進することも妨げられていることが看破されている。そして、「新しいアフリカ人」とは「このような矛盾と危険を暴露し、またそれらと闘う」（“African Attitudes to the European” 24）存在でもあることが宣言されている。そこには自分の「かつての階級的他者」であったアフリカ系民衆と周縁性を共有することで、彼自身の中産階級的幻想をも解体しつつ、国家体制の正当性そのものを問う姿勢が見られるのである。実際、彼は別の論考「民衆と芸術家」（一九四三年）において、「私たちは社会、芸術、倫理に関するそれまでの古くさい考え方や感傷や信念から目を覚まさなければならない」と、自らを民衆の指導者たらしめてきたはずの「教育」や「知」こそが覚醒した人びととの連帯や変革を阻むという認識を示している（Dhlomo, “Masses and the Artist” 61）。

ただ、その自らのあり方をも、ガヤトリ・C・スピヴァクのいう「学び捨てる」行為、すなわち、自分のなかに蓄積される「知」が、自分の特権と直結していることを認め、「特権が自らの損失」（Spivak 9）であることを理解し、その知の特権を解体する（本橋 157）ことは、たやすく実現できるものではない。実際、一九四五年の論考に労働者の視点が含まれていないこと、そして並列された三者の記述「取り組むべき問題に目覚め、組織化され知的に導かれた民衆の行動の力に気づきつつある都市部の組織化された労働者たちと、進歩主義的な考え方をするアフリカ人知識人と指導者たち」に一体感が欠けていることからも、その難しさをうかがい知ることができる。そして、このような葛藤をともなった「新しいアフリカ人」的意識およびそれに裏打ちされた国家観は、一九四〇年代に書かれたドローモの現代劇『身分証明《パス》』と『労働者』に色濃く反映されているのである。

共有される周縁性?

『身分証明《パス》』の題名にもなっている「身分証明《パス》」とは、アパルトヘイト体制下でアフリカ系住民がその移動を制限する目的で携帯を義務づけられた身分証明書を指す。所持していなければ即逮捕され、アフリカ系住民に「ドンパス」（dompas = Dumb pass）と憎しみをこめて呼ばれたこの悪名高き証明書の全国的導入は「パス法」（一九五二年）以降である。だが、すでに一九二三年に制定された「原住民（都市地域）法」によって都市部でのパスの携帯は義務づけられており、アフリカ系住民を「二流市民」や「不法移民」として国民国家から排除する暴力的な装置として機能していた。

『身分証明』においては、ナタール州の都市ダーバンを舞台に、パス不携帯ゆえにつぎつぎに逮捕され、留置所で夜を過ごす、さまざまなアフリカ系男女の姿が描かれている。まずこの劇で目を引くのは、無名ながらも豊かな多様性を備えたアフリカ系男女たちが、近代都市の正当かつ中心的な存在として描かれていることであろう。劇は、夜一〇時四五分、ダンスホールや映画館が近くにある街角で「多くのアフリカ人男女が行き来する」様子から始まる。その集団はやがて「服装も身のこなしも上品な」男女や「荒くれども」や、ギターを奏で音楽に合わせて踊る「キッチン・ボーイ」（Dhlomo, *The Pass* 189）など細かく書き分けられていく。やがて警察の小型トラックが急停車し、パスの提示を求めてはつぎつぎと不携帯者を逮捕していく。そこにはみすぼらしい服装の者や泥酔者のほかに、たまたまパスを持っていなかった教員や看護師など、その身分や権利を声高に主張する「中産階級」の者も少なからず含まれる。主人公である中産階級の男性エドワード・シトーレも、ヨハネスブルグからナタールに帰郷する際に発行される「身分証明免除証明」（191）を提示するが、その証明の意味を理解しない白人の警官によって逮捕されてしまう。この法律の不当性は、武器や大麻を隠し持つ「パスを携帯する」強盗たちが身体検査すら行なわれない場面によってさらに強調される。

こうやって逮捕されたさまざまな境遇のアフリカ人たちが、一つの房で夜を過ごし「不法移民」あるいは「犯罪者」という究極の周縁性を共有するのだが、そこでエドワードは、ジムという、留置場の仕組みに慣れた様子で周りの逮捕者の世話を焼く男性と出会う。この二人の意識の違いは、まさに「どちらでもないアフリカ人」と「新しいアフリカ人」の意識の隔たりを思わせるものである。エドワードが弁護士などの力を借りた「正当な手段」で無実を勝ち取り、留置場で発生するレイプをメディアを通じて世に訴えるという中産階級的解決を模索するのに対し、その成功確率の低さを知りつくし「この国でのわれわれの立場を分かっている」と言うジムは、「私たちや民のために復讐を行なう最もよい方法は社会全般における法律と秩序の敵となることだ」(217)と、直接的抵抗を通じて「破棄すべきもの」として国家体制を語る。さらに、エドワードがジムの言葉に感銘を受け、「君が語った言葉は君が思うより重要な事柄に言及している」(217)ゆえに、留置場を出たらその言葉を世に発信しようと、つまり彼を代行=表象しようと申し入れると、ジムはその不遜さをつぎのように指摘する。

堕落者や悪人が深くまともなことを考えられないなんて誰が言ったんだ? 個人の考えはその行為や社会的立場とは関係ない。だから君みたいなお上品で名のある人たちが、こういう厄介ごとに巻き込まれることはいいことなのさ。庶民が苦しみ、感じ、経験することを知ることになるからね。君たち「大物」たちは飢えたり労働者用宿所《コンパウンド》のあばらやに住んだり、農場や鉱山で働いたり、私たちが見たり経験した苦しみを味わったこともないだろう。なのに君たちは大騒ぎして私たちの指導者だとか言って、お利口な道化じみた演説で自分の名を売ろうとするんだ。(199)

ここでいみじくも指摘されているのは、中産階級が受けてきた教育や、そこから生じる特権こそが、彼らに自らの民を「階級的他者」とみなさせ、民衆から乖離させ、民衆を代行=表象する「指導者」としての資格を失わせているということである。そして、ここでもうひとつ指摘されているのは、彼らがアフリカ系民衆を代行=表象する行為すら、その中流階級的帰属幻想から解き放たれていないということである——そこには「自分を売り出す」ということへの抗いがたい欲望、つまり既存の国家体制のヒエラルキーのなかで階級的に上昇することへの欲望が存在しているのである。

エドワードがこの経験のなかで自らのあり方を「学び捨て」ゆく変化は、曖昧な帰結を迎える。留置場内の混乱に乗じてジムが逃亡した際に、その反社会的な自由獲得方法に対するエドワードの「なんという人物だ」(203)という賞賛の言葉には、ジムのような人物との連帯によるオルタナティヴな方向性が仄めかされている。しかし結局、劇は弁護士の力によって釈放を勝ち取ったエドワードのつぎのような独白で幕を閉じる。

一二時間前——一日もたっていない——私は一人の人間だった、いま私は別人になってしまった。毎日彼ら〔白人政府〕は私のような無垢な魂を持つ者たちを反抗的でシニカルな運命論者、向こう見ずな犯罪者、そして憎しみでいっぱいの理性のない敵に変えていくのだ。いつまで、神よ、いつまでこれは続くのだろうか?(Dhlomo, *The Pass* 209)

この台詞は、周縁化され、国家への中産階級的帰属幻想を失ったアフリカ人知識人の声であり、同時に「リベラルな白人」への警告を含んでいる。そもそもドローモの劇が「多人種多文化から構成される公共圏形成」を目指していた(Kruger, "Placing" 121)ことに加え、一九四〇年代にその「公共圏」がつぎつぎに施行される人種差別隔離政策に抵抗する、政治的にオルタナティヴな「〔多人種が〕統合され差別のない公共圏」(Kruger, "Theatre" 564)となりつつあった。さらに、実際に一九四〇年以降には政治的な劇を上演するアフリカン・ナショナル・シアターのような「公共圏的」劇場が台頭しはじめていた。このことを考えれば、より革新的なかたちでの「国民国家」の希求がこの場面でなされていたと言えるかもしれない。とはいえ、エドワードの言葉には、国家の「敵」としてアパルトヘイト国家の転覆を考えるジムのような対自的視点にはいたらず、その同じ国家の「二流市民」に堕ちた、しかし「敵」にはなりきれない中産階級の、「どちらでもないアフリカ人」的なルサンチマンにとどまっている印象は否めないのである。

国民国家を希求する人びとの連帯の（不）可能性

その意味では、労働組合員と労働者を主要人物にすえた現代劇で、そのタイトルも政治的な『労働者』（一九四〇年から四一年に書かれたが未刊行）は、一見「人種、肌の色、政治信条が、特権や差別を生み出す印にはならない社会体制」を「革命によって自らの手で勝ち取る」プロレタリアート、あるいは「組織化され知的に導かれた民衆の行動の力に気づきつつある都市部の組織化された労働者たち」と「指導者たち」（Dhlomo, "African Attitudes to the European" 24）で構成される、「新しいアフリカ人」の物語にみえる。

カズンズはこの劇を、「ドローモの劇のなかで少なくとも一見したところ最も先鋭的な劇であり、（台頭しつつあった）アフリカン・ナショナル・シアターのスタイルにより適していたかもしれない」（Couzens 188）と呼ぶ。実際、この劇は、白人が経営する工場「黒んぼ搾取奴隷製造悪党業社（Nigger-Exploitation Slave Manufacturing Crookpany）」を舞台に、過酷な労働に耐えるアフリカ人労働者たち、その一人で病気の子どもを抱える労働者ムプロ、そして労働組合から派遣され運転手として潜伏し労働者を組織化する組合員ショーファー（「運転手」を意味）を中心に描かれ、そこには台頭しつつあった当時の共産主義運動が強く反映されている。しかし、労働者ムプロと「指導者」であるはずの組合員ショーファーのあいだには、『身分証明』のジムとエドワードとのあいだに存在したような緊張関係がより明確に書き込まれており、最終的にはムプロとショーファーの立ち位置は道徳的に逆転していくのである。

劇の冒頭では、ムプロが、ショーファーが説く労働組合主義の意義を理解した同僚たちが今夜にでも自発的に反乱を起こそうとしていることを語る。それに対してショーファーは、「組織化されない衝動的な行動」（Dhlomo, *The Workers* 212）は目的を達成しえないと、その動きを牽制するが、この彼の「労働者の組織化」こそが、労働者の抵抗運動を組合の政治的な欲望の道具として利用する行為として揶揄されている。そもそも彼が「組織化」するアフリカ人労働者たちは、自律性に欠け個性が消失した、「声」という名前の集合体としてしばしば表象される。彼らは最初「最低限の生活賃金」「住居や健康と幸福」「自由に意見を表明する権利」「人間として労働者としての権利」（222）と、国民としての権利をも含めた要求を自発的に叫んでいるが、ショーファーが演説を始めるや否や、その巧みなレトリックに煽動されるがままに、刹那的に政治スローガンを叫びはじめる。

ショーファー：しっかりと組織された労働組合運動が労働者の武器となり勝ち取る権利とは、より高い賃金とよりよい福利厚生、雇用者と被雇用者のあいだの理解、調和、共感、協力と互恵関係の維持、産業の安泰と成長のためのひとつの担い手となること。労働組合主義が労働者を利するのは以下のことにおいてである——公平な法律と採決の提供から利益を得つつそれを要求すること、不当な解雇や迫害と闘うこと、法律を提供することを避けたり労働者の無知や無秩序につけ込むような雇用者を見つけ出して罰すること。それは君たちにとってより多くの金を意味する。
声：そうだ、われわれは金が欲しい！　金！　金！（Dhlomo, *The Workers* 223）

このように、ショーファーは難解な概念を用いた演説の最後に意図的に単純なメッセージを忍び込ませては、そこに労働者の意識を向けさせ、そのスローガンを動物的な、そして皮肉にも資本主義的な欲望がむき出しの先祖がえりを思わせる様相を帯びたものに変えていく。この彼らの様子はさながらギュスターヴ・ル・ボンが『群集心理』（一八九五年）で論じた、「盲目的に指導者／煽動者に従う自律性を欠いた即自的群集」を彷彿とさせる。

さらに、重病の我が子を置いて仕事を続けることを強制されたムプロに、子どもの死を知らせることを躊躇する同僚とは対照的に、ショーファーは告げることで彼に暴動の火つけ役をさせようともくろむ。しかし、知らせを受けたムプロが最初にとった行動は、銃を向ける警官からショーファーを守ろうとする自発的かつ犠牲的な抵抗であった。暴動に続く工場の爆発の後、ショーファーはムプロの死体を前に、彼を「勇敢なる者」「同志」、さらに「兄弟」（227）と呼び、自分が死ぬべきであったと泣き叫びつつ、崩れ落ちる建物の下で命を落とす。

ここで称揚されるのは、「組織の利益を労働者の幸福に優先させる指導者とそれに盲目的に従う自律性を欠いた原始的な群集」ではなく、「自律した個人の自発的かつ友愛に満ちた行為（それは「限界ある指導者」をも覚醒させる）がもたらす平等な深い同志愛に支えられた労働者たちと指導者」である。この行為はアンダーソンのいう国民国家特有の「水平的な深い同志愛」にも重なるものであり、このような労働者たちこそが、国民国家を希求する資格を与えられているようにみえる。もちろん、ムプロとショーファーが崩れ落ちる工場の瓦礫の下敷きになる結末は、彼らの連帯が現体制の破壊以上のものをもたらすには至っていないことを仄めかしてはいるのだが。

この作品『労働者』にみられる労働組合主義と国民国家の理念との対立は、ドローモのほかの著作や伝記に彼と共産主義や労働組合主義との緊張関係を示すものがないため、これを彼の当時の労働運動への批判として単純に捉えることは難しい。ただ、学び捨てることができない中産階級意識、そしてそれが現国家への帰属幻想をもたらし、連帯すべき労働者を「階級的他者」に変えてしまうことがもたらす葛藤を抱えたドローモが、組合運動に内在する新たな階層化への欲望を「国民国家実現への障害」として看破していた可能性は十分に考えられる。

つまり、ここで希求されているのは、覚醒した民衆や労働者が「限界ある指導者たち」を越えて自発的に体制に抵抗し、「指導者たち」も自らのあり方を解体するまなざしを獲得するなかで、「新しいアフリカ人」を構成する「組織化され知的に導かれた民衆の行動の力に気づきつつある都市部の組織化された労働者たちと、進歩主義的な考え方をするアフリカ人知識人と指導者たち」のあいだに水平的な同志愛に支えられた共同体が出現することなのだ。それがなされて、初めて「新しいアフリカ人」が「人種、肌の色、政治信条が、特権や差別を生み出す印にはならない社会体制」(Dhlomo, “African Attitudes to the European” 24)を実現しうる、すなわち、アラン・バディウが定義する「いまだ非在である国家の未来における存在可能性にしたがって存在」する「人民」(20-21)となりうるのである。

おわりに

ドローモは政治活動に深く携わった一九四〇年代以降、南アフリカという「白人国家」において、制度化された人種主義に対して白人の同志とも共闘を目指す現実的姿勢をとり続けた。また、穏健派のANCエリート層と急進的な労働者を中心とする層のあいだの連帯・共闘を呼びかけ、その橋渡し役を進んで担い、ナタールではほかの知識人らとともに、民衆の権利を守り直接行動に訴えるANC青年同盟の立ち上げに尽力し、青年同盟はやがてANCの反アパルトヘイト運動を牽引する組織になっていく。

このように、アパルトヘイトによって分断され階層化されてきた人びとに可能な限り広く、ときには相手によって言葉を使い分けながら、連帯を呼びかけ、その先導役を務めたのがドローモであった。だが、彼の論考や作品をしばしば特徴づけるのは、不思議にも植民地エリートであった自分自身の知に深く刻まれ「学び捨て」ることができない分断の爪痕と、国民国家を希求する対自的な集団への帰属意識(あるいは帰属願望)とのあいだの緊張関係であった。そして、その緊張関係を可視化するまなざしは、植民地主義を内包した近代西洋および西洋近代資本主義だけでなく、ときにはそれを批判しオルタナティヴな世界の構築を謳うさまざまな運動にも内在する、階層化への欲望をも浮き彫りにしていく。

階層化への抗いがたい欲望を可視化するドローモのまなざしを可能にしたのが、アフリカ中産階級の知識人と民衆との「プロレタリアート」としての連帯・共闘を、「人種という名の階級」のもとで実現させてしまったアパルトヘイト法であったことは歴史の皮肉でしかない。しかし、ドローモは結果的に分離主義的なナショナリズムからは距離をおき、「すべての人種に自由と平等が保証された南アフリカ」を想像し語り続け、それは奇しくも、ANCが一九五五年に「人民会議」で採択した自由憲章の内容とも一致している。もちろん、反アパルトヘイト闘争がその後激化するなか、ドローモら二〇世紀初頭の「穏健な」知識人・作家たちは、急速に忘れ去られていく。だが、一九八〇年代に南アフリカのカズンズやウィランなどの白人研究者が彼らを発掘し再評価していったことは、彼らのその「穏健さ」と無関係ではない。皮肉なことに、ドローモらが理想とした国民国家こそが、国の大多数を占める非白人に収奪・圧制・隔離を強いたアパルトヘイト国家の終焉後、かつての白人支配者が南アフリカで「国民」として、そして非白人の「隣人」として生きることが許される唯一の「国のかたち」だったのである。

註記

＊ 本稿は、『多様体』（第一号、二〇一八年）に掲載された「『国民未満』から対自的民衆へ――H・I・E・ドローモの作品を中心に」と一部重複部分があることを、あらかじめお断りしておく。

（1） イギリス領ケープ植民地において一八五三年から存在していた同化政策を指す。ケープ・リベラリズムは、限定つきではあったが、教育と収入のある成人男性に等しく土地購入権と選挙権および被選挙権を与えていた。当初は解放された元奴隷、すなわちケープ・カラードを対象とする同化政策であったが、植民地化によって土地を収奪される一方で、宣教師による教育を受ける機会を得たアフリカ人ブルジョワ層が都市に流入し、その権利を享受するようになった。この多民族から成る、英語を話し敬虔なキリスト教徒であるアフリカ系エリートたちは、帝国の理念としてのケープ・リベラリズムを強く支持していた。彼らは、獲得した諸権利を擁護すべく、自分たちの利益を代表する白人政治家や弁護士を動かし、また、積極的に英語や民族語で新聞を発行して、この新しい権利について同胞を啓蒙した。この層は少数であったが増加傾向にあり、一九世紀末には政府が彼らの勢力拡大を警戒するまでになっていた（Evans, *Equal Subjects, Unequal Rights* 91-99）。

（2）南アフリカにおいて「アフリカ人」の定義は難しい。広義には市民として白人も「アフリカ人」であるし、アパルトヘイトの「人種差別隔離政策の対象となる有色人種すべて」を「アフリカ人」と定義するならば、そこにアジア系や「カラード」といった人びと（アパルトヘイト体制下での彼らの処遇はまた若干異なるものであったが）も入る。先住民を「アフリカ人」とした場合は、狭義ではバントゥー系の黒人が南部アフリカに南下して定住する前からその地に住んでいた、コイサン人のみがその範疇に入る。本稿では議論の混乱を避けるため「アフリカ人」を、「一六世紀以降、白人が到来したときにその土地に住み、白人に『原住民』と分類され、二〇世紀の白人政府の『原住民』を対象とした人種差別隔離政策によって周縁化されてきたバントゥー系の黒人（アジア系やカラードは除く）」と定義する。民族としてはコサ人、ズールー人（作家ドローモはこの民族出身である）、ソト人、ヴェンダ人、ンデベレ人などが含まれる。

（3）「部族」という言葉は「共通の言語、単一の社会体系、そして確立された慣習法を持っている」文化単位を意味し、その「政治的および社会的な制度は親族関係にもとづき」、その成員権は「うまれつき」（Iliffe 323-24）とされる。植民地主義的な評価基準により「未開社会」とみなされた地域の集団に適用されてきたという点で偏見を含む用語であり、とくにアフリカの人びとに対しては作為的に用いられ、植民地統治の枠組みとしても用いられた（Iliffe 324）。そのため、最近は「民族」に統一されつつあり、筆者も本稿では「民族」を使用する。ただ、ドローモら当時の南アフリカの黒人の知識人は「部族」という言葉を、まさに進歩主義的かつ植民地主義的な評価基準から、彼が近代的な「国民国家」の基準に達していないとみなす、「前近代的」な共同体で暮らすアフリカ系住民の集団に対して用いている。また、白人政府がアフリカ人を「再部族化する」という場合は、彼らを「国民国家」から隔離するために、当時「前近代的」とみなされた慣習を固定化して押しつけ、その自発的な発展を阻害する行為を指す。したがって「民族」や「再民族化」という言葉ではそのニュアンスが失われるために、今回は場合に応じてカギ括弧つきで「部族」「再部族化」という言葉を使用している。また「アフリカ人」を指す「原住民」も、日本では差別的な意味合いを含むため使用は望ましくないが、当時の差別的な意識が反映されている政策の名称に含まれる言葉であるため、これも法律名や地区名などでは残すことにした。

（4）本文中の作品に記載された年は、『救うために殺した少女』および『千の山がある谷』は刊行年だが、それ以外は当時は刊行されなかったため、執筆年を明記した。なお、作家でジャーナリストのR・R・R・ドローモは兄である。

（5）ラヴデイル社のこの検閲の例としてよく知られているのは、南アフリカのアフリカ人による最初の英語小説といわれるソル・プラーキの『ムーディー』（一九三〇年）が宣教師の編集者から受けた「編集」である（Couzens and Gray 198-215）。ドローモとその兄の著作に関してはラヴデイル社からのみ刊行が許されており、それゆえ、ピーター・エイブラハムズによれば、彼らは「書く内容について注意しなければ」ならなかった（Abrahams 232）。

（6）ドローモの「アフリカ人のヨーロッパ人に対する考え」は、執筆者によって『多様体』（第一号、二〇一八年）に訳出され、その「新しいアフリカ人《ニュー・アフリカン》」に関する論考も同雑誌に掲載された訳者課題で詳述されている。

（7）セシル・ローズが一九世紀末から南アフリカ各地で設立していった「原住民代表者会議」の、コサ語での名称。これは、白人の地方長官および政府に選ばれた「原住民代表」がアフリカ系住民を代表するという、きわめて植民地主義的な間接統治制度である。

引用文献

Abrahams, Peter. *Tell Freedom*. Alfred A. Knopf, 1954.

Anderson, Benedict. *Imagined Communities: Reflections on the Origin and Spread of Nationalism*. 1983. Revised ed., Verso, 2006.（『定本 想像の共同体――ナショナリズムの起源と流行』白石隆・白石さや訳、書籍工房早山、二〇〇七年。）

Attwell, David, and Derek Attridge, editors. *The Cambridge History of South African Literature*. Cambridge UP, 2012.

Couzens, Tim. *The New African: A Study of the Life and Work of H. I. E. Dhlomo*. Raven, 1985.

——, and Stephen Gray. "Printers' and Other Devils: The Texts of Sol T. Plaatje's *Mhudi*." *Research in African Literatures*, vol. 9, no. 2, 1978, pp. 198-215.

Davies, Boniface Sheila. "History in the Literary Imagination: The Telling of Nongqawuse and the Xhosa Cattle-killing in South African Literature and Culture (1891-1937)." Dissertation, St. John College, University of Cambridge, 2010.

Dhlomo, H. I. E. "African Attitudes to the European." *The Democrat*, 17 Nov. 1945, p. 21, p. 24.（「アフリカ人のヨーロッパ人に対する考え」溝口昭子訳・解説、『多様体』第一号、二〇一八年、一八五～九二頁。）

——. "African Drama and Research." (Literary Theory and Criticism of H. I. E. Dhlomo) *English in Africa*, vol. 4, no. 2, 1977, pp. 18-22.

——. "Busy-Bee," *Ilanga Lase Natal*, 12 Dec. 1953.

——. *Cetshwayo*. Visser and Couzens, pp. 115-77.

——. *The Girl Who Killed to Save*. Lovedale, 1936.

——. *The Girl Who Killed to Save*. Visser and Couzens, pp. 3-329.

——. "Masses and the Artist." (Literary Theory and Criticism of H. I. E. Dhlomo) *English in Africa*, vol. 4, no. 2, 1977, pp. 60-62.（「民衆と芸術家」溝口昭子訳・解説、『多様体』第一号、二〇一八年、一七九～八四頁。）

——. *The Pass*. Visser and Couzens, pp. 189-209.

——. "Why Study Tribal Dramatic Forms?" (Literary Theory and Criticism of H. I. E. Dhlomo) *English in Africa*, vol. 4, no. 2, 1977, 37-42.

——. *The Workers*. Visser and Couzens, pp. 211-27.

Evans, Julie, Patricia Grimshaw, David Philips and Shurlee Swain, editors. *Equal Subjects, Unequal Rights: Indigenous Peoples in British Settler Colonies, 1830-1910*. Manchester UP, 2003.

Halisi, C. R. D. *Black Political Thought in the Making of South African Democracy*. Indiana UP, 1999.

Ilfife, John. *A Modern History of Tanganyka*. Cambridge UP, 1979.

Kruger, Loren. *The Drama of South Africa: Plays, Pageants and Publics since 1910*. Routledge, 1999.
——. "Theatre: Regulation, Resistance and Recovery." Attwell and Attridge, *The Cambridge*, pp. 564-86.
——. "Placing 'New Africans' in the 'Old' South Africa: Drama, Modernity, and Racial Identities in Johannesburg, circa 1935." *Modernism/Modernity*, vol. 1, no. 2, 1994, pp. 113-31.
Orkin, Martin. *Drama and South African State*. Manchester UP, 2001.
Peterson, Bhekizizwe. "Black Writers and the Historical Novel: 1907-1948." Attwell and Attridge, *The Cambridge*, pp. 291-307.
Ranger, Terence. "The Invention of Tradition in Colonial Africa." *The Invention of Tradition*, edited by Eric Hobsbawm and Terenge Ranger, Cambridge UP, 2012, pp. 211-62.
Spivak, Gayatri Chakravorty, and Elizabeth Grosz. "Criticism, Feminism and the Institution." *The Post-Colonial Critic: Interviews, Strategies and Dialogues*, edited by Sarah Harasym, Routledge, 1990, pp. 1-16.
Vinson, Robert Trent. *The Americans are Coming!: Dreams of African American Liberation in Segregationist South Africa*. Ohio UP, 2012.
Visser, Nick, and Tim Couzens, editors. *H. I. E. Dhlomo Collected Works*. Ravan, 1985.
Willan, Brian. *Sol Plaatje: South African Nationalist, 1876-1932*. Heinemann Educational Books, 1984.

バディウ、アラン「『人民』という語の使用に関する二四の覚え書き」アラン・バディウほか著『人民とはなにか?』市川崇訳、以文社、二〇一五年、二〇~二二頁。

本橋哲也『ポストコロニアリズム』岩波新書、二〇〇五年。

溝口昭子「『国民未満』から対自的民衆へ――H・I・E・ドローモの作品を中心に」『多様体』第一号、二〇一八年、一九三~二一一頁。

ル・ボン、ギュスターヴ『群集心理』桜井成夫訳、講談社、一九九三年。

第3章　非場所の文化

森崎和江が掘りあてた〈もうひとつの日本〉

結城　正美

はじめに

　グローバリズムとコロニアリズムをめぐる議論においては、西洋と東洋、グローバル・ノース（北の先進国）とグローバル・サウス（南の後進国）のあいだにそれぞれ作用している不均衡な力関係を明示するものとして、西と東、北と南という概念軸が用いられることが多い(1)。西／東、北／南という軸を導入することにより、地球を覆うグローバリズムの動向を網羅的に検証することができるようにみえるが、しかし、それらに加えてもうひとつ重要な概念軸がある。それは、地上／地下という軸である。そもそもほぼすべての人間は地上で生活しており、地下は日常的関心の外部にある。だが、まさにその関心の希薄さにこそ、地上と地下の力関係が映し出されていると考えられないだろうか。地上の人間活動は、地下と関係がないどころか、現代文明を可能にしたエネルギー資源の多くが地下から産出されるという事実に示されるように、明らかに地下に依存している。さらに、そうしたエネルギー資源は、国家や地域というレベルだけでなく、産出という労働現場においても、支配と抑圧の構図に絡め取られていることから、コロニアリズムの複合的展開を示す問題域として捉えられるべきものであろう。

本稿では、地下に埋蔵されているエネルギー資源のなかでも、近代国家として舵を取る日本にとって最も重要であった石炭に目を向け、炭坑をめぐる作品を多く著わした森崎和江の文学実践を検討することにより、搾取と依存という二重の桎梏を透明化する近代国家の論理を、その現場であった地下から照射する文学的試みを考察する。

一　文化としての炭坑

エネルギーと文学

エネルギーという問題域は、近年、文学研究において関心を集めており、英語圏文学研究の主要学術誌『PMLA』でも二〇一一年に特集が組まれている。その特集「木材、獣脂、石炭、鯨油、ガソリン、原子力、その他のエネルギー源の時代における文学」を企画したパトリシア・イェイジャーは、たとえばジャック・ケルアックの『オン・ザ・ロード』はガソリンがなければ成立しない文学世界であったと指摘し、フレドリック・ジェイムソンの「政治的無意識」にならって「エネルギー的無意識」という概念を提唱し、文学テクストにおけるエネルギーの作用に着目することの意義を論じた。『PMLA』の特集から発展したイムレ・セメンほか編のキーワード概説集『燃料供給文化入門』では、一〇〇名以上の執筆者が「エネルギー」「進化」「ダム」「石炭」「エコロジー」「電気」「リスク」「再生可能」「太陽光」「ジェンダー」「石油リアリズム」をはじめとする、エネルギーについての基本用語および関連語を分析的に解説し、エネルギーの記号性を論じている。このように、近年のエネルギーをめぐる文学研究には、石炭、石油、原子力といったエネルギー資源を記号論的に考察する傾向がうかがえる。

ほかにも例を挙げると、石炭はかつて産業革命を可能にしたエネルギー資源として栄光の座にあったが、地球環境問題の深刻化ならびに環境意識の高まりにともない、温室効果ガスの最たる排出源として批判され、気候変動の元凶という「汚い」ものの記号と化しているという見解が示されたり（Dawson）、また、石油はグローバルな交通・流通ネットワークや工業化の飛躍的な進展に不可欠なものであるという点で、物質というだけでなく「文化」であると解釈されもしている（Bergthaller）。さらに、ニュー・マテリアズムの発展と相まって、静的な物体としてではなく作用主体としてとらえるかたちでエネルギー資源の記号論的読解を試みる向きもある（Sullivan）。

このような昨今の文学研究の動向と趣を異にするのが、一九九七年に刊行されたトニー・カーティス編の石炭文学アンソロジー『石炭』である。その序論で編者が述べるところによれば、このアンソロジー編纂の原動力となったのは、炭坑にコミュニティが生まれ、文化が生まれ、文学が生まれたという事実であるという（Curtis 11）。[2] 関心の向けられている先が、石炭という物質というよりも、石炭を掘る人間にあり、この点が近年のエネルギーをめぐる記号論的アプローチと根本的に異なる。本稿で考察する森崎和江の作品で描かれるのも、石炭そのものというよりも、炭坑労働に従事する人びとであり、そうした人びととの世界である。[3]

図版1　玄界灘の浜辺に立つ森崎和江氏（2012年2月，筆者撮影）

石炭や炭坑を描いた文学作品が多数存在するなかで、[4] 森崎の作品に着目する理由は、森崎の文学空間が、近代国家日本を多面的に考えることを促す確たる光源を内包しているということにある。一九二七年、日本の植民地であった朝鮮で、開明的な教育者の父と情愛深い母のもとに生まれ、「朝鮮によって育てられた」と述懐する森崎は、支配／被支配という単純な二分法に収まらないコロニアリズムの重苦から目を背けず、そこに身をおいて言葉を探り続けた作家である。[5] 敗戦前夜、一七歳のときに、父の故郷のある九州北部に移り住むが、そこで森崎が抱いたのは、日本に対する拭いがたい違和感であった。その後長年にわたり、朝鮮に「育てられた」という意識と、加害民族の一個人が朝鮮に帰属意識をもつことは許されないという自覚のあいだで、森崎はアイデンティティの宙吊り状態と葛藤に苦しむ。

そのような切迫した状態において森崎の拠りどころとなったのが、手掘りで炭坑労働に従事していた元坑夫たちであった。

私は、炭坑労働精神史が書きたかったのだ。それは、地上で生まれた太陽を仰ぎつつ育った人びとが、それぞれの事情で故郷を離れ、地下で働き、人間とは何かを、微光を肉体から発すかの如き苦悩でもって現象させているのを知ったからだ。ここにこそ、母のくにありと思った。（森崎「筑豊と山本作兵衛さん」209、強調原文）

「くに」というひらがな表記に、森崎が手探りで探し求める「くに」が近代国家とは異質なものであることが意図的に示されているといえよう。また、「それぞれの事情で故郷を離れ」、「人間とは何かを、微光を肉体から発すかの如き苦悩でもって現象させている」という、元坑夫をめぐる記述には、既存の概念や言葉に馴染まない自らの生を把捉する手立てを探る森崎自身の境遇が重ね合わされていると考えられる。佐藤泉が指摘するように、既成の言語の外部に広がる元坑夫の経験に自らを重ねていたからこそ（「森崎和江の言語論」73）、森崎は、元坑夫の認識論的・存在論的磁場に反応したのではないか。森崎が炭坑労働に感取した「母のくに」は、その後、自己対象化の文法を修得するにつれ、「母国」という言葉に置き換えられていく。

かくして、言語的・思想的な欠如の感覚に縁取られた森崎の母国探しは炭坑から始まった。これはいかにも皮肉なことのように思える。というのも、周知のとおり石炭は、日本が国家の威信をかけて進めてきた近代化・工業化を支えたエネルギー資源であり、そうした国家的事業は植民地支配とも直結していたわけだが、その日本の植民地であった朝鮮で、日本人として最先端の近代的生活を享受してきた森崎が「母国」の在《あ》り処《か》を感じ取ったのが、ほかならぬ炭坑であったからである。母国をめぐる葛藤を内包した森崎の複眼的なまなざしは、日本の近代化を支えてきた炭坑に照準が定まるに至って、そこに近代国家とは異なる〈もうひとつの日本〉を幻視する。

森崎の母国探しの拠りどころとなった炭坑に特有の価値観なり文化があるとすれば、それはどのようなものであろうか。

坑夫の文法

炭坑とはどういうところか。

いうまでもないが、日本の近代化の推進に不可欠であった石炭は、地下深くから掘り出されたエネルギー資源である。日本では一般的に、露天掘りではなく坑内掘りの方式が採られ、地中を縦に横に延びる採炭・運搬用の坑道は、深いところで海面下六〇〇メートルにまで達したという(熊谷 26)。そのような地下深部で、文字どおり陽の光を見ることなく、一日中、一年中、石炭を掘る人たちがいた。地下数百メートルでの労働は、とりわけ機械の導入以前の手掘の時代は命がけであった。落盤すれば命を落とす。いつガス爆発が起きるかわからない。そういう死と隣り合わせの危険な仕事であるがゆえに、なおかつ実質的に「奴隷」同様の搾取的な労働環境のために(上野 52)、貧困や強制連行により炭鉱労働を余儀なくされた人も少なくなかった。なかでも森崎が暮らしていた筑豊は、「炭鉱が多かったので、朝鮮人労働者も多く、戦後長く強制連行・労働問題の『本場』であった」といわれる(伊藤 49)。

過酷な労働の現場は、しかしながら、近代国家としての地位の確立に邁進していた日本が最も重視していた石炭にじかに触れる場でもあった。夜明け前から坑道に下り、一度も陽光を見ることなく地下で石炭を掘って運ぶ坑夫たちは、日常的に石炭に触れていたのである。これは、炭坑と同じかそれ以上に搾取的といわれる原子力発電の労働現場とは対照的である。[6] 石炭が長いあいだ人力で掘られていたのに対し、原子力に関わる現場では、当然のことながら、人や他の生物への放射線障害を回避するため原子炉は隔離される必要がある。人が現場に入る場合も、原子力との接触を防ぐために防御服を身につけることが義務づけられる。それぞれ日本の経済成長の主要な段階を支えてきた炭鉱と原発は、接触と隔離という点で対照を成す[7]。この違いは何を意味するのか。三池炭鉱のドキュメンタリー映画を制作した熊谷博子はつぎのように語る――

> 炭鉱は文化を生み出したが、原発は文化を生み出さなかった。
> 炭坑節はあっても原発節はない。ついでに石油音頭もない。(2)

石炭との接触が炭坑独自の文化を生んだのであれば、そこにはどのようなメカニズムが働いていたのだろうか。森崎の『奈落の神々――炭坑労働精神史』に、炭坑固有の文化の発生についてつぎのような記述がある。

> 人々はあげて「国家」を新しい共同概念にせんとしていた近代日本の初期に、村々から個々に追わ

れ、世上のその新思潮と断たれ、それまでの自然観——神々と共存するその農民的精神的自然——から一挙に物質としての自然に直面し、共に在る何ものもなく、八方破れの状態でとにもかくにも或る固有の感性を確立している。(『奈落の神々』20)

「世上」を「地上」に置き換えてみれば、森崎が「地下の文化」や「炭坑労働精神史」とよぶ炭坑の労働世界の固有性がより明確になるだろう。近代国家を旗印として社会形成が進められていた地上とは対照的に、地下では、「農民的精神的自然」観をはじめとする地上の価値観が通用しない。したがって、坑夫たちは「物質としての自然に直面」せざるをえない。これは、口で言うほどたやすいことではないだろう。そもそも「物質としての自然に直面」するとはどういうことか。字義どおりに解釈すれば、手掘りの作業における石炭との身体的接触と捉えることができる。しかし、坑夫たちが「それまでの自然観」から「一挙に物質としての自然に直面」したという変化が書き留められていることに留意すれば、「物質としての自然」との対峙とは、既成の概念や世界観が及ばない、効力をもたない、意味を成さない、おそらく「石炭」という言葉すら透明ではありえない、そういう状態を指すと考えられる。いいかえれば、概念的フィルターが存在しないという意味での、認識における直接的接触が、「物質としての自然」との直面に含まれている。森崎が捉えた炭坑の文化は、依拠する認識的枠組みなしに物質そのものとしての自然と向き合い、「八方破れの状態でとにもかくにも或る固有の感性を確立」するという文法を形成したといえよう。

地下の文化は、「男先山と女後山の一対となったいのちがけの労働の歴史」の中核を成す。「いのちがけの労働」は、落盤の危険に常時さらされた搾取的労働を指すだけではなく、終始「いのちがけ」の状態で共有される「生命感に立脚した存在把握」を含むものであった（『奈落の神々』384, 380）。労働搾取という被害を受けつつも、「百パーセントの被害意識の所有者というわけではなかった」坑夫たちに、森崎は、支配と搾取、加害と被害といった二項対立的論理とは異質な、「底抜けの開放性」を見て取る（16）。そして、坑夫らに自らのすがたを批判的に重ねる。森崎が捉える、あるいは森崎を捕らえて離さない地下の文化においては、労働と生命観は分離していない。落盤の危険性がつきまとう「いのちがけ」の労働は、そうした差し迫った状況だからこそ、社会制度や慣習が介入する余地のない生命中心的な関係性の世界を築いた。階級や身分といった社会制度を突き抜けた、開放的かつ深遠な生命感覚にもとづく地下の文化は、「地上ぐらしの者と直接的には共有しがたい」独自の精神世界を形成したのである（378）。

原発のレトリック

そのような固有の文化を、おそらくはほとんど人目に触れることなく醸成してきた地下が、昨今、原発の〈ゴミ〉の最終処分地として注目されている。森崎が注視し続けた炭坑と地下深部という点で共通する超深地層が、高レベル放射性廃棄物処分候補地として注目されている現在、原発問題における地下の捉え方を検討することは、炭坑をめぐる森崎の文学実践の現代的意義を考えるうえで少なからず意味のあることではないかと思う。そこで、簡単にではあるが、原発との関連における地下の表象を考察する。

エネルギー供給に欠かせない資源は、そのすべてが永遠に使用可能であるわけではない。使えない部分や使えなくなったものはゴミとして処分されねばならない。石炭の場合、資源として使えないものはボタとして野外に放置された。閉山後はボタ山解体が進んだものの、筑豊炭田に位置する田川を筆者が訪れた二〇一〇年ごろでも、山と積まれたボタが文字どおり山となって風景の一部を成していた。原発でもゴミが出る。そのひとつが高レベル放射性廃棄物である。ボタと異なり、これは数万年以上にわたり放射線を出し続けるのだから、野外に放置しておくわけにはいかない。処分の方法をめぐっていくつかの選択肢が専門家によって検討された結果、安全・コスト・実現性の点から「地層処分」が注目されている。(8) 地層処分とは、「深い地層が本来持つ物質を閉じ込めるという性質を利用する処分方法」であり、原子力発電環境整備機構（NUMO）が作成したパンフレットにはつぎのような説明が掲載されている。

高レベル放射性廃棄物と地層処分低レベル放射性廃棄物は、廃棄物の特徴に応じた適切な人工バリアを施したうえで、地下300mより深い安定した地層（天然バリア）中に処分します。人工バリアと天然バリアを組み合わせた「多重バリアシステム」をつくることにより、放射性廃棄物を私たちの生活環境から長期間にわたり隔離することができます。(9)

この説明文で強調されているのは「バリア」で「隔離」するというロジックである。隔離先として超深地層が選ばれたのは、そこが「安定」しているからという理由によるが、このロジック、この文体は、見覚えがある。池澤夏樹が一九九〇年代初頭に発表した「核と暮らす日々」というエッセイで紹介していた、原子力施設のパンフレットとよく似ている。少し長くなるが池澤の考察を引用しよう。

制御と遮蔽が原子力産業全体の基本姿勢である。遮蔽について実に正直に語っている文書をぼくは発電所で貰った。『東海発電所／東海第二発電所のあらまし』という表題の（日本原子力発電株式会社広報部の発行になる）その文書の文体そのものが封じ込めるという姿勢、原子力に対する人間の基本姿勢、を露骨に語っていた。ぼくはそれを非常に興味深く読んだ。「安全への配慮」という項目には「放射線の封じ込め」と題して五つの壁が放射性物質の周囲にあることを強調している。そして箇条書きにして五項目からなるその、句読点まで含めて百六十字ほどの短い文章の中で、危険性は「固い」、「丈夫な」、「密封」、「がんじょうな」、「気密性の高い」、「厚い」、「しゃへい」、ということばの羅列によって文字通り封じ込められていたのである。（49）

原子力発電の説明に池澤が読み取った「封じ込め」の文体は、発電を終えて出たゴミの処分に関するNUMOの説明にも明確にうかがえる。発電からゴミ処分まで一貫して、原子力発電の言説には制御と遮蔽のレトリックが用いられているのである。NUMOのパンフレットの他のページでは、「バリア」、「隔離」、「収納」といった言葉で説明されるシステムにより「放射性物質の動きを抑え閉じ込めます」と記されている（8）。発電から廃棄処分されるまでをエネルギーの一生と捉えれば、原子力は生まれてから死ぬまで、いや死後もずっと、「封じ込め」られなければならない(9)。そういう原子力のゴミの葬られる先が、森崎の「母国」探しを支えた炭坑と同じ地下数百メートルであるというのは、先に述べたように、いかにも皮肉である。

地下で掘られ地上にゴミが積まれる石炭と、地上で発電され、今後ゴミが地下に埋められる可能性の高い原子力では、産出と廃棄の場が真逆であるが、それよりもさらに重要な対照性が、人とエネルギー資源との関係に見いだせる。石炭が産出からゴミ処理に至るどの段階においても身体的接触をともなうのに対し、原子力は一貫して隔離され、原理上そうされる必要がある。炭坑における身体的接触が、単に手で、肌で、あるいは目で触れるというのではなく、森崎の記述に刻みつけられていたように、物質そのものに触れるという、既存の認識様式が意味を成さないような強度の接触であったことは重要である。身体的接触と協働以外に拠りどころがないという差し迫った状態だったからこそ、「固有の感性」の確立と、それにもとづく新たな文化の創発が可能であったのではないか。

原子力をめぐる隔離の論理は、そうした創造的営為の入り込む隙のない堅固な壁を張り巡らせている。しかし、その壁を作るのは原子力を扱う人間であり、これまでの原発事故に例証されてきたように、隔離の壁は決して完全なものではない。接触が命取りにつながる原子力は、隔離の壁を突き破って接触しうるものになったとき、人間の認識を超える〈そのもの〉として、社会的に通用している考え方を根幹から揺さぶる力を持ちうるのであろうか。これは本章のテーマを超えるものであり、立ち入る余裕はないが、ひとつだけ指摘しておきたい。それは、チェルノブイリを取りまく世界にオーラルヒストリーの手法で迫ったスベトラーナ・アレクシエービッチが、放射性物質との接触を生きる人びとの言葉に「感覚の新しい歴史」の始まりを見て取っているということである（31）。この「感覚の新しい歴史」は、アレクシエービッチが森崎と同様に既存の言葉が通用しないことに意識的であり、表現の手立てとして聞き書きを選び取っていることを考えると、森崎のいう「地下の文化」と相似するところが小さくないように思われる。

先述したように、日本の支配下にあった朝鮮で生まれ、日本の封建的価値観に抵抗を示す両親のもとで、身体的にだけでなく精神的にも朝鮮を土壌として成長した森崎は、近代国家日本とは異なる、植民地主義や近代化といったイデオロギーを突き抜けたところに存在する〈もうひとつの日本〉を探し求め、[10]その手がかりを九州・筑豊の炭坑に見いだした。森崎を捕えて離さなかった炭坑の「地下の文化」は、しかしながら、エネルギー革命を機に、あるいはそれ以前の炭坑の機械化によって、衰退を余儀なくされていた。炭坑文化が消滅に向かっていた二〇世紀半ば、森崎が訪ねた明治・大正・昭和初期の坑夫は「戦争のあとタンコウモンもつまらんごとなった。誰も彼も会社員のげなつらになってしもうた。もう切れば血を噴くげな人間はおりませんも」と話した、と記されている（『奈落の神々』15）。

地下深部が原発のゴミ処分地として注目されている現在、「地下の文化」の存在は完全に葬られようとしている。

経済成長至上主義の日本を文字どおり足もとで支えていた炭坑に森崎が見た〈もうひとつの日本〉とはどのようなものなのか。それをつぎに検討するが、あらかじめ指摘しておきたいのは、地下の文化が具現する〈もうひとつの日本〉への着目が、過去への単純な遡行でもなければ、失われた文化をノルタルジックに称揚することでもないということである。森崎が見ていたのは、失われた日本ではなく、〈もうひとつの日本〉であり、近代国家日本という大きな物語に抑圧されつつもそれと並走していた〈にほん〉にほかならない[11]。

二　地下の文化

攪乱される近代空間

エネルギーは、軍事および食料と並び、国家安全保障に不可欠な三要素のひとつである。日本のエネルギー政策にとっての「運命のターニングポイント」は一九五五（昭和三〇）年であった（熊谷 350）。この年の一〇月、石炭鉱業合理化臨時措置法が施行され、中小炭鉱の閉山が進み、「国策として石炭から石油へ」移行した。同年一二月に原子力基本法が制定され、一九五六年一月一日、原子力委員会が設置された（350）。

一九五五年は、森崎が初めて炭坑を訪れた年でもある。このとき森崎は二八歳。生まれてから一七年間暮らした朝鮮を一九四四年二月に離れ、父親の故郷の福岡に移った森崎は、先述したように、日本に疎遠さを感じる一方で、自らが育てられたという朝鮮に帰属意識を持つことを自身に許さず、自分のふるさとと、母国を探し求めていた。一九四九年、丸山豊の主宰する「母音詩話会」に引き寄せられるように参加し、そこで知り合った松石始と一九五二年に結婚し、翌年長女を出産した。同じ年、「ぼくにはふるさとがない」と苦悶していた弟が自死する。森崎の母国探しは、弟の死によって思想的複雑さを増す一方で、谷川雁との出会いにより「サークル村」の活動や『無名通信』の刊行に具体化されるような運動的転回をみることになる。作家・森崎和江もこの時期に誕生した。サークル村の活動を象徴する文化活動誌『サークル村』が一九五八年九月に創刊され、森崎は、谷川雁、上野英信らとともに編集委員に名を連ねた。[12]その『サークル村』に森崎が寄せた最初の文章は、かつて炭坑で働いていた女坑夫への聞き書きであった。

日本のエネルギー政策のターニングポイントであった一九五五年に話を戻そう。先述したように、この年は森崎が初めて実際に炭坑を訪れた時期でもあった。[13]結婚して出産し、「女は産めるからいいね」と言い残して自死した弟の母国探しも引き受けたかのように、「ふるさと」や「母国」を探し続けていた森崎は、つぎの一節にうかがえるように、あるときから炭坑に関心が向いていった。

敗戦以来ずっと、いつの日かは〔朝鮮を〕訪問するにふさわしい日本人になっていたいと、そのことのために生きた。どうころんでも他民族を食い物にしてしまう弱肉強食の日本社会の体質がわたしにも流れていると感じられた。わたしはそのような日本ではない日本が欲しかった。そうではない日本人になりたかったし、その核を自分の中に見つけたかった。また他人の中に感じとりたかった。引揚げて十年を過ぎた頃、炭坑を知った。その町を見た。おずおずと炭坑町に住んで、権威と縁なく、都市や農漁村とも体質を異にし、男も女も働く日本人に接した。人びとははじけるように明るくて、地上の権力に意を注がなかった。それよりもおそろしい地下の暗黒とたたかっていたから。（『慶州』221）

炭坑に初めて足を踏み入れたときのことを、森崎はいくつものエッセイで書いている。電車に乗り、地図と照らし合わせて石炭の採れる地域であろうと判断して降りた中間《なかま》駅で、ハイヒールを履いた自分が立っている地面の下で石炭が掘られていると知ったこと、そして、そのときに受けた衝撃。この話には、往往にして、石炭が地上に小石のように散在していると思っていたという回想が添えられている。地上にあると思っていたものが地下に、自分の足元にあるということ。ここには、地下と地上の攪乱が内包されている。さらに、夜に発光するボタ山の風景が、「小石の原っぱ」の広がる川を「天の川」と捉えた朝鮮での幼少期の経験と重なる記述が森崎の文章に散見されるという事実を考え合わせれば(14)、地上と地下の空間的攪乱は、天上をも巻き込みながら、地下と地上と天上の境界が曖昧になり意味を成さなくなる場を創出し、それによって空間をめぐる近代的感覚を揺さぶる作用をもたらしていると考えられるであろう。

ボタ山に天の川を重ねる描写は森崎の複数の文章にみられるが、二〇一〇年一二月に行なわれたインタビューでの森崎の発言を引用しよう。このとき森崎は八三歳であり、地上/地下/天上の空間的攪乱が一過性の衝撃ではなく、長年にわたり森崎の思想的核となっていたことがうかがえる。

　幼いころ、両親に連れられて大邱川の広い河原に行ったときに、白い石ころがいっぱいあって真ん中を水が流れていたのを見て、「うわ~、天の川ね!」って言ったら、「これは河原っていうんだよ」って。あんな河原のように石炭はいっぱい転がっているものだと思っていたの。
　一九五五年、二九歳のときに筑豊を歩きました。久留米から博多に行く〝汽車ぽっぽ〟に乗って、筑豊線に乗り換えて、地図を見ながらこの辺が炭坑かなと思って降りたの。そこは中間駅でした。

駅の前を歩いていたら労働者ふうの人が歩いて来たので、「石炭はどこで採れるのでしょうか」って訊ねたら、「ちょっと止まって。ほら、いま掘りよる、足の下」って。「えっ、地面の中ですか」って、私、足が震えて。ハイヒールを履いてたし、恥ずかしくてね。小さな旅館に泊めてもらい、夜、外を見たら小山が燃えているのよ、旅館の人に訊いたらボタ山だと教えられた。
その何年か後に中間市に移ったの。（森崎「インタビュー」7）

森崎が筑豊の炭坑町・中間に移り住んだのは、一九五八年である。エネルギーのターニングポイントから三年ほどたったころで、閉山にともなう突然の解雇をはじめとする問題が噴出していた時期と重なる。先述したように、同年九月に『サークル村』が刊行された。「下部へ、下部へ、根へ、根へ、花咲かぬ処へ、暗黒のみちるところへ、そこに万有の母がある。存在の原点がある。初発のエネルギイがある」という谷川雁の言葉に象徴されるように（谷川 13）、炭坑から近代日本を根源的に再考することを目指したサークル村の活動は、新たなネイションのかたちを探る試みであったともいえるであろう。『サークル村』の思想をめぐる水溜真由美の考察によれば、「『下へ降りる』は、インテリである自らが知的・階層的な断絶を乗り越えて社会の底辺に生きる人々のもとに赴くことのメタファー」であった（130）。くわえて言えば、「下へ降りる」ということは、文字どおり地上から地下へ降りるということでもあり、地下の文化なるものに着目する身振りでもあったはずである。

愛《エロス》と労働の一致

地上で展開する近代化や戦争や植民地政策が必要とする、地下の石炭。それを掘り出す坑夫のなかでも、森崎の関心はとりわけ女坑夫に向けられた。同じ女性であるがゆえに共感しやすかったということも関係していたのかもしれないが、それよりも、女性の坑内労働禁止（一九三二年）というかたちで地上の論理の影響を受けやすかったにもかかわらず、それでもなお地下に降りていた女性たちが、地下の文化を体現する存在として捉えられていたと考えるのが妥当であろう。炭坑をめぐる森崎の最初の著作『まっくら』が女坑夫への聞き書きで構成されているという事実にうかがえるように、森崎は女たちの経験に耳を傾け、女坑夫たちに体現される地下の文化を言語化する試みに取り組んだ。むろん、女坑夫への聞き書きは、「地上の言葉に翻訳できない世界」に向かう唯一の手立てという意味合いを持っていたことから、森崎自身の母国探しと重ね合わされていた（佐藤「森崎和江の言語論」72-73）。つぎの引用は、そうした聞き書きの一部である。

あたいはどんな偉そうな人でもおそろしゅうない。相手を人間と思うから。あんた、これは大事ばい。役人じゃとか、偉いさんじゃとか思って喧嘩したらつまらん。どんな相手でも、相手は人間ばい。いざとなったら、人間と人間の勝負じゃ。理くつと尻の巣はひとつばい。相手が役人のつらして理くついったら「人間の理くついえ」とあたいはいうばい。そしてどこまででも、ねじこむよ。人間のつら出すまで。出したらこっちが勝つばい。

あたいはね、じいさん（夫）と一緒になって、ずっと籍いれんだった。役場がやかましゅういう

ても、炭坑がやかましゅう言うても、籍はいれん。いつでもケツワれるようにしとる。〔……〕
あんた、坑内の仕事はわかるまいが、切羽では先山と後山はめおとばい。めおとのげな気色にならな、はかがいかん。坑内は気狂いばい。気が立っとる。ぐずぐずしたり油断したりしとったら、一日坑内におってもその日の米代にもならんよ。みんな気狂いになっとる。切羽でも二人が殺しあうげな張り切りようでないと、よか相手といわれんばい。そこまでいきの合うときは、これは、めおと以上じゃね。めおとなんか……。（『奈落の神々』387-88）

地下での人間関係が「めおと」と対照的に語られている。籍を入れない、坑内労働に地上の男女関係を持ち込まない、という具合に、地下の世界が社会制度の外部にあることが強調されている。地上の世界が社会制度によって秩序づけられているのに対し、そういった制度の及ばない地下の文化の基底を成すのは「愛と労働との一致」であると、森崎は捉える。「坑内労働を体験した女たちほど愛と労働との一致を強調する人々も少ないと思います。炭坑地帯には母に捨てられた子も多いし、また父親のちがう子どもらをもつ家庭も多いのですが、これは退廃的な性関係の結果ではなくて、むしろ自己に対する誠実さのあらわれである場合が多かったのです」（「坑底の母たち」183）。エロスと労働の分離していない生のありようは、制度に依存せず束縛もされない、むき出しの、「いのちがけ」の生き方を森崎に示したのであろう。子捨てや自由恋愛といった、社会通念上問題視されるような行動も、地下の文化の文脈では、いのちがけの生き方が示す「誠実さ」と受け取られる。[15]

地下の文化をめぐる森崎の記述には、「愛と労働との一致」や「炭坑労働精神史」という具合に、「労働」という言葉が頻出する。「共働」や「働くこと」という言葉も含め、労働に関する言葉の使用頻度がじつに高い。このことに、地下の文化が身体的労働と切り離しては捉えられないという森崎の見解が示唆されているが、この場合の労働とは、地上の経営論理への抵抗の意味合いを含んでいることに注意する必要がある。佐藤の『一九五〇年代、批評の時代』によれば、一九五〇年代末から六〇年代初めにかけて、炭坑の人員整理によって経営危機を切り抜けようとした経営側に対して、坑夫がそうした「資本の論理」自体から離脱するかたちで閉山と退職金を要求することにより、「逆説的に真の「労働者」のアイデンティティを建て直」す動きがあった（222）。労働が形づくる文化、労働それ自体が文化であるような世界、その一端がたとえばつぎの記述に描かれているように思われる。

個体の認識よりも、食わねば生きられぬ個体を各自ふまえてそれら能なしどもの総体を対称として共働し、共働の成果を問うことよりもその場での充足感を求めたのでした。労働に比していちじるしく低い賃金及び社会的地位のなかで、自己を回復しつづけんとする彼女らの知恵であるかもわかりません。彼女ら〔後山を指す〕は働くことで自己を把握してきました。
それは、より広い社会へ向けられたところの人恋しさと表裏一体となっている他者選択基準に、よくあらわれています。彼女らは人恋しさにかわきながら、反面では、つけもののたぐいを交換する仲間について、まことにきびしい選択基準を内在させています。その基準は、労働観が従来の家意識を破っているか否かにあります。その選択性の明瞭さと不動性は、まるで射しとおさぬ日光をこの世の吹きでものと無視してくらす反人間的地下集団のように共有されています。（「アトヤマ」140）

「家意識」にたとえられる社会制度との対比がここにも明確にうかがえる。引用後半に言及されている「人恋しさ」と「まことにきびしい選択基準」が矛盾しない関係の世界は、エロスと労働の一致のヴァリエーションとみなしうるものであろう。結婚制度や雇用制度といった制度の外部で深められる人間関係は「体まるごとくれてやるような助け合い」を特徴とする一方で（『奈落の神々』18）、そのような人間の共同体が決して牧歌的なものではないことが、先の引用の後半に仄めかされている。

森崎が炭坑に見てとった地下の文化が理想郷でもユートピアでもないことは明らかである。そもそも、地下にはユートピアとして幻視されるような場所がない。人の手によって掘られる過程で形成される地下の空間は、落盤や爆発によっていつ埋め戻されるかわからず、物理的に措定されうる場所をもたない。ある場所としてイメージされるというよりも、労働の過程そのものに現出する場、エロスと労働の一致した生のあり方によってのみ経験される非場所としての場、そこに森崎は〈もうひとつの日本〉を見ていたのではないだろうか。

三　非場所としての〈もうひとつの日本〉

仮託されえない文化

日本の近代化を根源的に問い直す文学実践は少なくない。そのひとつに、『サークル村』の同人で森崎と同い年の作家である石牟礼道子の〈苦海浄土〉三部作——第一部『苦海浄土——わが水俣病』（一九六九年／一九七二年）、第二部『神々の村』（二〇〇四年）、第三部『天の魚』（一九七四年）——がある。水俣病は、チッソ水俣工場から排出されたメチル水銀化合物で海が汚染され、そこに生息していた魚介や海藻が汚染され、食物連鎖を通して人体が汚染されて発症した中枢神経系疾患である。有毒な排出物を垂れ流した工場で生産されていたのは、化学肥料、カーバイド、塩化ビニールといった日本の近代産業化を象徴する製品であり、実際のところ、チッソ水俣工場は戦時中、戦争物資を供給する重要な拠点であった。

日本の近代化を支えた産業という点で、チッソ水俣工場と炭坑は共通する。そして、海や魚に異変が現われるや地元の海産物を避けた市民とは対照的に、海との親密性ゆえに魚を獲り食べ続けて水俣病を発症した漁村の人びとに、水俣病をもたらしたチッソに対する敵意よりも、むしろ「くに」の誇りとして「会社」を抱きとめるような、被害と加害の二項対立図式に回収されえない世界観を見て取った石牟礼と、奴隷のような労働が横行する炭坑に労働者自身によって生み出された生命中心的で開放的な共働の世界を見た森崎は、日本の近代化をめぐる問題への斬り込み方において相似する部分がある。石牟礼は水俣の漁民たちに、森崎は筑豊の坑夫たちに、近代国家日本とは異なる〈もうひとつの日本〉を見いだしたのである。

そのような類似性をもつ一方で、森崎の見る〈もうひとつの日本〉は、石牟礼の描く不知火海沿岸とは異なり、目に見える場所をもたない。もちろん炭坑という場所はあるが、地下にあるがゆえに、また落盤などによって埋め戻されることもあるため、海のような恒常的に存在する場所とは根本的に異なる。また、より重要なことだが、石牟礼の描く不知火海沿岸漁民の文化が、人と海との親密な関係として表象されうるのに対し、森崎の捉える「地下の文化」は労働においてのみ現象する。『苦海浄土』を読みながら、私たちは不知火海に面した漁村という具体的な場所に「もうひとつの近代」を重ね合わせることができる。しかし、地下の文化に体現される〈もうひとつの日本〉は、エロスと分離していない労働に現出するのであり、ある場所に仮託して語られるものではない。そのような、物理的に場所をもたない文化を語る難しさが、たとえばつぎの引用にうかがえるように、森崎の記述には滲み出ている。

ことばは普通地上生活者の感性で染められているので、〔……〕元坑夫の多くは肝心なところで口をつぐむ。〔……〕

この広い廃坑地域を現代の巡礼たちが訪れる。三里塚や水俣や沖縄を巡って。だれもが重い問いを抱き、その肉体をこの沈黙する風景で傷つけんとするように歩く。ふと感想を洩らしたりする。「三里塚の農民は土について一生懸命に話したし、水俣の漁民は海をあくことなく話したけどなあ。土や海を語ることが自分を語ることになるんだ。あの関係こそ原点だと感じていたけど、筑豊は……何が……」。（「未熟なことば・その手ざわり」40-41）

水俣や三里塚では「土や海を語ることが自分を語ること」になり、周りの自然・環境との深い関係——まさにそうした「関係」が近代化によって断ち切られた——を語る言葉がある。しかし、炭坑には、「土」や「海」に相当するものが物理的に存在しない。地下の文化を語る言葉を見つけることの困難が示された一節である。もうひとつ関連する記述を引こう。

たとえことばによらなくとも、土や海への働きかけが働きかける者の主体的伝承性で統一されている限り、それは蓄積され生きた文化となる。その文化は他の文化への加害を目的とはしない。それでも滅びることはない。滅さんとするものが現れた時には反撃する内在力となるのである。

けれども肉体が覚えこんでいる表現性・創造性は、その具体労働が具体労働として伝承されない限り死滅する。それは同時に、その伝承性によって蓄積されている反撃力をも死滅させることを意味する。肉体労働者が心身をしぼるようにことばをほしがるのは、この時である。(46)

「土や海への働きかけが働きかける者の主体的伝承性で統一されている限り、それは蓄積され生きた文化となる」という論理が石牟礼の描く水俣に適用されるとすれば、森崎が捉える地下の文化は、「具体労働が具体労働として伝承されない限り死滅する」ものであり、労働にのみ体現される文化が蓄積されうる場所がないということに象《かたど》られている。森崎が注視する地下の文化は、いわば非場所を母胎とするのである。

炭坑固有の文化の言語化および思想化に取り組んでいたとはいえ、森崎の聞き書きはむろん、元坑夫を代弁することを意図したものではない。聞き書きは、森崎に自己対象化の可能性を開示する唯一の場であった。実際、森崎は「ことばでめし食う者」としての自覚をもって元坑夫たちを訪ね歩いた(「未熟なことば・その手ざわり」44)。それほどの磁場を元坑夫たちはもっていた。いのちがけの関係性の世界が現象する非場所は、物理的な場所に仮託されたアイデンティティという観念から森崎を自由にし、それによって「日本」への違和感と朝鮮に対する負債の感覚に向き合う足場を提供した、と考えられるのではないだろうか。

非場所という足場

先述したサークル村は、地下深くの「存在の原点」から近代国家を逆照射し、谷川雁のいう「村のなかに県がある逆説」の具体化が目指された場であった（内田 173）。けれども、谷川が最終的に向かったのは、そのようなサークル村の原基ともいえる社会の底辺層の労働の現場ではなく、東京であった。森崎はつぎのように回想している――「雁さんはサークル村の運動をバスケットにつめて散歩にでも出かけるようなぐあいに、上京をくりかえした。彼は彼の手によってバスケットをひらけば、群衆のほうから問いかけることを知っていた」（内田 178）[16]。谷川とは対照的に、森崎は筑豊炭田近くに暮らし続けている。朝鮮で先進的な生活を送っていた森崎は、炭坑町での「母国」探しで、七輪の煙にむせびながら生活を送る。都市型の生活様式から七輪の暮らしへの移行あるいは逆行に象徴されるように、ブラックボックス化したエネルギーから手で触れるエネルギーへと関わりを移していった。森崎の伝記を記した内田聖子によれば、「森崎は炭坑町にきて、やっと、自分が探しもとめている日本にたどり着いた気がした」という（207）。

繰り返しになるが、「三里塚の農民は土について一生懸命に話したし、水俣の漁民は海をあくことなく話したけどなあ。土や海を語ることが自分を語ることになるんだ。あの関係こそ原点だと感じていたけど、筑豊は……何が……」と語られるように、炭坑の地下の文化は、その表象となりうる特定の場所をもたない。土や海といった実体的な場所をもたない地下の世界では、共働的労働のみが文化の母胎となりうるのであり、したがって共働の終焉は地下の文化の終焉を意味した。石牟礼が不知火海沿岸に〈もうひとつの日本〉を刻印したのに対し、森崎の描こうとする地下の文化には実体としての場所がない。地下の文化は、地下と人との関係ではなく、落盤や爆発の危険に晒され社会的制度の関与する余地のない、いのちがけの共働、労働とエロスが分離していないありよう、すなわち人そのものに具現している。地下の文化を語りうる言葉は、海を語ることが海との関係すなわちその人の価値観を語ることになるような、ある意味で牧歌的な言葉の位相と根本的に異なるものである。

森崎が地下の文化にみる〈もうひとつの日本〉は、海や土といった実体をもたないがゆえに具体的な環境や場所に仮託して語ることができない。共有できる映像やイメージもない。「誰でもいい、誰か坑内で働いておれば、いつかはなんとかなるじゃろうけど、誰も彼も居らんごとなるなら、死んだもんは浮かばれん……」と森崎の筆を通して元坑夫が語るように（『奈落の神々』16）、地下の文化はそれを生きる人がいなくなれば消失せざるをえないものなのである。「……彼らが炭坑体験を語らないのではない、語りたくて血が噴いていてそれでも語りたい映像は地上のことばに代えると崩れていくと言っているのを感じとる」（「未熟なことば・その手ざわり」42）と記す森崎は、筑豊に居を移し元坑夫との日常的接触を深めながら、またサークル村の活動を通して、坑夫たちの言葉の生まれ出る場に立ち会おうとしたといえるだろう。「サークル村の運動をバスケットにつめて散歩にでも出かけるようなぐあいに、上京をくりかえした」谷川雁とは異なり、炭坑の近くで暮らし続ける森崎は、地下の文化を生きた人びとの気配を感じながら母国探しを続けてきたのではないだろうか。

おわりに

森崎は、炭坑の地下深くで展開するいのちがけの世界に、近代国家日本とは異なる〈もうひとつの日本〉を探りあてた。先述したように、そのような地下の世界が現在、原発のゴミの最終処分地として注目されている。

地層処分は、原発を有する日本にとって避けられない選択であるのかもしれない。少なくとも専門家のあいだではそのような見解が共有されているように見受けられる。高レベル放射性廃棄物の処分は原発の恩恵を受けた世代の責任であり、地層処分が最良の選択肢であるということは頭では理解できるのだが、しかし、何かが引っかかる。

二〇一六年九月、私は、作家・田口ランディの呼びかけで集まった一〇名あまりの女性たちとともに、地下五〇〇メートルに降りた。それは、日本原子力研究開発機構東濃地科学センター瑞浪超深地層研究所に設置された地下坑道で、地層処分のための研究が行なわれている。私たちは二組に分かれ、小さな作業用エレベーターで地下四〇〇メートル付近まで下降し、そこから鉄製の螺旋階段を降りた。到達した地下五〇〇メートルは電気で照らされた明るい空間であった。地下水の影響のためか、地上よりも湿度が高い。地下水が、岩がむき出しになった天井から間断なく滴り、岩壁を伝って流れ、それが足元で細い流れを形成していた。初めて足を踏み入れた地下五〇〇メートルは、水の音で満たされていた。水

図版２　瑞浪超深地層研究所の地下500メートル
（2016年9月，筆者撮影）

があるから生命も存在する。研究所では、高レベル放射性廃棄物を地層処分した場合の地下水や微生物の影響についても調べているそうである。

先に紹介した地層処分のパンフレットには、制御と隔離の重要性に加えて、いかに地下が「安全」であるかということも強調されている。たしかに地下は、自然現象（大地震・火山噴火・巨大台風・大津波）、人間の活動（戦争・テロ）、金属の腐食といった「地表のリスク」が小さい（NUMO 6）。地層処分が、現世代の責任を直視し実直に研究と議論を重ねてきた良心的な専門家によって提案された、実現可能性の高い解決方法であることは理解できる。だが、繰り返しになるが、何かが引っかかる。

おそらくそれは、地上の論理がいささかも揺さぶられないことに対する違和感なのではないか。

森崎は炭坑で、国家のイデオロギーや権力が及ばない人間のコミュニティ、エロスと労働が分離していない生のありように触発され、地上の論理とは異質な「地下の文化」に〈もうひとつの日本〉を見た。森崎が凝視する地下の文化は、地上の価値観を激しく揺さぶる力を有していた。ひるがえって、現在の私たちが地下に向けるまなざしはどうだろうか。地層処分の論理がどこまでも地上的であるように思えるのはなぜだろうか。瑞浪超深地層研究所でともに地下に降り、研究員の説明を聞いた女性の一人は、地層処分という方法は人間が都合よく自然の力に甘えている感じがする、とつぶやいていた。たしかに、原発のゴミを出した人間の行ない自体は問われず、ゴミの処分方法だけが議論されるということには、人間のご都合主義が透けてみえる。

森崎が惹きつけられた炭坑の地下の文化は、近代国家という共有概念のもとで制度化された労働観、家族観、性愛観が意味を成さない、固有の開放的な精神世界を形成した。そのような〈外部〉を拠りどころとして、近代国家の論理を批判的に乗り越える旅を森崎は続けた。現代においてそのような〈外部〉は何に見いだせるのであろうか。人間社会の活動が地表だけでなく地下にも大気にも及び、人新世という新たな地質学的時代が提唱されている現在、実体的な場所としての〈外部〉は存在しないといえるかもしれない。しかし、だからこそ、非場所に新たな感性と文化を見いだした森崎の文学実践は、一元的な論理が席捲する現代において別の道を指し示す篝《かがり》火となるのではないか。

現代社会の諸問題への取り組みにおいて、最新の科学技術が重要であることは疑う余地がない。だが、それだけに依存していては単眼的になる危険性がある。近代国家日本を文字どおり足下で支えた炭坑という〈もうひとつの日本〉を凝視した森崎の作品は、複眼的な思考の強靭さを実証するものである。複眼的な思考とは、政治思想史研究者の中島岳志の言葉でいえば、二元論の「断層を乗り越え」る思考にほかならない。中島は、祖母世代の森崎との対談の序論で、この作家の言葉に耳を傾けることが現在ほど必要な時代はないと示唆し、つぎのように語る。

ウーマンリブ、サバルタン・スタディーズ、ポストコロニアル批評……。

のちに横文字の概念が入ってくることで認識される問題群を、森崎は一人で開いていった。「それ」に名前が与えられないままに。

なぜ森崎だけが、未知の領域に分け入ることができたのか。なぜ、あまりにも先駆的な表現を紡ぎだすことができたのか。

それは、彼女が常に自分と対峙してきたからだ。逃げなかったからだ。

〔……〕

そんな自己を切り裂く作業を経由したからこそ、日本／アジア、先進／後進、都市／地方、エリート／サバルタン、男性／女性……といった無数の断層を乗り越え、表現を紡ぎだすことができた。新しい批評の世界を切り開くことができた。（森崎・中島 6-7）

森崎が描く〈もうひとつの日本〉に触れることは、複眼的思考の足場をもつこと、あるいは少なくともその必要性を認識することにつながるはずである。グローバル化という名のもとで西洋の覇権《ヘゲモニー》と単一文化化《モノカルチャー》が進むなか、〈もうひとつの日本〉という見地が果たす役割は決して小さくない。

註　記

（1）　グローバリゼーションとグローバリズムの相違については、「グローバリゼーション」を「グローバルな相互依存を強化する社会的諸過程とし、「グローバリズム」を「グローバリゼーションという概念に特定の価値と意味を与えるイデオロギー」とするマンフレッド・B・スティーガーの説明を参考にした（Steger 104）。なお、使用した原著は第三版（二〇一三年）で、邦訳は第二版分までが刊行されている。この日本語訳は第二版の邦訳、マンフレッド・B・スティーガー『新版 グローバリゼーション』を参考にした。

（2）興味深いことに、アンソロジー『石炭』も森崎作品と同様、地上の論理とは異質な炭坑の地下の文化が、つねに生死をかけた環境における相互信頼と相互依存によるものであることを示唆している。森崎が坑夫の聞き書きというかたちで地下の文化への文学的アプローチを試みた『まっくら』の刊行が一九七七年で、イギリスの炭坑共同体をめぐる『石炭』の刊行はそれから二〇年後のことであるが、時代の差はあれど、炭坑をめぐる両者のスタンスが酷似していることは指摘しておきたい。それは、つぎに引用するトニー・ベンによる『石炭』のまえがきを読めば明らかである。

隣人を出し抜くことによって生計を立てている都市住人とは異なり、坑夫たちは、生きのびるために、切羽で共に働く者たちに全面的に依存し、爆発や落盤や他の惨事にまつわる不運を共有する。漁民や農民と同じように、坑夫は、きわめて過酷でありうる自然に対峙するがゆえに、ある特殊な部族的連帯を発展させた。（Benn 9）

坑夫は、生活と労働のすべてにおいて死の危険を共有し、それゆえ強度の生の感覚も共有していたことが示唆されている。なお、引用した一節では、坑夫と漁民・農民の類似性が強調されているが、本章で論じるように、特定の場所に仮託して自らの生を語ることができないという点において、坑夫は、漁民や農民と異なる。

（3）この点はほかの作品にも散見され、たとえば『奈落の神々』ではつぎのように記されている。「〔……〕私はこの小論を、石炭の歴史ではなく、石炭採掘にたずさわった坑夫たちの歴史、というよりもその坑夫という職種が育ててきた精神世界を対象として考えてみたいと思っているのである。それは今行わなければ、もう永久に掘り出せなくなる貴重な世界であるからである」（67）。

（4） 石炭をめぐる文学表象の研究として、池田浩士『石炭の文学史』がある。

（5） 近代日本の植民地主義における森崎の複雑な立場は、たとえばエッセイ「わたしのかお」（一九六八年）におけるつぎの文章に示されるとおりである。「私の原型は朝鮮によってつくられた。朝鮮のこころ、朝鮮の風物風習、朝鮮の自然によって」、「私は朝鮮で日本人であった。内地人とよばれる部類であった。がしかし、私は内地知らずの内地人にすぎない。内地人が植民地で生んだ女の子なのである。その私が何に育ったのか、私は何になったのか。私は植民地で何であったか、また敗戦国の母国というところで私は何であったか（いや何であろうと骨身をけずったか。私は、ここで、このくにで、生まれながらの何かであるという自然さを主観的に所有していなかったのである）」（77-78）。

（6） 搾取的労働構造は、たとえば堀江邦夫『原発ジプシー』において詳細に描き出されている。なお、炭坑が日常的に資源に触れる場であるのとは対照的に、原発では資源に触れてはならないとされるが、『原発ジプシー』には、必ずしもそうとはいえない現場の実態が示されている。

（7） この直後に引用するように、原発と異なり炭鉱は文化を生み出したと語る熊谷博子の著作には、奇しくも「炭鉱にさわる」という章がある。その冒頭におかれたつぎの一節には、炭鉱に独自の文化を見いだした熊谷の観察眼が炭鉱を「さわる」ことで養われたことが示唆されている。

私たちはまず、残された炭鉱関連施設をさわることから始めた。

私は自分の手で、カメラマンと録音マンはカメラとマイクを使って。それぞれのさわり方は違うけれど、炭鉱を知らない私たちにとって、炭鉱の感触を身体に刻むことでしか、そこで起きたことは理解できないのではないか、と思った。（60）

（8） 地層処分採用をめぐる国内外の状況に関しては、吉田『地層処分』を参照されたい。

（9） 封じ込め、すなわち「閉じ込める」という論理について、一九七〇年代に福井と福島の原発に「原発労働者」として潜入したジャーナリストの堀江邦夫は、労働現場の杜撰な管理に言及し、「どうやら『念入りに、厳しく閉じ込められている』のは、〝死の灰〟ではなく、むしろ、電力会社のズサンな『放射線管理（安全対策）の実態』のようだ」と皮肉を込めて語っている（171）。

（10）本稿における〈もうひとつの日本〉という言葉は、森崎と同年生まれで『サークル村』同人でもあった石牟礼道子の文学実践を指して使われる〈もうひとつの近代〉という言葉から示唆を得たものである。水俣をテーマとする石牟礼の作品が、単純な近代批判や前近代の称揚ではなく、近代という大きな物語に埋もれていた〈もうひとつの近代〉を描いているということに関しては、岩岡中正『ロマン主義から石牟礼道子へ――近代批判と共同性の回復』、渡辺京二『もうひとつのこの世――石牟礼道子の宇宙』を参照されたい。

（11）「日本」とは異なる「にほん」という概念は、以下の森崎の「京ノ方ヲ向イテ拝ムガヨイ」における記述を念頭においたものである――「私などは戦時下に育ったので、日本といえば天皇と直結する用語めいていて、抵抗なしに使えない。天皇観念ぬきの、国民の総体を表わす場合には『にほん』とでも表記せねば心がひきつってしまう」（119）。

（12）サークル村は、一九五八年に、福岡県中間市を拠点として筑豊の炭鉱労働者の自立共同体としてスタートした。その機関誌『サークル村』は、同年九月に九州と山口県のサークル運動の相互交流と連帯を目的として刊行された。創刊時の編集委員は、上野英信、木村日出夫、神谷国善、田中巌、谷川雁である（森崎・中島 88-89）。

（13）一九五五年に炭坑を初めて見たとき、森崎は地上から眺めたに止まっていたようである。エッセイ「地底の神と私」によれば、森崎が初めて地下坑道に入ったのは一九五七年ごろとのことである（197）。

（14）たとえば森崎『慶州は母の呼び声』の一八頁を参照されたい。

（15）労働とエロスの分離していない世界のありように関しては、結城「エロスの手触りと言葉」を参照されたい。

（16）谷川雁の頻繁な上京をめぐる解釈として、森崎・中島の一〇九頁を参照されたい。

引用参照文献

Banita, Georgiana. "Writing Energy Security after 9/11: Oil, Narrative, and Globalization." *Beyond 9/11: Transdisciplinary Perspectives on Twenty-First Century US American Culture*, edited by Christian Kloeckner, Simone Knewitz, and Sabine Sielke, Lang, 2013, pp. 173-98.

Benn, Tony. "Foreword." Curtis, p. 9.

Bergthaller, Hannes. "Fossil Freedoms: The Politics of Emancipation and the End of Oil." Heise, et al., pp. 424-32.

Curtis, Tony, editor. *Coal: An Anthology of Mining*. Seren, 1997.

Dawson, Ashley. "Coal." *Fueling Culture 101*, edited by Szeman, et al., pp. 83-86.

Heise, Ursula K., Jon Christensen, and Michelle Niemann, editors. *The Routledge Companion to the Environmental Humanities*. Routledge, 2017.

LeMenager, Stephanie. *Living Oil: Petroleum Culture in the American Century*. Oxford UP, 2014.

Sullivan, Heather I. "Material Ecocriticism and the Petro-Text." Heise, et al., pp. 414-23.

Steger, Manfred B. *Globalization: A Very Short Introduction*. Third edition. Oxford UP, 2013.（第二版邦訳：マンフレッド・B・スティーガー『新版グローバリゼーション』櫻井公人ほか訳、岩波書店、二〇一〇年。）

Szeman, Imre, Jennifer Wenzel, and Patricia Yaeger, editors. *Fueling Culture 101: Words for Energy and Environment*. Fordham UP, 2017.

Yaeger, Patricia. "Editor's Column: Literature in the Ages of Wood, Tallow, Coal, Whale Oil, Gasoline, Atomic Power, and Other Energy Sources." *PMLA*, vol. 126, no. 2, 2011, pp. 305-10.

アレクシエービッチ、スベトラーナ『チェルノブイリの祈り』松本妙子訳、岩波書店、一九九八年／二〇一一年。

池澤夏樹「核と暮らす日々」『楽しい終末』一九九三年、文藝春秋、一九九七年、三一～六〇頁。

池田浩士『石炭の文学史』インパクト出版会、二〇一二年。

石牟礼道子『苦海浄土』（全三部）河出書房新社、二〇一一年。

伊藤智永『忘却された支配――日本のなかの植民地朝鮮』岩波書店、二〇一六年。

岩岡中正『ロマン主義から石牟礼道子へ――近代批判と共同性の回復』木鐸社、二〇〇七年。

上野英信『追われゆく坑夫たち』岩波新書、一九六〇年。

内田聖子『森崎和江』言視舎、二〇一五年。

熊谷博子『むかし原発いま炭鉱――炭都［三池］から日本を掘る』中央公論新社、二〇一二年。

NUMO／原子力発電環境整備機構『知ってほしい　今、地層処分――放射性廃棄物の地層処分に向けた取り組み』二〇一五年五月。

佐藤泉『一九五〇年代、批評の政治学』中央公論新社、二〇一八年。

――「森崎和江の言語論」『現代詩手帖』特集・金時鐘／森崎和江、六一巻九号、二〇一八年、六八〜七三頁。

谷川雁『原点が存在する』潮出版社、一九七六年。

松原新一『幻影のコンミューン――「サークル村」を検証する』創言社、二〇〇一年。

堀江邦夫『原発ジプシー――被曝下請け労働者の記録』増補改訂版、現代書館、二〇一一年。

水溜真由美『『サークル村』と森崎和江――交流と連帯のヴィジョン』ナカニシヤ出版、二〇一三年。

森崎和江「わたしのかお」一九六八年『森崎和江コレクション1』七七〜八八頁。

――『ははのくにとの幻想婚』現代思潮社、一九七〇年。

――「アトヤマ――日本の女と労働」『ははのくにとの幻想婚』一三八〜四二頁。

――『奈落の神々――炭坑労働精神史』一九七三年、平凡社、一九九六年。

――「京ノ方ヲ向イテ拝ムガヨイ」一九七二年『匪賊の笛』一一三〜二〇頁。

――「坑底の母たち」一九七二年『森崎和江コレクション2』一七二〜八七頁。

――『匪賊の笛』葦書房、一九七四年。

――「未熟なことば・その手ざわり」『匪賊の笛』四〇〜五四頁。

——「地底の神と私」一九八八年『森崎和江コレクション2』一九四〜二〇一頁。

——「筑豊と山本作兵衛さん」一九九六年『森崎和江コレクション2』二〇二〜一一頁。

——『慶州は母の呼び声——わが原郷』洋泉社、二〇〇六年。

——『森崎和江コレクション精神史の旅1　産土』藤原書店、二〇〇八年。

——『森崎和江コレクション精神史の旅2　地熱』藤原書店、二〇〇八年。

——『森崎和江コレクション精神史の旅5　回帰』藤原書店、二〇〇九年。

——「森崎和江インタビュー〝生む・生まれる〟ことば：いのちの思想をめぐって」結城正美・編集、『文学と環境』一四号、二〇一一年、五〜一六頁。

——・中島岳志『日本断層論——社会の矛盾を生きるために』NHK出版新書、二〇一一年。

結城正美「エロスの手触りと言葉」『現代詩手帖』特集・金時鐘／森崎和江、六一巻九号、二〇一八年、八四〜八八頁。

吉田英一『地層処分——脱原発後に残される科学課題』近未来社、二〇一二年。

渡辺京二『もうひとつのこの世——石牟礼道子の世界』弦書房、二〇一三年。

第Ⅱ部　ネイションのはざまで——ポストコロニアリズムの位相

第４章　植民地主義と情動、そして心的な生のゆくえ

ジョージ・ラミング『私の肌の砦のなかで』と『故国喪失の喜び』における恥の位置

吉田　裕

はじめに

ジョージ・ラミングは、旧イギリス領のカリブ海の島バルバドスに生まれた。一九四〇年代後半には、バルバドスの文芸評論家フランク・コリモアらが始めた文芸雑誌『ビム』に詩作品を発表するようになり、一九五〇年ごろにはトリニダード出身の作家サミュエル・セルヴォンとともにイギリスに渡り、小説家を志した。批評集『故国喪失という悦び』において自ら語るように、ロンドンの現代美術館（ＩＣＡ）の朗読会で詩を発表し、作家のスティーヴン・スペンダーらと知り合ったことから出版のきっかけをつくった。小説作品を発表したのは、主に一九五〇年代から七〇年代前半であり、一九七〇年代には、バルバドスの労働組合とともに劇作を行なった。以後は、キューバのカリフェスタにおける文学賞カーサ・デ・ラ・アメリカス賞にて、英語圏カリブ文学小説部門の審査をつとめるなど、汎カリブ的な文化的・政治的ネットワーク作りを継続して行なっている(1)。

ラミングの仕事に関してしばしば言及されるのが、シェイクスピア『テンペスト』におけるキャリバンをカリブ海地域の被植民者の形象として書き換えた先駆者としての評価である(2)。ただし、近年の批評にはこのような視点に暗黙のうちに前提とされる、作者ラミングをキャリバンすなわち反植民地主義を担う男性的主体と等価であるとみなす視点の刷新がみられる(3)。

本稿もこれらの評価を踏まえつつ、男性性を前景化させた反植民地言説の象徴ともいうべきキャリバンからむしろ離れていくラミングの側面に着目する。その際、植民地言説を析出し、形式的な植民地終焉以後も残存する心的な位相での困難に向き合うにあたって、とりわけ恥を焦点とした情動の論理とでもいうべき分析軸を構築していることを論じる。前半では、一九五六年のエッセイ「黒人作家とその世界」および最初の小説である『私の肌の砦のなかで』を主な対象とする。

また、本稿のもうひとつの論点は、この恥という情動が、一九五〇年代から六〇年代の脱植民地化の時代において、とりわけ母性的なるものの連環を不問にしたまま語り直されるありようを問い直すことである。恥の情動と女性性が近接したものであることは指摘されているが、それを脱植民地期の支配的な言説を照射し返すものとしてはいまだ思考し尽くされているとはいえない(4)。それゆえ、本稿の後半では、一九六〇年の批評集『故国喪失という喜び』の『テンペスト』読解において、ラミングが、植民者と被植民者双方の不在の母に焦点を当てつつ、恥と女性性、脱植民地化の連鎖に問いを付していることを論じる。以下ではまず、具体的にラミングのテクストの議論に入る前に、本論の枠組みを素描し、情動に関する近年の批評を概観する。

一　情動の批評性と恥の位置

ラミングは批評家のデイヴィッド・スコットとのインタビューで、フィクションと講演における文体の違いを説明している。以下は、小説作品における「感情」から「思考」へという運動を自ら解釈している場面だ。「けれども〔講演の〕装置、その構造自体は、精神に、それが聞いていることを感じさせようとするところにある。そして、フィクションはその反対に、精神ではなく、直接に感情の領域を標的〔とする〕方法によって、ただし、その感情を思考させる装置をともなって、構想されている」（Scott 196、補足原文、強調引用者）。

ただし、このようなラミングの姿勢自体は、後続の作家や批評家に好意的に受け入れられていたわけではなく、批判にもさらされてきた。これらの批判を要約するならば、ラミングの文体には、ラミング自身が擁護しようとする農民ないしは民衆と、作者を含む知識人層のあいだに不均等な分割が前提とされており、そのような前提において文学言語への特権意識がかいま見えるのではないか、という疑義であるといえよう(5)。

ここでは、これらの疑義に直接答えるよりも、（旧）植民地出身の作家および知識人が自らの出自を反省的に思考し、集合的なるもの、あるいは、民衆的なるものに出会い直し、近接するとき、どのような情動が要請されるのかという点に着目したい。たとえば、C・L・R・ジェームズをはじめとする批評家らは、ラミングの書いたものに責任という言葉をしばしば用いて評価する（James 324）。別の批評家は、責任概念を罪責と結びつけて考えている（Nanton 58）。いわば、知識人と民衆的なるものを肯定的に接続する際に責任という言葉が用いられるとき、罪責という情動が自明のようにして含意されているのである。[6] むしろ、作家が「感情を思考させる」というとき、罪責を含んだ情動へどのように近接し、その両義性に向き合おうとしたのかを問う必要があるのではないか？ そして、やはり

図版1　ジョージ・ラミングの肖像

ラミングを論じるケニアの作家グギ・ワ・ジオンゴがいうような、「市民」や「国民」、「人民」など近代的主権概念を前提とした集合性に分節化されるのではない、自らを統治する新たな集合性の構築へと向かう所作と、その情動の論理がどのように交渉しているのかを詳細に検討する必要がある（Ngũgĩ, "Freeing the Imagination" 164-69）。

情動の批評性

シアン・ンガイをはじめとする情動に関する近年の理論は、文学テクストおよび映像作品を精読する際に多くの達成がみられる。ただし、I・A・リチャーズやT・S・エリオットら新批評と注意深く対話しつつ、見事にメルヴィルらのテクストを読み解くンガイは、新批評が同時代の冷戦の現実からの退

避としてあったのと同様、慎重に社会的かつ歴史的な文脈との切り離しを行なってしまっている（Ngai 1-39）。[7]

このような理論による退避は、情動一般が帝国主義の歴史性と連繫するあり方を否認することで成り立っているといえよう。この点に関しては、ガヤトリ・C・スピヴァクが要を得た批判的視座を提示している。ネイティヴ・インフォーマントは、本来は民族誌に由来する言葉だが、スピヴァクは、大文字の「人間」概念と対で考えることにより、この語に新たな効果を付与している。すなわち、その「人間」概念の外縁が構成されるにあたって、一方で、ネイティヴ・インフォーマントに情動が充当される必要があり、他方で、その不在（あるいはこの「人間」に有用な形での存在）が構造的に組み込まれてきたという。そして、「この情動の拒絶は、文明化という使命を精力的かつ首尾よく防衛することに役立ってきたし、現在も役立っている」（Spivak 5〔邦訳、一九頁〕）と述べる。端的にいえば、ネイティヴ・インフォーマントとは「人間」がそれ自体であるために必要とされつつ、「人間」という名が成立するにあたって排除されるものであるのだが、この包摂と排除の構造を下支えするものが情動だということになる。

恥を情動一般の下位概念として考えるならば、形式的な植民地の終焉以後、とりわけ、一九九〇年代以後の「和解」の政治を批判的に思考するにあたり、情動のなかでも恥には特権的な位置が与えられてきたといえる。[8] たとえば、サラ・アフメドは、オーストラリアがアボリジニになしてきた歴史を国民の物語として再統合するにあたり、恥が前景化し、罪が棄却されることを論じている。同時に、二〇〇一年の南アフリカ、ダーバンにおける反人種主義・反植民地主義世界フォーラムで大きな問いとなった、奴隷制度・植民地主義の歴史をヨーロッパがいかに受け止めたか（あるいは、受け止めなかったか）という問題と接続する（Ahmed 100-21）。また、精神分析や英文学を専門としつつも、南アフリカの真実和解委員会の記録や関連する文学を鏡としてパレスチナ・イスラエル問題を思考するジャクリーン・ローズは、二〇〇三年に出版した論文集の序文において、恥という問題系に出会い直している（Rose 1-14）。

さらに、鵜飼哲や酒井直樹は旧日本軍「従軍慰安婦」問題から派生した諸問題への向き合い方を歴史的かつ思想的に取り組んでいる。鵜飼はルース・ベネディクトをはじめとする米軍占領期の学知まで遡ることで恥を系譜学的に思考し、酒井は戦後日本の自閉性をひらくひとつ方途として「従軍慰安婦」問題へ向き合うことを「恥の社会性」と名づける（鵜飼『抵抗への招待』346-71および「ある情動の未来」、酒井 52-53）。ここで顕著なのは、恥は、植民地の記憶、そして帝国主義への共犯的な歴史性を自らに想起させ、分節化、そして脱分節化するにあたっての契機となる情動として位置づけられてきたということである。

もちろん、これらは、恥への思考が普遍的な位置を与えられてこなかったことを意味しない。主体や非主体、精神と肉体など西洋哲学において支配的な二項対立の縁辺で、それに批判的なまなざしを向ける「実体」として定位されてきた。たとえば、ジョルジオ・アガンベンは、プリモ・レーヴィの著作にあらわれた恥を読解する際、レヴィナスやハイデッガーを経由し、「主体化と脱主体化、自己喪失と自己所有、隷属と君臨の絶対的な相伴のもとで生まれるもの」、すなわち、この「二重の運動」における「残りもの」として恥を位置づけている（アガンベン 144, 150）。

また、ジル・ドゥルーズは、そのT・E・ロレンス論において、ウィリアム・ジェイムズ『心理学原論』（一八九〇年）に遡り、情動を、精神と身体（肉体）の中間において機能する「批判的な実体」として位置づけている。すなわち「単なる肉体上の効果でなく、肉体の上に張り出し、肉体を裁く真の批判的実体である情動」（ドゥルーズ 253）というとき、ここで想定されているのはまさに恥なのである。

それでもやはり、レーヴィ『溺れるものと救われるもの』における語り手がナチスへ共犯的であった自らの過去を振り返る際に恥が焦点化されることや、『知恵の七柱』のT・E・ロレンスがイギリスのアラブ人への背反を深く知りつつも、その裏切りにのめり込んでいく事態と恥の現前が切り離せないことを考慮に入れると、アガンベンやドゥルーズの言う恥は、上記の共犯性を分節化する恥に系譜づけることが可能である。

これらの議論を踏まえたうえで、本稿で情動に注視するのは、とりわけ一九五〇年代初頭の冷戦初期から一九六〇年代の脱植民地期の重要な政治的局面で、心理学や社会心理学が用いられてきたことが背景となっている。冷戦初期には、心理学が「敵」を読み、つくり出す過程で、占領や侵攻を下支えするための学知として用いられてきたが、それはシンクタンクや諜報機関をはじめとした準政府機関のみならず、社会心理学や国際関係論における第三世界への姿勢にも波及していた(9)。そのような知の解読格子からはこぼれ落ちてしまうが、その知の枠組み自体を批判的に捉え返すことを可能にするものこそ、情動である。

以下では、ジョージ・ラミングの「黒人作家とその世界」、『私の肌の砦のなかで』、『故国喪失という喜び』の順に取り上げる。そして、この情動と集合性、植民地的な状況への問いが、ラミングの著作を通してどのように重なり合い、さらには、変容を遂げているのかを検討したい。

二　恥、罪責、責任――「黒人作家とその世界」

一九五五年のバンドン会議の翌年、『プレザンス・アフリケーヌ』誌の主催により、第一回黒人作家芸術家会議がパリのソルボンヌ大学で開催された。中心となったのは、エメ・セゼール、レオポール・セダール・サンゴール、アリュン・ジョップ、リチャード・ライト、フランツ・ファノンをはじめとする、（旧）英仏植民地のカリブ・アフリカ出身の作家や知識人、そして、アメリカ合衆国出身の黒人作家である。[10] ラミングは、会議の三日目に登壇し、「黒人作家とその世界」を読み上げた。

概要はつぎのとおりである。前半部は、まず冒頭の、サルトル『存在と無』の恥に関する議論を思わせる、自己と他者についての哲学的考察である。続いて、この考察を展開する具体例として『私の肌の砦のなかで』などの自身の小説作品からの引用がある。エッセイの後半では、作家にとっての責任とは何かが提示される。恥はとりわけ、これらの議論全体の端緒となっている点で重要である。[11]

視線と恥

まずは、自己と自己それ自体を承認する行為のあいだの不一致が問題化される箇所に注目したい。ここでは視線が問題となる。ラミングによれば、黒人作家は「いわばニグロという人間の範疇において彼自身と出会」わなければならない。ただし、その範疇がまさに彼の所有するところではない原理によって規定されたものであることに気づかないかぎり、黒人作家はその原理を支配する者と感情のレベルで共犯的である、というのだ。なぜなら、作家は「しぶしぶ共謀関係の一部になるのだが、その関係こそが、他者が互いのためにつくり出したあの条件へと彼を同一化させる」からだ。

彼を人間として、しかし、人間であるにもかかわらず、捕まえて檻に入れる視線……結果として、彼は驚きと羞恥という状態において自分自身と出会う。彼は、ほんのすこし恥ずかしく思う、これやあれになりたくないといった剥き出しの感覚ではなく、もっと体に響くような感覚としての恥であり、それは、おのれが見られていると感じる、あらゆる意識に触れるものとしての恥なのである。

（Lamming, "Negro Writer" 109）

ここにはサルトルによる恥の議論からの直接的な影響がみられる。サルトルは以下のように、二通りの恥を定義している。第一に、それは実存主義的な恥であり、反省的思考の手がかりとなるものである。「私は、私がそれであるところのものについて、恥じる」（サルトル 18、強調原文）。第二に、それは他者が「不可欠な媒介者」として、現象学的にあらわれることによってもたらされる恥である。「私は、私が他者に対してあらわれているような私について恥じるのである」（サルトル 19、強調原文）。とりわけ、恥は自己が他者を経由しないと自己それ自体との関係を確認できないことから出来するという二番目の論点は、ラミングの立論と共有されているものだといえる(12)。

とはいえ、両者の違いは厳然としてあることも確かだ。まず、ラミングにおいては、それは、黒人作家が、サルトルのように、自己が自らを眺めるにあたって、即自的な自己があるから自らを恥じるのではない。そうではなく、自分ではない他者が、弁証法的な手続きを経て全体性を獲得するために、「ニグロ」（＝黒人）という枠組みをつくっており、その他者の視線によってしか自らを反省的に見つめる方法を獲得できないという事実があるからだ。さらに、この即自性を飛び越えて対他的にならざるをえない自己のありようと、黒人作家としての自己のあいだが解消不可能なほど隔たっていることから、恥があらわれるのである。

もちろん、ここまでならば、恥は自我と自我理想の葛藤に由来し、罪は自我と超自我の葛藤から生まれるという精神分析モデルの変奏として理解することも不可能ではない。ただし、自らの共犯性を自覚できないこと、そして、共犯的であることに気づいた後に感じる無力感として、恥を思想化する際に共犯性という問いを導入したことこそ、ラミングにおける、恥のあらわれ方の特異な点である。

つぎに、言語と名づけについてラミングは論じているが、ここでも恥が問題となる。言語という観点からみたとき、ラミングによれば、「ニグロ」という範疇において前提とされる二項対立は、「モノの名づけとそれについての知のあいだの、古くて、永久にも思える軋轢」によってつくり出される。ラミングがこの図式を再考するにあたってもたらしているのは、人間とモノのあいだに生起する名づけの行為のさなかにある感情の次元である。「というのも、それは言語の有害な力のひとつ、そしてとりわけ言語の名にかかわる側面によって、われわれを恥じ入らせる力をものから奪うことが可能になるからだ」（“Negro Writer” 109）。モノと名前とが、一致するときにある全体性をともなうのだとしたら、それ以前の名づけの行為に遡ることで、人間と「モノ」のあいだに恥を導入しているといえるだろう。

ここであらためて、責任と情動の関連性に立ち戻ってみたい。責任への思考を開始するにあたって、ラミングは決して罪の意識を軽視してはいない。それどころか、恥と同じく複雑で重要な情動であることは十分に認識されている（Tarrieu 21）。ただし、積極的な行動によって自らの外に出ることの困難や躓きへの滞留が、恥への断続的かつ継続的な焦点化をもってなされているというところに、ラミングの作家としての最大の特徴のひとつがあるといえるだろう。

三　帝国と隷属を照らす恥――『私の肌の砦のなかで』

それでは、ラミングの最初の小説作品『私の肌の砦のなかで』において、恥はどのように機能しているのだろうか。まずは、小説冒頭近くの主人公の少年Gの独白を見てみよう。作品はGが九回目の誕生日を迎え、周りの人間たちから祝福される場面から始まる。その祝福の場面は雨の季節であり、雨は命を恵んでくれるものであるのだが、小説の舞台となるバルバドス特有の洪水と重ねられ、水にまつわるイメージは両義的である。

主人公Gは母親が恥について述べたことの意味を探ろうとする。ただし、その言葉の文脈や、なぜそのようなことに言及するのかといった理由は彼にはわからない。「母は、恥ずかしいことだ、と言った。それが彼女を不快にさせる元兇であるかのように。そして何年経ったあとでも、ぼくは彼女の言わんとするところを見定めようとした」（*Castle* 11）。続けて、彼は「いったい何が恥なのだろうか」と自らに

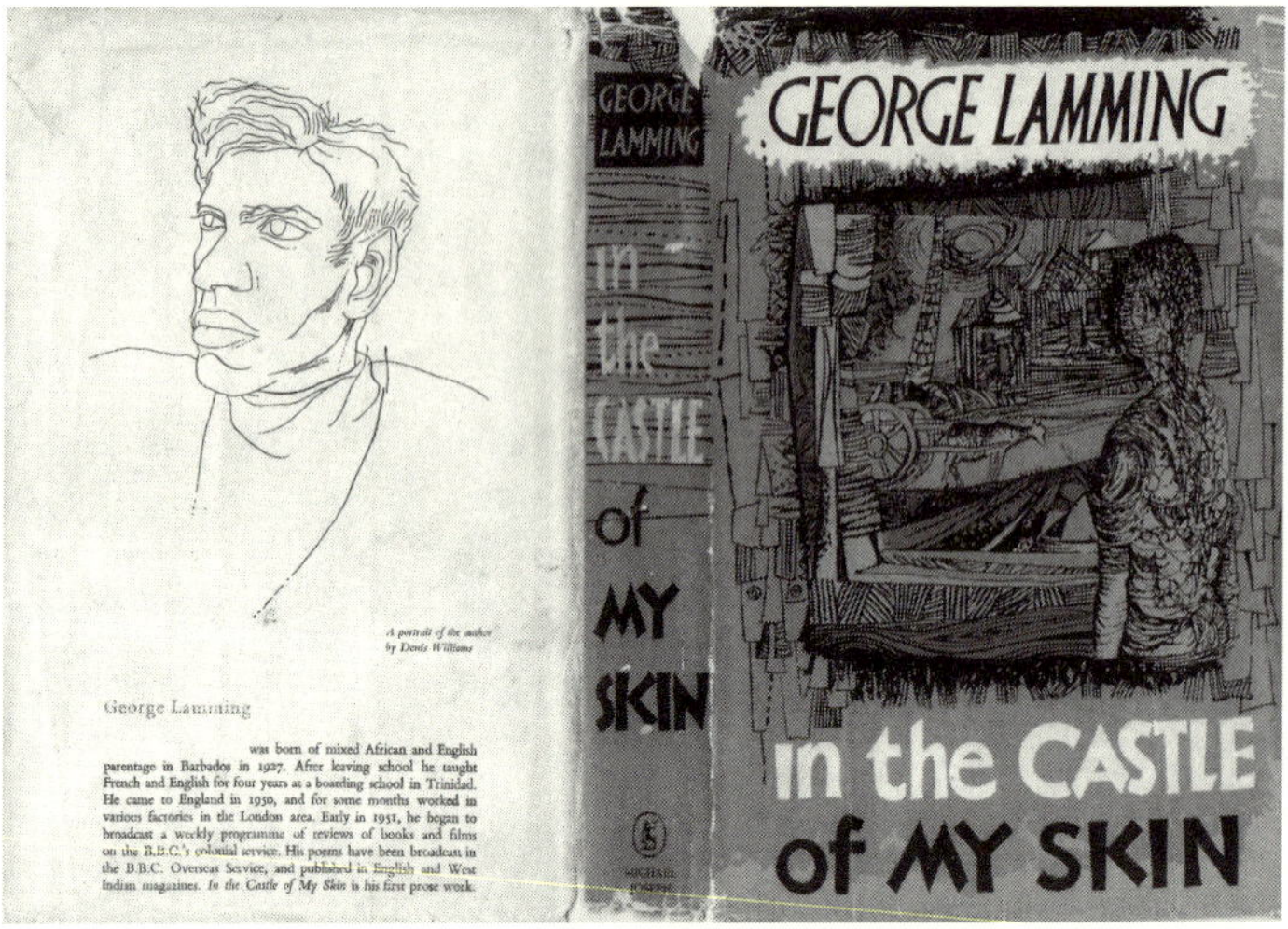

図版2　『私の肌の砦のなかで』初版本（1953年）のカバー

問う。ただし、恥を媒介とした、あるいは恥それ自体への考察を媒介にして、彼は人びとが、自分たちは本当のところどこからやってきたのかという歴史的な背景に対して無関心であることに気づく。それは、彼にとっては、奴隷制度の歴史との出会い直しであり、また、彼自身の生誕の秘密についての記憶を掘り起こそうとすることにほかならない。

> ぼくは何を覚えていたのだろう？　父は「ぼく」という観念の生みの親となっただけだったが、実際のところは母の責任をぼくに押しつけ、彼女が本当の父親役になったのだった。そしてその先は、ぼくの記憶はまっさらだった。それは、生き残るという結末よりも孔を開けて船を沈めることを選んだ船員のように、積荷いっぱいのエピソードを積んだまま沈んだのだった。
> （*Castle* 11）

ここには、ある批評家が指摘するように、奴隷貿易に用いられた中間航路への言及がある（Nair 82）。それと同時に、まずは記憶の空白状態を認識することが必要だったことがうかがえる。失われた父への憧憬は、小説の中盤で、Gを含む少年たちが、植民地権力に代表される父性的なものとは別の男性原理に支配された共同体を立ち上げることを予期しているだろう。もうひとつ重要なことは、父親的なるものと忘却という記号で結ばれた奴隷制度への記憶と対になるようにして、母親的なものと恥が連動していることである。

男性性の希求と恥の忌避

のちにより詳しく述べるように、この男性性への志向は、恥と母性の連結をともに拒否すべきものとして立ち上げるこの小説のイデオロギーと共犯的である。しかし、当面のところ重要なのは、この恥と母性性の連辞を媒介として、奴隷制度の記憶が主人公の住まう村で呼び起こされるということだ。たとえば、語り手は、教育を受けた者たちの言語は「彼らが母国の文化と呼ぶところのもの」（*Castle* 27）と切り離せないと述べる。そのとき、一方では、小説のプロットやさまざまなエピソードを通して、植民者の心性を同定し、それを白日のもとに晒すという作業が駆動しており、他方では、主人公を焦点とした語りを介して、彼の母親の述べた恥の意味が探求される。この二つの位相は、いくつかの重要な場面で交差する。それらが交差するありようは、実際には指示内容の異なる「母親」や「母国」といった指示対象がメトニミー的に連鎖するという、語りの特質に依存している。別の場面では、ほかの少年が日曜学校の先生である彼の母親の語ったこととして、奴隷制度について恥と関連させせながら語る。

囚人であるときには自由ではない。しかし奴隷であるのとは違う。もし同時に帝国と庭園の奴隷であるなら、自由に両方に帰属することができる。そして、それらについて十分に考えないことを自由に恥じることができる。それらのことを考えれば考えるほど、ますます恥ずかしくなる。そして、それらのことを考えなければ考えなくなるほど、ますます恥ずかしくなる。ぼくの母さんは日曜学校の先生なんだけど、そのことをうまく説明してくれたんだ。私たちにできることは何もない。しかし、私たちの隷属状態を讃えよ、彼女はそう言うんだ。そうやって彼女は名づけるのさ、奴隷とは言わずにね。彼女は隷属状態と言うんだ。(*Castle* 71-72)

母親の語ったことを再現して友人の前で語る少年の話を聴き、ほかの少年たちは彼女が権威のある人間だということは認めるものの、「すこし怖い」と感じる(*Castle* 72)。語り手が述べる、植民地教育を受けた者たちの言葉にせよ、この少年の母親が語る言葉にせよ、それが権威的な言語と考えられてしまうのである。ここで、母性的なるものからの逃避として、少年たちの男性性への希求がふたたび予感されるといえよう。

この母性性からの逃避と男性性の希求は、小説半ば、五〇ページ近くも続く長大な第六章において、少年たちが海辺で思弁的な会話を交わす場面にみてとれる。ラミングがエッセイ「黒人作家とその世界」で述べていたように、言語そのものと恥という情動が互いに相いれることなく、相互に排他的な関係性にあるというテーゼが、ここではかたちを変えて展開されている。主人公の仲間のひとりであり、後に重要な役割を果たすことになるトランパーは、「頭がおかしくなってしまう」という言い回しで、少年たちの限られた語彙を用いて、重要なことを述べようとする。いいかえるなら、周りのみなが互いのことをつねに知っており、何を考えているのかもわかっているという共同的、共在的な行動思考様式から、個人と別の個人がまったく無関係であり無関心にふるまうという、近代的個人の行動思考様式への移行に対して向けられた違和である。あるいは、その移行に順応できず、「変人」として扱われることになってしまった人びとをこのフレーズで端的に言い表わすことで、その移行からこぼれ落ちてしまった存在へのまなざしを含意しているともいえる。

近代をうしろ向きに見ること

その「変人」の例として挙げられるのが、以下の二つである。まずは、結婚という制度からの逃避として、村人のひとりジョンのエピソードが紹介される。彼には恋人がいながらも別の人が好きになってしまうのだが、その結果、結婚式を同日同時刻に行なうことになった。ただし、彼は当日姿をどこにも見せることなく、結局は墓場の木の上に隠れて降りてこなかった（*Castle* 122-25）。つぎに、ボッツとバンビーナという女性二人と仲良く三人で暮らしていたものの、ある時期以降、おかしくなってしまったバンビという男についてのエピソードが語られる。彼は、ある白人女性の人類学者に勧められて結婚することになったが、それ以降、豹変したようにアルコール中毒と家庭内暴力に染まってしまったのだった（*Castle* 134-41）。

要するに、これらのエピソードを単なる「変わった」人たちについての話と理解してしまうことは、近代人としての自らを疑わないことであると言い換えてもいい。トランパーにとっては、これらの挿話が示すものとは、もし、近代人というものが思考や感情に対する言語の優位性へ疑義を呈さない存在の別名だとすれば、その前提のそもそもの不条理に対して苛立ちを表明し、異議申し立てをするものとなる。「何かが頭ん中でパッ、パッとはじけると、それをコントロールできなくなるのさ。そう、人はとっても孤独になってしまう。それって恥ずかしいことだろ」（*Castle* 143）。近代人であることの疑念を最も鋭く感知するこのあり方こそ、典型的な近代人であるが、そのあり方が、やはり恥を媒介とすることで定位されている。

その後、仲間のボーイブルーは蟹を捕まえようとしているあいだ、波にさらわれて溺れてしまいそうになったものの、漁師に救われる。トランパーとGにボーイブルーの三人は、この漁師に自分たちを同一化させて、「彼はぼくたちの一員だ、ちょうど僕たちの一員のようだった」と述べる。この箇所を、サイモン・ギカンディが述べるように、「自己発生的、すなわち、植民者に由来するものではないたぐいの権力と権威を投影している」（Gikandi 81）と読むことも可能である。さらに、Gがトランパーの苛立ちを引き継ぐように述べるのは、つぎの場面である。

> ぼくたちは恥ずかしくなかった。おそらく教育を受けた人たちのように、正しく、もったいぶった言葉がぼくたちにもあれば、もっとうまくできただろう。けれども、ぼくたちにはそんな言葉はなかった。ぼくたちは、あるものは別の何かに似ている、と言わねばならなかったし、たとえぼくらが何を言ったとしても、自分たちが感じていることすべてを伝えてはくれないのだった。（*Castle* 153）

ここでは、言語をもはや必要としない事態が「ぼくたち」にとっての理想であると示唆されている。ここに、失われた起源への回復願望ともいえる「ノスタルジックな響き」を読み取ることは困難ではない（Simoes da Silva 59）。また、サンドラ・パケットが指摘する、漁師には「まったき他者としての成人男性性」が投影されているという言葉からもわかるように、この一節においては、人種的にもジェンダー的にも本質主義的な空間が、植民者の権威的かつ父性的な言語にとって代わる、もうひとつの父性的な共同性として立ち上げられているといえる（*Caribbean Autobiography* 121）。さらにいえば、ここで「感じていること」、すなわち感情をあらゆるものに汚染されない無垢なものとして保証するのは、それが言語と緊張関係にあるからだといえる。

恥の両義性と歴史性

小説後半部の重要なエピソードのひとつとして、労働運動の盛り上がりと退潮を主人公のGが断片的に目撃する場面がある。スライム氏というかつて教師だった人物は、すでに小説の前半部においては、港湾労働者と雇用者の媒介をしつつ、労働運動を率いる存在として言及されていた（*Castle* 94-95）。ところが、小説後半部の第九章、労働者たちが雇用者たちを追い詰める重要な場面で、彼は労働者たちではなく雇用者を擁護するようにして、この運動にブレーキをかける（207-08）。ここで重要なのが、小説のこれまでの箇所では、否定的なニュアンスをもって言及されるものの、集合的な過去への探求の媒介として用いられていた恥という情動は、新植民地主義的な状況を招くにあたっての媒介としてもまた、用いられているということである。

その場面では、所有という近代的概念の導入を通じた土地の喪失と、それにともなう尊厳の喪失が、恥を経由して逆説的に描かれている。父性的なるものが不在のこの小説で、唯一父性的な役割を与えられているのが老人のとうさんである。彼と配偶者のかあさんは年齢不詳の老夫婦であり、村の推移を眺める。すなわち、古くからの状況の目撃者として半ば神話的な位置を与えられているのだ。そのとうさんがスライム氏に言われた言葉として語るのが、以下である。

いわく、土地によって支えられ、法によって耐え忍びうるよりも多くの人たちが、この島には住んでいる。一〇〇マイル強四方ちょっとにすぎない細切れの土地をあてがうのは、空高く燃え上がるほどの恥である、そう彼は言ったんだ、云マイル四方にさ、二〇万もの人びとをそのうえに置き続けるのは恥だ、彼はそう言うのさ。(*Castle* 86)

なぜ、スライム氏が、とりわけカリブ海地域の歴史を考えたときに、新植民地主義的な指導者の象徴として重要なのだろうか。彼が土地の移譲を人びとに推進していた一方で、実は、まさにその人びととの土地を資本として領有すべく銀行と手を結んでいたことが、人びとには秘密にされていた。このような点で、この小説の舞台となっているバルバドスのみならず、ほかのカリブ海地域の歴史において人びとを苦しめてきた、指導者の裏切りに関する形象こそが、このスライム氏なのだ(Andaiye 320-39)。結局のところ、老人のとうさんを含めて人びとは土地を失ってしまう。その収奪を予示するのが前記の場面なのだが、ここは恥という情動そのものが、近代への参入というプロセスの犠牲者を生んできた歴史、そして、人びとから土地と尊厳を奪ってきた歴史を、図らずも証言する役割を果たしているといえる。

小説の末尾近く、アメリカ合衆国にわたり一時帰国した友人のトランパーが、そこで見たものをGに語る。トランパーは、ポール・ロブスンの歌う、出エジプト記を範にとった「わが民を去らせよ《レット・マイ・ピープル・ゴー》」に言及する。トランパーがその歌をうたい、主人公はこう述べる。「この新しい実体は違ったものなんだ。人種《レイス》。人びと」(*Castle* 296)。この場面が重要なのは、先ほど触れた、第六章の海辺での思弁的な会話では、言語と恥が相互に排他的なものとして述べられていた――つまり、教育によって培われた言語によって恥が抑圧されると想定されていた――のに対し、ここで「わが民」という言葉には、もはや恥という情動とは別なかたちでの、ただし、その歴史性をひきうけたかたちでの、存在の仕方が予感されている。そこには、来るべき集合性への予感もまた潜勢している。

四　「母国」という問い――『故国喪失という喜び』の『テンペスト』読解

『私の肌の砦のなかで』は、母性的なものを、とりわけ、恥という情動と結びついたときに、忌避すべきものとして提示していた。その裏には、「母国」という用語への一貫して批判的な視座からもわかるように、宗主国からの離脱という思いも込められていたことを右で確認した。他方、以下で検討するように、『故国喪失という喜び』においては、母性的なものは、より複雑なニュアンスをともなって想像される。その理由としては、最初の作品が書かれた一九五三年から、批評集『故国喪失という喜び』

が出版された一九六〇年のあいだに、世界的な脱植民地化の流れが大きく変動してきたことが挙げられよう。

この節では、まず、脱植民地期における母国イメージの系譜について、具体例をもとに概観する。そしてつぎに、第二節と第三節で検討した恥および母性的なるものへのまなざしが、『故国喪失という喜び』やその他のエッセイにおいて、どのような変化を遂げているかを中心に検討する。最後に、全一一章から成るこの書の中心あたりに置かれた第七章「怪物、子ども、奴隷」における、シェイクスピア『テンペスト』の読解に焦点を当てる。

女性性とネイションの結合

ちなみに、第三作『成熟と無垢について』(一九五八年)および第四作『冒険の季節』(一九六〇年)は、ともに独立以後のカリブ海の架空の島であり旧イギリス領植民地でもあるサン・クリストバル島を舞台とし、脱植民地化にともなう混乱と独立以後の困難に正面から向き合った作品である。ただし、本稿との関連でラミングの文学的な系譜を考えたときに重要なのは、独立にともなう母国イメージの変化を彼がどのように形象化しようとしたのか、である。とくに『冒険の季節』では、ラミング作品では初めて、女性が主人公となる。この主人公フォラの自己探求の物語は、自らの呪われた過去を恥として忌避し、そこからの離脱として物語化される一方で、彼女の軌跡がサン・クリストバル島の困難と重ね合わされる。女性性とネイション、そして恥との葛藤という問題系は、一作目だけで終わらずに継続して取り組まれることになる。

恥という情動への注視を経ずとも、女性性とネイションは、植民地言説と反植民地言説の結節点であった。イギリス領植民地に限ってみたとき、部分的な自治が認められつつあった一九二〇年代のイギリス領インドについて書かれた『母なるインド』という本が、その系譜におけるひとつの代表的なあり方を予示している。この本は、アメリカ合衆国のジャーナリスト、キャスリーン・メイヨによって書かれたのだが、そもそもの目的が、イギリス帝国主義の肯定とインドの自治の否定にあった（Sinha 33）。このような温情主義的な帝国主義が支配的な状況で、西洋化された女性ではなく、階級やカーストの低い女性でもない「アーリア的な女性」という形象が、過去に遡及しつつ揺るぎない規範として民族文化の基礎へと据えられつつあった（Sinha 30）。そのようななか、この書物のもたらした影響への反論として「インドの民族運動と女性運動の連携」の連携がはかられたのだった（Sinha 55）。

母性性と反植民地闘争の連動関係は、一九六三年に書かれたグギ・ワ・ジオンゴの小説『一粒の麦』にも反映している。以下は、ケニアで反植民地闘争をになうマウマウの闘士キヒカが、土地と国と母性を連結させて抵抗のレトリックとする場面だ。「なんでガンジーが成功したかわかるだろう？　自分の民衆に父や母を捨てて、唯一なる母インドに奉仕させたからさ。ぼくらには、ケニアこそわれらが母というわけさ」（Ngũgĩ, *A Grain* 89）。ここでは、植民地言説においてネイションを母性的なものとみなす視点が脱用されて、反植民地主義のレトリックとして機能していることが確認できる。

国民主義のジェンダー規範と恥

では、前に検討した恥の使用は、『故国喪失という喜び』において、どのような位置づけを与えられているのだろうか？　端的にいえば、恥そのものへの考察は存在しない。しかし、それ以上に重要なのが、「黒人作家とその世界」を検討したときにも確認した共犯性という論点である。冒頭で提示されるのは、植民者と被植民者という単純な対立構造ではない。

そうではなく、第一に、植民者と被植民者のそれぞれの子孫が、いかにして植民地主義の歴史の忘却に共犯的になりうるかという問いかけである。そして第二に、その共犯性をどのようにしたら互いに認識することが可能か、という問いである。この二重の問いを提示するために、ラミングは語り手を用いる。そして、その語り手は架空の法廷の場に、自らをキャリバンとプロスペロ双方の子孫だと自認する者を召喚し、審問する。語り手によれば、その子孫は植民地主義の罪に対して無罪であると証言するかもしれないが、それこそがその子孫の罪の告白にほかならないという。

> 証言者として、ないしは、共犯者として罪《クライム》に関わるならば、無垢であることは不可能だ。無垢であること、それは永遠の死を意味する。そしてこの裁判《トライアル》（試練）は生けるもののみを受け入れるのだ。ある者は亡骸であるのかもしれない。しかし、その証言は亡骸としての証言なのであり、その者はふたたび来たりて許されえぬ弁明をしに来たのだ。「みなさん、私は気づかなかったのです！　気づいていなかったのです」。気づいていなかったと告白すること、それは奴隷の基本的な特質だ。気づくことは自由を手に入れるための最低限の条件である。（*Pleasures* 11-12）

ここでは、恥よりも罪が前景化している。罪責という単語は用いられてないものの、植民者と被植民者それぞれの子孫は、能動的、受動的の区別なく、植民地主義にもとづく企図に参加し、それを暗黙のうちに支えてきたという罪から逃れることができない。(ただし、植民者と被植民者の子孫を、まったく同等の地平に置いているわけではないことは、追記してよい。) そのためには、まず過去に対する共犯性への「気づき」、すなわちその共犯性を認識することが「最低限の条件」である、という。

それでは、恥はどこへ行ってしまったのだろうか? もうひとつの例として、この批評集に収められたものではないが、一九六六年に書かれた重要なエッセイ「カリブ文学、アフリカの黒い岩」を取り上げたい。このエッセイの前半で、ラミングはヴェラ・ベルというジャマイカの女性詩人の作品を取り上げながら、植民地主義の共犯性をいかに承認するかという文脈で、恥についての議論を展開している。ラミングがここで取り上げる詩「競りにかけられた先祖」は、奴隷の子孫らしき人物(女性)が焦点人物である。語り手に、時系列による拘束を超越する想像力を付与しつつ、彼女が奴隷として売買される先祖の眼を覗きこむことを想像するときに、どのような情景が浮かぶのかを、この詩は摘出する。

ラミングが引用する詩の一節は以下のとおりだ。「私は鎖に繋がれたあなたの脚を見る/あなたの原始的な黒い顔を/私はあなたの恥辱を見る/そして顔を背ける/恥入りながら」(*Conversations* 110)。直截的に読むならば、この詩の語り手とその祖先のあいだには恥が前景化しているといえる。ただし、ラミングは、「本当の恥を構成するのは、彼女が被害者でもある罪の共犯者として、自らの役割を認識することだ」(*Conversations* 111) という。ラミングによれば、奴隷の子孫だと自らのことを想像する語り手兼焦点人物が、自分が被害者であったというだけでなく、被害者であり加害者でもあったのだという認識へと転換する瞬間に、恥が抜き差しならないものとして定位される。

先の『故国喪失という喜び』からの引用と、このベルの詩への考察を比較するならば、植民地主義への共犯性という問題系が中心的な課題として上がることを可能にするのは、まさに罪や恥といった情動を経由してのことである。ただし、先ほどのプロスペロとキャリバンの子孫、すなわち、必ずしも男性ではなくとも、この二人の男性性の遺産を受け継ぐ者の場合は罪が重要であり、ベルの詩においては、女性性が重要なアクターとなりつつ恥が焦点化されるように、この情動は性的差異を基準として配分されているように思える。

もちろん、性的差異を基準とした人格化には混乱がないわけではない。たとえば作者は、宗主国を女性化するとき、宗主国を「母国」とみなし、それが「神話」にすぎないとして批判する。ついで、植民地教育を受けた者たちはみな、「母乳」を吸うようにして宗主国から「養分」を受け取った、とする（*Pleasures* 26）。その反面、ナイジェリアのように作家が国営のラジオ放送局に参加して民衆とのつながりを保つ社会と比較するとき、ラミングは、西インド諸島の社会のように植民地化された場所を「去勢された男性」とみなし、その全体性を回復すべきであるとする（*Pleasures* 49）。このとき、かつての被植民地は男性性として標づけられる。

この性的差異と情動の結びつきをめぐる混乱がより先鋭化するのは以下の場面だ。「西インド諸島の人びと――一九六五年からの視点」と題された講演からの一節だが、恥の情動が、独立という形式的な植民地主義の終焉以降の、怒りや暴力の表明へと隣接している。「私は男たちの心を焚きつける心的な恥について語った。その男たちの生は、卑屈なる追従の歴史、そして、精神のあからさまな従属にほかならなかった。この恥はダイナマイトを隠匿している。そして、その暴発の可能性を過小評価することは賢明ではないだろう」(*Conversations* 260)。ここで前提とされているのは、カリブ社会において特権的な地位を占めてきた白人少数者の地位が、独立後はその特権を保証するものが何もないにもかかわらず、以前と変わらず特権的であるという状況への不満だ。つまり、それまで占有されてきた経済的・政治的な特権が、形式的な脱植民地化によっては分配されてこなかったことへの不満として、恥という情動にそのかたちが与えられ、ひいては恥を人種化しているといえよう。

もちろん、「卑屈なる追従の歴史、そして、精神のあからさまな従属」を集団的な女性化のプロセスと捉えることもできる。だとするならば、ラミングが述べる「心的な恥」とは、まさに女性性に付与された形象といえる。先に言及したように、集団的かつナショナルな位相における母国言説への批判は、男性性の回復への希求として現われる。つまり、性的差異を基準として男性性に罪が、女性性に恥が振り分けられているという規範が一方であるのだが、他方で恥への滞留は、この規範を強化するだけでなく、男性性への志向へとつながり、恥に付随するものを女性的なるものとして忌避する傾向、すなわちミソジニーへ拍車をかけることにもなりうる。

植民地主義はどのようにジェンダー化を行なうのか?

理念としては、幾分かの混乱を考慮に入れつつも、このような図式を取り出すことは可能である。しかし、以下では、ラミング自らも参与しているこのような規範が、どのように自らの崩壊への兆しを含みこんでいるのか、とりわけ作者の『テンペスト』読解を通して検討してみたい。

まずは、ラミングの作品における母国ないし母性的なもの、およびその脱構築の可能性について指摘したグギ・ワ・ジオンゴの論考を簡単に紹介する。グギは、一九九七年の論考「母の名において——ジョージ・ラミングと『母国』の文化的意義」のなかで、旧宗主国へと移住する人びとを突き動かしたものを作者ラミングが問いながらも、その理由を経済的な必要性という公式の説明に満足することなく、「母国」という観念にとりつかれた旧植民地の人びとの危機に向き合っていることを、とくに評価する。ラミングによる「母国」という概念の今日的意義を要約して、「彼〔ラミング〕の革命的美学に不可欠な母のイメージの脱構築」であるとグギは論じる。

しかし、問題は、グギ自身はその危機への対応策を提示する際に、この母性的なもののイメージを再構築しているのではないか、ということだ。ラミングの『テンペスト』読解に言及しつつ、グギは、「キャリバンは彼の母であり彼女の言語であるところのシコラックスと本当のつながりを見いださねばならない」(Ngũgĩ, "In the Name of" 141、強調引用者)と言う。グギはここで、『テンペスト』に登場はしないものの、その存在が言及されるキャリバンの母に、植民地化以前の純粋な言語、すなわち、母語を回復せんとする欲望を託しているのである。グギは実際に長編五作目となる『十字架の上の悪魔』(一九八〇年)以後、英語ではなくギクユ語で小説を書くことを選択し、まさにここで言われていることを、すでに実践していた。ひるがえって、ヨーロッパ言語が唯一の言語であるカリブ海の作家たちにとって「本当のつながり」を言語そのものに見いだすことは可能だろうか。以下で最後に指摘したいのは、ラミングによるシェイクスピア読解は、植民者と被植民者がともに母なるもののイメージを問いなおすことは試みているものの、それらのイメージを実体的なものとして再構築せず踏みとどまっている、ということだ。

先に引用した『故国喪失という喜び』冒頭部での架空の法廷の場面とは若干異なるのだが、ラミングは、『テンペスト』読解が展開される『故国喪失という喜び』第七章においては、植民地主義と反植民地主義を、それぞれプロスペロおよびキャリバンに代理させている。これまでの批評では、ラミングは、反植民地主義の担い手としてのキャリバンの男性性を過度に強調していることが批判されてきた。たとえばアーニャ・ルーンバは、プロスペロの娘ミランダへと向けられる生殖のメタファーによってキャリバンが自らの対抗性を立ち上げていることを指摘しつつ、この傾向を「プロスペロ・コンプレックス」(植民者が妻や娘などの自らの領域にある女性性を被植民者が性的に侵犯することへの恐怖)の裏書としてみる(Loomba 156)。たしかに、部分的にそのように読める箇所もなくはない。

果たして本当にそうなのだろうか。ラミングは、三段階に推論を積み重ねているのだが、そのいずれもが、ミランダとキャリバンのあいだの親密性の痕跡に注視すると同時に、二人にとっての母なるものの系譜を解きほぐすことに当てられている。第一に、ラミングは、「多くのアフリカの奴隷の子どものように、ミランダには母についての記憶がない」ことに注目する。すなわち、一七世紀から一九世紀にかけて、中間航路を奴隷船に乗って渡り、家族と切り離されて新世界カリブへ移住させられた人びとと、ミランダを重ね合わせている。

そして第二に、キャリバンの住む島に難破したとき、ミランダは三歳だったと言うプロスペロの言葉に注目しつつ、「時がたつにしたがい、そして、プロスペロが自分の本により没頭するにしたがって、キャリバンと子どものミランダは、奴隷と女主人の必然的な触れ合いによってさらに接近したに違いない」と推測している(*Pleasures* 111-12)。このように想像することで、植民者の親と娘のつながりよりも、被植民者と植民者の子のあいだの身体的な近さを強調している。

第三に、ミランダとキャリバンの共通の性質は「無垢と信じやすさ」だという（114）。父プロスペロが婚約者のファーディナンドをスパイに違いないと非難したのだが、その非難に対するファーディナンドの不満を鎮めようとして、ミランダは、父プロスペロはその「人の良さ」のために信頼できる、と述べる。ラミングがミランダの「無垢と信じやすさ」の証左として挙げるのがこの場面だ。つぎに、キャリバンの場合は、プロスペロに対する容赦ない怒りが、彼の「純粋で、計算高くはない純朴さ」に由来する、とラミングはいう。これらの理由のために、ラミングによれば、キャリバンとミランダの二人は「ある種の創造的な盲目」を共有しているという（115）。

以下の引用にある「ハイチ流の魂の儀式」は、近代的な知が「退行的である」、ないしは「野蛮である」として排除してきた知へふたたび光を当てるために言及されている。そして、母なるものの系譜に癒着する情動を再配置しつつ、このように結論づける。

> 私たちはなぜ公爵〔プロスペロ〕がこのように語るまで自らを貶めるのか自問する。その語り口は縺れ合いと関心という意味での親密さを示唆するのであり、そのことが想像をたくましくさせる。しかし私たちは、ミランダの母とシコラックスから便りをもらうまで、この欠点となる可能性については威厳をもって言うことができない。彼女らは共に死んでいる。だから、ハイチ流の魂の儀式に比肩する何らかの手はずによって、彼女たちが戻り来て、私たちの知るべきこと、知らなければならないことを告げるまで、私たちの知は繰り延べられなければならない。（*Pleasures* 116）

ここではもはや、恥や罪のような情動は問題とはなってはいない。そして、植民地主義者の代表としてのプロスペロの語りに関する秘密の担い手を、シコラックスとミランダの母という植民地主義者と被植民地主義者の双方をつなぐ母性へとしるしづける。しかし、重要なのは、この二人とも死んでいるため、何らかの媒介作業が必要となる。ラミングはここでそれが何であるのかは具体的には述べていない。

重要なのは、「伝統」の再発見や被植民者たちの知を、対抗言説へと回収することが目論見ではないということだ。そうではなく、名を与えられていない植民者（ミランダ）の母、そして、被植民者（キャリバン）の母シコラックスの存在は想像可能であるにしても、そもそも到達不可能であり実体化はできないということが明示されている。そして何よりも、父性的な植民者の象徴たるプロスペロの勇ましい雄弁のなかにある自傷的かつ被虐的な響きへと耳を傾け、「親密さ」を聞きとる行為こそが、母性性を実体的なものとして回復する企図が、そもそも可能ではないどころか誤謬であるという認識をもたらしている。父性とされるものに秘匿された自らが崩壊する瞬間と母性の不可能性とを架橋するこのラミングの耳こそが、植民地言説における母なるもののイメージをかつてないかたちで更新しているといえる。

おわりに

ジャマイカ出身の批評家であり作家のシルヴィア・ウィンターが指摘するように、シコラックス、すなわち、被植民者にとっての母性的なるものだけが「沈黙する不在」なのではない（Wynter 361）。『テンペスト』におけるミランダの母、すなわち植民者の母も同様であることに注目するラミングは、旧宗主国が、父性的なもの（プロスペロ）や母性的なもの（ミランダの母）など、時に応じて、恣意的に表象されることについて注意深い。

このことは何を意味するのだろうか？　ここで少なくとも言いうるのは、旧宗主国の形象を複雑かつ複数の性的差異の折重なりとして思考することは、旧植民地の新たな自己イメージと、植民地時代から引き継がれてきた傷とに向き合うことと不可分であるということだ。やはり作家でもあり批評家でもあるカーデラ・フォーブスは、新たなるネイションの顔が男性的なるもので占められることで、女性たちの政治参加という歴史に蓋がされてしまうだけでないという。「セルヴォンやラミングによって切々と描きだされてきた驚くべきトラウマ、すなわち国民のイデオロギーによって明白なるものと想定されるか、要求されているように思われている男らしさのアイデンティティを獲得するプロセスにおいて、男たちが出会ってきたトラウマを隠蔽することになる」（Forbes 7）というのだ。

もちろん、精神分析の用語で植民地主義とそれ以後の歴史を語ることには充分に注意深くある必要があるだろう。また、すでに言及したように、一九九〇年代以後、「和解」や「赦し」といったキリスト教に由来する言葉が、現実の政治の舞台で、植民地主義に対する理解を促したり、記憶の必要性を訴えるために用いられたりした。しかし、これらの用語は、その反面で、むしろ植民地主義や植民地主義のなしてきたことの忘却にも寄与してきた。このような事態への疑義として恥がふたたび問題化されつつあることを考慮に入れると、恥の情動とのそのゆくえは、「トラウマ」といった言葉が含み持つ以上の困難さへの対峙の仕方を教えてくれるのではないだろうか。そのような文脈において、ラミングの仕事における恥の位置が指し示すであろうものは、計り知れないほど大きいといえる。

註　記

（1）イアン・マンローは『私の肌の砦のなかで』以前のラミングによる詩や短編作品について詳しく論じている（Munro 327-45）。また、T・S・エリオットら帝国の中心で活躍していた作家が旧植民地出身の作家たちをいかに紹介し、アカデミズムや出版社を介して売り出していったかについては、ピーター・カリニーを参照。初期のラミングのバイオグラフィは、サンドラ・プチェット・パケット「ジョージ・ラミング」が最も簡潔かつ詳細である。

（2）キューバの文芸批評家ロベルト・フェルナンデス・レタマールは、オクターヴ・マノーニによる『植民地化の心理学』（一九五〇年）が、被植民者を『テンペスト』のキャリバンになぞらえた初めての書物だとしている（Retamar 12）。ピーター・ヒュームによる諸論考や、ロブ・ニクソンの論考も参照のこと。また、ラミングには『故国喪失者の喜び』での『テンペスト』解釈をフィクションにてまた別様に展開した一九七一年の『木苺入りの水』があるが、本稿では『故国喪失者の喜び』についてのみ論じる。

（3）ジョナサン・ゴールドバーグ（37）、風呂本惇子（154）、ナディア・エリス（62-94）を参照。

（4）エリカ・ジョンソンは「恥の間主体的な性質」に注目している（Johnson 89）。また、南アフリカの作家ゾーイ・ウィカムによるエッセイは、植民地的状況への共犯性を、形式的平等の実現以後に女性性と身体へ焦点化される恥を媒介として思考する（Wicomb 91-107）。

（5）たとえば、作家のジャメイカ・キンケイドはラミングの文体を「一九世紀的の父権主義的な言語」であると述べている（Kincaid 142）。その他、ベリンダ・エドモンドスン（60）、シモエス・ダ＝シルヴァ（7）を参照。

（6）罪の意識が、被植民者が帝国主義のなかでの人種主義を規範とした優劣を受容するために用いられている兆候であることをいち早く指摘したのはフランツ・ファノンであった（『黒い皮膚、白い仮面』一二五）。また、『地に呪われたる者』においては、いかにしてこの罪の意識を脱体内化するのかという問いを展開している（『地に呪われたる者』五三）。ホミ・バーバは同書の英訳新版序文において、このプロセスの駆動する心的な場を「心理－情動的な領野」と名づけ、ファノンの言う罪の意識を「偽の罪の意識」として相対化している（Bhabha xxxiv）。

（7）ジョナサン・フラトリーは精緻にフロイトやベンヤミンらを読み解くが、情動の定義にはきわめて拡張主義的な響きがある。「情動は自らに特有の体系的論理に従って機能するという意味で還元不可能である。ひとが世界内に存在するあり方を変容させ、何がひとにとって重要かを決める。情動は対象を必要とし、対象に固着したり対象のなかで生起する瞬間に、ひとの存在をひとの主体性の外部につれていく」（Flatley 19）。

（8）「和解」の政治性についてはジャック・デリダ「世紀と赦し」を参照（89-91）。植民地主義の暴力、ホロコースト、アパルトヘイトなどの「和解」を国民レベルでの、国民どうしの位相で演出する政治の語彙が、宗教的な言葉、より具体的には「アブラハム的な言葉遣い」で、すなわち、父と子の、男性どうしの絆を強化する用語でなされていることを批判的に論じている。

（9）本稿とは間接的な関連にとどまるが、第二次世界大戦末期のアメリカ合衆国による対日心理戦は、心理学のみならず、人類学、社会学その他、大規模に人文社会学を初めとする学知が動員され、その後、東アジアを分割するにあたっての試金石となっただけでなく、後のルース・ベネディクトによる罪の社会と恥の社会といった図式を生んだ文脈として重要である（道場 67-97）。また、シンクタンクが本格的に戦争や外交に適用された典型例は、朝鮮戦争時、巨済島《コジェド》の監獄にて収容されていた、朝鮮民主主義人民共和国と中華人民共和国の捕虜たちを心理分析し、共産主義と戦闘意欲の関連について調査したケースがあげられる（Robin 144-61）。

（10）会議についての全般的な報告については、ボールドウィンとヤーンの論考を参照のこと。また、報告原稿のうち代表的なものは日本語でも読める。ファノン「人種主義と文化」、セゼール「文化と植民地主義」、ライト「伝統と工業化」を参照。ちなみに、大会三日目（一九五六年九月二一日）の登壇者として発表したラミングの報告は、のちに発表されたもの（「五八年版」とする）とは異同があるが、本稿では五八年版を用いる。また、本稿において「黒人作家とその世界」を分析した箇所については、吉田裕「人種と文化をめぐる冷戦」と重複があることをあらかじめお断りしておく。

(11)「黒人作家とその世界」が「植民地的状況の分析」であることや、ヘーゲル的な主人と奴隷の弁証法を思わせる「承認の弁証法」であることは、これまでにも指摘されてきた(Gikandi 93; Scott 123)。ただし、しばしば引用される冒頭における恥については、ラミングが理論化を試みる現象学的な自己の現われに関して中心となる位置を与えられているにもかかわらず、ほとんど議論されてこなかった。たとえば、デイヴィッド・メイシーはファノンと対比しつつラミングを引用するが、この恥への分析は行なっていない(Macey 37)。唯一、リチャード・クラークのみが、この冒頭の一節がサルトルの『存在と無』を思わせることを指摘している(Clarke 47-48)。

(12)ラミング自身、後年のインタビューで、「サルトルによって提起された一定数の問題は、実際には植民地の人間の経験と切り離すことができない」(Tarrieu 22)として、一般的な位相でのサルトルからの影響を認めている。さらに、恥と罪が植民地社会においていかにして機能するかについて述べる(21)。ラミング自身は決して罪の意識の社会的な重要性を軽視しているわけではないが、本稿では、植民地社会における恥の様相にラミングがいかに取り組んできたかに焦点を当てたい。

引用文献

Ahmed, Sara. *The Cultural Politics of Emotion*. Edinburgh UP, 2004.

Andaiye. "The Historic Centrality of Mr Slime: Lamming's Pursuit of Class Betrayal in Novels and Speeches." *Caribbean Reasonings, The George Lamming Reader: The Aesthetics of Decolonization*, edited by Anthony Bogus, Ian Randle, 2011, pp. 320-39.

Bhabha, Homi. "Forward: Framing Fanon." *The Wretched of the Earth*, by Frantz Fanon, translated by Richard Philcox, Grove Press, 2004, vii-xli.

Baldwin, James. "Princes and Powers." *Nobody Knows My Name: More Notes of a Native Son*. Penguin, 1961, pp. 24-55.(『次は火だ:ボールドウィン評論集』黒川欣映訳、弘文堂、一九六八年、一一〇~五〇頁。)

Clarke, Richard. "Lamming, Marx and Hegel." *Journal of West Indian Literature*, vol. 17, no. 1, November 2008, pp. 42-53.

Edmondson, Belinda. *Making Men: Gender, Literary Authority and Women's Writing in Caribbean Narrative*. Duke UP, 1999.

Ellis, Nadia. *Territories of the Soul: Queered Belonging in the Black Diaspora*. Duke UP, 2015.

Flatley, Jonathan. *Affective Mapping: Melancholia and the Politics of Modernism*. Harvard UP, 2008.

Forbes, Curdella. *From Nation to Diaspora: Samuel Selvon, George Lamming and the Cultural Performance of Gender*. U of West Indies P, 2005.

Gikandi, Simon. *Writing in Limbo: Modernism and Caribbean Literature*. Cornell UP, 1992.

Goldberg, Jonathan. *Tempest in the Caribbean*. U of Minnesota P, 2003.

Hulme, Peter. "The Profit of Language: George Lamming and The Postcolonial Novel." *Recasting the World: Writing after Colonialism*, edited by Jonathan White, Johns Hopkins UP, 1993, pp. 120-36.

——. "Reading From Elsewhere: George Lamming and The Paradox Of Exile." *The Tempest and Its Travels*, edited by Peter Hulme and William Howard Sherman, U of Pennsylvania P, 2000, pp. 220-35.

Jahn, Janheinz. "World Congress of Black Writers." *Black Orpheus*, vol. 1, 1957, pp. 39-46.

James, C. L. R. "From Toussaint L'Ouverture to Fidel Castro." *The Black Jacobins: Toussaint L'Ouverture and the San Domingo Revolution*. Vintage, 1989, pp. 391-481.

Johnson, Erica L. "Colonial Shame and in Michelle Cliff's *Abeng*." *The Female Face of Shame*, edited by Erica L. Johnson and Patricia Moran, Indiana UP, 2013, pp. 89-99.

Kalinney, Peter. *Commonwealth of Letters: British Literary Culture and the Emergence of Postcolonial Aesthetics*. Oxford UP, 2013.

Kincaid, Jamaica. "From Antigua to America." *Frontiers of Caribbean Literature in English*, edited by Frank Birbalsingh, St. Martins, 1996, pp. 138-51.

Lamming, George. *In the Castle of My Skin*. Michael Joseph, 1953.

——. “The Negro Writer and His World.” *Caribbean Quarterly*, vol. 5, no. 2, 1958, pp. 109-15.（「黒人作家とその世界」吉田裕訳・解説、『多様体』第一号、二〇一八年、一二九〜四三頁。）

——. *The Pleasures of Exile*. 1960. Pluto, 2005.

——. *Conversations, George Lamming: Essays, Addresses and Interviews 1953-1990*, edited by Richard Drayton, Andaiye, Karia Press, 1992.

Loomba, Ania. *Gender, Race, Renaissance Drama*. Manchester UP, 1989.

Macey, David. “Fanon, Phenomenology, Race.” *Philosophies of Race and Ethnicity*, edited by Peter Osborne and Stella Stanford, Continuum, 2002, pp. 29-39.

Munro, Ian. “The Early Work of George Lamming: Poetry and Short Prose, 1946-1951.” *Neo-African Literature and Culture: Essays in Memory of Janheinz Jahn*, edited by Bernth Lindfors and Ulla Schild, Heymann, 1976, pp. 327-45.

Nair, Supriya. *Caliban’s Curse: George Lamming and the Revisioning of History*. U of Michigan P, 1996.

Nanton, Philip. “On Knowing and Not Knowing George Lamming: Personal Styles and Metropolitan Influences.” *The Locations of George Lamming*, edited by Bill Schwarz, Macmillan, 2007, pp. 49-66.

Ngai, Sianne. *Ugly Feelings*. Harvard UP, 2005.

Nixon, Rob. “Caribbean and African Appropriations of *The Tempest*.” *Critical Inquiry*, vol. 13, Spring 1987, pp. 557-78.（「カリブ海世界及びアフリカにおける『テンペスト』の領有」小沢自然訳、『テンペスト』本橋哲也編訳、インスクリプト、二〇〇七年、八九〜一二〇頁。）

Ngũgĩ, wa Thiong’o. *A Grain of Wheat*. Revised edition, Heinemann, 1986.（『一粒の麦——独立の陰に埋もれた無名の戦士たち』小林信次郎訳、門土社、一九八一年。）

——. “In the Name of the Mother: George Lamming and the Cultural Significance of ‘Mother Country’ in the Decolonization Process.” *Annals of Scholarship*, vol. 12, no. 1-2, 1997, pp. 141-51. Reprinted in *Sisyphus and Eldorado: Magical and Other Realisms in Caribbean Literature*, edited by Timothy J. Reiss, Africa World Press, 2002, pp. 127-42.

——. "Freeing the Imagination: George Lamming's Aesthetics of Decolonization." *Transition*, vol. 100, 2009, pp. 164-69.

Paquet, Sandra Pouchet. "George Lamming." *Twentieth-Century Caribbean and Black African Writers, Second Series*. Gale, 1993, pp. 54-67.

——. *Caribbean Autobiography: Cultural Identity and Self-Representation*. U of Wisconsin P, 2002.

Retamar, Roberto Fernandez. *Caliban and Other Essays*. Translated by Edward Baker, forward by Fredric Jameson, The U of Minnesota P, 1989.

Robin, Ron. *The Making of the Cold War Enemy: Culture and Politics in the Military-Intellectual Complex*. Princeton UP, 2003.

Rose, Jacqueline. *On Not Being Able to Sleep: Psychoanalysis and the Modern World*. Vintage, 2004.

Scott, David. "The Sovereignty of the Imagination. Interview with George Lamming." *Small Axe No. 12*, vol. 6, no. 2, September 2002, pp. 72-200.

Simoes da Silva, A. J. *The Luxury of Nationalist Despair: George Lamming's Fiction as Decolonizing Project*. Rodopi, 2000.

Sinha, Mrinalini. "Introduction." Katherine Mayo. *Mother India: Selections from the Controversial 1927 Text*, edited by Mrinalini Sinha. U of Michigan P, 2000, pp. 1-62.

Spivak, Gayatri Chakravorty. *A Critique of Postcolonial Reason: Toward the Vanishing Present*. Harvard UP, 1999.（『ポストコロニアル理性批判——消え去りゆく現在の歴史のために』本橋哲也・上村忠男訳、月曜社、二〇〇三年。）

Tarrieu, Yannick. "Caribbean Politics and Psyche: A Conversation with George Lamming." *Commonwealth*, vol. 10, no. 2, Spring 1988, pp. 14-25.

Wright, Richard. "Tradition and Industrialization: The Historic Meaning of the Plight of the Tragic Elite in Asia and Africa." *Black Power Three Books from Exile: Black Power; The Color Curtain*; and *White Man, Listen!* HarperCollins, 2008, pp. 699-728.（「伝統と工業化」『白人よ聞け！』海保真夫・鈴木主税訳、小川出版、一九六九年、七七〜一一七頁。）

Wicomb, Zoë. "Shame and identity: the case of the coloured in South Africa." *Writing South Africa: Literature, Apartheid, and*

Democracy, edited by Derek Attridge and Rosemary Jolly, Cambridge UP, 1998, pp. 91-107.

Wynter, Sylvia. "Beyond Miranda's Meanings: Un/silencing of the 'Demonic Ground' of Caliban's 'Woman'." *Out of the Kumbla: Caribbean Women and Literature*, edited by Carole Boyce Davies and Elaine Savory Fido, Africa World Press, 1990, pp. 355-72.

アガンベン、ジョルジョ『アウシュヴィッツの残りもの――アルシーヴと証人』上村忠男・廣石正和訳、月曜社、二〇〇一年。

鵜飼哲『抵抗への招待』みすず書房、一九九七年。

――「ある情動の未来――〈恥〉の歴史性をめぐって」『トレイシーズ』一号、二〇〇二年、三八～七〇頁。

酒井直樹「パックス・アメリカーナの終焉とひきこもりの国民主義」『思想』七月号、二〇一五年、二一～五七頁。

サルトル、ジャン＝ポール『存在と無――現象学的存在論の試み〈2〉』松浪信三郎訳、ちくま学芸文庫、二〇〇七年。

セゼール、エメ「文化と植民地主義」立花英裕訳、『ニグロとして生きる――エメ・セゼールとの対話』法政大学出版局、二〇一一年、一三五～七二頁。

ドゥルーズ、ジル『批評と臨床』守中高明・谷昌親訳、河出文庫、二〇一〇年。

デリダ、ジャック「世紀と赦し」鵜飼哲訳、『現代思想』一一月号、二〇〇〇年、八九～一〇九頁。

ファノン、フランツ『黒い皮膚、白い仮面』海老坂武・加藤晴久訳、みすず書房、一九九八年。

――「人種主義と文化」『アフリカ革命に向けて』北山晴一訳、みすず書房、二〇〇八年、三三～四六頁。

――『地に呪われたる者』鈴木道彦・浦野衣子訳、みすず書房、一九九六年。

風呂本惇子「*Water with Berries* における George Lamming のキャリバンたち」『関西英文学研究』第三号、二〇〇九年、一三九～五七頁。

道場親信『占領と平和――〈戦後〉という経験』青土社、二〇〇五年。

吉田裕「人種と文化をめぐる冷戦――第一回黒人作家芸術家会議のリチャード・ライトとジョージ・ラミングを中心

に」『年報カルチュラル・スタディーズ』第六号、二〇一八年、一二五~四四頁。

第5章 「バラよりもハイビスカスを！」

ウナ・マーソンの作品にみるジャマイカン・ナショナリズム

小林 英里

はじめに

ウナ・マーソンは、ジャマイカ生まれの詩人・劇作家である。ジャーナリズムに携わりながら編集者やラジオ・プロデューサーをつとめたのち、女性運動活動家・平和主義者として植民地主義に異議を唱えた。現在の文化研究家のあいだでは、一九四〇年代にイギリスの公共放送ＢＢＣのラジオ番組『カリブの声』で黒人女性として初のプロデューサーをつとめたこと、一九三五年、ベニト・ムッソリーニがアビシニア（現エチオピア）へ侵攻後にロンドン亡命中であった皇帝ハイレ・セラシエの秘書をつとめたことで、衆目を集めている(1)。

本稿の目的は、いまだイギリス帝国下にあったジャマイカの政治・経済・社会的な状況のなかに、マーソンの著作を位置づけることである。とりわけ、彼女の著作が図らずも表出させる攪乱性について、ジャマイカの植民地教育、黒人中産階級出身の働く女としての意識、そして帝国の首都ロンドンでの経験によって育まれた「ブラック・インターナショナリスト・フェミニスト」(Umoren 50) としての男女平等や人種平等への希求との関連性において、考察したい。

一　倣うべきものか、それとも呪縛か——「黄水仙」

ジャマイカでの英文学教育

ウナ・マーソンは、ジャマイカ南西部の聖エリザベス教区の町サンタ・クルーズに、バプティスト教会の牧師ソロモン・アイザックとエイダ・マーソンのあいだに、六人きょうだいの末っ子として生まれた。(2) 一〇歳のときに奨学生として、アッパー・ミドル・クラス出身の裕福な白人やクレオールの家系の女子学生が通うハンプトン校に入学する。一八五八年設立の同校は、一九一三年時点での学生数は卒業生を含めて六〇人程度であり、一〇人の教職員のうちイギリス人の女性が五人、ジャマイカ人の女性が五人で、教員はほとんどがイギリスでの大学教育を受けた者たちだったという (Jarrett-Macauley 17)。奨学金が得られるだけの学力を身につけたマーソンではあったものの、黒人中産階級に出自を持つ彼女にとって、こうした白人クレオール系の学校では劣等感を感じることも多々あったようだ。一九五〇年代にジャマイカの新聞『デイリー・グリナー』に寄稿した際に、「二〇人ほどの黒人の女の子は、白人もしくは肌色がきわめて白に近い女の子たちから、ほとんど相手にされなかった」(Jarrett-Macauley 19) と、当時を回顧している。

しかしハンプトン校での英国パブリック・スクール式の教育は、マーソンのその後の人生に大きな影響を与えることになる。同校の図書館には、英文学、イギリス史、イギリスの地理に関する書籍はもちろんのこと、数多くの書籍が所蔵されていた。一九三〇年出版の処女詩集『熱帯での夢想』には、「ハンプトン校に寄せて」と題された詩が収録されている。一連四行からなる一四行詩のソネットで、第一連はつぎのように始まる。「懐かしいハンプトン校――ジャマイカ島のなかでいちばんすばらしい学校／幸運なことに、私はそこで一時逗留をして／なんの苦痛もなく幸せな何年間かを過ごした／もう一度そこで過ごせるなら、私は何を手放そうか？」（*Selected* 61）。

ハンプトン校を離れてからしばらくたっているのだろうか、同じく詩人は第三連でつぎのように回想する。「私の青春のなかでいちばんすばらしい学校／詩神が私に賞賛する声を与えてくれたとは／ハンプトン校の魅力を、たぐいまれな喜びを、木陰の休息所を／しばしばラテン語の動詞さえも喜びだった」（69）。ここでは、いとわしい古典語の活用でさえもハンプトン校では楽しみであったと表現されている。つぎの第四連では、課外授業について詠まれている。「一日の勉強がすべて終わると／日が沈むのはまだまだ先だから、いつも午後になると／私たちは大喜びで騒ぎ立て集まって／テニスやホッケーやゲームをして、じっくりとお

図版1　ウナ・マーソン『熱帯での夢想』（1930年）の扉写真

しゃべりをする」(61)。

第四連までは学校と学生生活への懐かしさが語られるが、続く第五連と第六連においては、イギリスのロマン派の詩人たちの影響を読み取ることができる。

手と手を取り合い木陰をさまよう
小丘や湿地を抜けて蘭の花を求めて
心地よい友情に包まれながら木々の下に座り
それぞれがナイチンゲールの声に耳を傾ける

あるいは一人孤独に木々の下をさまよう
鳥やミツバチが奏でる音楽を聞きながら
自然から生まれる安息と平安を飲み込む
自然の生息地ではこれらは枯渇することはない(61)

この第二連では、ウィリアム・ワーズワースの「黄水仙」(一八〇七年)を彷彿とさせる「さまよう(wander)」「一人孤独に(lonely)」「自然(nature)」という語句が見られる。また、ジョン・キーツの「ナイチンゲールに寄せる頌詩」(一八一九年)にあるような、自然の象徴である鳥が奏でる音楽を題材にとっている。この詩とロマン派詩人たちの詩との近似性は明らかである。

英語圏カリブ文学における「黄水仙」の呪縛

ワーズワースの「黄水仙」は、英語圏カリブ海諸島の文学を考察する際に重要味を帯びてくる。ガイアナ出身で現在はイギリスに居住している詩人のグレース・ニコルズには、「春」（一九八四年）という詩がある。熱帯地域からイギリスへとやってきた詩人は、冬のあいだは分厚いコートとマフラーに包まれていたけれども、天候が少しだけよくなったと感じたときに、この終わりなきような暗い冬を堪え忍ぶための必需品をようやく脱いで、外へ出る。

まだ成虫になっていない蝶の勇気をもって
私は玄関のドアのかんぬきをはずし、外へ出た
するとまだまだ小さな黄水仙が
私の目を蹴りつけてきた（43、強調引用者）

批評家のヴィッキー・バートラムは、ニコルズが「植民地教育におけるシラバスの影響をまるで相殺するかのように、地域に根ざした詩的モデルをつくり上げた第一世代の詩人であり、彼女の作品は故郷の地元の言葉を使用している」(1) と評価しつつも、この詩において新しい生命の息吹の表出が、ほかならぬワーズワースの「黄水仙」であることに戸惑いを隠さない。さらに、新しい生命を象徴する「蹴りつける」という行為を行なったのが、ポストコロニアル世代の詩人ではなく、英詩の殿堂の象徴ともいえる黄水仙のほうだったことに驚き、「イギリス詩の伝統が旧植民地出身の作家たちに与える影響を

あらためて考えてみる必要性がある」(2)と、指摘している。

マーソンと同じくジャマイカ出身の女性作家のジャメイカ・キンケイドの小説『ルーシー』(一九九〇年)においては、ワーズワースの「黄水仙」が主人公にとっては悪夢の象徴として登場する。西インド諸島の故郷の国を出て、アメリカ合衆国に到着したヒロインのルーシーは、アメリカが自分の期待とはまったく違う世界であることにすぐさま気づく。昼間は子どもたちの面倒を見るベビーシッターとして働き、夜は夜間学校に通う彼女は、雇い主によって自室が与えられはしたものの、しかしそこは「台所から少し入った小さな部屋で、メイド部屋」(7)だったと一人ごちる。狭い部屋には慣れていた彼女ではあったが、これは「別の種類の部屋」(7)で、天井は高いけれども四方の壁が迫ってくるようで、まるで「長距離用の船荷」(7)を思わせるボックスのようだったからだ。このルーシーの自室の描写は、奴隷貿易が盛んだったころ、奴隷船で奴隷たちが置かれた狭いコンテナの空間を、読者に強く想起させる。自室イコール奴隷船と考えれば、ルーシーにとって初めは期待に満ちていたアメリカでの生活も、かつての奴隷が経験したものと大差ないのではないかと、私たちには理解されてくる。

しばらくたった三月上旬に、雇い主のマライヤが、「あなた、春を見たことがないでしょう」(17)とルーシーに声をかけてくる。まるで友人でもあるかのように春を擬人化して、マライヤはつぎのように語る。

黄水仙が地面を押し上げて出てくるのを見たことがある? 満開になって一斉に咲き出すと、風が吹いてきて目の前にある芝生にまるで挨拶をしているかのようなようすになるの。見たことがあ

る？　私その姿を見ると、生きていてよかったとさえ思えるわ。（17）

マライヤが感じる冬から春への移行の喜びを、常夏の島に出自をもつルーシーが理解するのは難しい。雇い主による春の訪れの称揚は、イデオロギー化の産物であるからだ。マライヤの言葉を聞いたルーシーはすぐさま、幼いころに故郷で体験したある出来事を思い出す。「抹殺」したい出来事だ。

> 一〇歳のころ、私がまだヴィクトリア女王女子学校の生徒だったとき、暗記させられた古い詩のことを思い出した。一行一行暗記させられたうえに、あとで講堂で、親、先生、仲間の生徒たちの前で、その詩全部を暗唱しなくてはならなかった。暗唱し終わったとき、みなが立ち上がって熱狂的に拍手喝采をしてくれて、私はとても驚いた。そしてあとでこう言われた。一語一語上手に発音できていたわよ。必要なところで適切な強調がなされていたわよ。もうずっと前に亡くなっているけど、その詩を書いた詩人は、自分の詩があなたの口から鈴の音のように響き出してくるのを聞いたら、どれほど誇りに思うことでしょうね。そのときの私は二つの仮面をつけているかのようだった。ひとつは外面の仮面、もうひとつは内面の仮面。外面は嘘の仮面、内面は本当の仮面。謙虚さと同時にその詩をちゃんと理解していることを示すために、小さいけれども心地の良い声で暗唱した。けれど、心のなかでは、その詩のすべての語を、一行一行、記憶のなかから抹消しようと誓った。（18、強調引用者）

さらにルーシーの回顧は、その晩に見た「悪夢」（18）の描写へと続いていく。

夢を見た。まるで永遠に続くのかと思われた。小石の敷き詰められた狭い道で、忘れてしまおうと誓ったあの黄水仙がいくつもいくつも束になって、私を追いかけてくる。ついに疲れ切ってしまって倒れ込むと、黄水仙は私の上に覆いかぶさってきた。私の上にはたくさんの黄水仙。真っ暗になってもう見えなくなるまでこれは続いた。（18、強調引用者）

興味深い一節である。ルーシーはここで小学校時代にワーズワースの「黄水仙」を暗唱した体験を回顧しているが、この回想場面は植民地教育の一例を示していると同時に、「植民地主義装置の換喩」（Donnel, *Routledge* 491）としても機能していると指摘できる。つまり、「一見したところイデオロギーにはみえないが、実はその細部に至るまでイデオロギー的動機づけがなされた美的価値のプロモーション」（491）が行なわれているのである。イギリス湖水地方の自然を歌ったロマン主義の詩は一見したところ非政治的にみえるが、植民地教育において暗唱を余儀なくされた場合には、国家装置として機能しうる。こうした状況下では、被征服者であるルーシーは、外面と内面とが齟齬をきたす分裂状態を味わうしかなく、ルーシーという個人の内面のレベルでは装置の機能を拒否しようとも、外面のレベルである公の場では強制されるがゆえに、この装置機能を拒否することはできない。おそらくこの植民地主義装置は、ルーシーの次の学年やその次の学年の生徒たちにも引き継がれ、機能し続けていくことだろう。この引用が示唆しているのは、イギリス帝国がそのヘゲモニーを維持するために、英文学という教育装置を使って、植民地主義のイデオロギーを反復し続けてきたということだ。

マーソンの「黄水仙」

前掲引用文の前半で表現されているルーシーの二重の意識は、植民地主義と文化的なヒエラルキーのなかで、黒人であり女であるという作者キンケイドのアンビヴァレントな位置を反映したものとしても読める。では、時代は異なるけれども、同じくジャマイカの中産階級の黒人女性であるウナ・マーソンにおいては、ハンプトン校で受けた植民地教育と、英文学の正典作品についての関係は、どうなっているのだろうか。マーソンも一九三七年出版の詩集『蛾と星』に収録された「イングランドの春」という詩のなかで、ワーズワースの「黄水仙」について言及している。題名どおり、第一連第二連でイングランドの春が提供するさまざまな花々の美しさについて触れたあと、第三連において、女性詩人は鳥たちからつぎのように問いかけられる。

「ぼくたちの歌に加わりなさい、加わりなさい。
あなたは幸せではないの？ 幸せではないの？
春はもうここに来ているよ。春はもうここだよ。」と鳥たちは歌う。
〔……〕
「でも黄水仙はどこかしら？ 黄水仙はどこ？
ワーズワースが褒めたたえた黄水仙は？」と

私は尋ねた。「春を待ちなさい。
待ちなさい。」鳥たちは答える。
私は春を待ち、すると春はやってきた。
「光り輝く一群の黄水仙は至る所にあるよ……」(*Moth* 6)

この詩は、マーソンが一九三二年から三六年までイギリスに滞在していたときに書かれたものである。ワーズワースや黄水仙についてはたしかに言及されてはいるものの、ニコルズの詩にある黄水仙とは違って、春が生み出す生命の力強い息吹をこの詩に見いだすことは難しい。むしろ、故郷ジャマイカを離れ、イングランドで暮らす詩人の孤独感が強調されている。ましてや、キンケイドが提示したような黄水仙が内包する政治性やイデオロギーへの批判の片鱗を、この詩のなかに見いだすことは至難の業であるといえる。

しかしここで問題にしたいのは、英詩に没頭したハンプトン校時代、キンケイドと同様にマーソンもおそらく暗唱したであろうロマン派の詩人たちの詩を、自詩に取り入れるという行為についてである。「内面化する」(Narain 19)と表現する批評家もいる。本稿で考察したいのは「模倣」という概念である。自詩のなかに英文学の正典的な作家や作品を取り入れて「内面化」するという行為は、ホミ・バーバがいうポストコロニアル批評が論じる「模倣」(85-92)という概念に転じ、さらには「似てはいるけど、まったく同じというわけではない」(86)という撹乱性をもちうるのだろうか。

マーソンの初期の詩がしばしば稚拙でナイーヴであると、一九七〇年代の男性批評家からの批判に応えるかたちで、批評家のデニース・ナラインは彼女の詩をつぎのように擁護している。

> 暗唱するという行為は記憶と深くかかわる行為であり、テキストの一片を内面化することで、テキストは私たちの主観性を構成する数多くの記憶や経験の一部となる。しかし暗記した一片は、記憶の蓄積所のなかにとどまりつつ、さらに新しい知識や経験がさらに積まれていくことで、この一片はふたたびアクセスされることになる〔……〕それならば、自詩のなかに暗記したテキストを再記述することは、必ずしも自動的にナイーブで誤った意識を表わすことにはならず、むしろ、覚えておくという親しい行為として、つまりは愛の行為として、理解することが可能である。（15）

ナラインは、マーソンの詩に内在するこうした「愛の行為」を、「しっかりとした植民地教育の特徴的な結果」（15）であるとしている。たしかに、堅固な英文学の教育がなくては、形式も内容も整った英詩を作成することは難しい。

『熱帯での夢想』のなかにみられるマーソンのごく初期の詩においては、英文学の作家や作品についての言及が少なくなく、その影響が確実に読み取れる。だが、こと「ハンプトン校に寄せて」と「イングランドの春」という二編の詩に関していえば、バーバが提唱する「模倣」という概念が有する攪乱性を見いだすことは難しい。ナラインのいう「愛の行為」以上でも以下でもない。ジャマイカの国民国家《ネイション＝ステイト》の萌芽期に詩作活動を行なったマーソンと、独立を目の当たりにしたのちに、ポストコロニアルな時代の伝統継承の必要性と植民地主義の負債がせめぎ合うなかで活動をするニコルズやキンケイドとのあいだには、埋めようのない溝がある。

ジャマイカの詩学を論じるヒュー・ホッジはつぎのように批評する。「たしかにマーソンは植民地教育が求めていたジャマイカの詩の中心ともいえる何かを達成した。しかしそれは［イングランドの］先祖の精神が自分に憑依するのを許すことだった」(105)。ホッジは、本来マーソンが憑依を許すべきはジャマイカの精神であって、イングランドのそれではないという。たしかにホッジが指摘するように、マーソンの「ハンプトン校に寄せて」と「イングランドの春」という二編の詩に、バーバが提唱するポストコロニアル的な攪乱性や、キンケイドの詩にみられるようなラディカルで率直な植民地主義批判を見いだすのは困難である。

しかし、マーソンの数編の詩のなかで採用されている「イングリッシュ・ソネット」というきわめて伝統的な英詩形式のなかに、一七世紀当時にイギリスが行なっていた植民地進出を経由することで、ポストコロニアル・フェミニズム的な読みを行なう批評家もいる。国民国家の萌芽期は混沌とはしているけれども、しかしそうであるからこそ、活力のある時代であったともいえる。ならばこの時期、ジャマイカで活動していたマーソンに、何らかのポストコロニアルな戦略を見いだすことは可能なのではないだろうか。次節ではこうした読みの可能性について考察する。

二　マーソン版ソネットとパロディ――「模倣」の戦略

ソネットに込められた二重の戦略

一九〇〇年代から一九九〇年代までの『英語圏カリブ海諸島の文学読本』を一九九六年に編集したアリソン・ドネルは、一九三〇年から一九四九年の部分を担当し、マーソンの詩や評論文をいくつかこの『読本』に載せている。ドネル自身が一九九五年に文学雑誌『クナピピ』に寄せた論考「矛盾した予兆／女──ウナ・マーソンの詩におけるジェンダー意識」を『読本』に再掲載し、「二〇世紀前半のジャマイカの詩を批評するうえで最もよく聞かれたものは、英詩のモデルに依存しすぎているということと、いわゆる真正さや実験性が欠如していたこと」(187) だったと指摘する。さらにドネルは、批評家の大半にとって、マーソンの著作は「美学的な露骨な物まねやむき出しの政治姿勢の表明を超えるものではなかった」(187) と指摘したうえで、ポストコロニアル・フェミニズム批評を行なう批評家にとって、長いあいだマーソンの著作は「困ったもの」(187) でしかなかったと書いている。

しかし、ドネルは『熱帯での夢想』に収められた「むなしく」(ラブ・ソネット) と「もし」(キップリングの同タイトルの詩のパロディ) を戦略的に読み込むことで、マーソンをこうした批評から擁護しようとしている。さらに単著として出版された『二〇世紀カリブ文学』(二〇〇六年) においても、「ダブル・エージェント」(156) という概念を導入して、この二つの詩に関する分析をよりいっそう洗練させている。本稿ではドネルの論考を補助線にして、英文学正典詩とマーソンの「模倣」についての分析を試みる。

「むなしく」の第一連をつぎに挙げる。

むなしく、私は自分のなかに美しく堂々とした館を築く
そしてあなたを私の王様として王座に据える
そしてあなたのそばに簡素な椅子を置く
こうして私の存在が決まる、あなたの奴隷としての（*Selected* 45）

伝統的なイングリッシュ・ソネットの形式と内容を期待して読む読者は、一四行詩の弱強五歩格であること（形式）に安心しつつ、かつ詩人が賞賛する恋人が神格化されること（内容）にも安堵感を覚えて読み進めることだろう。しかし、いったんこの詩の作者が黒人女性であることを理解し、第一連の最後の行でこの黒人女性が「奴隷」になると告白する部分を読んだときには、突如として読者は底知れぬ不安感に襲われるのではないだろうか。

「イングリッシュ・ソネット」は別名「シェイクスピアリアン・ソネット」とも呼ばれ、この形式の詩が盛んに書かれていた一六世紀当時のイギリスは、アルマダ海戦でスペインと覇権を争い勝利し、海外進出を盛んに進めていた時期でもあった。つまり帝国主義のイメージは、すでにこのシェイクスピアリアン・ソネット自体にも内包されていたともいえる。この先、奴隷貿易が始まり、ジャマイカを含めてカリブ海諸島が植民地化されていく。マーソンは、「一六世紀のイギリス植民地主義」と「二〇世紀の植民地ジャマイカ」という二つの植民地主義のイメージを、ひとつのソネットのなかに入れ込んでいるのである。この「間テクスト性」の手法により、読む者のうちに複層的なイメージを喚起させることができる。ソネットの伝統や形式はそのまま借り受けながらも、意表を突くジェンダー反転を行なった

うえで、被植民者の詩作というひねりを効かせることで、このイングリッシュ・ソネットを対抗言説として読まねばならないという意識が読者には生まれることだろう。さらにこうしたソネットを読むことは、史実を知っているからこそ、この先の詩行においていったい何が起こるのだろうという期待感と同時に不安感をも、読者に与えることになる。

第二連、三連は宮廷風恋愛の伝統に則ってはいるが、しかし引き続きジェンダー役割が反転された内容が続く。バラの花びらで飾られた宮殿で詩人の求愛を受けるのは、女性ではなく男性であり、そしておそらくこの女性詩人が求愛する対象の愛を得られることはない（タイトルの「むなしく」がそのことを物語っている）。さらに、求愛活動を通じて盛んに行動するのは黒人の女性詩人のほうである。二〇〇六年版の論考においてドネルは、「ジェンダー役割を反転させることで、マーソンは「ソネットという」ジャンルに新しい意味を付与している」（138）と書いている。黒人女性が男性を賞賛して求愛するものの、無視され、最終的には拒絶される本ソネットは、ドネルいわく、「遊び心満載で、嘲笑的」（138）であるというのだ。その理由は、一六世紀イングランドにおいても、一九二〇年代および一九三〇年代のジャマイカにおいても、実際の社会で権力を有しているのは白人男性であるからだ。このソネットによって私たちには、「異性愛、家父長制、植民地社会を支配する権力関係についての考察」（138）が強いられることになる。

最終の二行はつぎのようになっている。

むなしく、人生の偉大な宝庫から私はひとつの恩恵を求める

もう私の王様が、控えている奴隷のもとに来ないことを（45）

詩人はわずかな恩恵を求めているのだが、それは自分が神格化して賞賛し続けてきた王様がもう自分の近くにやってこないことである（しかしこの希求も、「むなしく」という語句によって否定される）。最終行で示される意表を突いた女性詩人の願いは、これまで歌ってきた一三行の内容と矛盾する。さらにこの矛盾は「むなしく」という文修飾の副詞によって、詩人の真の希求が王様を求めることなのか、そうでないのか、曖昧に付される。ドネルは、このソネットが露わにする曖昧さを「ダブル・エージェントの姿」（*Twentieth-Century* 159）であるとし、絶え間なく服従をかわしていく詩を意識的に作ることで、この詩は「いかなるヨーロッパのソネットの伝統との関係をも覆していく」（159）と指摘する。論考の結末部でドネルは、マーソンのソネット「むなしく」をつぎのように評価する。

このジャマイカ女性詩人はすばらしい先達たちの活気ない模倣を行なっているのではなく、むしろ遊び心をもって、すでに受容されている型に取り組むことで、自分自身の考えや意識の状態を明らかにし、家父長制や植民地主義によって不問に付され続けてきた社会的役割への批判を表明しているのである。（159）

パロディにおける「模倣」の戦略

詩集『熱帯での夢想』には、シェイクスピアの『ハムレット』（一六〇三年）の有名な台詞「生きるべきか死ぬべきか、それが問題だ」（第三幕第一場）をパロディ化した「結婚すべきか、結婚しないべきか、それが問題だ」の語句で始まる詩、「結婚すべきか、しないべきか」という詩が収録されている。(3)「もし」と題された詩も同詩集には収められているが、これはラドヤード・キップリングの同名詩のパロディである。キップリングの「もし」は一八九五年に書かれ、一九一〇年に出版された。キップリングが息子ジョンに対して処世術をアドバイスするという形式の詩で、一連八行からなり、四連までである。第一連から第四連の六行目までは「もし」という条件節が繰り返され、第四連の最後の二行で主節がくるという形式である。条件節だけではなく、主節の両方を含んだ第四連を引用する。

もし群衆と話をして、なおかつ自分の高潔さを保てるのであれば、
あるいは王と一緒に歩いていても、平民の特質を失わないのであれば、
もし敵を愛する友人がお前を傷つけることができないのであれば、
もしあらゆる人間がお前を重要視して他のだれをも重要視しないのであれば、
もし容赦の無い一分間を六十秒間の価値あることで満たすことができるのなら、
地球とそこに住む者すべてはお前のものになるし、
さらには、息子よ、お前は男／人間になる。（170）

マーソンの「もし」も、キップリング版とまったく同一の形式を採用している。右のキップリングの詩の第四連に相当する部分を引用する。

もし彼がフォード車を転がすときにあなたが歩けるのであれば、
そして自分が運転を学ぶ前にほかの女の子たちに運転について教えてあげられるのであれば、
つまり不適切な単語を使わずにタイヤの話をすることができるなら、
そして彼が戻った時に自分は楽しんでいると彼に感じさせることができるのなら、
もしあなたが容赦ない一分間を
六〇秒間の仕事と祈りと微笑みで満たすことができるのなら、
世界とそこにいるすべてのものはあなたのものになるし、
さらには、あなたは男性にとって結婚するに値する妻となる。
（キップリングへの謝罪とともに）（*Selected* 63）

キップリングの詩ではイギリス帝国を担うにふさわしい男性の資質が羅列されているのに対し、マーソンの詩は、キップリングの詩を「模倣」し、領有して、女性版処世術——フェミニストにとって皮肉なことには、それは「妻になること」である——を語っている。キップリングが男性の成長を描いているとすれば、マーソンは女性の結婚について書いている。二つの詩の究極のテーマは「男性の（性的）充足」（Donnel, *Twentieth-Century* 160）であるにもかかわらず、どちらも決定的に異なった側面からアプローチがなされている。筆者には「似てはいるけれど、まったく同じではない」（86）というバーバの「模倣」の概念が、この詩では機能しているように思われる。

マーソンのパロディ詩を一九八一年に批評したロンダ・コバム＝サンダーは、当時の彼女の詩には「ほとんど文学的価値がない〔……〕おそらく学生時代に友人たちを楽しませるために書いたのだろう」（218）という推測を施している。この批判が適切かどうかは不問とするが、「もし」や「結婚すべきか、結婚せざるべきか」にみられるような、英文学の正典作品をパロディ化する詩を植民地教育を受けた一九二〇年代の一〇代のときに書いていたのだとすれば、その詩にテクストレベルでの模倣や攪乱性の胚胎を読み取ることも可能であるだろう。

マーソンの「もし」の結末部、つまり「良妻になれる」という忠告は肯定的なものとして文字どおり受け取ることも可能かもしれない。だが、ハンプトン校を出てからジャーナリズムの仕事に携わり、フェミニストとしての活動に乗り出したマーソンであれば、この結末部は「すべきではない」という皮肉であろう。ジャマイカの女性には必ずしも「結婚」というイギリス中産階級のイデオロギーが機能する必要がなかった、という指摘を行なう研究者もいる。次節では、二〇世紀初頭以降のジャマイカの社会と文学の推移をたどり、さらにハンプトン校を出てからの一九二〇年代と一九三〇年代のマーソンの軌跡に目配りしながら、彼女の著作をジャマイカの国民国家の萌芽期のジャマイカン・ナショナリズムのなかに位置づける。

三　「バラよりもハイビスカスを！」——一九三〇年代のジャマイカン・ナショナリズム

コスモポリタニストとして

批評家のロンダ・コバムは「一九〇〇年から一九五〇年までのジャマイカ文学における女性たち」（一九九〇年）という論考のなかで、二〇世紀初頭のジャマイカの女性たちの「独立性」（195）について、つぎのように説明をしている。

二〇世紀初頭のジャマイカの女性たちは、ヴィクトリア朝以降のイングランドの女性たちとは対照的に、経済的にも性的にも独立していた。こうしたジャマイカ女性の生活スタイルは奴隷制時代から発展した社会的行動規範に起源をもつ。〔……〕女性たちは男性と同程度に働いていたし、同程度に罰せられもした。多くの場合、女性たちのほうが厳しい労働環境のなかで耐えうる能力を見せた。（Cobham 195-96）

この独立性は、一八八一年から一九二一年にかけて強まったという。その理由のひとつに、この間に「ジャマイカ国内での失業率の高さから、何千人ものジャマイカ男性たちがパナマや南米に、契約労働者として移動したこと」（Cobham 196）がある。このため国内に残った女性たちが一家のなかでは主要な稼ぎ手となり、経済的にも性的にも独立した。労働契約を終えたジャマイカ男性が帰国してみると、以前一緒に暮らしていたジャマイカ女性には別のパートナーがいると判明することも、決して珍しくはなかったという。ただしこれは、ジャマイカの下層階級で労働階級の女性のケースである。

他方で、「第一次世界大戦後には、［白人系ではない］黒人中産階級が出現する」（Cobham 203）。しかしその価値観は、アングロ＝ジャマイカ系の白人中産階級のそれをそのまま受け継ぎ尊ぶもので、おそらくマーソン一家もここに属する。(4)

ウナ・マーソンの初期の詩にみられる結婚に対するアンビヴァレンスは、下層労働者階級の独立した女性たちがしっかりと地に足をつけて生きている一方で、新しく台頭してきた黒人中産階級の女性たちは「良妻賢母」（Cobham 203）としての役割を求められるという、ジャマイカ女性の二面性を反映しているのだろう。マーソンは中等教育において宗主国の中産階級の価値観を忠実に学びとり、おそらくはそれらを内面化しつつも、しかし父親の突然の死以降は、知識人階級の職業人として就労しなくてはならなかった。彼女が社会で働く過程において、さまざまな労働をする女性たちの姿を目の当たりにしたということは想像に難くない。彼女のこうした体験が結婚制度に関して、曖昧で二律背反的な思想の表明となり、そのことが詩のなかで表現されていると考えてもよいだろう。

ハンプトン校を出たあとマーソンは、初めは救世軍、のちにＹＭＣＡにて就労する。一九二六年一月、二一歳のときに、ＹＷＣＡの仕事のほかに、知人に請われて社会政治系の月刊誌『ジャマイカ・クリティック』の副編集者を務めることになる。また、一九二八年にはジャマイカ速記者協会、翌年にはジャマイカ・ビジネスウーマン協会とジャマイカ・セーブ・ザ・チルドレン基金を設立している。しかし補佐的な仕事に嫌気がさしたのか、一九二八年に『ジャマイカ・クリティック』の仕事を辞して、新たに『コスモポリタン』(一九二八〜三一年)という雑誌を自ら創刊し、ここにおいてジャマイカで初の女性編集者兼刊行者が誕生することとなる。同雑誌は若い中産階級の女性たちを読者層に設定し、マーソン独自のフェミニストとしての視点でみた地元の社会問題や労働者の権利などが、特集された。

一九二八年一〇月号では、創刊した『コスモポリタン』の名前の由来をつぎのように説明している。「『コスモポリタン』という語が意味するのは、『世界市民』ということであり、地球上のすべての人びとを結びつけるということである」(Covi 120)。つぎに、この世界市民とはどのような人であるのか、その定義を行なっていて、ここでは「人種」平等という概念が高らかに謳われている。

> 真の世界市民とは「国際的な」視野を有している人のことで、彼らは単に「ナショナリスト」か、「非ナショナリスト」か、という区分とは一線を画されなくてはならない。真の世界市民とは人種およびナショナルな差異を無視しない人である。〔……〕真の世界市民はこうした差異に調和的な関係をもたらす人のことをいう。そう、重要なのは多様性なのだ。しかし多様であっても対立していてはいけない。世界市民は多様性と団結を目的としなくてはならない〔……〕こうしてあらゆる男性、あらゆる女性が世界市民になりうる。(Covi 120)

ヨーロッパ・モダニズムの定義のひとつに「コスモポリタン的であること」という条件が存在するが、右の宣言文を読むと、大西洋を越えたジャマイカにもヨーロッパ同様のモダニズムが萌芽していたことに、あらためて気がつかされる。[5] のちの一九三五年五月号では「私たちは偏狭さと俗物性を嫌悪する」(Covi 121)と書かれてあるように、植民地主義下のジャマイカのナショナリスト的な偏狭さは否定されて、世界規模レベルで物事を見ることのできる国際性が称揚されている。

偏狭性を排除した世界市民の重要性を説くと同時に、働くジャマイカ女性を鼓舞する編集後記を、先の号よりも半年ほど早く刊行された一九二八年三月号の『コスモポリタン』に載せている。女性に労働市場に入るよう呼びかけ、また政治に積極的にかかわるように、と説いている。以下は「女性の時代」と題された編集後記である。

> 男性よりも女性のほうが占めるにふさわしい仕事が何百もある。男性が持つには稀な忍耐力や優美さや我慢が必要とされるデリケートな仕事である。〔……〕現在、あらゆる国々において女性のほうが数において男性よりも上回っているが、こうした女性たちに適切な職業を用意するのは喫緊の課題であるといえる。多くの女性が結婚できないでいるし、多くの未亡人や貧しい子どもたちが生活手段を必要としている。文明化された国々ではどこでも女性たちは覚醒しはじめていて、隷属状態の手枷足枷を揺さぶりほどこうとしている。(Gregg 115)

一般に世界恐慌は一九二九年一〇月二四日に始まったとされているので、右の引用でマーソンが触れているジャマイカの失業問題やいわゆる「余った女」の問題とは、第一次世界大戦から戻った男性兵士たちが、戦時中には女性たちに明け渡していた仕事や職場に復帰したことから生じた女性の失業問題を指しているのだろう。女性の隷属状態を植民地主義的なイメージの言葉（「隷属状態（slavery）」「手枷足枷（thralldom）」「揺さぶりほどく（shake off）」など）でもって表現している点も興味深く、植民地ジャマイカの苦境の原因は宗主国イギリスの政策にあるという、やんわりとした批判が読み取れる。

マーソンは『コスモポリタン』編集長時代に処女詩集『熱帯での夢想』（一九三〇年）を出版し、ジャマイカ協会から「マスグレーヴ・メダル」（*Jamaican* 318）が授与されている。しかし、資金的な理由から『コスモポリタン』は廃刊となる。詩の発表の場を求めて、翌一九三一年に二作目の詩集『高さと深さ』を出版する。同年は多作の年で、処女戯曲『なんという犠牲を払って』も上演される。そして二七歳になった一九三二年に、マーソンはジャマイカを出てイギリスへ渡る。

触媒としてのロンドン

イギリスではなくアメリカ合衆国をすすめる知人もいたが、つぎの理由で、アメリカは渡航先としての選択肢から外れる。「何千人ものジャマイカの女性が、アメリカでやりくりをするために奮闘している〔……〕工場で働いたり、タバコ産業に従事したり、レストランやメイドとして働く〔……〕みな仕送りのためだ」（Jarrett-Macauley 44）。以降、一九三二年から三六年までロンドン、一九三六年から三八年まではジャマイカ、一九三八年から四五年まではふたたびロンドンというように、一九四五年までの一三年間でマーソンは大西洋を行ったり来たりするようになる。第一期目のロンドン時代は機関誌や新聞に寄稿するようになったときで、自身の詩を書きためている時期だった。すでにフェミニズムへの関心は高かったものの、新たにイングランドでの人種問題への意識が加わった。

一九三三年六月、「有色人種連盟」の機関誌『鍵』に「黒んぼ」が掲載される。イギリスでの人種差別を詠んだものである。

あの子たちは私のことを「黒んぼ」と呼んだ
小っちゃな白人のガキども。
笑いながら怒鳴ってきた
私が通りを歩いていると、
あの言葉を投げつけた
「黒んぼ!」「黒んぼ!」「黒んぼ!」(*Selected* 85)

右は冒頭の第一連である。フランツ・ファノンの『黒い肌、白い仮面』(一九六七年)の第五章「黒さの事実」の冒頭部分、「汚い、黒んぼ!」(109)や「見て、黒んぼ」(109)という言葉と響き合うこの詩は、白人と出会って初めて、自分の黒い肌とその黒さの重みを認識させられた黒人少女についての詩である。あまりの衝撃のせいか、詩人は少女に差別的な言葉「ガキども(urchins)」を使うことを許してしまっている。この黒人の少女が歩き回る界隈はおそらく都市部の貧困地域だろうから、彼女が出会った少年たちも貧民白人層であると推測できる。子どもたちが肌の色の違う別の貧しい子どもをいじめる社会の底辺の姿が、おのずとイメージされる。(6)

在英中だった一九三五年、ムッソリーニのアビシニア侵攻に心を痛めたマーソンは、すぐさま当時エチオピアで大臣を務めていたC・W・マーティン博士を手伝い、ロンドン亡命中であった皇帝ハイレ・セラシエの秘書として、反ファシズム運動とかかわっていく。イギリスが結局はイタリアによるアビシニア侵攻を容認してしまったという事実は、マーソンだけではなく黒人知識人運動家たちに大きな衝撃を与え、イギリスの政治に対して深い失望感を生む結果となった。[7] また、マーソンはフェミニストとしての活動も忘れておらず、世界的なフェミニスト組織である「国際女性連盟」に所属し、一九三五年にはイスタンブールでの会議に参加している。

ここロンドンでの体験が新たな視点をマーソンに与えたと考える研究者は少なくない。アリソン・ドネルは二〇〇三年の論考でつぎのように、マーソンの思想に内包される「ジャマイカ‐イギリス‐アフリカ」をつなぐ環大西洋ネットワークについて言及している。

> マーソンの直接の目的はジャマイカの文化的・政治的な変容であったが、イギリス経由ではあるものの、彼女のアフリカとのつながり、それもとりわけエチオピアや黄金海岸とのつながりは、彼女の文化的アイデンティティについての考えを再定義させるような新しい視点を与えたのは明らかだった。(*Routledge* 120)

つまりロンドン滞在は、一九三〇年代後半以降にマーソンがジャマイカン・ナショナリズム運動に身を投じていくための「触媒」(*Routledge* 122)となったのではないかというのだ。帝都ロンドンでの差別体験を通じて、植民地主義が生んだ差別や貧困に苦しむアフリカの国々への共感や連帯感から、自国ジャマイカのナショナリズムを考えるようになったマーソンの姿が、ここに浮き彫りになる。

労働者階級に視線を向けるジャマイカの中産階級知識人

一九三六年にマーソンはジャマイカへ戻る。この帰国の大きな目標は、ジャマイカの「国民文学を促進させるため」(*Jamaican* 319)であった。そのために「キングストンの読者と作家のためのクラブ」や「キングストン戯曲クラブ」を設立する。ドネルによれば、「一九二〇年代と一九三〇年代の悲惨な経済状況は、社会危機と社会変化の両方を生む触媒となった」(*Routledge* 107)という。労働運動が盛んになり、一九三八年のジャマイカでは港湾労働者たちによる大規模なストライキも起きている。自治を求めるナショナリズム運動も勃興し、黒人や混血人種の中産階級が一般大衆の支持を受けるようになる一方で、「植民地政府にはこれまでとは違い、不安定感が漂う」(*Routledge* 107)。

一九四〇年に入るころには、黒人中産階級の男性たちはそれまで支配者層であった白人植民者のエリートたちに対して「挑戦できる」(Cobham 210)までに成長していた。労働者階級がその労働運動を過激に戦闘化させるにつれ、従来から文学を担い牽引してきた黒人中産階級の男性作家たちは、「人種および社会経済的価値観の修正版として」(Cobham 210)、労働者階級の人びと、とりわけ労働者階級の女性たちに、新たに関心の目を向けはじめた。端的にいえば、男女かかわりなくジャマイカ黒人中産階級の作家たちは、国民文学を打ち立てようとしていた一九三〇年代後半に、労働者階級の人びとを自分たちが表象すべき対象としたのだった。

ジャマイカの黒人中産階級出身のマーソンも、一九三七年に出版された第三詩集『蛾と星』において、労働者階級の人びとに対して共感的な詩を綴っている。道路建設のために石を砕く女性の「石砕労働者」を描写した詩が、そのひとつである。ジャマイカ労働者階級が使用する口語表現を再現した現地方言で書かれている。

ライザ、あたいの子どもよ。あたいはとっても疲れちまったよ。
だけんどどうしようかねえ。あたいたちは石を砕かなきゃいけねえ。
とっても手は痛えし、
背中も痛えし、
足も痛えし、
おてんとうさまはカンカン照りだけんど。
そうさなあ、お慈悲ある神さまだけが、
あたいたちの悲しみを知っておられる。（*Selected* 125）

標準英語で書かれてはいるが、ほかにも「孤独」と題された詩がある。

灼熱が
この狂気の熱帯地方で
おれの魂を灼く

ラム酒がおれの喉を灼き
盲目にしてくれる……
この農園で
おれは飲まずにはいられない
この異郷生活者の魂を慰めるためには（*Moth* 73）

右の引用の「異郷生活者」には「エグザイル（exile）」という語があてられている。知識人が政治的信念や芸術的達成を求めて自ら故郷離脱することとは異なって、サトウキビ農園で労働に従事するこの労働者は、必要に迫られて異郷生活者の道を選択したのだろう。移動には「特権的移動」と「非特権的移動」の二種類があるが、むろんこの場合は後者である。この詩は一九三〇年代カリブ海諸島での不況による出稼ぎ労働について触れているが、出稼ぎ労働者たちの移動には、北米や南米といった海外だけでなく、「都市部から農村部への流出」（Cobham 213）もあった。非特権的な移動を余儀なくされた、故郷を離れて異郷で労働する男の孤独感と労働の厳しさが、ここでは歌われている[8]。

「バラよりもハイビスカスを！」

国民文学を形成するにあたり、扱うにふさわしい題材についても考察しなくてはならない。ふたたびドネルの研究を参照すると、この点についてつぎのような説明がある。

植民地主義政策依存の矯正薬として、ナショナリスト作家たちは社会的リアリズム作品を推奨し、植民地の風景を文学的に名づけすることを求めた。ソネットにおいてはバラよりもハイビスカスを題材にするといった、一見したところ単純な姿勢こそが、大衆意識を国民化するのに役立ったと考えられる。（*Routledge* 114、強調引用者）

つまり、「バラ（宗主国イギリスの象徴）」よりも「ハイビスカス（カリブ海諸島の象徴）を！」というのが、当時の題材選択の際のスローガンだったと、ドネルは指摘する。

興味深いことに、マーソンは「ハイビスカスに寄せて」という題名の詩を『蛾と星』のなかに収めている。一連四行から成る詩で、第四連まである。第一連と三連と四連を、つぎに挙げる。

美しいハイビスカスの花は幾度となく持ちこたえてくれる
貧しい者の庭でも
喜びと陽気さと明るさを運んでくれる
この農民のつつましい戸口にも。

美しいハイビスカスの花よ、お前は
珍しいバラの蕾よりもはかない
摘まれて自由を奪われればすぐさま萎んでしまう

手もかからずに自由に育つのに。

真っ赤に輝く最も美しい花弁よ
お前は私の胸に喜びを与える
どうか私にお前の喜ばしいメッセージを伝えておくれ
私も喜びを分け与えることができるように。(*Selected* 111)

第一連では、カリブの花の象徴であるハイビスカスが、貧しい農民の庭にも、見る者の目を楽しませてくれる様子が歌われている。第三連では、イギリスの象徴としてバラが隠喩として使われ、植民地ジャマイカと対比される。「自由を奪われれば」と訳したが、原文では"prisoned"という単語が使われており、すでにみた『コスモポリタン』の編集後記「女性の時代」で使用された語彙「隷属状態」や「手枷足枷」と同様に、この語も植民地主義のキーワードのひとつと解釈できる。第一連にあるように、大地に根ざしていれば長く咲き、生強さを見せてくれるハイビスカスの花が、人の手によって乱暴に摘まれると、すぐに枯れてしまうさまを表現している。イギリスのバラとあいまって、ハイビスカスに象徴されるジャマイカが、無残にも、植民地主義や不況や政治情勢の悪化などの諸処の悪条件によって蹂躙される、というイメージを読み取ることができる。(9)

四　団結を！——インターナショナル・フェミニストとして

インターナショナル・フェミニスト

イマボン・デニス・ウモレンは『今は女性の時代』——一九二八年から一九三八年までのウナ・マーソンの著作にみるブラック・フェミニズムとブラック・インターナショナリズム」（二〇一三年）と題された論考において、「ブラック・フェミニズム」と「ブラック・インターナショナリズム」をつぎのように定義している。

ブラック・フェミニズムとは、キンベーレ・クレンショウやベル・フックスといった人種批評家や社会学者によって定義されるところでは、アフリカに出自の起源をもつ女性たちの生活を支配している人種、ジェンダー、階級そのほかの抑圧形態にかかわるものである。〔……〕

政治哲学として、ブラック・インターナショナリズムは黒人の自己決定権を促進し、世界中のさまざまな黒人のあいだに結びつきを生み出そうとしてきた。アフリカの起源をもつ人びとの異種混交的で重要な性質である差異を理解しようと試みてきたのである。(10)（54）

ウモレンは、「ブラック・インターナショナリズム」は国際的共産主義政党コミンテルンを通じて

図版2　BBCラジオ番組『声』(1942年) のウナ・マーソン。下方左よりBBC職員ヴェヌ・チアール，編集者M. J. タンビムツ，詩人T. S. エリオット，ウナ・マーソン，小説家マルク・ラジャ・アナド，BBC職員クリストファー・ペンバートン，インド人著述家ナラヤン・メノン。上方左より作家ジョージ・オーウェル（同番組主催者)，オーウェルの秘書ナンシー・パラット，詩人ウィリアム・エンプソン（BBC所蔵）

「可視化」（55）されたことを強調するが、前節でみたように「コスモポリタン」という概念に惹かれたマーソンであるので、やがてこの「インターナショナリズム」という概念へより強い関心を寄せるようになることは想像に難くない。

マーソンは一九三七年『パブリック・オピニオン』に「女性、仕事、賃金」という論考を載せている。「女性労働者は自分たちの利益を守るための強い組織を結成するため、団結せねばならない」（Gregg 141）とかなり強い調子で主張し、働く女性たちに労働組合の必要性を説くことから文章を始めている。この前半部分は渡英以前の彼女の著作にみてとれた主張だが、興味深いのは、論考後半では人種を越えて働く女性をすべて含み込んでの団結を説いている点である。

働く女性は団結せねばならない。白人も、黄色肌の人も、薄桃色の肌の人も、茶色肌の人も、黒人も、オフィスに勤める人も、店の店員も。働く女性たちは団結して働く女性のための強い組織を形成しなくてはならない。尊厳と声をもって。地方行政で彼女たちの声を反映させることができるような団体が、もし可能なら外国に地方支部をもつような団体があるべきだ。（Gregg 142）

誰ひとり分け隔てをせずに、働く女性すべてを包括して、労働者としての権利を擁護する団体の設立を説くこの主張は、ロンドンへ行く以前には見つけるのが難しい。右の引用文にはウモレンのいう「ブラック・インターナショナリスト」的な視点が加わっていると考えてもよいだろう。ただし、この場合の「黒人」は、あくまでも「白人、黄色肌の人、薄桃色の肌の人、茶色肌の人」を含めた働く全女性の一部としての「黒人」であり、すなわち仕事を持つ女性全員に訴えかけているものなので、マーソンの政治的立場は正確にいうと、「インターナショナリスト・フェミニスト」ということになるだろう。

黒人の「重荷」から「責任」へ

個人のレベルを超えて、世界中のさまざまな黒人のあいだの結びつきを彷彿とさせる「インターナショナリスト」の詩が『蛾と星』には収録されている。例として、「黒人の重荷」を挙げたい。四連から成る詩だが、ここでは第三連と第四連を挙げる。

私は黒人

なんという重荷が
私の胸にはおかれることか
だって私には見えるから
私の人種すべてが
手と手を携えて
世界中で輪になっている姿が。

黒人の女の子――なんという重荷――
だけどあなたの肩は広い
黒人の女の子――なんという重荷――
だけどあなたの勇気は力強い
黒人の女の子、あなたの重荷は
肩から落ちていくでしょう
なぜなら、愛があるから
あなたの魂には
そして歌もあるから
あなたの心には。(*Selected* 146-47)

第三連では、世界中の黒人が輪になって、一斉に重荷を下ろそうと奮闘中である様子がイメージされる。他方、第四連では、黒人の女の子が「愛と歌」（147）をもつがゆえに、その重荷からいつの日か解き放たれる日がやってくるだろうという希望が語られている。この第三連から四連への変化は、「重荷」が「責任」へと変容する可能性を示していると読めないだろうか。「あなたの魂／心」という楽観的で優しさに満ちた表現から、この可能性は伝わってこないだろうか。筆者には、この詩には「インターナショナル／インターナショナリスト・フェミニスト」としてのマーソンの全人類の平等と平和への希求が込められているように感じられる。

おわりに

本稿では、一九三〇年代のウナ・マーソンの著作から彼女がたどった軌跡を、植民地教育、「模倣」の概念、ジャマイカン・ナショナリズムとのかかわり、インターナショナル・フェミニスト的な視点という、四つの観点から分析してきた。

まず、ジャマイカでの植民地教育には、宗主国イギリスの価値観の刷り込みという側面はたしかにある。しかし同時に、被植民者が植民者を模倣することで、被植民者の側がその価値観を転覆するような攪乱的なエネルギーを持ちうることを、マーソンの初期の詩は示している。そして、ジャマイカの国民国家の萌芽期であった一九三〇年代には、そのナショナリズム勃興に呼応するかのように、マーソンは宗主国イギリスの価値観から離れ、ジャマイカの国家形成に国民文学の創出という点から貢献しようとした。最後に、世界的にコミンテルン運動が盛んだった一九三〇年代後半においては、インターナショナリスト・フェミニストとして、人種を超えて、人類の平和と安寧を願うマーソンの姿がかいま見られるのである。

註記

(1) 二〇一八年九月三日、大英図書館において「遠いロンドンからの声——カリブの声と音色」と題された講演会(司会コリン・グラント、登壇者レイモンド・アントロバス、カジャー・イブラハム、フィリップ・ナントン、エミリー・ゾベル・マーシャル)が催され、マーシャルとイブラハムがともにマーソンの『カリブの声』での活躍や、アフリカとの親和性の重要性について言及した。

(2) 以降、伝記的事実については、Jarrett-Macauley と *Jamaican People Introduction* を参照する。

(3) グレース・ニコルズは、「ハムレットへの謝辞とともに」という詩を、このハムレットと同じ台詞をパロディというより嘲り、「おしっこするか、しないか、それが問題だ」という語で始めている。

(4) 「マーソン」という姓は母方のものであり、このことはジャマイカの女性が必ずしも結婚制度を必要としていなかったことの証左のひとつであるかもしれない。父親はマーソンがハンプトン校在学中に死去している。そのため彼女は同校を卒業はするものの、カレッジへの進学は断念し、母親や兄姉とともにキングストン市内へと転居している。

(5) 近年さまざまな「モダニズムズ(複数形)」を考察する研究書が出ている。ドイル、ミラー、コーギー、エメリーを参照。

(6) 「黒んぼ」の詩については、拙論「ウナ・マーソン作品における三つの異界」の一九五〜九六頁も参照されたい。

(7) C・L・R・ジェームズは「アビシニアと帝国主義者たち」という抗議文を書き記している。

(8) マーソンの詩のいくつかは「プランテーション・モダニズム」と呼ばれている文学ジャンルに入るかもしれない。マット・コーエンによれば、その定義は、アメリカ「南部奴隷制についての南北戦争以降の小説や詩であり、南北戦争以前の設定で、現地で話されていた方言を使用している」(385)。コーエンはアメリカ小説について分析しているが、ジャマイカとアメリカ南部の地理的・文化的な近似性を考慮した場合、マーソンの詩も「プランテーション・モダニズム」の詩といえるのではないか。

(9) 第三連二行目でバラの花を比較に持ってきているのは英国詩の常套手段なのだろうか。恋愛をバラに、友情を柊にたとえた、エミリー・ブロンテの詩「愛情と友情」(“Love and Friendship”) が連想される。ロマン派のみならず、ヴィクトリア朝時代の詩の影響もマーソンは受けていると思われる。

(10) 本稿で扱う「インターナショナル・フェミニスト」という概念は、本文中の定義にフェミニストを加えた意味で使用している。ウモレンの博士学位論文を参照。

引用文献

Bertram, Vicki. “Introduction.” *Kicking Daffodils: Twentieth-Century Women Poets*, edited by Vicki Bertram, Edinburgh UP, 1997, pp.1-10.

Bhabha, Homi K. “Of Mimicry and Man: The Ambivalence of Colonial Discourse.” *The Location of Culture*. Routledge, 1994, pp. 85-92.（『文化の場所――ポストコロニアリズムの位相』本橋哲也ほか訳、法政大学出版局、二〇〇五年。）

Bluemel, Kristin, editor. *Intermodernism: Literary Culture in Mid-Twentieth-Century Britain*. Edinburgh UP, 2009.

Caughie, Ramela, editor. *Disciplining Modernism*. Macmillan, 2009.

Cobham, Rhonda. “Women in Jamaican Literature 1900-1950.” *Out of the Kumbla: Caribbean Women and Literature*, edited by Carole Boyce Davis and Elaine Savory Fido, Africa World P, 1990, pp. 195-222.

Cobham-Sander, Rhonda. *The Creative Artist and West Indian Society, Jamaica 1900-1950*. Dissertation, U. of St Andrew, 1981.

Cohen, Matt. "Plantation Modernism." *Mississippi Quarterly*, vol. 60, no. 2, pp. 385-412.

Covi, Giovanna, editor. "Una Marson: African-Caribbean New Woman Speaking Truth to Power." *Modernist Women Race Nation: Networking Women 1890-1950 Circum-Atlantic Connections*. Mango Pub, 2006, pp. 118-52.

Donnell, Alison, and Sarah Lawson Welsh, editors. *The Routledge Reader in Caribbean Literature*. Routledge, 1996.

——. "Una Marson: Feminism, Anti-Colonialism and a Forgotten Fight for Freedom." *West Indian Intellectuals in Britain*. Manchester UP, 2003, pp. 114-31.

——. *Twentieth-Century Caribbean Literature: Critical Moments in Anglophone Literary History*. Routledge, 2006.

Doyle, Laura, and Laura Winkiel, editors. *Geomodernisms: Race, Modernism, Modernity*. Indiana UP, 2005.

Emery, Mary Lou. *Modernism, the Visual, and the Caribbean Literature*. Cambridge UP, 2007.

Fanon, Frantz. "The Fact of Blackness." *Black Skin, White Masks*. Trans., Charles Lam Markmann. Grove Press, 1967, pp. 109-40.（『黒い皮膚・白い仮面』海老坂武・加藤晴久訳、みすず書房、一九九八年。）

Gregg, Veronica Marie, editor. *Caribbean Women: An Anthology of Non-Fiction Writing, 1890-1980*. U. of Notre Dame, 2005, pp. 111-45.

Hodges, Hugh. *Soon Come: Jamaican Spirituality, Jamaican Poetics*. U. of Virginia P, 2008.

Jamaican People Introduction: Una Marson, Erna Brodber, Don Wehby, Daren Powell, M.G. Smith, Carlton Baugh, Johnny Clarke, George Barne. Books LLC, 2010, pp. 317-23.

James, C. L. R. "Abyssinia and the Imperialists." *The Keys*, vol. 3, no. 3, January-March, 1936, pp. 32, 39-40.

Jarrett-Macauley, Delia. *The Life of Una Marson 1905-65*. Ian Randle Publishers, 1998.

Kincaid, Jamaica. *Lucy: A Novel*. 1990. Farrar, Straus and Giroux, 2010.（『ルーシー』風呂本惇子訳、學藝書林、一九九三年。）

Kipling, Rudyard. "If-." *Everyman's Library Pocket Poets*. Everyman, 2007, p. 170.

Marson, Una. *Tropic Reveries, Poems*. The Gleaner Co, 1930.

——. *The Moth and the Stars*. The Author Kingston, 1937.

——. *Selected Poems*. Peepal Tree Press Ltd, 2011.

Miller, Tyrus. *Late Modernism: Politics, Fiction, and the Arts between the World Wars*. U. of California P, 1999.

Morton, Patricia. *Hybrid Modernities: Architecture and Representation at the 1931 Colonial Exposition, Paris*. The MIT Press, 2000.（『パリ植民地博覧会――オリエンタリズムの欲望と表象』長谷川章訳、ブリュッケ、二〇〇二年。）

Narain, Denise deCaires. "Literary Mothers?: Una Marson and Phillis Shand Allfrey." *Contemporary Caribbean Women's Poetry: Making Style*. Routledge, 2002, pp. 1-50.

Nichols, Grace. "Spring." *I Have Crossed an Ocean: Selected Poems*. Bloodaxe Books, 2011, p. 57.

——. "With Apologies to Hamlet." *I Have Crossed an Ocean: Selected Poems*. Bloodaxe Books, 2011, p. 77.

Procter, James. "Una Marson at the BBC." *Small Axe*, vol. 19, no. 3, November 2015, pp. 1-28.

Umoren, Imabong Denis. "Becoming Global Women: the Travels and Networks of Black Female Activist Intellectuals 1920-1966." D.Phill Thesis, U. of Oxford, 2015.

——. " 'This is the Age of Woman': Black Feminism and Black Internationalism in the Works of Una Marson, 1928-1938." *History of Women in the Americas*, vol. 1, no 1, April 2013, pp. 50-73.

小林英里「ウナ・マーソン作品における三つの異界――キングストン，ロンドン，ポコマニア」森有礼・小原文衛編著『路と異界の英語圏文学』大阪教育図書、二〇一八年、一七五～二〇四頁。

第6章　ヘンリー・ジェイムズとイタリア

西洋におけるエキゾティック表象

北原　妙子

はじめに

イタリアは古くから現代に至るまで、英米の文学者、芸術家を数多く魅了してきた。実際に現地を訪れ、インスピレーションを得て、創作がなされた例は数え切れない。とくに「自然」な風景のなかに「サブライム」や「ピクチュアレスク」が崇拝されるようになった一八世紀後半以降、ロマン派詩人P・B・シェリーやバイロンをはじめ、ロバート・ブラウニング、ジョン・ラスキンのイタリアを取り上げた作品が、ほかの創作者たちのイタリア熱を高めたことは容易に想像できる。また一七世紀後半から始まり、一八世紀後半で盛り上がりをみせ、一九世紀半ばまで続く、英米人上流階級の子弟が教養の仕上げとして出かけた「グランドツアー」の終点はイタリアであった[(1)]。

英米の一般読者もイタリアへの関心は高く、ナサニエル・ホーソーンが書いた『大理石の牧神』（一八六〇年）はローマの観光案内を果たしたともいわれ（Buzard, *Beaten Track* 168-69）、またF・マリオン・クロフォードのイタリアを舞台としたロマンスは英米でベストセラーとなった。[2] E・M・フォースターの『眺めのいい部屋』（一九〇八年）のような小説は、二〇世紀初頭の中産階級のイギリス人たちがイタリアで自己発見をするといった内容であり、創作側、受け手側のどちらをとってもイタリア熱は衰えていないことが伝わる。英米の創作家たちは、なぜこのようにイタリアに憧れるのだろうか。本稿では、一九世紀後半から二〇世紀初頭に活躍し、国際小説家として名高いヘンリー・ジェイムズを検証することで、その謎に迫りたい。

幼少時からヨーロッパとアメリカを行き来したジェイムズにとっても、イタリアは格別な土地であった。彼はイタリアを舞台とする代表的な小説を複数書いている。初期には『ロデリック・ハドスン』（一八七五年）、『ある婦人の肖像』（一八八一年）があり、後期三大作のうち、『鳩の翼』（一九〇二年）はヴェニス、『黄金の杯』（一九〇四年）はローマを主要舞台とする。中・短編で有名なものには、「デイジー・ミラー」（一八七八年）や「アスパンの手紙」（一八八八年）がすぐにあげられよう。[3] 同時にジェイムズには『イタリア紀行』という旅行記がある。生涯、旺盛に旅を続けたジェイムズは、アメリカ、イギリス、フランスでの紀行文を残しているが、イタリアを初めて訪れたのは二六歳のときで、遅いくらいであった。ジェイムズは、一八六九年から一九〇七年にわたり一四回渡伊し、『センチュリー』誌や『スクリブナー』[4] 誌に紀行文を寄稿した。これらは当初、ほかの外国旅行記とあわせて収録される。その後、イタリアに限定したエッセイを再録し、一九〇九年に『イタリア紀行』として出版された。

庶民から特権階級まで、また消費者から創作家まで憧れるイタリアとはどのような「場」なのだろう。[5]

古代文明があり、ルネサンスの中心地。時代的にはグランドツアーやロマン主義の興隆という要因もあろうが、なぜコスモポリタンであるジェイムズのような「西洋人」にとっても、イタリアは強烈な磁力を持つのか。西洋人にとってたとえば「日本」が「日本趣味」として高い関心を開国以来集めてきたように、実はイタリアも西洋における「オリエント」、「外部」のような存在にあたるのか。こうした疑問を念頭に、以下、ジェイムズとイタリアについて『イタリア紀行』を中心に、また必要に応じ書簡や小説、旅行記『アメリカの風景』(一九〇七年)にも言及しつつ考察する。

ここでいうイタリアとは、国家というよりイメージの集合体や主題を表わすための「場」のようなものだ。ジェイムズのフィクションに描かれるイタリアはどちらかというと美化され、抽象化される度合いが高い。かたやフィクションと異なり、旅行記では彼がどのように「イタリア」を見いだしていたのか、そこではリアリズム精神は発揮されたのかを検討する。とくに「ツーリズム」が盛んになる時代、経済的な「帝国」として勢力を増大していたアメリカをルーツに持つ人間として、ヨーロッパのなかで、エキゾティックな勲章のようにみなされるイタリア的なものをジェイムズがいかに捉えていたかに重点を置く。

図版1　ヘンリー・ジェイムズの肖像

以下では、まず旅行者ジェイムズの視点、ほかの旅行者への態度、近代化やアメリカ化の影響、イタリア人の描写といったテーマに焦点をあて、イタリアとジェイムズとの関係を探る。続けて、ジェンダーの観点を導入し、ジェイムズによってジェンダー化される「場」やその意味を考察し、最後に、は「スペクタクル」としてのイタリアがどのように表象されるか検証する。

一　擬似植民地としてのイタリア

具体的に旅行記を検討する前に、イタリア史を確認しておこう。ナポレオン退位後、オーストリアの占領下にあったイタリアでは、独立の気運が高まって統一運動《リソルジメント》が起こり、一八六一年にイタリア王国となる。それ以前はサルデーニャ王国、両シチリア王国、トスカーナ大公国など複数の「国家」が存在しており、イタリアはいわゆる国民国家《ネイション＝ステイト》ではなく、標準語もなかった。一八七一年にローマ遷都となり、独立運動はいちおう終息する。体裁としては国民国家となったが、その実、各地方の個別の文化や言語は残り、それが現在にも至るといえよう。いいかえれば、ナショナル・アイデンティティが不在で、標準化を拒むことが可能な文化が残ったといえる（四方田ほか 90-100）。

しかし統一運動前のイタリアを知る欧米人にとって、革命後は「芸術と生活」が手を携えているような牧歌的で理想的な生活は失われてしまったとされる。とくに芸術や文学を志す者には、イタリアは歴史、文化、自然、人物と多岐にわたりインスピレーションの源泉であって、統一運動後それらがいかに破壊されたか、といった多くの指摘がみられる。(6) とくに一八七〇年代にはローマの世俗化が進んで変化は大きく、商業主義が蔓延し、貴族制度は時代遅れとなり、名所だった大邸宅は売却に出されるようになる。記念碑類は放置され、建築ブームが起こって醜悪な建造物が乱立した[7]。同時に、イタリアは観光客に消費される「ツーリズム」の格好の対象ともなった。ジェイムズのイタリア初訪問は統一運動終息わずか前の一八六九年秋で、当時を知るジェイムズはいちだんと古き良きイタリアへの郷愁を深くしたといわれる（Buonomo 93-4; Vance 212-13）。

この旅行記の目次をみれば明らかなように、エッセイは初出の年代順に並べられているわけではなく、時系列が前後し、旅先としてもヴェニス、ローマ、そしてフィレンツェを中心に、その他の訪問地を加えた文章からゆるやかに構成されている。各章も長さにばらつきがあり、それぞれ独自のまとめ方をしている。一見ランダムに印象録を並べただけのように思えるが、しかしこれこそ「標準化を拒む」イタリアの魅力の真髄を伝える構成の巧みさではないだろうか。もちろん、この構成に対しては、"Italian Hours" というタイトルにあるような複数の「イタリア時間」を表わすという指摘も妥当といえるし（Auchard x）、時間的配列が前後するのも、ジェイムズの記憶がうごめく内在的時間を反映するからだともいえよう。

紀行文の章立ては、ローマ・フィレンツェ・ヴェニスの三大都市に関する章とその他の都市についての章に大別できる。内容的には、巻頭のヴェニスに関する記述群が、ラスキンなどの先達によるイタリア旅行記を意識してか、ジェイムズの独自色を出そうとたいへん力が入っている印象がある。「ヴェニスという言葉を記すのは大いに愉快だが、そこに何かを付け加えるなどというのは、いささか大それたことだという気がしないでもない」（5）と、エッセイは始まる[8]。ヴェニスに比べ脱力しているが、ローマやフィレンツェの筆遣いにも依然熱がこもる。しかし、その他の都市について、ジェイムズの記述はのびやかで闊達だ。イタリア旅行記はこうした一見一貫性のない文章群だが、そこには通底するまなざしがある。それは、芸術や建築に代表されるイタリア文化や歴史、自然、人びとへの愛情と崇敬の念であり、それらを損なうイタリア近代化の動き、またツーリズムの発達に対する批判がある。ツーリズムの拡大にともない、イタリアへ文化的侵食を行なう経済大国化した母国アメリカの影響に対する深い懸念もあげられる。

旅するジェイムズのまなざし

イタリアを描き出すにあたり、ジェイムズは五感をフルに使い、なかでも「視覚」を最大限に活かす。そこには知的で教養ある「旅行者」(traveller)としてのまなざしと、大衆的な「ツーリスト」(tourist)のまなざしが交差する。この点、ジェイムズは二つの用語を厳密に使い分けているわけではないが、意識上の違いはたしかにうかがえる。ロズリン・ジョリーは「トラベルとツーリズム」で、ジェイムズ作品での二種類の旅行者区分について明確に指摘する。一九世紀には鉄道や蒸気船の発達にともない、安価な大量輸送手段が可能になり、近代的にマスマーケット化された観光事業(ツーリズム)が出現したのである。一八三〇年代に登場したマレーやベデカー旅行案内もツーリズム推進に貢献し、四〇年代にはトーマス・クックによって団体旅行が提供されるようになった。こうした手軽な万人向けの旅行がツーリズムに代表されるもので、グランドツアー参加者やジェイムズが目指した、贅をつくし快適かつ高尚な文化的目的を持つ旅(トラベル)とは性質を異にすると考えられる(Jolly 343-53)。以後、本稿でも、ジェイムズからみても二種類の旅行者がいた、という前提で考察を進める。

先の五感のなかでは「聴覚」や「嗅覚」も重要で、快・不快な情報が伝達される。イタリアは美食の国であるはずだが、ジェイムズの場合、比較的味覚に関するコメントは少なく、ときおりコーヒーやアイスクリームへの言及がある程度だ。「触覚」は実際に触れるよりは、視覚を通じて再現される。こうした五感のなかで、何もかもが新鮮で、「イタリア」を肯定的に受容する、いわば「お上りさん」的な満足感のいちばんは「視覚」からくるといえる。いみじくもジェイムズは、「〔ヴェニスでは〕人は単に目を使うだけでも十分幸せ」(52) と書いている。さらに特筆すべきは、旅行記のさまざまな章で「幽霊《ゴースト》」という言葉が繰り返し使われることだ。何か特別な心霊体験を示すわけではないが、旅行記中、ジェイムズのヴィジョンに現われる「幽霊」は、何を表わすのかもあわせて考えていきたい。

実際にイタリアを訪れてみたジェイムズの反応はどうであったか。ローマから兄ウィリアムに宛てた一八六九年一〇月三〇日の書簡は、最初にローマに足を踏み入れた素直な喜びに満ちあふれている。「とうとう――生まれて初めて――生きている、という実感があります！　想像のローマ、習ったローマはどこへやら、目の前のローマは圧倒的です。ヴェニスやフィレンツェ、オックスフォード、ロンドンはボール紙に描いた小さな都市のよう。歓びのあまり、通り中を浮かれ歩いていました」。そして四、五時間のあいだにフォーラムやコロセウム、神殿、聖ピエトロ大聖堂など主要名所を回り、「ピクチュアレスク」が何か初めてわかったと記している（Kaplan 111）。ジェイムズは概してイタリア旅行記を通じ、各地への深い思い入れを語るが、当初ローマへの愛は特別なものであったといえる。若さも手伝ってか、こうした率直な感情の表明は韜晦なジェイムズ的表現のなかでは、例外的ともいえよう。

これが旅行記ではどう表現されるか。ジェイムズが対象とするのは、ローマやヴェニス、フィレンツェの三大都市をはじめ、その他の都市、トリノ、シャンベリー、ミラノ、シエナである。また、ナルニ、アッシージ、ペルージア、コルトーナやトスカーナ地方の名所（リヴォルノ、ピサ、ルッカ、ピストイア）も忘れていない。旅行作家は各地の魅力や美点をあげ、礼賛する。そこには「目利き《コノシュア》」旅行者としてのジェイムズの視線が存分に活かされている。だが同時に、先に引用した書簡に通じる「ツーリスト」的率直な感動も隠さない。二人のジェイムズがいて、欲望の対象物（イタリア）との距離を自在に操っているかのようだ。ときにステレオタイプ的で「ロマンティック」なイタリアのあり方を無邪気に喜ぶ姿に、自分を「センチメンタル・ツーリスト」(9, 10, 77, 103）と呼ぶジェイムズの様子が表われているといえる。フィレンツェ再訪の記述から一例をあげよう。トスカーナ風ヴィラからの、アルノ川をはじめとする眺望に感動したときのことだ。

ロマンティックな美しさを日々の織地として、なんともの静かで、満ち足りた生活を送っているように見えたことか！——下に農園《ポーデレ》が広がる日当たりのよいテラス、輝くような青空に対しはえる輝かしい灰色のオリーヴの木々。ほかのヴィラの長くのどかな水平線、側面にはイトスギがそびえ、丘陵に連なっている。足下の柔らかな窪みに世界でもいちばん豊かで小さな都市があり、その向こうには最も偉大で、しかし最も身近な、魅力的な景観があった。ヴィラの中には芸術に対する大きな愛があり、見事な作品がつまった画室が設置されているので、そこでの人の暮らしが静けさを中心とするならば、その静けさは主として意図的な行為の結果だった。美しい立場でのすばらしい時間の過ごし方、それ以上のものがあるだろうか？　それこそ私がいま羨ましいと書いたことであり、平和と安楽といった細かい区別にまばたきもしない暮らしぶりなのだ。（112）

まさに自然と芸術が調和した理想の生活を見いだしている。ジェイムズは『ある婦人の肖像』のヒロイン、イザベル・アーチャーが聖ピエトロ大聖堂を初めて訪れたときのように、イタリアの美に幻惑され

図版2　アメリカの画家ジョセフ・ペネルが描いたヴェネツィアの「モチェニーゴ宮殿」。ヘンリー・ジェイムズ『イタリア紀行』（1909年）の挿絵

てしまったのだろうか。

実は旅行記で、ジェイムズは写真的なまなざしを完全に忘れているわけではなく、とくに貧困についての言及は繰り返される。ヴェニスの人びとの「住居は朽ち、税金は重く、ポケットは軽く、機会はわずかだ」(9)とあり、「運河には悪臭が漂い、退屈な広場ではショーウィンドウに展示されたあらゆる商品を繰り返し眺めたが、がらくたばかりだった」(11)と、観光地の幻滅するような現実に触れる。ヴェニスを構成する島のひとつ、トルチェッロの小さな広場で出会う幼い「ハンサムな」子どもたちは「野蛮人同様、ほぼ裸で、小さな腹は旅行書のイラストに登場する食人種の子どものように突き出ていた」(53、強調引用者)と描かれる。愛想よい物乞いも複数回登場する。

しかしジェイムズの一見否定的な描写は、結局は肯定的な見解に取って代わられる。たとえば、先の裸の子どもたちは「急に昇天した天使のように、腹ペコのような歯をみせて笑いながら、柔らかく茂った草の上をはねて寝そべるとき、この世の幸せは最大限の無邪気と最小限の富にあると、力強く立証する」(53)と続くのだ。ジェイムズにとってイタリアは、醜悪な側面も含め英米とはまったく異なる「異国」文化特有の強烈な魅力がある。先の引用箇所のように、貧しいイタリアの子どもを「野蛮人」、「食人種」にたとえる旅行作家は、イタリアやイタリア人に対する自分の文化的な優位性を隠さず、そこには真に批判精神を含む写実的なまなざしは見いだせないともいえる。

ツーリストとトラベラー

ロマンティックあるいはリアリスティックな立場にあっても、紀行文を通じ変わらず観察できるものは、ジェイムズの「目利き」ならではの「洞察力」と「嫌みな感じ」の両者だ。たとえばヴェニスの街全体の見方を指示する様子は、色彩の見事さへの案内でもある。ヴェニスで「主な色調は何かと尋ねられれば、決まってピンクだと答える。だが結局は、この優雅な色彩が目につくことを思い出しもしない。それはかすかにゆらめく、空気のような水っぽいピンク色である。明るい海上の灯がともに輝き、ラグーナと運河の青白いグリーンがそれを飲み込んでしまいそうだ」(16)。またトリノでは空気、色彩、人びとの顔つき、マナーなどをはじめ、建築の美しさへの気づきを喚起する。

しかしながら、パーソンも指摘するが、旅行記を通して繰り返される、同国人やほかの旅行者への否定的な感情は一貫している("Manic James" 43)。ジェイムズはヴェニスで遭遇した「野蛮な」ドイツ人や、イギリス人、アメリカ人、フランス人訪問者をひと括りにし、嫌悪を隠さない(12)。フィレンツェを訪れると幸いそうした「大嫌いな」巡礼には遭遇せず(110)、美しさを満喫している様子がうかがえる。スペッツィアで出会う大勢のイギリス人は「品はよいが退屈そう」(109)で、現地神殿で見かける英語とイタリア語の二カ国語表記の銘板に不満を述べる。イタリアに来て見いだした「ピクチュアレスク」や「エキゾティック」なものにたしかにジェイムズは感動し、喜ぶのだが、その立場や視点はほかの「ツーリスト」と同じではなく、つねに優位であることを示唆する。また愛する対象を独占したい「所有欲」が、ほかの外国人観光客に対する競争心をかき立てるのかもしれない。ジェイムズは、ひと夏をヴェニスで過ごした若きアメリカ人画家を心より羨み、「殴りつけ」たくなったとまで書いている(52)。

旅行作家は、とりわけ同国人を嫌い、一八六九年の兄への手紙にアメリカ人旅行者は「下品」であると三回繰り返し、ヨーロッパ的なものに対する同国人の狭量さを酷評する(Edel 101)。ヴェニスやフィレンツェでは彼らの不在への歓びを露骨なまで表明する。ローマのカーニヴァルについては、アメリカ人は自分たちのための祭りと考えているとも記す。紀行文中、同国人へ語りかけるような口調もときにみられるものの、彼らの存在は、自分がアメリカ人であることへのアンビヴァレンスをいっそうかき立てるのであろう。

ジェイムズ自身も参考にしているベデカーやマレーの旅行ガイドは、「小さな赤い本」(33)と多少の皮肉なニュアンスとともに言及される。これらはツーリズムを推進するという意味で、必要悪とみなしている様子だ。ツーリストが見る対象――スペクタクル――は自分が目にするものとは異なるはずで、ジェイムズには、目に見えない空気のようなものまで見通して評論できるのだと自負しているともいえる。(9) 同時にラスキンのイタリア案内についても、それを賞賛しつつも、イギリス人かつ同業者であるという立場からかジェイムズらしい両義的な反応がみられ、彼の高飛車な姿勢には反発を示している。「イタリア再訪」の章で、フィレンツェを訪れたときのことだ。変化するイタリアに変わらぬ昔からの美を求めるラスキンの小冊子を手にした「旅行作家」ジェイムズは、完全に忍耐力を失い、その本は「不愉快」で「非常識」とみなす。「いったい何の権利があって、この形式の非公式な支持者はあわれな魅せられた遊歩者の静かな瞑想、最も高貴な歓びへの愛着、最も美しい街での楽しみをかき乱すのかと自問した」(115-16)。まるで自分こそがイタリアのいちばんの理解者であると言わんばかりだ。

さらにいえば、ジェイムズはイタリアを素朴に愛する自分と、それを突き放してみる自分の両方を『イタリア紀行』で描き出している。いいかえれば、憧れのイタリアに幻惑され、ロマンティックな魅力に没入している「私」と、対象を突き放して書くリアリスティックな「私」が、そこにはいる。『イタリア紀行』では、「エキゾティック」という言葉は用いられないが、ヨーロッパのなかでの異国情緒を求める視線と、イタリアに精通した目利きとしての視線を両方満足させる書き方に、ジェイムズは成功している。おそらく大衆的な旅行者《ツーリスト》に限らず、グランドツアー参加者などの特権的な旅行者《トラベラー》、両者ともイタリアでのエキゾティックな体験を期待しており、あえてステレオタイプ的立場を取ることで、広い読者層にイタリアの魅力を巧みに伝えていると考えられる。だが彼の真意は、「都市の鎖」の章で、マレーの旅行便覧を引用しながらも、鑑定眼の深い自分の見解を続けて示すことにある。

近代化とアメリカ化の波

イタリアの魅力に没入しない旅行作家としての態度は、フィレンツェでいちばん明らかとなる。首都移転にともない施された「近代化」について、ジェイムズは街の美的眺望を損ない、文化遺産を壊し、「シカゴ風」（239）とさえ呼ぶ。それは『ある婦人の肖像』に登場する悪女マール夫人が、フィレンツェで「新しい地区の近代建築」（3: 412）を窓から冷静に見ている様子と重なる。[10] 彼の写実的な筆はとまらず、フィレンツェの邸宅《ヴィラ》は、現実には安く賃貸しされることが暴露される。先の「シカゴ風」ではないが、ジェイムズは、イタリアの近代化にアメリカ化の陰を感じ、鋭く批判をしている。フィレンツェの教会にさりげなく置かれた美術名品に「アメリカ式」照明を施し、金メッキしたフレームに入れると不名誉だなどと、文明的にアメリカはイタリアの対極にあることを示す。

アメリカの富がイタリアに影響を与える様子はヴェニスを扱う章、「カーサ・アルヴィーシ」でうかがえる。このエッセイは、ニューヨーク出身のアーサー・ブロンソン夫人への追悼文となっている。そこでは、ヴェニス大運河近くの自宅を、英米人のサロンとして提供していた夫人の様子が描かれる。とくに夫人の気に入りは、イギリスの詩人ロバート・ブラウニングであった。彼女は旅行者のみならず現地の庶民と親しく交わり、ヴェニスを物心ともに支える庇護者ともいえた。一方、ジェイムズは利己的な目的で街に集い、彼女のサロンを外国人コロニーとし、互いの格差をつけたがる人間をさりげなく諷刺する。そして夫人が彼らと「見事なまでに」異なり、「彼女はまったく他者のために、ヴェニスにやってきた」と、その寛大さや犠牲的精神を絶賛してみせるのだ（76）。

アメリカの富への懸念はほかの箇所でもみられる。たとえば、町中の聖母マリア像がその「商品価値」ゆえに、「強欲な」アメリカ人に買い取られるかもしれないという指摘がある（43）。またフィレンツェ郊外の路傍にある聖母マリア像に心奪われているとき、祠の願かけランプにガソリンのにおいをかぎつけ、それが故国ペンシルヴェニアの製品と気づき、興ざめした様子がさりげなく記される。同時代の「ヴェニスの商人」が提示する骨董品は「ドル建て」の値札がついている（38）。こうしたアメリカ化の影響はツーリズムの振興のみならず、イタリアの近代化と相互に響き合っているようだ。

紀行文中、一貫してジェイムズはイタリアの近代化により失われるものの大きさを指摘する。たとえば、リド島を「連合イタリアの一部で、悪しき改善の犠牲」（30）と呼び、ヴェニスの宮殿が無様に修復されることについても言及する。ほかには運河の小型蒸気船《ヴァポレット》がゴンドラに取って代わり、船頭の文化を奪い、宮殿の普請を損ない、静寂を破壊すると指摘する。「近代化」の恩恵、迅速な輸送という利点と引き替えに、失われつつあるヴェニスの文化をジェイムズは的確に描き出す。鉄道については、フィレンツェからローマへの汽車の行程が時間短縮で便利になった代わりに、以前のようにアッシージやペルージャなどの名所を通らなくなり、風情が失われた点に「善し悪し」だと不満を示す（120）。これに比べ、モン＝スニ峠のトンネルは許容範囲の「近代化」とみなす。しかし、イタリアの近代化についてのイギリス人の騒ぎを当事者であるイタリア人が「おせっかい」（14）とみなす姿も指摘し、ジェイムズ自身が「アメリカ人」というより「国籍離脱者」として一歩ひいた見方を示すのだ。

ヨーロッパ人のみが文明を築くとジェイムズは明言するが、イタリアにみられるアメリカ「文明化」、すなわち大量生産品が出回り、ローカルな文化を失わせ、金がものを言う資本主義化が進む様子を着実に記録し、嘆いてみせる。しかし、イタリア人の側から見ると、ローマで市電という「民主的な」乗り物が開通し、「政治・経済上の未来」に没頭しているなかで、イタリアといえば田舎宿入り口でフルートに合わせ娘と踊る農夫、といったサッカレーの小説にある一幕のように考えられ、外国人たちの「我慢ならない芸術家風のパトロン気取り」に怒り出すのも不思議ではないと、ジェイムズは考える（103）。いわば、外国人がイタリアを心理的に植民地化しようとする視線への抵抗も示すのだ。長期的ヴィジョンを欠き、ステレオタイプ的なものの見方ばかりをする「ツーリスト」へのジェイムズの痛烈な批判精神の表われである。

紀行文で何度も現われる「幽霊《ゴースト》」という言葉は、近代化にともないジェイムズが失いたくないが、失われつつあることを認めざるをえないイタリアの姿であり、同時にそのようなイタリアに対して愛着をもって見る自分と、距離をとりながら見る自分という二重の自己像を、さらに幽体離脱して高所から眺める自分の姿を「幽霊」と呼んでいるのではないだろうか。すなわち、ジェイムズは好奇心あふれるツーリストと高尚なトラベラーといった立場を行き来し、「幽霊」としてイタリアへのまなざしを第三者的に俯瞰していると考えられる。『イタリア紀行』で「幽霊」が意味することは、失われた、または失われつつある古き良きイタリアであると同時に、そうしたジェイムズ自身の二面的な見えない分身のようなものなのだろう。

旅行記中のイタリア人たち

しかし、ジェイムズは本当に親イタリア的なのだろうか。そこに文化帝国主義的視線はないのか。紀行文に登場し、まれにジェイムズと対話するイタリア人がいても、「二つの旧い家と三人の若き女性たち」に登場する老いてゆく名家の三姉妹が、朽ちてゆくヴェニスの邸宅と一体化するように、彼の描く土地の人びとは背景の一部といった印象が強い。まれには幻想を破壊する存在ともなる。たとえば一見上機嫌な若いイタリア青年に出会い、そのイメージにジェイムズは満足を覚えるが、青年と少し話をしてみると、相手が実は極端なコミュニストであるとわかる。ピクチュアレスクな風景のなかの人物が口をきいたら予期せぬ返答を受けて旅行作家は驚くわけだが、彼は幻滅するというよりそれを淡々と記述する。

「これは、私が彼のことを単なる眺望の優美な飾りとして眺め、中程度の距離をおいたあたりと調和する小さな人物と考えたことを、大変ばかげたことにした。〔……〕だが私が彼と噂話をする偶然がなければ、私は、記憶のなかで彼を感覚的楽天主義者のサンプルとして役立てたことであろう」(107)。しかし、そのイタリア人の思想や生活の苦境にジェイムズの共鳴は与えられず、相手はジェイムズの視線の対象にとどまる。皮肉なことにジェイムズが情報交換し、血の通う対話をする相手は、彼が本来嫌っているはずの英米人なのだ。

ほかのイタリア人はヴェニスで出会う船頭やハンサムなイタリア人、修道士たち、貧しい美少年、行儀よく食事する子どもなどで、主に男性であり、ここにクィアな欲望が感じられる。「ヴェニス中の島という島で、男は女とほとんど同じくらい美形である。私はかつてこれほど多数のハンサムなやからを見たことがない」(31)。

これらのイタリア人たちは、やはり見られる対象といえる。自分と同じ階級のイタリア人と出会わないという理由もあろうが、ジェイムズが描く人物は、風景のなかの一部にとどまる感が否めない。イタリア的絵画に登場する、物乞いや農夫、羊飼い、修道士、制服を着たこぎれいな小学生たちといった背景人物がところどころ描かれる。とくにゴンドラ船頭の褐色の肌や白いシャツ、日光といった叙述は、一葉の絵をなしているといえる。「褐色の皮膚をした、白いシャツを着たゴンドラの船頭が光の中で身をよじらせている姿は、日よけの下に寝転び、じっと見ていると、それがヴェニス『効果』の永久的なシンボルに思われてくる」(52)。ここではイタリア人独特の浅黒い肌が強調され、彼らは同じ白人ではなく、「エスニック＝ホワイト」であるという意識がかいま見える。いちおうヨーロッパ人であるといえども、「アングロ＝ホワイト」的視点からすれば、イタリア人は人種的な「他者」といっても過言ではないだろう(11)。

こう検証してくると、ジェイムズが見ているイタリアは読書や談話から学んだ、知識上の「ピクチュアレスク」なイタリアであり、旅をしながら彼はそれを追認しているともいえる。イタリアという「場」は、ジェイムズにとって同格の相手ではなく、他者として「エキゾティック」な消費対象にとどまるのではないか。イタリアやその文化、古代の遺跡、中世を思わせる歴史、ピクチュアレスクな自然の風景、すべてが「エキゾティック」であるのだ。それらやイタリア人に対し、ジェイムズが抱く心理の共通点として、「所有」の感覚があるといえる。ジェイムズにとってのイタリアは、「アメリカ帝国」的標準ができつつあった時代に、すでにイギリス帝国がそうしたように「ピクチュアレスク」な絵画等価値ある美術品を収集するといった、文化的搾取の対象という領域を超えていないように思われる[12]。

イタリアはいわば「擬似植民地」的存在であるのだ。憧れるようでいて、よその旅行者に対し抱く独特な排他意識から推しても、すべてを「独占したい」という欲望がそこには強く感じられる。ジェイムズはイタリアおよびイタリア人を愛してはいるものの、対象を見ているようで正視していないというのが実態であろう[13]。国籍そしてジェンダー的に曖昧で、特殊な立ち位置にいるジェイムズは、イタリアで新たなアイデンティティを獲得するわけでもなく、変わらず同じ高い位置からイタリアに接する[14]。もしかすると幽体離脱し、ツーリストとトラベラーの両方の域を行き来する自分を眺める「幽霊」として、彼はいちばんバランスよくイタリアに接することができたのかもしれない。

二　ジェンダー化されるイタリア言説

先ほどイタリア人男性に対するジェイムズのクィアな視線という指摘をしたが、顕著な例は、つぎの旅行記からの引用にある船頭の姿の観察にみられる。これは創作では、『ロデリック・ハドスン』でクィア的まなざしを感じさせるボートをこぐ場面に活かされる、男性的な肉体美への賞賛と欲望が混じる視線に見いだせる[15]。

優美な船頭たちにあっては、もちろん優美さが際立つが、定位置から彼らが巨大なオールの上に身を大きく、しっかりした動作で乗り出す様子ほど見事な身のこなしはほかにない。その動きには、水面に突進していく水鳥のような大胆さがあり、時計の振り子のような規則正しさがある。ときとして、通り過ぎていくゴンドラの中でこの動きを側面から見ると、つまり低いクッションにもたれて下から眺めると、船頭のしなった身体が空に向かって持ち上げられ、ときに古代ギリシア建築の小壁中の像を思わせる、ある種の高貴さを感じさせる。（18）

また、ジェイムズはいくつかの宗派の修道士たちが勤行するさまにも関心を抱き、繰り返し描写する（なお老女や少女はときに登場するが、若い美しい女性はまず現われない）。

しかし、ジェイムズがずっとクィアなまなざしでイタリアやイタリア人を観察していたかといえばそうでもなく、ヴェニスに対してジェイムズ自身は、異性愛の男性という体で記述が進む。別府も指摘するように、ヴェニスは「女性というジェンダーに対象化され」（二二）、「彼女」は気むずかしいが、美しく人を魅了してやまないとされる。

毎日その街に住むことによって、ヴェニスのもつ魅力をはじめて完全に知るのである。そうして、

> その筆舌に尽くしがたい影響があなたの心に染みる。この街は神経質な女性のように変わるので、彼女の美のあらゆる面を知り尽くした後にのみ、彼女をようやくわかることができる。（11、強調引用者）

ヴェニスは抗いがたく魅力的で、「土地はあたかもそれ自体ひとつの人格と化す」（11）とまで記す。ヴェニスに対して訪問者が抱く愛情は、永続する「恋愛事件」に類似し、「つい抱擁し、愛撫し、所有したくなる」（11-12）とされる。大胆な表現を用い、街は異性愛の男性が欲望する対象として描出される。[16] ヴェニスは神秘的で、征服され、搾取される存在ともいえる。これは「東洋」の地が「西洋」の「白人男性」から植民地化される関係性、オリエンタリズム的図式を想起させる。

イタリアは歴史上ヨーロッパの古典的文化を築いた位置にありながらも、その実、西欧列強が世界進出し覇権を競う時代、ブザードも指摘するように、ステレオタイプ的な「女らしい」色彩を帯びていた。すなわち啓蒙主義とはほど遠く、王国に分裂したまま近代化も遅れ、異教のカトリック信仰で迷信深い様子が、女性性と容易に結びつけられていたのだ。いいかえれば、統一運動は「近代化」や「自己決定」を意味し、イタリアが「男性化」する「性転換」のような変化は列強諸国から必ずしも歓迎されなかったようだ（*Beaten Track* 133）。そして統一運動の混乱もあって経済的には相対的に劣位となり、英米人からみても「エキゾティック」であるゆえ、西欧列強から所有の対象になっていると考えられるのだ。

その好例が、先述したように、グランドツアーに出かけたイギリス帝国の上流階級子弟やコレクターがイタリアの美術名品を集め、イギリスに持ち帰った事実だ。ジェイムズもこうした視線を無意識のうちに共有し、態度にもそれが表われているようだ。すなわち、ライトも指摘するように、実際に絵画などを取得せずとも、それらの記憶や印象を蓄積し作品に再現するからだ（208-12）。恋愛の対象として女性化されたヴェニスへの欲望の表明は、ジェイムズにまことの欲望を隠蔽させ、異性愛者として「パッシング」させることを可能にする。さらに現地での美術品や宝物への執着心は、文化帝国主義的視線の無意識的表出といえよう。

ジェイムズ自身の性的に曖昧なアイデンティティは、彼の旅行記がイタリア南部、ナポリで終わることにも関係していると思われる。『イタリア紀行』は「ラヴェンナ」（一八七三年）、そしてナポリを中心とする「聖人の午後とその他」（一九〇〇～〇九年）で結ばれる。後者ではナポリ湾やソレント、ナポリの街が陽光まばゆく描かれるものの、ローマをはじめとする三大都市に比べて、その筆致の屈託なさが、彼の奇妙な無関心さを示すようだ。ナポリ以南、シチリア島への言及はなく、ジェイムズにとってイタリア文明のなかでも周縁にあり、「道徳の欠如や犯罪」「怠惰」に特徴づけられる最南端の地を訪問することは、思いもよらなかったのかもしれない（岡田 10）。シチリアは一九世紀末にマフィアが誕生するようなシチリア人たちの生命力の強さ、土着のエネルギーあふれる「場」であり、その赤裸々さはジェイムズの品性とは相容れなかったのだろう。[17] 同時に、ナポリ湾や周辺の島々に代表される風光明媚さだけではなく、火山や熱気、マッチズモを強調する文化、南部に行けば行くほど人びとの肌は「褐色」である様子は、「褐色」の肌のイタリア人に魅せられるジェイムズにとって強烈すぎたといえよう。[18]

一八九五年、イギリスでは「ワイルド裁判」など男性同性愛者への弾圧が公然と行なわれていた。国籍という点でのアイデンティティの曖昧さに加え、セクシュアリティという点からも、ジェイムズは己の欲望に直面することが困難だった時代、彼がホモソーシャル・パニックを無意識的に回避する行動をとったことは容易に想像できる。ちなみに、ホモソーシャル・パニックを論じるイヴ・セジウィックが『クローゼットの認識論』で取り上げたジェイムズ作品の「密林の野獣」（一九〇三年）では、ナポリ湾をいただくソレントが主人公とヒロインの初対面の場である。この舞台設定は、単なる偶然ではない（Sedgwick 195-212）。

クィアな欲望を抑えている様子は、ジェイムズと五感を活かした記述を指摘する際に軽く触れたが、食事や食べ物への言及が少ないこともその証左と考えられる。食欲はエロスと結びついており、食事を重視する文化のイタリアで、ジェイムズが紀行文のなかで「食」について書かない点はかえって際立つ。あっても、ワインやコーヒー、アイスクリームで、これらは主食ではないし、郷土色も少ない。一八五三年刊行のマレー社の旅行案内をみると、イギリス人が訪問を好みそうなレストランやカフェが紹介されており、食事は旅行者の重要な関心事であったことがわかる。自己のセクシュアリティについて抑圧が働くゆえに、ジェイムズはイタリアでの食事についてあえて関心を示さないのかもしれない。食欲を満たすことで直接的な快楽を得る代わりに、彼は視覚的歓びでそれを代償しているかのようだ。

『イタリア紀行』は見る歓びにあふれている（Decker 128）。イタリアの自然、風景、建築に始まり、遺跡、教会、美術館、そこに展示される絵画や彫刻、美術品など、あらゆる視覚に訴えるものの美点や見どころが羅列される。そして存分に見ることで、ジェイムズは完全にイタリアを捉え、憧れの対象への完全な「所有欲」を満たしているのではないだろうか。自分のみがイタリアの魅力を余すところなく伝えられるという自信もかいま見られ、そこにほかの「ツーリスト」と自分との差別化がはかられる。

パーソンも指摘するが、それはある意味でジェイムズのスノビズムであり、特権階級意識の表われだ（"Manic James" 43）。

では見られる対象、イタリア人はジェイムズをどのように見ていたのか。実は「イタリア人のまなざし」というものは、旅行記に表われない。そこに描かれる視線は、ジェイムズからの一方通行なのである。エスニック＝ホワイトとは交わらないという露骨な人種差別意識まではおそらくないものの、積極的に努力してイタリア人と交流するジェイムズの姿は見られない。実のところ作家は創作活動のためにも、イタリア社交界に高い関心があり、なんとか入り込むことを望んでいたが叶わず（Vance 177）、彼が交われたのは市井の人びとで、言語的な制約のためごく表層的な交流にとどまる。したがって、先述したようにイタリア人は点描されるものの、あくまでも背景の一部でしかないのだ。

そのうえ、ジェイムズはイタリア人と遭遇する際、マナーの良し悪しなど「英米的」な基準で人びとを判断していることも忘れてはならない。彼の立ち位置は、自分があくまでも文化的に優位と考える「英米的」なものであり、イタリアはそこから評価される対象なのだ。すなわちジェイムズにとって、イタリア人やイタリアに関する存在は憧憬の対象ではありつつも、心底では「英米」人や文化が優越しているのだ。そこでは、自分がアングロ＝ホワイトであるという人種的な優越意識に加え、文化人として秀でた資質を持つ「トラベラー」ジェイムズが、見る者と見られる者の距離を前提とし、彼が現地で出くわす「スペクタクル」を見る／書くことによって、対象を所有するイデオロギーが生じるのだ。

三　イタリア――驚きの「スペクタクル」

ジェイムズとイタリアの非対称性を確認したところで、作家と「視覚」についてさらに探っていこう。彼はイタリアで遭遇するものを「スペクタクル」と捉える傾向にある（Decker 128）。それは各地の「見逃してはいけない」代表的な観光名所、野外の風景であり、祝祭、宮殿や、そのなかでのプライベート空間、儀式などである。『イタリア紀行』で言及されるマレー社の旅行案内は、英米人に有益な実用的情報を、見どころごとに簡潔な文章で掲載する。

たとえば、一八五三年の「中部イタリア」を扱った版は三部構成で、第一部が一般的な情報として詳しい具体的な案内がある。宿泊施設、旅券、移動手段や経路に始まり、食事処（レストランから食堂、喫茶まで）、書店、イギリス人向けクラブ、両替、郵便事情、英国国教会、英語を話せる医師、薬局、銀行の所在を紹介する。そして、イタリア生活を満喫できるようにその他のサービスも提示し、たとえば語学関係では翻訳をはじめ、イタリア語教師、さらに音楽や絵画の教師を経歴などとあわせて紹介する。また画材、カメオの彫刻師、モザイクやブロンズ、宝石・骨董商人、模写画家、英語で買い物できる商店、ワイン商、貸馬車、荷物・美術品の配送、狩猟、劇場、公共の祭りについても案内がある。イタリア語が話せずに初めてローマを訪問する英米人にとって、基礎的な要素から一歩踏み込んだ楽しみまで、あらゆる側面が開陳されているといえる（*Murray* 1）。

ジェイムズが読者にみせるイタリアは、こうした実用的な旅行案内にかいま見られるものとは一線を画し、ジェイムズ独自の感性を活かし、彼が各地でスペクタクルと思うものを描き出す。マレーの旅行記が提示するものが日常に根ざしたイタリアならば、ジェイムズの案内するイタリアは、美や芸術にあふれ、「驚き」の感覚で捉えられるものといってもよいだろう。ここで異教徒について触れはするものの、カトリシズムをジェイムズはさほど問題視せず、教会やそこで提供される美術を堪能している。

とくにヴェニス、ローマ、フィレンツェの三大都市は、描写に熱が入る。ヴェニスではラグーナ、ゴンドラ、大運河、運河、サン・マルコ広場、サン・マルコ大聖堂、サンタ・マリア・デッラ・サルーテ教会、オペラが代表的スペクタクルとして登場する。各所が生きている人間のように主役となるのだ。もちろん教会、小型蒸気船《ヴァポレット》、アカデミア美術館、リアルト橋、名画の数々、道端にある聖母マリア像も忘れていない。とくに「大運河」の章で、運河沿いの数々の宮殿をそれぞれ紹介する箇所は、その構成の美と内容の美が絡まって、見事な綴れ織りになっている。実用ガイドと異なり、文章は写実的なものから、つぎにあるような印象派絵画を彷彿とさせる美しい色彩を強調したものまで変化に富む。「六月にはヴェニスの朝はいちだんとバラ色に輝き、日没にはいっそう金色に変わる。膨張し、また蒸発して消えてしまうかのようでもあり、光と影が目映くいちだんと効果を高めるようだった」(29)。

旅行記では、視覚を通し「観察者」兼「遊歩者《フラヌール》」特有の歓びが謳われている。表通りだけではなく、裏路地を散歩することで、マレー旅行案内には紹介されない密かな楽しみを見いだすことができるのだ。ヴェニスで扱うエッセイは五章と分量的にも多く、ジェイムズのかの地への思い入れがうかがえるが、同時にツーリストたちから見た消費財としての観光地の価値が反映される。すなわち、ジェイムズの視点も水上都市ヴェニスならではの「異国情緒」に焦点をあて、自分の芸術的な「商品」としての旅行記を作成しているのだ。

花の都フィレンツェに関するエッセイは三章あり、そこではアルノ河を中心にヴェッキオ橋、サンタ・クローチェ教会、サンタ・マリア・ノヴェッラ教会、ウフィツィ美術館、ピッティ宮とスペクタキュラーな名所が提示される。とりわけルネサンス発祥の地で、ウフィツィやアカデミア美術館に展示されるような、芸術、絵画、財宝への案内は詳細である。ただヴェニスに比べるとその筆致は淡泊で、むしろフィレンツェに関しては、トスカーナ風ヴィラなどを観察して、街の変化にともなう近代化批判へのトーンが強くなる。

六章を通じ描き出されるローマに関しては、先に引用した書簡同様、ジェイムズの愛がいちばん深いといえる。聖ピエトロ大聖堂で聖人の足をカトリック教徒が触る様子も描写される。こうした場面は小説『ロデリック・ハドスン』でも揶揄的に描かれるが、清教徒の末裔であってもジェイムズ自身はカトリックへの反発が少ないゆえ、ローマでも数々の「異教」的スペクタクルを素直に楽しんでいる。宗教色といえば、ヴァチカンやローマ法王、教会、修道士の存在も見るべきものとして関心を持って描かれる。枢機卿の緋色のストッキングと黒のペチコートの対比は鮮やかに想起できる。これらはアメリカにないもの、異国情緒あふれる見世物にほかならず、ピューリタニズムにもとづく批判的視線はうかがえない。ほかには、街の建築物、遺跡（フォーラムやコロセウム）、自然、ローマのカンパーニャが注目すべきスペクタクルとしてあげられる。とくに「ローマ騎行」や「ローマ近郊」で描かれる自然、花や木々の美しさや鳥たちが織りなす風景は、イタリア的絵画と呼べる。

イタリア統一運動は歴史上最大のスペクタクルであるはずだが、軽く言及されるのみで、実際の政治的な動きは描かれない。ジェイムズの関心事、好みにそったスペクタクルの取捨選択が行なわれており、現実の事件には目が向けられないのだ。ジェイムズから見てあらまほしきイタリア像が主に旅行記に描き出されると考えられ、歴史は括弧に入れられるといってもよいだろう。

その他の都市についての叙述を読むと、「ロマンティック」や「幽霊」という言葉が目立つ。憧れが「ロマンティック」という言葉で、また近代化によって消えゆくものが「幽霊」として表わされることが多い。「都市の鎖」の章などは、小さな街のスケッチで、スペクタクルというよりパノラマ的風景画が描き出される印象である。

三大都市の描写を通し、それぞれが発するメッセージがうかがえる。ヴェニスには退廃と死の香りが漂い、フィレンツェには、古きよき文化が近代化によって失われるという喪失感が立ちこめる。ローマは、廃墟や遺跡などがそれまでの長い歴史やそこに眠る人びと、死を連想させる。共通するのは「喪失」、そして「郷愁」の思いだろう。このようにイタリアの変容を敏感に感じ、歴史的負の側面をかいま見せながらも、ジェイムズはいつもの傍観者的立ち位置を守り、あくまでも読者には「スペクタクル」を提供し続けるのだ。そして陰影があるゆえに、紀行文中のスペクタクルは燦然と輝き、ジェイムズの旅行記に興を添えることになる。

おわりに

『イタリア紀行』の文章は、書かれた時期が後になるほどその文体は抽象度を増し、ジェイムズの後期作品らしさが出てくる。こうした旅行記における具象から抽象へという初期から後期への文体の変化は、時代を経るにつれ失われるジェイムズの愛するイタリアの美点――幽霊たち――を文章のなかに留めるような作業に通ずるのではないか、と思われる。色彩や光を想起させる濃密で詩的な文章は、作者がイタリアを描くにあたり、具体的でわかりやすい散文的旅行案内から、絵画的イタリアのスケッチへと変容したともいえよう。そこでは、イタリアを美しい宝石のように描き出し、その不変の姿を残そうと、旅行作家は努力しているかのようだ。それらはジェイムズのペンによる絵画なのではないか。

『イタリア紀行』とほぼ同時期に発表された『アメリカの風景』（一九〇七年）のなかでも、アメリカ「帝国」における近代化、商業的民主主義蔓延へのジェイムズの類似した批判的視線が遺憾なく発揮される。一九〇四年、約二〇年ぶりに作家が再訪した故国は大きな変貌を遂げていた。一九〇四年八月から翌年三月にかけて、作家はなじみあるニューイングランド各地やニューヨークのみならず、ワシントン、リッチモンド、ボルティモア、チャールストン、フロリダへ足をのばし、またシカゴなどの中西部からカリフォルニア、オレゴンといった西部まで旅をした。久しぶりに目にしたアメリカは、新たな経済力が生み出した成金の「富」に支配されており、別府や海老根が指摘するように、ニューヨークの摩天楼、強力な「プルマンカー」、「ホテル文明」などがその象徴となる（別府「ヘンリー・ジェイムズ」359-66; 海老根 175-94）。

旅行作家がエリス島で見かけた無数の移民の姿は衝撃だったろうが、興味深い点は、彼がイタリアからの移民に注目していることだ。ボストンコモン周辺で見かけた教会帰りの賃金労働者らしき一行に、ジェイムズは興味を引かれる。「英語」の音はまったく聞き取れず、「粗野なイタリア語」あるいは「未知の外国語方言」を耳にしたのだった[19]（545）。いいかえれば、それはイタリアで覚えた懐かしい響きではなく、外国人の越境を示唆する、「英語」を母語とするものにとって違和感を与えるノイズ以外の何ものでもない。だが、ほかの箇所でも作家はイタリア系移民へ言及している。ジェイムズはアメリカ社会が黒人や中国人といった移民たちを「無色」化（462）する傾向に触れ、とくにイタリア系への同情を示す。「美しい」イタリアを外国人が訪問するにあたり、「関心と歓び」をかき立てるようなイタリア人特有の好ましい性質が、アメリカでは消えることに彼は疑問を呈する。「溶解（melting）」（463）という表現も用い、合衆国は、旧大陸の文明が醸成した特質を脱ぎ捨てさせ、移民をすっかり「無色」化することは可能なのか、と問う。

ここにジェイムズは、アメリカへの移民に対する同化政策に関する問題をいち早く看破している。『アメリカの風景』で、概して彼は自分の知る、古きよきアメリカが失われる様子を惜しむ。右に述べたように、つぎつぎ「越境」してくる移民は、ジェイムズにとって不協和音を立てる存在だ。しかしアメリカ人のアイデンティティを獲得するプロセスで、その美質が失われることを嘆かれる対象がイタリア系移民である点は、作家のイタリアへの思い入れを表わすと同時に、そこに自分の姿も投射しているのではないかと考えられる。ジェイムズがアメリカを見る視線は、外国人《エイリアン》のそれに等しいともいえる。イギリス帝国が衰退しアメリカが台頭するグローバル化時代の幕開けに、故国が巨大化し排除と包摂の力学が内へ外へと同時に向かうとき、アメリカ「帝国」の影響から免れることは難しい。旅する作家も、自分のアイデンティティや居場所を痛切に探し求めていたのであろう。そして、『アメリカの風景』と『イタリア紀行』は互いに共鳴し合うのである。

イタリア旅行に関係するジェイムズの書簡で印象的なものは、一九〇七年、兄に宛てたものだ。ローマを最後に訪れたジェイムズは、街の変化、近代化、下品さ、人混み、望む相手と真に交われないことへの苛立ちがひどいと触れた後、つぎのように記す。「あらゆる見通しにおいて、私は本当にもう二度とイタリアに来ないという考えに非常な歓びを覚えます。ですが、今、家路へ向かうのが待ちきれないのと同じくらい、来てよかったと思うのです」(Kaplan 125)。これはおそらく、旅行作家の正直な気持ちなのだろう。ジェイムズからみれば、変貌しつつあるイタリアは、愛しているが手に負えない圧倒的な存在であり、その文化や人びとに溶け込み、ましてや一員になることはあたわない。ジェイムズは、あくまでも「他者」のままで留まることを希望したのだろう。彼はエキゾティックなイタリアに対して、「支配」とまではいかないが、さまざまな「印象」を「収集」し「所有」するという立場から脱することはなかった。

旅をして、ジェイムズはイタリアに出会うが、その「出会い」は現実的《リアル》ではない。ジェイムズが自分の殻を脱ぎ捨てれば、すなわちアングロ＝ホワイトの伝統をくむ白人男性、特権階級という属性、異性愛者としてのペルソナから完全に自由であれば、異なるイタリアが見えてきたのではないだろうか。帰ることができる本物の家／故国《ホーム》がないジェイムズは、強烈なイタリアの磁力に魅せられ、圧倒され、離れるが、ふたたび訪れるという運動を繰り返す。近代帝国として覇権を握りつつあるアメリカという「中心」には反撥を覚え、しかしエキゾティックなイタリアという「周縁」にも取り込まれることはない。イタリアは、ある意味で「ホームレス」なジェイムズが、自己の曖昧な国籍やセクシュアリティについての深層意識を探りつつ、帝国的基準である富裕なアングロ＝ホワイトかつ異性愛者というアイデンティティを引き受け、中心に通用する自己形成を可能とさせる「場」であったとも考えられるのだ。

註　記

（1）ジェイムズ・ブザードの「グランドツアーとその後」37-52頁に詳しい。これによると、グランドツアーの経路はイギリス発の場合、イギリス海峡を経てカレーに到着、ロワール渓谷で純粋なフランス語のアクセントを習得、パリに滞在、その後、ときにジュネーヴに立ち寄り、アルプスを越え、トリノまたはミラノからフィレンツェへと南下、数カ月滞在し、次いでヴェニスまたはローマを訪れ、最後にナポリまで行く。復路にはオーストリア、ドイツの大学町、ベルリン、アムステルダムを含んだという（Buzard 39）。

（2）F・マリオン・クロフォードはイタリアに生まれ、ソレント近くに拠点を構えたアメリカの作家。マクミラン社の看板作家でもあった。国際的な舞台を主に描く四四冊の小説を残し、その約三分の一がイタリアを舞台とする。なかでもローマ貴族の三代記『サラチネスカ』サーガ（一八八七〜九七年）が代表作とみなされる。アメリカで自作を案内する講演旅行も行ない、イタリアについての演題が人気だったという。代表的な伝記はジョン・ピルキントン・ジュニアによる『F・マリオン・クロフォード』で、クロフォードがいかに同時代のジェイムズやハウエルズを圧倒するような人気を獲得していたかを、具体的な作品とともに記す。

（3）ほかにイタリアを舞台とした中・短編は、「旅の道連れ」（一八七〇年）、「イゼッレ」（一八七一年）、「未来のマドンナ」(一八七三年)、「ヴァレリオ家の末裔」ならびに「アディナ」(一八七四年)、「五〇男の日記」(一八七九年)、「解決」(一八八九年)、「ガントン嬢」(一九〇〇年)、そして「ビロードの手袋」(一九〇九年)がある。

(4) ジェイムズが三八年間にわたり、一四回イタリア訪問した日付はつぎのとおりである(いくつかの日付は推定になる)。第一回渡伊は一八六九年九月七日から七〇年一月一四日、第二回は少し間をおき七二年八月二六日から九月一〇日である。第三回は七二年一二月二三日から七三年六月一〇日、そして第四回は七三年一〇月一〇日から七四年六月二〇日。続く第五回渡伊は七七年一〇月二〇から一二月一二日、第六回は八〇年三月二六日から五月三〇日。第七回は一八八一年二月二六日から七月二日、それから数年おいて八六年一二月五日から八七年七月一五日が第八回目、八八年一一月の数日が第九回目の訪問。第一〇回が九〇年五月一四日から九月一〇日、第一一回は九二年六月五日から八月五日、第一二回は九四年三月二四日から七月五日である。第一三回が一八九九年四月五日から七月七日、そして最後の渡伊は一九〇七年五月二〇日から六月二六日(Maves xv-xvi)。掲載元の旅行記には『トランスアトランティック・スケッチ』(一八七五年)や『場所の肖像』(一八八三年)がある。旅行記テクストの掲載情報については、ジョン・オーショードによる『イタリア紀行』の註に詳しい。

(5) 「場」という用語については、別府惠子の「トポロジカル・ジェイムズ」での特定の場所、「トポス」としてのローマやヴェニスについての指摘から大きな啓発を受けた。また『ユリイカ』のイタリア特集号でも「場」の概念が指摘され興味深い。

(6) ライト(213)、ヴィットマン(13)やザロモン(1378)の論文に明確に指摘される。ヴァンスの「対立する文明——新ローマと旧ローマ」ならびに「ローマ物語の現実」の章(210-61)が、ローマの変化とアメリカ人の反応、フィクションでの表象を扱う。統一前のイタリア経験とアメリカ作家の描くイタリア像についてはボノーモを参照。ジェイムズ以前にイタリアを訪れたホーソーンとハウエルズの現地経験も参考になる(MacDonald 9-35)。

(7) 建築ブームについては、F・マリオン・クロフォードの代表的な『サラチネスカ』サーガの第三巻でローマの近代化を扱う『ドン・オルシーノ』(一八九二年)に描かれる。その他の近代化の指摘は、オーショードによる『イタリア紀行』のイントロダクションが参考になる。

（8）『イタリア紀行』からの引用は、ジョン・オーショードが編集・註釈したペンギン版にもとづき、本文中括弧内にページ数を示す。日本語訳は既存訳を参照のうえ、拙訳による。

（9）ジフはジェイムズのイタリアとの親和性の高さや「イタリアの空気」に対する情熱を指摘する（253）。

（10）ジェイムズの小説はニューヨーク版を参照し、括弧内に巻数とページ数を記す。日本語訳は既存訳を参照のうえ、拙訳による。

（11）デッカーはこうした点について、「エキゾティックで道義上曖昧なオリーヴ色の肌をした『他者』」という表現をしている（128）。庄司宏子はキューバで白人が遭遇する混血の人びとを「オフ・ホワイト」（207）と呼び、人種問題を含む議論を「コロニアル・シアター」（205-40）で展開し、論考するうえでたいへん示唆深かった。

（12）「ピクチュアレスク」な風景画がグランドツアーへの旅心を刺激し、案内となっていたために、サルヴァトーレ・ローザ風の絵画が現在もイギリス美術館や個人収集家の所蔵となっていることを、岡田温司は指摘している（63）。同様に、「イタリアの古代遺物」を大規模に取得することがイギリス人によって始められた点を、ブザードも明示している（「グランドツアー」40-41）。

（13）イタリアはジェイムズにとって「芸術」の偉大な比喩なので、旅行記やフィクションでリアルなイタリアが描かれなくてもよいとする解釈もある（Lombardo 228-39）。

（14）E・M・フォースター作『眺めのいい部屋』でのヒロインは、イタリアに出かけることで本来あるべき自分の姿に気づき、中産階級的束縛から逃れることができる。

（15）ジェイムズの同性愛的視線と男性像については、リーランド・パーソンの論考が示唆深い（107-39）。またキム・バーテルは、アメリカのリアリズム表象で「男らしさ」と結びつけられるボート漕ぎの場面について、『ロデリック・ハドスン』ではジェイムズは場面を美的に変容させ「ピクチュアレスク」にした、と指摘する（176-79）。

（16）トニー・タナーのヴェニス表象をめぐる評論、『欲望されるヴェニス』の題名を彷彿とさせる。

（17）同時代にマクミラン社からローマ案内『不滅のローマへようこそ』（一八九八年）を出していたF・マリオン・クロフォードは、『南部の支配者』（一九〇五年）というノンフィクションも出し、そこでマフィアの存在について早くも言及している。

（18）　マーサ・バンタは、ジェイムズが一九〇四年にアメリカを再訪した旅行記『アメリカの風景』で、アメリカに移民した多数のイタリア南部人と作家との遭遇について触れる。単に「他者」である「移民」に出会った衝撃もあろうが、ジェイムズが長年避けてきた「褐色」の男性が、祖国で不熟練肉体労働者として目前に現われても、やはり交流を持つことはなかったという指摘は示唆に富む（Banta 27-28）。

（19）　『アメリカの風景』からの引用はライブラリー・オブ・アメリカ版を用い、本文中括弧内にページ数を示す。日本語訳は既存訳を参照のうえ、拙訳による。

引用文献

Auchard, John. "Introduction." *Italian Hours*, by Henry James, 1909. Penguin, 1995, pp. ix-xxx.

Banta, Martha. "The Aliens: Italians (And James) in Italy and America." *Transforming Henry James*, edited by Anna De Biasio, Anna Despotopoulou, and Donatella Izzo, Cambridge Scholars Publishing, 2013, pp. 24-39.

Bartel, Kim. "Unmoored from 'the Shore of the Real': Henry James, Roderick Hudson, and the Advent on the Modern in Nineteenth-Century Painting." *Henry James Review*, vol. 26, no. 2, Spring 2005, pp. 168-88.

Buonomo, Leonardo. *Backward Glances: Exploring Italy, Reinterpreting America (1831-1866)*. Fairleigh Dickinson UP, 1996.

Buzard, James. *The Beaten Track: European Tourism, Literature, and the Ways to 'Culture' 1800-1918*. Clarendon P, 2001.

——. "The Grand Tour and after (1660-1840)." *The Cambridge Companion to Travel Writing*, edited by Peter Hulme and Tim Youngs, Cambridge UP, 2010, pp. 37-52.

Crawford, F. Marion. *Don Orsino*. Macmillan, 1892.

——. "Conclusion: The Mafia." *Southern Italy and Sicily and The Rulers of the South*. Macmillan, 1905, pp. 363-385.

Decker, William Merrill. "Americans in Europe from Henry James to the Present." *The Cambridge Companion to American Travel Writing*, edited by Alfred Bendixen and Judith Hamera, Cambridge UP, 2009, pp. 127-44.

Edel, Leon. *Henry James: A Life*. Harper and Row, 1985.

Forster, E. M. *A Room with a View.* 1908. Penguin, 1990.

James, Henry. *The American Scene*. 1907. *Collected Travel Writings: Great Britain and America*. Library of America, 1993, pp. 351-736.

——. "The Autumn in Florence." *Italian Hours*, edited by John Auchard, 1874. Penguin, 1995, pp. 238-46.

——. "Casa Alvisi." *Italian Hours*, edited by John Auchard, 1902. Penguin, 1995, pp. 72-76.

——. "A Chain of Cities." *Italian Hours*, edited by John Auchard, 1874. Penguin, 1995, pp. 205-19.

——. "Florentine Notes." *Italian Hours*, edited by John Auchard, 1874. Penguin, 1995, pp. 247-71.

——. "From Chambéry to Milan." *Italian Hours*, edited by John Auchard, 1872. Penguin, 1995, pp. 77-87.

——. "The Grand Canal." *Italian Hours*, edited by John Auchard, 1892. Penguin, 1995, pp. 32-50.

——. "Italy Revisited." *Italian Hours*, edited by John Auchard, 1877. Penguin, 1995, pp. 99-121.

——. *The Novels and Tales of Henry James*. New York Edition, Scribner's, 1907-1917. 26vols.

——. "Other Tuscan Cities." *Italian Hours*, edited by John Auchard, 1909. Penguin, 1995, pp. 280-92.

——. "Ravenna." *Italian Hours*, edited by John Auchard, 1873, Penguin, 1995. pp. 293-302.

——. "A Roman Holiday." *Italian Hours*, edited by John Auchard, 1873. Penguin, 1995, pp. 122-38.

——. "Roman Neighbourhoods." *Italian Hours*, edited by John Auchard, 1873. Penguin, 1995, pp. 152-67.

——. "Roman Rides." *Italian Hours*, edited by John Auchard, 1873. Penguin, 1995, pp. 139-51.

——. "The Saint's Afternoon and Others." *Italian Hours*, edited by John Auchard, 1900-09. Penguin, 1995, pp. 303-20.

——. "Siena Early and Late." *Italian Hours*, edited by John Auchard, 1874-1909. Penguin, 1995, pp. 220-37.

——. "Tuscan Cities." *Italian Hours*, edited by John Auchard, 1874. Penguin, 1995, pp. 272-79.

——. "Two Old Houses and Three Young Women." *Italian Hours*, edited by John Auchard, 1899. Penguin, 1995, pp. 61-71.

——. "Venice." *Italian Hours*, edited by John Auchard, 1882. Penguin, 1995, pp. 7-31.

——. “Venice: An Early Impression.” *Italian Hours*, edited by John Auchard, 1872, Penguin, 1995, pp. 51-60.

Jolly, Roslyn. “Travel and Tourism.” *Henry James in Context*, edited by David McWhirter, Cambridge UP, 2010, pp. 343-53.

Kaplan, Fred., editor. *Traveling in Italy with Henry James: Essays*. William Morrow and Company, 1994.

Lombardo, Agostino. “Italy and the Artist in Henry James.” *The Sweetest Impression of Life: The James Family and Italy*, edited by James W. Tuttleton and Agostino Lombardo, New York UP and Istituto della Enciclopedia Italiana, 1990, pp. 228-39.

MacDonald, Bonney. *Henry James's Italian Hours: Revelatory and Resistant Impressions*. UMI, 1990.

Maves, Carl. *Sensuous Pessimism: Italy in the Work of Henry James*. Indiana UP, 1973.

Murray's Hand-Book: A Handbook for Travellers in Central Italy. Part II. Rome and Its Environs, 3rd ed., John Murray, 1853.

Person, Leland S. “Falling into Heterosexuality: Sculpting Male Bodies in *The Marble Faun* and *Roderick Hudson*.” *Roman Holidays: American Writers and Artists in Nineteenth-Century Italy*, edited by Robert K. Martin and Leland S. Person, U of Iowa P, 2002, pp. 107-39.

——. “Manic James: The Early Letters and *Roderick Hudson*.” *Transforming Henry James*, edited by Anna De Biasio, Anna Despotopoulou, and Donatella Izzo, Cambridge Scholars Publishing, 2013, pp. 40-53.

Pilkington, Jr., John. *Francis Marion Crawford*. Twayne, 1964.

Salomone, A. William. “The Nineteenth-Century Discovery of Italy: An Essay in American Cultural History. Prolegomena to a Historiographical Problem.” *The American Historical Review*, vol. 73, no. 5, June 1968, pp. 1359-91.

Sedgwick, Eve Kosofsky. *Epistemology of the Closet*. U of California P, 1990.

Tanner, Tony. *Venice Desired*. Harvard UP, 1992.

Vance, William L. *America's Rome: Volume Two, Catholic and Contemporary Rome*. Yale UP, 1989.

Wittmann, Jr., Otto. “The Italian Experience (American Artists in Italy 1830-1875).” *American Quarterly*, vol. 4, no. 1, Spring 1952, pp. 3-15.

Wright, Nathalia. "The Moral Field: James." *American Novelist in Italy The Discoverers: Allston to James*. U of Pennsylvania P, 1974, pp. 198-248.
Ziff, Larzer. *Return Passages: Great American Travel Writing 1780-1910*. Yale UP, 2000.

海老根静江『総体としてのヘンリー・ジェイムズ――ジェイムズの小説とモダニティ』彩流社、二〇一二年。

岡田温司『グランドツアー――一八世紀イタリアへの旅』岩波書店、二〇一〇年。

ジェイムズ、ヘンリー『アメリカ古典文庫一〇　ヘンリー・ジェイムズ　アメリカ印象記』青木次生訳、研究社、一九九一年。

――『ある婦人の肖像』上・中・下巻、行方昭夫訳、岩波書店、一九九六年。

――『郷愁のイタリア』千葉雄一郎訳、図書出版、一九九五年。

庄司宏子『アメリカスの文学的想像力――カリブからアメリカへ』彩流社、二〇一五年。

別府恵子「トポロジカル・ジェイムズ――ジェイムズのイタリア」『アメリカ文学ミレニアムⅠ』第一巻、國重純二編、南雲堂、二〇〇一年、三五七～七〇頁。

――「ヘンリー・ジェイムズ、『空間／時間の移動』、『リタラリー・ナショナリティ』」里見繁美・中村善雄・難波江仁美編著『ヘンリー・ジェイムズ、いま――歿後百年記念論集』英宝社、二〇一六年、三五三～七一頁。

四方田犬比古・岡田温司・和田忠彦「イタリアの根底にあるもの」『ユリイカ　特集イタリア』七月号、二〇〇一年、九〇～一三八頁。


【付記】本研究はＪＳＰＳ科研費 JP26370333 の助成を受けたものです。

第Ⅲ部　ネイションを超えて——トランスナショナルな地平へ

第7章　海を渡る「ちびジャン」民話
―口承文芸と国民国家《ナシオン》をめぐる一考察

大辻　都

はじめに

カリブ海のフランス海外県であるグアドループの作家、シモーヌ・シュヴァルツ＝バルトは一九七九年に発表した小説『ティ・ジャン・ロリゾン』について、彼女の故郷の「さまざまな民話のレパートリーを総括するような叙事詩」（Schwarz-Bart, « Sur le pas de Fanotte », 13）の試みだと述べている。「ティ・ジャン・ロリゾン」とは、カリブ海アンティユ諸島のアビタシオン（プランテーション）、とくに旧フランス植民地に長らく伝えられてきたクレオール語による口承民話の主人公の名だ。話し言葉のクレオール語でなくフランス語で書き記されたシュヴァルツ＝バルトの作品は、民話をそのまま取り込んだというよりは、詩的なイメージに満ちた現代小説である。だがその主人公と彼の冒険には、著者の言葉どおり、ティ・ジャンのみならずクレオール世界に伝わる複数の民話が溶け込んでいるように感じられる。

グアドループと同じく旧フランス領の島であるマルティニックの現代作家パトリック・シャモワゾーも、一九八八年、架空の語り部ソリボの死をめぐる小説『素晴らしきソリボ』を発表し、クレオール語の語りのスタイルそのものをテキストに取り込もうと試みた。またこの作家は同じ年、「ティ・ジャン・オリゾン」はじめ多くの口承民話をフランス語に書き下ろしてアンソロジーにまとめている。

クレオール世界の伝統的な口承民話に関しては、遡れば一八八〇年代、マルティニックに滞在したラフカディオ・ハーンが身近な女中らをインフォーマントに再話に取り組み、英語のテキストとして世界に紹介したことが知られている。その後二〇世紀前半には、エメ・セゼールとルネ・メニルを主筆とするマルティニックの文化誌『トロピック』で、ハーンの仏語訳が記事として掲載されたほか、ジョルジュ・グラシアンが収集した民話が新たに紹介され、セゼールとメニルが連名での民話論を発表した。二〇世紀後半になると、エドゥアール・グリッサンが『カリブ海序説』で、さらにこれを踏まえてパトリック・シャモワゾーとラファエル・コンフィアンが『クレオール文芸』で、それぞれクレオール世界における口承民話の重要性についていく度も触れている。

こうした流れを概観してみたとき、フランス語圏アンティユ諸島の文学者たちは、土地の伝統文化とされる口承民話をシュヴァルツ゠バルトのように密やかなかたちであれ、セゼールらのように明快なかたちであれ、アイデンティティの問題と結びつけようとしているように思える。だがそもそも、これらの口承民話は彼らだけのものなのだろうか。語り手の「クリック!」というかけ声に聴衆が「クラック!」と応じる独特のスタイルやいくつかの話のモチーフは、たとえば白人入植者の多くの出身地であるフランス北西部ブルターニュ地方の民話とも共有されているようだ(Félice 32)。

本稿では、グアドループやマルティニックのクレオール民話のなかでもこの地域でよく知られた「ティ・ジャンもの」に焦点を当て、世界のカリブ以外の地域との影響関係を比較的にみていく。「ティ・ジャンもの」が分布するフランス語圏の民話研究については、民俗学者ポール・ドラリュが先導し、一九五七年から刊行されている『フランスの民話――フランス語圏の類話の解説付き目録』とその序文が多くのことを教えてくれる。これらを手がかりに、クレオール民話が世界の他の場所とどのように接続し、響き合っているのか、ナシオン（nation）との関わりを視野に入れつつ考える試みとしたい。

とはいえ、ナシオンは意味の幅が大きい語である。ごく一般的に理解されているように、ナシオンを国民国家の文脈で捉えれば、グアドループもマルティニックもフランスの一部ということにしかならない。長らくフランスの植民地であったこれらの島は、一九四六年以来、フランス海外県のステイタスにある。しかしナシオンを国家という単位でなく文化ないし言語などを共有するひとつの統一体でありその民と理解すれば、あるいはベネディクト・アンダーソンの表現を借りて「イメージとして心に描かれた想像の政治共同体」と定義してみれば、グアドループ人、マルティニック人、あるいはもう少し広くアンティユの民という立場も存在しうる。本稿では、後者の意味でのナシオンと想定されるアンティユ諸島において共有される民話を中心にみていくが、その議論のなかで前者、すなわち国民国家との関わりにも触れることになるだろう。

一　カリブ海の奴隷制とクレオール世界の口承文芸

カリブ海アンティユ諸島におけるフランス支配の歴史は、一七世紀に遡る。コロンブスの船団による「新世界」の発見後、ヨーロッパ各国が領土の獲得を競い合うなか、フランスは一六三五年、先住民の住んでいたグアドループ、マルティニックを支配下に置いた。その後、サン＝ドマング（現ハイチ）、トバゴ、サン＝クリストフ（セント・キッツ）などがつぎつぎフランス領になってゆき、これらの島々には砂糖をはじめとした作物を栽培するための大農園が作られた。

当初、入植したのは白人のフランス人のみだったが、熱帯での農作業に耐えうる労働者の確保として、ほどなく、アフリカ大陸から大西洋を渡って「黒人」奴隷が連れてこられるようになる。彼らはそれぞれ、複雑に分かれた異なる部族に属しており、もともと持っている言語のままでは、互いに意思疎通をはかることができなかった。そのため、主人であるフランス人の話し方を耳で聞き覚え、そこで得た単語や、アフリカから持ち込んだ単語をベースに、アビタシオン全体で通用する、新たなコミュニケーション言語をつくっていった。この新たな言語は主人たちにも共有され、アビタシオンの次世代にも受け継がれていく。これがクレオール語の発生である。フランス植民地の場合は、フランス語の語彙を中心に構成されたクレオール語となるが、ジャマイカなどイギリス植民地の場合は、英語をベースにしたクレオール語が使われている。

クレオール語は元来文字を持たない言語であるので、相互の伝達はすべて口頭で行なわれ、また子孫に対しても、口伝えとその記憶という方式をもって情報が保存されてきた。そのような情報には、自然災害や事件など共同体の「歴史」に関わるものもある一方、現実の事象とは離れた、原初の文芸と呼べるようなものもあった。プランテーションでの労働は厳しく、奴隷たちの生活にほとんど余暇はなかったが、唯一日没後の時間は、シャモワゾーとコンフィアンが「夜という自由の領域」（Chamoiseau and Confiant 72）と表現したように、つかの間の解放の時間であり、彼らは奴隷小屋の中庭に集まって、クレオール語の民話やなぞなぞを楽しんだ(1)。

クレオール世界において、民話を披露する語り部《コントゥール》は民話以上に重要な存在である。彼らは、独特の抑揚やリズム、そしてかなりのスピードをもって、いくつものレパートリーを語っていく。物語の構造は押さえられるが、ジャズのように即興で細部の変更が加えられることもある。聴衆は一方的な聞き役ではなく、語り部の要請に応じて合いの手を入れる。語り手が「クリック！」と叫ぶと、聴衆が「クラック！」と応じて話が始まるスタイルが有名だが、ほかにも「庭は眠っているのか？」「いや！」など、さまざまなコール・アンド・リスポンスの例がみられる、聴衆参加型のパフォーマンスである。話にはしばしば滑稽な要素がみられ、語り部の語り口やしぐさも相まって、その場は笑いに包まれる。こうした語りは誰か亡くなった者の通夜の席でも行なわれるが、そこでも笑いが起きることは珍しくなかった。

マルティニックにおける「ティ・ジャン」民話の研究書『ティ・ジャン民話――マルティニックの現実から』をまとめたクリスティーヌ・コロンボは、「伝統的に、死者を弔う通夜で民話は語られるが、家屋のなかで女たちが死者を囲み祈りを捧げる一方で、屋外では語り部と太鼓叩きが訪問客を楽しませた。また、家族が集まる夜や大衆を楽しませるために民話が語られる夜の集いのことを〈生者の夜宴＝通夜〉と呼んだ」(Colombo 15) と紹介している。後者の集いでは、語りと太鼓、ラッジャと呼ばれるダンスの踊り手たちが入り混じり、観客を喜ばせた (Colombo 336-43)。

コロンボはティ・ジャン民話を調査するなかで、数少ない現役の語り部のもとも訪ねている。リシャール・フェラティ、ヴァンサン・シュヴィニャック、アンドレ・デュゲ、エリ・プノン、フェルナン・テオドール、ポミエ・アラン、ピエール・ラヴィエ…… (Colombo 142-47)。彼らの多くが、マルティニック島大西洋側の集落サント・マリの出身である。近年では、生活のなかに伝統的な語り部による民話の語りはほとんどみられなくなり、フォークロア保存という目的のもと、観客の前で演じられる自由度の少ないパフォーマンスと化してしまったようだが(2)、一九四七年生まれのコロンボが子どもだった一九五〇年代にはまだ日常のなかにあり、「ティ・ジャンもの」と「コンペ・ラパン」(うさぎどん)ものが人気であったらしい (Colombo 16)。一九八〇年代、筆者の知人が親族の葬儀に出た際にも、通夜の語り部は呼ばれていたと聞いたことがある。

彼らの語りに触れることのできる貴重な資料として、アメリカ合衆国の民俗音楽史家アラン・ローマックスが、一九六〇年代のマルティニックで録音した音源がある。一九六二年、サント・マリのサトウキビ畑で行なわれた、マルクス・フロリウスによる語りと歌を中心にしたパフォーマンスである。語りの演目は「猿と犬」といい、七つの黄金を手に入れたい猿が犬を出し抜こうとするが、最後には喰われてしまうという動物譚だ。その冒頭はフロリウスの「イェ、クリ」というかけ声と聴衆の「イェ、クラ」という応答で始まる。

イエ、クリ
（イエ、クラ）
イエ、ミスティクリ
（イエ、ミスティクラ）
紳士淑女の皆さん、私のすばらしい話を聞いとくれ
今から話すのは、来週起こることだよ(3)

フロリウスの語りのスピードは（恣意的な表現になるが）非常に早い。クレオール語の物語の語りはリズムに満ち、猿と犬が騙し合いをする滑稽な内容に加えて、彼の使う声色が面白く、しばしば聴衆の爆笑が起きる。冒頭のかけ声にも勢いがある。「クリック」に間投詞「イエ」をつけ加えた力強いかけ声はユーザン・パルシーの映画『マルチニックの少年』でもみられた。こうしたリズミカルな語りから、違和感ないかたちで同じ語り部による歌へと移行する。このとき、太鼓の刻むリズムは切り離せない(4)。同時にラッジャやベルエール、グォカなどの音楽とともに踊り手のパフォーマンスが行なわれることもある。

パフォーマンスに関していえば、クレオール語の語りの持つ独特のスピードと太鼓のリズムはこの地域の民話を特徴づけているといえよう。レパートリーとしては、ちゃっかり者のコンペ・ラパン（うさぎどん）と上役のコンペ・ティグル（虎どん）が登場する動物譚やマンマン・ドロー（水の精）などの魔法民話、父なし子ティ・ジャンの冒険譚などがよく知られている。コンペ・ラパンにしても、ティ・

ジャンにしても、主人公が正義のヒーローとも敵役ともいえないトリックスター（いたずら者）的な造形であるのが目につく。ただし、うさぎのトリックスターが主人公である民話の例は、北米や英語圏のカリブ海島嶼など他の旧プランテーション地域や西アフリカでもみられ、フランス語圏だけの特徴とはいえない。

そしてトリックスターそのものも、うさぎ以外の獣——コヨーテ、蜘蛛、鴉、狐など——広く世界のさまざまな文化に存在する。『古事記』でなじみ深いスサノオなども、トリックスターとみなすことができるだろう。「トリックスターはふつう形は小さいが、力を持ち、ずば抜けた智力の持主として語られる。だが彼は決して、期待される人間像にはならず、貪欲で、大食漢で、向うみずで、しばしば単に突っぴょうしもない行動をとるというだけで、真面目であるが頭の悪い敵に勝つとされる。彼は結構計算高く、性にはあまり関心を示さず、彼の関心はもっぱら食物と、他人（動物）をからかう純粋な愉しみのほうに向けられる」（山口 196）。アフリカ神話の調査をベースにした山口昌男によるこの定義は、まさにアンティユ諸島のうさぎどんやティ・ジャンに当てはまる。勧善懲悪の定型を踏まず、二元論的な価値の双方を気軽に乗り越える彼らのあり方は、世界のどの場所においても、受け手の想像力を刺激する存在だといえる。

ここでは、クレオール世界の代表的なトリックスター、ティ・ジャンの登場する民話に焦点を絞り、そのさまざまな類話にどんなものがあるか、つぎにみてみることにする。

二　クレオール民話としての「ティ・ジャンもの」

旧フランス領のアンティユ諸島には、「ティ・ジャンと七つ頭の獣」、「ティ・ジャン・ロリゾン（オリゾン／ロレゾン）」をはじめ、多くのクレオール語民話がシリーズとして存在する。ティ・ジャン（Ti-Jean）のティとは、クレオール語で「小さい」という意味の形容詞である。フランス語の形容詞 petit が約《つづ》まったかたちと考えられる。さしずめ「ちびジャン」と呼べばいいだろう。さまざまなシリーズがあるが、基本の設定としては、ティ・ジャンは貧しい母子家庭の息子であり、探し物を求めて遍歴の旅に出る。クレオール世界の他の物語同様、父親は不在だが、兄がいる場合もある。しかし兄（たち）は主人公に敵対することが多い。探し物は失われた父であることも、宝物であることもあるが、父はたいてい主人公の報復の対象となっている。

先述のコロンボは、物語の構造によって、「ティ・ジャンもの」を八種類に分類している（「ティ・ジャンと魔法の馬」「魔法の布、魔法の棒」「利口ジャンと馬鹿ジャン」「気難しい娘」「主人より賢い子ども」「ティ・ジャンの母殺し」「七つ頭の獣」「肉で支払う」）。これらの基本形のヴァリアントとして、「ティ・ジャンと王様」「ティ・ジャンと巨人」「ティ・ジャンと妹ティ・マリ」「ティ・ジャンと怒らないさん」「ティ・ジャンと悪魔の娘」「ティ・ジャンと父の名前」「町のティ・ジャン」などさまざまなタイトルが知られている。

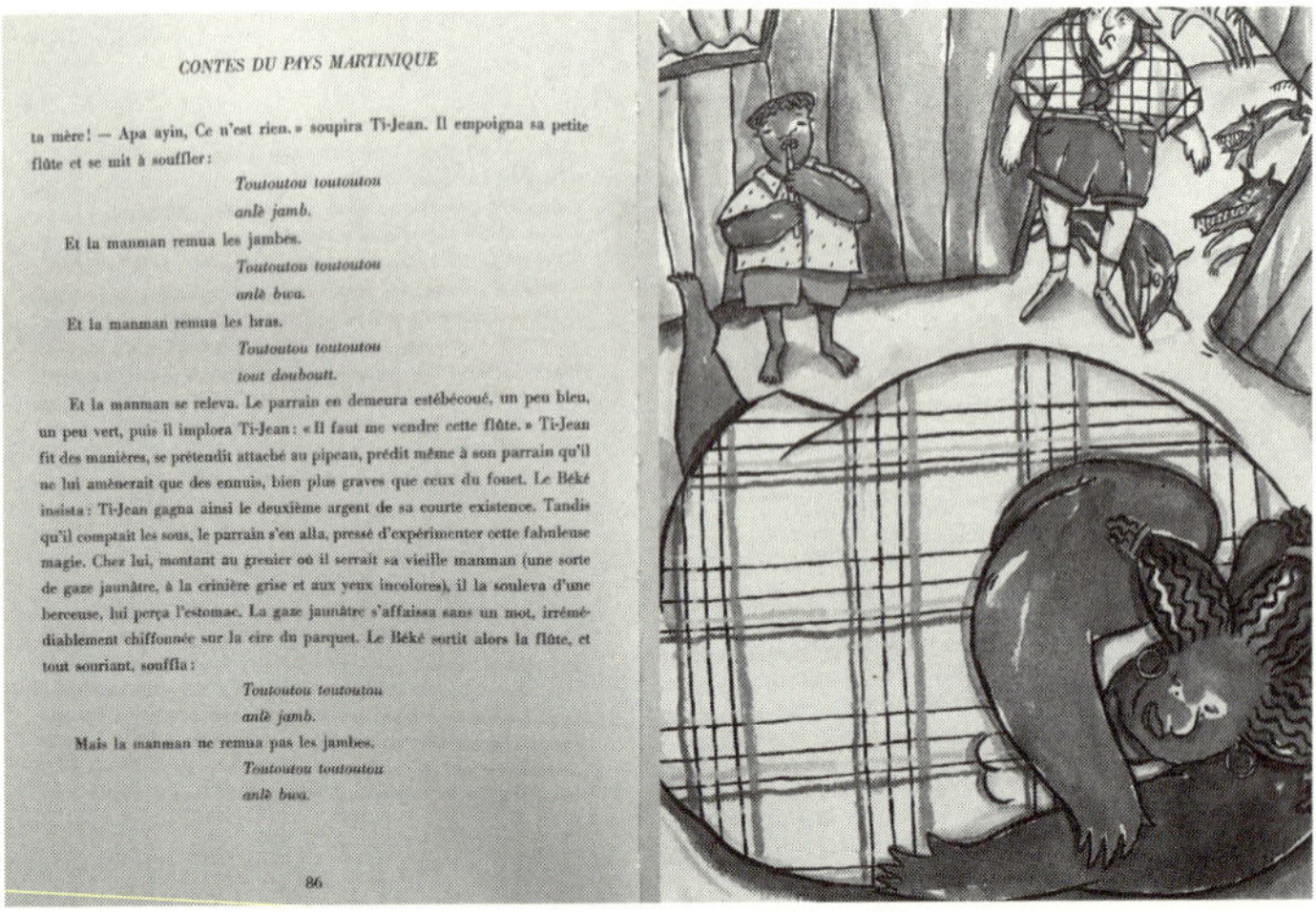

CONTES DU PAYS MARTINIQUE

ta mère! — Apa ayin, Ce n'est rien. » soupira Ti-Jean. Il empoigna sa petite flûte et se mit à souffler:

Toutoutou toutoutou
anlè jamb.

Et la manman remua les jambes.

Toutoutou toutoutou
anlè bwa.

Et la manman remua les bras.

Toutoutou toutoutou
tout doubout.

Et la manman se releva. Le parrain en demeura estébécoué, un peu bleu, un peu vert, puis il implora Ti-Jean: « Il faut me vendre cette flûte. » Ti-Jean fit des manières, se prétendit attaché au pipeau, prédit même à son parrain qu'il ne lui amènerait que des ennuis, bien plus graves que ceux du fouet. Le Béké insista: Ti-Jean gagna ainsi le deuxième argent de sa courte existence. Tandis qu'il comptait les sous, le parrain s'en alla, pressé d'expérimenter cette fabuleuse magie. Chez lui, montant au grenier où il serrait sa vieille manman (une sorte de gaze jaunâtre, à la crinière grise et aux yeux incolores), il la souleva d'une berceuse, lui perça l'estomac. La gaze jaunâtre s'affaissa sans un mot, irrémédiablement chiffonnée sur la cire du parquet. Le Béké sortit alors la flûte, et tout souriant, souffla:

Toutoutou toutoutou
anlè jamb.

Mais la manman ne remua pas les jambes.

Toutoutou toutoutou
anlè bwa.

86

図版　シャモワゾーの再話による「ちびジャン民話」の挿画

後節では、他地域の「ちびジャンもの」もみていくが、フランス領アンティユ諸島の民話としてオリジナリティが高いのは「ティ・ジャン・ロリゾン」だろう。セゼールが言及し、シャモワゾーが再話を行ない、シュヴァルツ＝バルトが小説化したのはこの物語だ。アンティユには多くの類話があるが、ここでは一九八八年、シャモワゾーが発表した「ティ・ジャン・オリゾン」の内容を紹介してみよう。

　貧しい母と暮らすティ・ジャンにはベケ（白人植民者）の名づけ親がいるのだが、ベケは主人としてティ・ジャンに日々命令をくだす。しかしティ・ジャンはさまざまないたずらを仕掛けてはベケを騙して楽しむのである。豪勢な食事を前に、竈を「魔法の鞭」で打ったらでき上がったと嘘をつき、なんの変哲もない鞭をベケに渡す。母親とグルになり、刺されて血まみれのふりをした彼女を「魔法の笛」で生き返らす。鞭に続いて（魔法でもなんでもない）笛を取り上げたベケは、自分の妻をナイフで刺す実験をし、妻を死なせてしまう。怒り狂ったベケはティ・ジャンを袋に押し込み、海に漕ぎ出て水平線の果てに沈めるよう部下に命じるが、ティ・ジャンは部下を買収し、涼しい顔で戻ってくる。しかも多くの家畜を引き連れ、水平線の向こうにはもっと多くの家畜がいたと嘯く。またしても騙されていると知らず、ベケは自ら海の彼方に漕ぎ出し、ティ・ジャンにより溺死させられる。

コロンボは、シャモワゾーのこのヴァージョンを、一九二〇年代にエルジー・クルー・パーソンズが採録した有名なヴァージョン、リシャール・フェラティが採録したヴァージョンと詳細に比較している（Colombo 223-26）。シャモワゾー版、パーソンズ版、フェラティ版の各物語は、途中の細部に違いはあるが、ティ・ジャンが貧しい母の子であること、ベケの名づけ親がおり、この名づけ親に対し企てを持っていること、ティ・ジャンが母親を殺すが、蘇生させるという芝居を打ち、騙された名づけ親が同じ方法で妻を殺してしまうこと、名づけ親がティ・ジャンを袋に押し込み、殺そうとするが、裏をかいたティ・ジャンが逆に名づけ親を袋に入れ、海の彼方で溺死させること、という展開に関しては共通している(5)。

民話一般の例に漏れず、この話には具体的な地名も設定も示されず、限られた時間内のできごとしか描かれない。しかし背後にアビタシオンの奴隷制度が控えているのは明らかだろう。主人の「動産」という位置づけである奴隷には公式の結婚制度はなかったため、子どもがいるとしたらそれは母子家庭だった。子どもの父親は奴隷であることもあったが、白人の主人ということもしばしばあった。この民話の場合、ベケの名づけ親はティ・ジャンの生物学上の父親であるが、父親は息子を認知していない。残酷とも思える結末は、実は親殺しの場面である。

もうひとつ、カリブ海の奴隷社会と関係づけて考察しうるのが、タイトルにもなっている「ティ・ジャン・ロリゾン（オリゾン）」という名である。奴隷たちは姓を持っておらず、ファーストネームがいわば姓と名の両方を兼ねていた。解放された奴隷のファーストネームが、そのまま彼の、そして次世代以降の姓となった例も多い。この民話では、「ロリゾン（オリゾン）」、つまり「水平線」（L'Horizon／Horizon）がティ・ジャンの姓ということになっている。これは何を表わしているのか。民話のなかで、ティ・ジャンは父親でもあるベケの主人により水平線の彼方で殺されそうになる。だが彼は裏をかいて逃げ出し、逆にベケを水平線におびき出し殺す。「水平線」という姓は、彼らの父祖の場所が水平線の彼方にあることとの示唆とも捉えられようが、民話の筋にしたがえば、父殺し、あるいは宗主国に対する反抗による解放と再生を読み取ることも可能かもしれない。しかし同時に、シャモワゾーらが紹介しているように、ティ・ジャンが「名付け親を殺した天罰のように」きび挽き機に潰され死んでしまうヴァージョンもあることにも目を留めておく必要がある（Chamoiseau and Confiant 83）。

また、イナ・セゼールは『アンティユ諸島の夜と昼のコント』で「ティ・ジャンと魔法の馬」と「ティ・ジャンと王」の再話を紹介しているが、これらにもある共通の要素がみられる。前者では、ティ・ジャンは代父でもある悪魔の王リジフィードと出会い、仕事をくれるように求めるが、王は彼に難題を出す。言葉を話す王の馬の助けにより、ティ・ジャンは難題を解き、最終的に王女を手に入れる。ただしひとりの王女でなく、複数の王女である。後者でもやはり、ティ・ジャンは王の娘との結婚を望んでおり、王は条件として難題解決を求めてくる。ティ・ジャンはさまざまな力をもつ仲間を募って旅をしながら障害を乗り越える。そして最後に王は全員にひとりずつ王女をくれる。

「ティ・ジャンと魔法の馬」には「シャルルマーニュ」という名の王が登場するが（Césaire, I. 40）、実は鬼という設定である。また「ティ・ジャンと王」に出てくる王は、出した手紙の返事をもらってくるよう、「ミシシッピへ行け」とティ・ジャンらに命令を出す（Césaire, I. 72）。アンティユ諸島の民話にみられるこのような固有名は、彼らの民話がどこから来たのか明かしているとはいえないが、それでもこれらが遠い他の土地の痕跡であるのは間違いない。

シュヴァルツ＝バルトが小説化した『ティ・ジャン・ロリゾン』で主人公は、太陽、続いて主人公の恋人を呑み込み、世界を闇に沈めた謎の獣の体内に潜り込んで失われた恋人（グアドループを象徴しているのか、主人公は彼女を「小さなグアドループ」と呼ぶ）を探す。テキストを書くにあたってシュヴァルツ＝バルトは、一九三五年にグアドループのショント夫人がまとめた民話からとりわけ影響を受けたという（Jardel 63）。

だが想を得たのは、ひとつのヴァージョンだけではないようだ。構造としては、ベルナデット・カイエの指摘にもあるように、先に挙げた「ティ・ジャンと七つ頭の獣」、あるいはその類話である「恐るべき子ども」« Enfant terrible » を踏襲しているとみられる（Cailler 285）。これらのヴァージョンの主人公は英雄的な性格を持っており、しばしばみられるような、トリックスターらしい狡猾さは影を潜めている。また、獣の体内＝冥界に留まり冒険を続けるという筋立ては、オルフェウス神話、イザナミとイザナキの神話、あるいは鯨の体内に呑み込まれる聖書のヨナの挿話を彷彿とさせなくもない。クレオール世界の民話だけに依拠せず、広い世界の民話・伝説の要素を併せ持つのがシュヴァルツ＝バルトのティ・ジャンの特徴といえよう。

シャモワゾーとコンフィアン、またコロンボも書いているように、クレオール世界の民話は、しばしばブルターニュやノルマンディーから渡ってきた初期の植民者や契約労働者が伝えたものだとされる（Colombo 25）。「マルティニックのティ・ジャンは植民地主義と同じだけ古い」といわれるのもそのためだ（Colombo 23）。これらの証言は、ブルターニュの移民史により裏づけできる。一六三五年、フランスがカリブ海の島グアドループとマルティニックを領土とした後、ここで外敵を退ける役割を果たしたのは、多くがフランス北西部出身の兵士、とりわけ水兵だった。領土が確保されると、続いて「アンガジェ」と呼ばれる契約労働者が募られた。彼らは、一七世紀以降、現在フランスの旧植民地と呼ばれる地域、すなわち、カリブ海のアンティユ諸島、ブルボン島（後のレユニオン島）、イル・ド・フランス（後のモーリシャス島）などのインド洋植民地、南米大陸のカイエンヌなど各地に向け、大西洋岸から集団で出航した人びとの一部である（Le Moal 206）。

アビタシオンを運営する大地主階級《グラン・ベケ》も含め、カリブ海のフランス植民地に、フランス北西部出身者が多いといわれているのはこうした経緯による。現在、奴隷小屋発祥のクレオール語の民話として伝えられているレパートリーには、アフリカの影響がみられるものもあるが、それ以上にフランス各地の民話と共通する要素が多い。こうした移民たちの流入が、カリブ海の植民地に文化的な影響をもたらしたことは想像に難くない(6)。

「ティ・ジャンもの」は、クレオール世界の代表的民話と数えられているのは事実だが、同じくティ・ジャン（Tit Jean）、ちびジャン（Petit Jean）、ヤン（Yann）、ヤニック（Yannic）などと呼ばれる主人公を持つ類似の民話は、フランス語や、バッス・ブルターニュのブルトン語、オート・ブルターニュのガロ語などで、ブルターニュ全域に数多くみられるのである。民話を伝えたのは、移民し定住した労働者だけではない。一八世紀にヴィルヌーヴ夫人が書いた民話集の設定にも使われているように、大西洋を往来するフランス人水兵や漁師が民話を語り合うのは実際によくあることだった。彼らもまた、民話の伝播には一役買っていたと考えられる（Delarue 22-23）。

三　ちびジャン民話の分布

ブルターニュ地方だけではない。「ちびジャン」の冒険を主軸とする民話は、オーヴェルニュ、ピレネー、プロヴァンスなどフランス各地にみられ、さらにフランス以外の世界諸地域でも出会うことができる。二〇世紀前半から半ばにかけて活動したフランスの民俗学者ポール・ドラリュは、マリ゠ルイーズ・トゥネーズら若手の同僚らに協力を仰いで、フランス語圏に伝わる民話を収集した成果を分類し、一九五七年、『フランスの民話――フランス語圏の類話の解説付き目録』第一巻を出版した。ドラリュ没後はトゥネーズが後を継ぎ、一九八五年まで順次四巻が刊行されたこの浩瀚なカタログは、扱う民話の地理的範囲をフランス本土だけでなく、カナダ、アンティユ諸島をはじめフランス語圏全体にまで広げ、それぞれの土地に伝わる類話どうしを同じ話型ごとに結びつけ分類しているのが特徴だ。各地のインフォーマントにより語られた実際の民話収集と並行して行なわれたこの分類は、広くフランス語圏にみられる民話のパノラマ図を提示してくれるが、そのなかにはさまざまな種類の「ちびジャンもの」も含まれている。

また、カナダの作家であり研究者でもあるイヴリーヌ・ヴォルダンが一九九四年に発表した『ティ・ジャンの記憶――フランス系オンタリオの民話における主人公の間大陸空間』も、多くの情報の宝庫である。本書のなかでヴォルダンは、一九世紀末以降、ジェルマン・ルミューをはじめとする民俗学者が行なったフランス語圏カナダにおける民話収集の仕事を大いに参照し、カナダを中心としながら各地のティ・ジャン物語群とそのタイプ、また現代小説や演劇などへの影響について広く触れている。

ここでは、こうした成果を参照しながら、諸地域の「ちびジャンもの」に目を向けてみたい。まずその分布範囲をみてみると、アンティユ諸島と同じアメリカ圏では、カナダ、とくにオンタリオ州やケベック州周辺、アメリカ合衆国南部のフランス語圏であるルイジアナ、南アメリカ大陸のフランス領であるギュイアンヌ（ギアナ）、ブラジルでも確認される。カリブ海アンティユ諸島では、グアドループ、マルティニックはもちろん、一九世紀初頭にフランスから独立したハイチ（植民地時代はサン＝ドマング）、旧フランス領で後にイギリス領となり、現在は英語圏のセント・ルーシャ（サント・リュシー）やドミニカにもティ・ジョンやジェイムズといった名に変形して伝えられている（Colombo 24）。ハイチでは民間信仰ヴードゥーが盛んだが、ロアと呼ばれる精霊のひとりとして、一本足の小人ティ・ジャン・ペドロの存在がみられる。またセント・ルーシャ出身のノーベル文学賞作家デレク・ウォルコットがこの民話を題材に、英語の戯曲「ティ・ジャンと兄弟たち」を書いたことは知られている。カリブ海地域と同様に、フランスの旧植民地であるインド洋のセイシェル、レユニオンなどにも伝えられる。

ヴォルダンは前述の『ティ・ジャンの記憶』のなかで、このほか、ロシア民話のイヴァンものや、マグレブ民話に出てくるジョハ（ジェハ）もの（アルベール・メンミの指摘による）も、「ちびジャンもの」とみなしている（Voldeng 45）。

世界中に分布する「ちびジャンもの」のレパートリーは枚挙にいとまがないが、なかでも「七つ頭の獣」はより広範にひろがり、「ティ・ジャン・ロリゾン」の原型と考えられる。ヨーロッパ、カナダ、アンティユ諸島に共通してみられる「七つ頭の獣」は、アアルネ＝トンプソンによる民話分類では、魔法民話のひとつである三〇〇型とされている。遡ればメソポタミアやインドから伝えられ、ユーラシア全域に広がっており、日本で知られる八岐大蛇もこの系列と考えてよい（『フランス民話集Ⅰ』、620）。アンティユ諸島では「恐るべき子ども」のタイトルでも知られている（Cailler 283-97）。

この物語には、ちびジャンが娘をさらおうとした七つ頭の獣を殺すという要素が欠かせない。ブルターニュに伝わる「怖いもの知らずのジャン」などでは、主人公は七つの首を落とした後、それぞれの舌を持ち帰り王に捧げるというくだりがある（『フランス民話集Ⅰ』、471）。一方、アンティユとカナダ・オンタリオのヴァージョンだけに特化すれば、両者の共通点として、主人公が獣のいくつもある頭に何度も呑み込まれながら、七つ目の頭に呑み込まれたとき、この獣を殺すにいたることが挙げられる。(7) シモーヌ・シュヴァルツ＝バルトの『ティ・ジャン・ロリゾン』は、タイトルはともかく、その構造の点からみると、明らかにこのレパートリーを踏襲している。

また、主人公が獣の体内に留まりながら冒険を続ける行は、いやおうなく聖書のヨナの挿話を連想させる。巨大な獣に呑み込まれるヨナの連想という点に特化してみれば、シュヴァルツ＝バルトの『ティ・ジャン・ロリゾン』は、隠元豆の化身であるちびジャンが馬や牛や羊といった獣に呑み込まれた状態でさまざまな活躍をするという、フランス本土で語られるいくつかの類話ともまたつながっているといえよう。ブルゴーニュ地方に伝えられている「隠元豆のジャン」、ニヴェルネ地方に伝えられる「こじらみのジャン」などはその例である。

先ほどはその造形をトリックスターと呼んだが、ティ・ジャンの性格はそう呼ぶだけでは不十分な複雑さを帯びている。たしかにこの人物には、機知により逆境を乗り切るという側面はみられるが、その一方、「愚か者」「うすのろ」という性格に描かれることもあるからだ。伝播の経緯をたどってみると、これはアンティユだけでなくヨーロッパなど他の地域も含めた「ちびジャンもの」全体の重要な側面だと思えてくる。しばしば、いたずら好きで想像力に富む、見方を変えればいかさま師ともいえる「利口ジャン」（Jean L'Esprit / Jean Marrain）、そして間抜けな行動で周りから笑われる「馬鹿ジャン」（Jean le Sot / Jean Sot）は、それぞれ別のレパートリーであることを考えれば、両者はまったく別人格と捉えることもできるが、「利口」も「馬鹿」も、ティ・ジャンが併せ持つ二つの面とも考えうるし、あるいは、あえて馬鹿を装い、笑わせながら煙に巻く計略なのかともみえてくる。

フランスやカナダ、アンティユのちびジャンは、たいがい男きょうだいの末っ子である。兄の「大きいジャン／グロ・ジャン」（Gros Jean）とちびジャンの二人兄弟のこともあれば、ウォルコットの戯曲のように、次兄として「真ん中のジャン／ミ・ジャン」（Mi-Jean）が登場することもある。末弟ちびジャンは、兄（たち）と対比的に図体が大きく愚鈍な存在（馬鹿ジャン）として描かれている。「イワンのばか」をはじめとするロシアのイヴァンものでもまた、主人公のイヴァンは二人の兄より愚かな末弟だ。しかし小賢しい兄たちより愚かな弟が最終的には何かを獲得する。

フランソワ・カディックがブルターニュで収集した「馬鹿ジャン」は、頭に載せたバターを溶かしたり、猫を煮てスープにするなど失敗を繰り返すが、その姿が笑わない王女を笑わせ、王に褒美をもらって「金持ちジャン」となる（Cadic 289）。ポール・ドラリュがブルゴーニュで採録した「馬鹿ジャン」もかなり近い内容である（Seignolle I-942）。ヴォルダンは、喜劇的な「馬鹿ジャン」の起源としてイタリアのコメディア・デラルテに出てくるザニ（Zani）や、一八世紀フランスのドルヴィニーの喜劇を挙げている。同じ「馬鹿ジャン」でも、地域によりその含意も異なるようだ。ヴォルダンはカナダでよりルイジアナでこの造形は多くみられ、移民労働者の姿をとるマグレブのジョハは、愚鈍にみえてもそれは見せかけにすぎず、本当は抜け目がないと述べている（Voldeng 41）。

また口承文芸の笑いには、物語と関係のない言葉遊びの要素もある。フランス語で伝えられるルイジアナの馬鹿ジャン民話には英語の影響がみられ、スープにパセリ（フランス語ではペルシル persil）を入れるよう言いつけられたティ・ジャンが、ペルシという名の犬を入れてしまうエピソードもあるという。プロットとしては、カディックが挙げた猫をスープで煮る挿話とよく似ている（Voldeng 73）。

ところで、アンティユ諸島のアビタシオンでは奴隷小屋の中庭でくり広げられていたちびジャン民話は、カナダ・オンタリオでは、木こりたちが丸太を切る森の作業場が舞台だった。彼らがビヨシェ（billochet）と呼ぶ丸太の切り株が公式の椅子であり、語り部はこの切り株に腰かけて話をする習わしだった。語り終わるときには、お決まりの言い方がある。「結婚式は三週間続いた。住民は全員呼ばれた。びっこもせむしも森の木こりも丸太運びにいたるまで」（Voldeng 12）。

前の節で書いたとおり、カナダ、アンティユ諸島ともに多くの移住者を送り出したブルターニュでは、籠編み職人が語り部の役を担っていたという。ポール・ドラリュの若き同僚であったアリアーヌ・ド・フェリースは、一九四〇年代後半から一九五〇年にかけてオート・ブルターニュ（ブルターニュ南部）ブリエールにある集落マイヤンに通い、籠編み職人たちが語る民話を記録している。フェリースによれば、マイヤンにはすぐれた語り部が何人もおり、「しらくも頭のジャン」「ジャン・ド・カレー」など多くの民話が彼らにより夜中語られ、採録された。

マイヤンの語り部はほとんど男性で、その多くが籠編み職人だったという。「物語るという才能は、籠編みの条件のひとつ」とさえいわれ、仕事の技能を学ぶ過程で、同時に語りも覚えていった。（Félice, *Jean* 29-30）。夜中の仕事で誰かが眠りそうになると、語り部が「クリック！」と叫ぶ。聞き手は眠っていないことを示すために「クラック！」と返事をしなければならなかった。この後、さらに長い文句が続くこともある。

語れば語るだけ
嘘をつくことになるよ
金をもらっちゃいないから
本当なんか言わなくたっていい

今日歩いても、明日歩いても
一〇年、二〇年、五〇年、毎日歩いたって

転ばなけりゃ起き上がる手間もない
泥の中に落ちなけりゃ
すぐさまきれいさっぱりさ（Félice, *Jean* 69）

右はフェリースが取材した一九四七年当時、七三歳だった籠編みの語り部、ピエール・ルリエーヴルによる「しらくものジャン」の語り出しである。後半の台詞は物語の途中にも数度差し挟まれる。フェリースの民話への興味は、物語内容よりも民話の文体と語りの技術にあるのが特徴であり、フランスの地方の語り部がどのように語っていたのか、その貴重な記録を伝えてくれる。「今日歩いても、明日歩いても」の部分は、つぎに紹介される「巨人の民話」にも再度出てくる。また、語り終わりには「奴が死んでなけりゃ、今も生きてるさ。物語はおしまい！」などの台詞がよくみられる。

籠編み職人は、働きながら語るのが特徴である。フェリースの記録には、語りの途中一瞬仕事の手を止め、小刀を使って演技をするかと思うと、すぐさま下ろして同じ刀で仕事を続ける職人の様子が描写されている。時には聞き手の注意を引くため、木靴で床を打ち鳴らすこともあったという（Félice, *Jean* 32）。フェリースが取材した籠編み職人のほか、フランスの地方には麻の皮むき、糸紡ぎに従事する者たちがやはり夜なべ仕事の傍らこのような語りを披露し合っていたようだ。一方ヴォルダンは、カナダの語り部の語り出しを紹介している（Voldeng 68）。

クリック、クラック、クロック

プラコティ、プラコト、プラコトン
短いの、続いて長いのを知りたいなら
ペロン爺さんに痰壺を渡しておくれ
サカタビ、サカタバ(8)
聞かない奴は外に出とくれ

この論考の出発点であるクレオール語の民話に立ち戻ると、最初に述べたようにこれらは奴隷コミュニティのなかで、彼らの語り部によって語られた。これがいわばコール・アンド・リスポンスのかたちをとり、語り部の「クリック」という合い言葉に聞き手が「クラック」と応じるのが定番となる。カリブ海のクレオール民話の特徴としてしばしば言及される合い言葉だが、先に挙げたブルターニュ・マイヤンの箍編みの例をみたとき、両者は驚くほど類似していることがわかる。またクレオール民話の語り出しには、「中庭は眠っているか」などそれだけでは意味不明の問いかけもあるが、これも夜なべの作業で寝入りそうになった者に注意喚起するというマイヤンの語り部の機能を考えれば、少なくとも大元の意味はみえてくる。こうした聴衆との掛け合いに加え、口承文芸の語りには反復もまた多くみられる。この特徴について、フェリースはつぎのように述べている。

口承の形式においては、いくども反復することが必要である。なぜなら、ラジオや口承伝統では、つねに目に訴えかけることのできる本とは違って、うつろいやすく、瞬間的なコミュニケーションがなされるからである。問題は何よりも、形式と内容を聴衆の記憶に焼きつけること、いくつかの工程により、彼らの注意を惹きつけることである。（Félice, « Essai » 42-43）

フランスの地方、とりわけブルターニュの民話を念頭に発言したフェリースだが、反復の多用は、クレオール世界の民話にも共有されているといっていい。このように世界各地への伝播を経て、ブルトン語やフランス語の各方言、カナダの民衆のフランス語、さらにクレオール語など異なる言語で語られながら、「ちびジャンもの」は同じ話型や語りを維持しているのがわかる。それでは「ちびジャンもの」をはじめとする口承文芸がクレオール文化を代表するものであり、独自性をもつというのは誤りなのだろうか。

四　国民国家《エタ＝ナシオン》の強化と民話収集

ところで、現在その気になればフランス語圏各地に伝わる民話を活字として読めるという環境ができあがるに先立って、一九世紀半ば以降盛んになる民俗学者らによる民話収集の労があったことは間違いない。その集大成となるのが、これまでも参照してきたポール・ドラリュ監修による『フランスの民話──フランスの類話の解説付き目録』であろう。この仕事を可能にしたのは、一九世紀以来の遺産に加え、それぞれの地方を拠点に地道な収集を進めていた同時代の民俗学者の協力があったからにほかならない。ドラリュ自身はフランス中部にあるニヴェルネ地方の出身で、もともと地元の小学校教師であった。第二次世界大戦後、一九五六年に亡くなるまではパリを拠点に、教育連盟のフォークロア委員会を率いたほか、フランス民族誌学会の副会長、イル・ド・フランス・フォークロア連合の理事の任にもあり、『フランスの民話』シリーズ第一巻の編集代表を務めている。

本書の刊行に先立っては、先にも言及したフィンランドのアンティ・アアルネの仕事をアメリカ合衆国のスティス・トンプソンが引き継いだかたちで完成した、英語版の目録『民話の分類』の存在がある。ドラリュは、二〇世紀民話研究の基礎文献であるこの書に示された動物民話や魔法民話の型分類を『フランスの民話』においても踏襲した。また目録の冒頭には、ドラリュ自身による長い序文が付されている。この序論を読むと、フランスにおける民話研究の出発からの流れが理解できる。編者によれば、一八六〇年には学術的裏づけのある民話集は存在しなかった。つまり民話集があるとしてもそれは、土地の人間が語った内容とスタイルを場所や日付の記録とともにそのまま書き留めるのでなく、何らかの文学的変更をほどこしたものであった。この状況は、当時隣国ドイツではグリム兄弟の仕事が充実期にあり、ノルウェイ、デンマーク、ロシアなどもこれに追随していた事実を鑑みると、フランスでの研究の遅れを示している。

フランスにおいて初めて本格的な民話集が刊行されたのは一八七〇年であり、それは民俗学者フランソワ＝マリ・リュゼルの編纂した『ブルターニュの民話』だという。編者ドラリュは、口承文芸の専門雑誌も創刊されたこの年を民話研究の記念碑的年だと位置づけている。『フランス諸地方の民話、小噺、伝承』によると、一八六九年、リュゼルが民謡と民話収集の公的要請を受け、公教育省に報告書を書き送っているという記述がある。つまりドラリュが最初の本格的民話研究と紹介している『ブルターニュの民話』は、当局による要請の結果まとめられた仕事ということになる（Seignolle I-299）。その後、ポール・セビヨの本格的な収集作業など旺盛な仕事が続き、第一次世界大戦、続いて第二次世界大戦が起きる前の二〇世紀の初頭まで、フランスの民話研究は隆盛をきわめる。「一八七〇年から第一次大戦にかけての、フランスにおける民話のこの〈黄金時代〉には、研究者らが一冊も民話集を持たない地方はなく、何種類も持つこともよくあった」（Delarue 30）。

一八七〇年といえば、普仏戦争が勃発した年である。翌年、フランスはプロイセンに敗北を喫し、ナポレオン三世による第二帝政の崩壊、パリ・コミューンを経て、第三共和制が始動した。この新しい体制のもと、一般市民への公教育が普及し、普通選挙が実施され、また政教分離が推し進められることになる。これらは現在のフランス共和国にも継承されるいくつかの制度の礎となったことは知られている。フランスで「国民国家」という文脈でのナシオンという意識が生まれたのは、大革命が起きた一八世紀後半に遡るが、それがさらに推し進められナショナリズムというかたちで最も強化されたのは、一九世紀後半以降二〇世紀前半までといってよいだろう。普仏戦争における敗北とアルザス、ロレーヌの領土喪失が、屈辱とともにフランス人の国境意識を高めたのも、教育の普及により国境内にある各地方にも中央で使われるフランス語が行きわたったのも、フランスという国の統一的なイメージが共有されるようになったのも、この時期である。

フランスのナショナリズムといえば、ドイツのフィヒテとあわせて言及されるのが、エルネスト・ルナンであろう。ルナンが一八八二年にソルボンヌで行なった「国民とは何か」というタイトルの講演は、現在もネイション、ナショナリズムについて考えるうえでは不可欠のテキストであり、解釈され続けている。ルナンの後、社会学のエミール・デュルケム、人類学のマルセル・モースらも同時代の国家（État）、あるいは国民（nation）についてそれぞれ考察を行ない、このテーマをめぐる議論は二〇世紀に入っても活況を呈した。

ルナンの講演に戻れば、彼の「国民」観は、このなかで発された「日々の人民投票」という有名な表現に集約されている。つまり、国民とは、言語や民族や自然の所与によるのでなく、彼ら自身の同意、意志によって決定されるという考え方である。こうしたルナンの主張は、本質主義に依拠しないという観点から現在でも一定の評価をされることがある。だが、ジョエル・ロマン、そして鵜飼哲によれば、この主張の背後には、当時、普仏戦争の敗北によりドイツに奪われていたアルザス、ロレーヌがフランスに属することを正当化したいという狙いがあったようだ（ロマン 30-31）。ロマンはルナンが「同意」という表現を出すのは、「国民というものが論争の対象になっている時で、国家間の紛争や係争を解決するため」であるという。「この原理は、個々の帰属を規定するというよりは、人びとが同意しないような帰属を禁じるという意味において、いわば消極的な価値をもつにすぎない」（30-31）。

リュゼルやセビヨが導いた民話研究の隆盛が、このような国民国家の意識の高まりと時期的な一致をみるのは偶然なのだろうか。文学の領域では、一九世紀から二〇世紀初頭といえば、フランスでは近代文学が最も成熟し、民衆のあいだで大きな力を持った時代である。スタンダール、バルザック、フロベール、ゾラ、そしてプルーストの小説、ユゴーやボードレールの詩がフランスを代表する文学作品として後の世代までも影響力をおよぼした。これらの作品はまずパリという首都のものである。たとえ描かれる舞台が地方だったとしても（フロベールの『ボヴァリー夫人』のように）、作品世界がパリを希求するものであるのは変わらない。内部にいるにしろ、外部にいるにしろ、フランスの国民文学として念頭に置かれるのは、まず彼ら大作家らによる文字の芸術、そして都市の産物である近代小説や近代詩ではないだろうか。

これに対して口承文芸はその名のとおり文字に頼らず、民衆が口伝えに継承してきたものである。小説のように明らかな作者を持たず、作者も起源の場所が不明なまま、そんなことには関知しない無名の多数の人間によって語り継がれてきた。したがって時間とともに風化し、全員の記憶から失われてしまう可能性も大いにある。

先にも述べたように、一八七〇年代、民話研究の先鞭をつけたリュゼルは、国家の要請により民話収集を行なった。だがもちろん、公的要請によるのでなく純粋に学問的関心から自発的に収集にあたった例も多い。なかには先にも言及したバス・ブルターニュ出身の神父フランソワ・カディックのように、教区の機関誌を立ち上げ、一八九九年から一九二九年までの三〇年にわたり、その誌面を収集した民話の発表の場としたという話もある。だが、リュゼルがパリの中央省庁から依頼され一地方であるブルターニュの民話収集にあたったという事実からは、辺境の地方を中央に結びつけ、その文化を一国家に統合しようとする意図をみてとることも可能である。

同時に二〇世紀前半、民話収集は国家を超えた、ヨーロッパの民俗学者共同のプロジェクトという意味合いもあったようだ。ドラリュによれば、第一次世界大戦以降、戦時という事情に加えてリーダー的存在だったセビヨの死去もあり、フランスの民話研究は停滞したが、一九三七年の国際会議のおり、他国からこの停滞について非難を受けている。このことからも、民間伝承の研究が国家単位、あるいは語圏単位では完結せず、国家や語圏を超えた情報共有と比較により見えてくる全体図を要請するものだということがわかる。そして、一八七〇年以降のこうした流れに接続されるのが、第二次世界大戦後に始まるドラリュ主導の『フランスの民話』刊行プロジェクトである。一九四六年にフランス民族誌学会が設立され、そのメンバーらが各地の民話研究を行なった。また国立科学研究所を拠点に、所属する若手研究者らがドラリュの指導を受けつつ収集にあたった。これらの成果がひとつにまとめられ、順次四巻まで発表されたのが『フランスの民話』なのである。

二〇世紀前半、ヨーロッパ各国には語圏を超えて民話研究を共同で進めようとする気運があったことは先述した。ドラリュの序文においても、フランスに伝わるさまざまな民話が、ヨーロッパどころかインドや中国、北アフリカで共有されていると述べられている。たとえばフランスやアンティユ、カナダに伝わる「パリの泥棒」(「ティ・ジャン」の型のひとつ)の起源をたどると、紀元前五世紀にヘロドトスがエジプトに伝わる説と記しているが、さらに古いアイルランドやオリエントの伝承との共通部分も見いだせるというのである(Delarue 7-8)。

世界に広がるフランス領を含めたフランス語の民話分類である本書だが、その序文を読むかぎり、そこにフランスやヨーロッパを優位に置く姿勢、あるいはフランス帝国主義の意図は感じとれない。むしろ序文を通して、語圏横断を意識した民話の比較研究への忠実な態度がみてとれるのだが、時代ごとの文学への影響関係などを述べた後、ドラリュはフランスに伝わる民話の独自性について触れる。

われわれの民話がその進化の頂点で得た性格は、デカルトの国の知の主たる特徴に応じたものである。われわれの民話が驚異を単純化し、空想的な存在を除外し、驚異的な筋を人間的な筋に変え、野蛮に見えるものを人間らしくし、和らげるとき、フランスの善良な民は、まさに自分たちのものである傾向、すなわち合理的なものへの好みに従うのである。（Delarue 45-46）

フランスの民話をその他と比較するにあたり、ドイツとケルトが最も重要な参照軸だと考えるドラリュは、ドイツの民話における森の神秘性、ケルトの荒々しい海辺の想像力とフランスの明晰さ、合理的な単純さを対置する。それは民話には頻繁に出てくる驚異的なモチーフ、一般に魔法民話と呼ばれるものについても同様である。

フランス人にとって民話とは、真に受けて騒いだりしないかぎり騙されることにはならない気晴らしだ。あるいは論理的精神に目をつぶらせたひとときの魔法なのだ。（Delarue 46）

その地理的な拡散と起源の不確定性を認める一方で、ドラリュはフランスの民話に固有な要素をこのようにまとめた。それでは、明らかにフランスから伝えられた部分も多いクレオール世界の民話はどのような独自性を持っているのか、つぎに考えてみたい。

五　クレオール民話の独自性とは

前述のとおり、二〇世紀半ばまでのカリブ海アンティユ諸島では、語り部による民話の語りは日常の光景として存在していた。だが一九四六年の海外県化以降、島全体にフランス資本が投下されていくなかで、アンティユ独自の文化は衰退の一途をたどり、口承文芸も同じ命運をたどっていったようである。

ところで、マルティニックでは両大戦のあいだにあたる一九三九年から一九四五年まで、エメ・セゼールとルネ・メニルを中心とするマルティニックの文化人らにより文化誌『トロピック』が刊行された。ヴィシー政権傘下のロベール総督時代、この島は人種主義と体制への言論弾圧のもとにあり、言論・出版人にとっては苦しい時期であった。一九四二年一月に出されたその第四号に、セゼールとメニルは連名で「マルティニックのフォークロアへの序論」と題するエッセイを発表している。

ここで二人の書き手は、マルティニックに伝わる民話の要素を紹介しながら、全体としての特徴を示しているのだが、まず冒頭、一八八〇年代にこの島に滞在して民話収集に励んだラフカディオ・ハーンの言を参照しながら、マルティニックには「飽食のシーンであれ酒盛りのシーンであれ、空腹のオブセッションが出てこない民話はひとつもない」と断じている。ハーンによれば、彼が紹介した民話の登場人物イェにみられるように、食べたり、飲んだりの物語は「奴隷たちの長きにわたる過酷な飢えを反映している」（Césaire, A. 7）のだという。

さらに筆者らは、イェだけでなくナニ・ロゼットやマンマン・ケレマンの民話もその系譜にあって「飢えと惨めさ」をとどめているとし、これらの話に登場する飽食は現実に対する夢だと指摘する。なるほど貧窮したイェは差し出された食べ物に手をつけたばかりに悪魔に家に居座られ、家族たちは悪魔の糞便を食わされることになるし、同じく飢えたナニ・ロゼットも豪華な食事をしたために、岩に閉じ込められる。マンマン・ケレマンは、飢えた娘につぎつぎ難問を突きつけて食事を先延ばしする魔女の名だ。そして筆者らは、飽食を栄誉とする民話の人物としてティ・ジャンの名をつけ加えている[9]。

奴隷制下での空腹、そして恐怖。民話に表出しているこれらの要素に続き、筆者らは反逆者コリブリの例を挙げる（Césaire, A. 10）。コリブリとはハチドリのクレオール語での呼び名である。花の蜜を求めて高速で飛翔するコリブリは、熱帯の島ではなじみ深い極小の鳥だが、クレオール民話のなかでは、馬、牛、ハリセンボンらを敵に回し果敢に闘う。神さえも敵にしたコリブリは最後に首を切られ殺される。セゼールとメニルは、太鼓だけを相棒とするこのコリブリに、かつてモルヌ（丘）で蜂起した逃亡奴隷の姿を重ねているようだ。しかしセゼールらが反逆者の印として取り上げたコリブリの物語は、クレオール民話のなかで典型的な例とはいえない。筆者らも最後に少し触れているように同じ弱き生き物ではあるがよりずる賢いうさぎどん、同じく抜け目のないティ・ジャン、支配者とはいえ大して高貴というわけでもない虎どんといったキャラクターのほうが類話も多く、よく知られている。

エドゥアール・グリッサンも『カリブ海序説』において、クレオール社会における口承民話の重要性を論じているが、具体的な民話の事例を社会的関係として図式化することは周到に避けている。グリッサンの民話論の特筆すべき点としては、神話との比較考察が挙げられるだろう。それによれば、民話は構造や象徴が明晰であり、純化された物語へと向かわない反－歴史的な性格を持つ。聖別された言葉、すなわち書き言葉を拒否している点も特徴といえる（Glissant 261-63）。また、民話において風景が描写されない＝所有されないという性質は、アンティユ特有の問題に明らかに接続され、くり返し言及されている。

驚くべきことは、クレオールの民話における風景の深刻な空虚さである。すなわち、風景はそこで浄化されてしまっているのだ。それは人びとが横断する場所の継起にすぎなくなっている。森と夜、野原と太陽、モルヌと疲労。正確にいえば、それらは通過の場所である。歩行の重要性は驚くべきものがある。（Glissant 414）

風景の欠如した場所の歩行による通過。これは、すべてのクレオール民話に登場するティ・ジャンの行動に当てはまる。だが、風景の欠如ということなら、アンティユだけでなく、ブルターニュでもピレネーでもカナダでも、どの民話にも共通する要素なのではないか。そしてそれらが語られる言葉もまた、聖別されない話し言葉であろう。

これらが民話それ自体の特徴であるとしても、グリッサンはクレオール民話の欠如した風景に、いまだ自律的なクニ（pays）の段階に至っておらず、通過されるだけの場所／パサージュ（passage）という意味を込めているようだ（414）。さらにグリッサンが上役である虎を機知で出し抜くうさぎどんを引合いに出し、「迂回」というあり方を示すとき、それはクレオール民話の大きな特徴といえるのだろう。セゼールとメニルが「マルティニックのフォークロアへの序論」の最後にやはり言及し、コリブリの反逆と対比的な狡知の力としてその価値を疑問に付したまま締めくくったのもこの悪賢いうさぎだが（Césaire, A. 10-11）、グリッサンにとって、迂回ははっきり肯定的価値を持っている（Glissant 415）。アメリカ合衆国南部の口承文芸とも共有されるトリックスター的なうさぎのキャラクターは、ヨーロッパでは馴染みがないが、『狐物語』を連想させなくもない。

虎どんとうさぎどんの話には、たしかに狼イザングランと狐グーピの物語がこだましている。『狐物語』との違いは、こちらでは、いかなる武勲詩もあちらのような（「威厳をあたえる」ような）現実の側面を持たないということだ。（Glissant 264）

この最後の一文は、普通に読めばネガティヴな印象を与える。だがグリッサンの意図は絶望や卑下ではない。なぜならこの文章は、だからこそ「われわれは純化された『歴史』の誘惑に屈することなく収束的な物語群へ向かうことができる」（264）のだと続けられているからである。クレオールの民はいまだ闘いにおける勝利を経験したことがないが、それゆえに聖なる一ではなく、複数的な物語を成り立たせることができると解釈すればいいだろう。

おわりに

クレオール民話に、セゼールとメニルはアンティユの人びととの抵抗の契機を、グリッサンは迂回という手段を読みとった。シモーヌ・シュヴァルツ＝バルトはティ・ジャンを小説世界に取り込むことにより、クレオール民話を救おうとした。そのことで彼らがしたかったのは、集団としての「私たち」を感知し、生き延びさせることだろう。一種の謎として共同体の（唯一の）起源を書き込む神話ではなく、その明快さと複数性を資質とする口承の民話に、グリッサンはアンティユの可能性をみる。いまだ国民国家という意味ではナシオンになったことがないが、「想像の共同体」という意味なら、アンティユもまたひとつのナシオンと想定されよう。ナシオンは狭量なナショナリズムにつながる危険をつねに孕んでいるが、「私たち」が誰であるか確認したいという欲求は、自然な感情の発露ともいえる。だがこの小さなナシオンは、そもそも一七世紀にフランスという巨大な国民国家の内部で生まれ、またその固有性を表明するのは容易ではない。では、アンティユの固有性を表明する重要な手段であるクレオール民話は、多くの内容的類似をみるフランス本土各地の民話とは性質の異なるものだろうか。

ブルターニュをはじめフランス本土の多くの地域もまた、地方語による口承文芸を伝えてきた。それらの語りは、二一世紀の現在となっては書きとられた資料としてしか知ることができないが、反復や誇張に特徴づけられ――しばしばいわれるようなクレオール民話だけの特徴ではない――文字情報とはおよそ異なるかたちで継承されている。それらが持つ豊かな文学的想像力は、『アーサー王』伝説やペローのような国民作家の仕事に大きく影響していたにもかかわらず、元来、国家としてのフランスからは取るに足りない存在であり、マージナルな場で維持されていたようにみえる。ドラリュが指摘するフランス民話の大衆性――主人公は権力を持たない農民など民衆の側にある――は、アンティユにおける奴隷制体験や起源からの断絶と根本的に性格を異にするが、ブルターニュやニヴェルネの民話に頻出するちびジャンもまた、歩き続ける境界横断的存在＝トリックスターであり、国家のごとき大きな中心には決して回収されることがない[10]。

クレオール民話を皮切りに、フランス語圏を中心とした「ティ・ジャン」「ちびジャン」民話をたどるという作業でみえてきたのは、これだけ多くの類話が確認されながら、それぞれの類話はどれも正統性を持たず、起源がどこにあるかは特段追及されないということだ。国民国家を単位とする文学の切り分け（英文学、フランス文学、日本文学など）はもはや大きな意味を持たないという言い方は、小説や詩に関してはごく近年になって出てきたものだが、それよりはるか以前から、民話は国境、それどころか語圏さえやすやすと超え広がってきたともいえる。いわば海を越えて分かち持たれる記憶のネットワークと呼べるかもしれない。

驚くべきは、それと同時にひとつひとつのローカルの場が養った民話には、自然や生業、風習、歴史背景、さらには人びとの心性まで土地固有のあらゆる要素が、語りの中身と語り口の双方に確実に徴づけられているということである。

註記

（1）シャモワゾーとコンフィアンによる『クレオール文芸』の「プランテーション、アビタシオン」の章には、奴隷たちの夜間の自由な活動が、語り部の機能に焦点を当て述べられている。

（2）一九九〇年に設立されたl'association Konté sanblé（語り部連合）の目的は、民話を継承し、語り部にうまく語るための理論を学ばせることだったとされるが、こうした民話保存の動きにより、語りは舞台で上演されるものとなり、自由な変奏もできなくなり、またフォークロア的な太鼓やダンスがお決まりのものとして付くようになった（Colombo 343-44）。現在では教育の場で使われることもあり、若者向けにアレンジされたテーマのコントを聞かせる語りの例もあるが（346）、「かつて自分は創造者だったが、今は仕切り役」「すべてが統制され自由がない。語り部にとって創造の自由は基本なだけに残念」（347）などと嘆く語り部もいる。

（3）一九六二年、アラン・ローマックスによるマルティニックでのフィールド・レコーディングを参照した。

（4）ローマックスによるフィールド・レコーディングCDの解説でジュリアン・ジャースティンとドミニク・シリルはこう述べている。「クロージング・ソングはその場にいる別の語り部に語りを始めてもいいという合図であり、そこから別の語り手は、新たにしかるべきオープニング・ソングを歌い出すのである」。

（5）もっとも、後に紹介する『フランスの民話』第二巻で紹介されているように、フランス本土で伝えられる「ボルドーのジャン」（五〇六A型「カレーのジャン」の類話）にも、自分を溺死させようとしたライバルを逆に溺死させるという、かなり近い構造が認められる。ただし両者に親子関係はない（Delarue et Tenèze, II, 235-39）。

（6）マリーズ・コンデは、「ティ・ジャンもの」のひとつである「ティ・ジャンと妹ティ・マリ」と西アフリカのヨルバ神話との類似を指摘している。娘が知らない男（悪魔）について行くというモチーフを持つこのヨルバ神話は、ナイジェリアの作家エイモス・チュツオーラの小説『やし酒飲み』にも影響を与えた（Condé 43）。

（7）コロンボの紹介するアンティユ諸島の物語は、しばしばみられる糞尿譚である。ティ・ジャンは母親、兄と暮らしており、母親、続いて兄が森のなかで何者かに落ちていた糞を喰わされる。その正体が後に「七つ頭」だとわかる。ハーンが採録した「ペラマンルーの話」は「ティ・ジャンもの」ではないが、主人公の少年は森の中で七つ頭の獣に喰われてしまう。

（8）「プラコトン」は「おしゃべりしようよ」、「サカタビ」は「タビ織（あるいはイスラム伝道師の）のかばん、煙草のかばん」の意。カナダでは、早い時期の入植者の言葉が変化を遂げ、独自の民衆語が使われているのがわかる。placoter は旧大陸のフランス語でいう bavarder、つまり「おしゃべりする」という意味である。ceusses は三人称複数形の指示代名詞 ceux のことだろう。ほかにも引用した sac à tabi, sac à tabac など、意味よりも音の類似を楽しむ言葉遊びの要素もみられる。

（9）p. 8. ここでセゼールらが、Ti-Jean-l'oraison と綴っていることが興味深い。綴りとしては、現在、horizon のほうが普及していると思えるが、音の響きの似た oraison もティ・ジャンの名として存在する。oraison（祈禱）の語がキリスト教の語彙であることには注目してよいだろう。ヴォルダンもまた、「ティ・ジャン・ロリゾン」のいくつかの類話に王（代父）につかまり海に沈められるまでの道中、ティ・ジャンが七つの教会で死を前にした祈禱を求める場面があることを指摘し、Horizon の音には oraison（祈禱）の響きがあると述べている（Voldeng 20）。

（10）フェリースの採録したマイヤンの数々の語りでは、主人公が「歩く」ことがつねに前景化されていることに注目したい。

引用文献

Aarne, Antti, and Stith Thompson. *The Type of Folktales: A Classification and Bibliography*. Suomalainen Tiedeakatemia, 1961.

Cadic, François. « Jean le sot ». *Contes et légends en Bretagne*, Tome troisième. Presse universitaire de Rennes, 1998.

Cailler, Bernadette. « *Ti Jean L'Horizon* de Simone Schwarz-Bart, ou la leçon du Royaume des morts ». *Stanford French Review*, VI, 1982, pp. 283-97.

Césaire, Aimé, et René Ménil. « Introduction au folklore martiniquais ». (*Tropiques*, no. 4, Janvier 1942), *Tropiques 1941-1945 Collection complète*, Jean-Michel Place, 1978, pp. 7-11.

Césaire, Ina. *Contes de nuits et de jours aux Antilles*. Editions Caribéennes, 1989.

Chamoiseau, Patrick. *Au temps de l'antan: Contes du pays Martinique*. Hatier, 1988.

——. *Solibo magnifique*, Gallimard, 1988.（パトリック・シャモワゾー『素晴らしきソリボ』関口涼子、パトリック・オノレ訳、河出書房新社、二〇一四年。）

Chamoiseau, Patrick, et Raphaël Confiant. *Lettres créoles: tracées antillaises et continentales de la littérature 1635-1975*. Hatier, 1991.（シャモワゾー、パトリック、コンフィアン、ラファエル『クレオールとは何か』平凡社、一九九五年。）

Colombo, Christine. *Des contes de Ti-Jean...Aux réalités de la Martinique*. L'Harmattan, 2012.

Condé, Maryse. *La civilisation du bossale*. L'Harmattan, 1978.

Delarue, Paul, et Marie-Louise Tenèze, eds. *Le conte populaire français: Catalogues raisonnées des versions de France et des pays de langue française d'outre-mer: Canada, Louisiane, Ilots français des Etats-Unis, Antilles françaises, Haïti, Ile Maurice, La Réunion*, Tome premier-quatrième (1957-1985). Maisonneuve et Larose, 1997.

Félice, Aliane de. *Jean de Pontchâteau, Contes de Brière (Haute-Bretagne)*. Slatkine, 2000.

——. « Essai sur quelques techniques d'art verbal traditionnel ». *Arts et traditions populaires*, no. 1/2 (Janvier-Juin 1958), *JSTOR*, www.jstor.org/stable/41002635.

Glissant, Edouard. *Le discours antillais*. 1981. Gallimard, 1997.

Jardel, Jean-Pierre. « Littérature antillaise d'expression française et identité culturelle: *Ti-Jean l'Horizon* de S. Schwartz-Bart ». *Anthropologie et Sociétés*, vol. 6, no. 2, 1982, pp. 59-70.

Le Moal, Marcel. *L'Emigration bretonne*. Coop Breizh, 2013.

Schwarz-Bart, Simone. *Ti-Jean L'Horizon*. Seuil, 1979.

Schwarz-Bart, Simone, et André Schwarz-Bart. « Sur les pas de Fanotte » (interview). *Textes, Etudes et Documents*, no. 2, 1979, pp. 13-23.

Seignolle, Claude. *Contes, récits et légendes des pays de France* (1974), vol. 1. Omnibus, 1997.

Voldeng, Evelyne. *Les mémoires de Ti-Jean*. L'interligne, 1994.

Walcott, Derek. "Ti-Jean and His Brothers." (1957). *Plays for Today*. Longman, 1985.

アンダーソン、ベネディクト『定本 想像の共同体――ナショナリズムの起源と流行』白石さや・白石隆訳、書籍工房早山、二〇〇七年。

『聖書』日本聖書協会、一九七九年。

中央大学人文科学研究所翻訳叢書『フランス民話集』Ⅰ－Ⅳ、比較神話学研究チーム（金光仁三郎・山辺雅彦・渡邊浩司・福井千春訳）、中央大学出版部、二〇一二～二〇一四年。

新倉朗子編訳『フランス民話集』岩波文庫、一九九三年。

山口昌男『道化の民俗学』（一九七五）岩波現代文庫、二〇〇七年。

ロマン、ジョエル「二つの国民概念」、エルネスト・ルナン、ヨハン・ゴットリープ・フィヒテ、ジョエル・ロマン、エチエンヌ・バリバール『国民とは何か』鵜飼哲・大西雅一郎・細見和之・上野成利訳、インスクリプト、一九九七年、七～四〇頁。

音源・映像資料

Gerstin, Julian, Cyrille, Dominique, "Martinique: Cane Fields and City Streets" in *The Alain Lomax Collection: Caribbean Voyage: The 1962 Field Recordings*, Mass., Rounder Records Corp., 2001.
『マルチニックの少年』、ユーザン・パルシー監督、フランス、一九八三年、ＶＨＳビデオ（東芝VTS-F254V）。

第8章 「奴隷舞踊《ジョンコニュ》」から「正体のしれない人《ジャン・アンコニュ》」へ

ミシェル・クリフ『フリー・エンタープライズ』論

庄司 宏子

「正体のしれない人《ジャン・アンコニュ》」は「奴隷舞踊《ジョンコニュ》」のなかに忍び込んでいた。そこは風が吹き荒ぶ場所だった。（Cliff, *Free Enterprise* 8）

はじめに

ハリエット・A・ジェイコブズの自伝『ある奴隷少女に起こった出来事』（一八六一年）の第二二章「クリスマスの祝い」に、子どもたちが早起きして見に行くことを楽しみしている「ジョンカノー」というクリスマスのお楽しみが描かれている。それは、近隣のプランテーションからの「おもに下の階級」（Jacobs 152）の一〇〇名ほどの奴隷の一団による、楽曲と踊りの行進である。頭に牛の角、背中に牛の尻尾を付け、鮮やかな色の布切れの衣装をまとった二名の屈強な体格の男たちが行進を先導し、羊の皮を張った「ガンボ・ボックス」という太鼓、トライアングル、それに動物の顎の骨でつくった楽器を打ち鳴らす者が続く。彼らは歌い踊り、小銭やラム酒を請いながら、家から家へとねり歩く。わずかな金をけちった白人は、奴隷たちに歌であざけられる。「哀れなだんな／靴のかかとがすり切れ、ぼろを着て／金がない／一シリングもない／神のご加護を」(Jacobs 152)。ジェイコブズの自伝は、彼女がジェイムズ・ノーコム医師の性的搾取を逃れて祖母の家に隠れていた一八三五年から一八四二年までを描くが、おそらくジョンカノーに関する記述は、一八二〇年代の自身の幼少時代の記憶の光景だと思われる。

ジェイコブズが記した奴隷の歌と踊りは、アメリカ南東部からカリブ海にいたる広い地域の奴隷制プランテーションで、クリスマスの風習としてみられたものであった。本稿の前半では、ブラック・アトランティック文化として、またアフリカ起源の舞踊がカリブ海でヨーロッパ文化と習合しながら形成されたクレオール文化として注目すべきこの奴隷舞踊には、どのようなアフリカとの繋がりや新世界でのディアスポラの経験、黒人奴隷による自己や社会に対する認識がうかがえるのか、この舞踊を記述した資料から考察する。そして本稿の後半では、この奴隷舞踊に秘められた支配文化に対する擬態と抵抗の戦略を国民国家がつくり出す歴史や物語創造を転覆する手段とする、ジャマイカ系アメリカ作家ミシェル・クリフの小説『フリー・エンタープライズ』(一九九三年)から読み解いてみたい。

一　アメリカスのなかのジョンコニュ

奴隷舞踊《ジョンコニュ》の起源

先述のジェイコブズが記したクリスマスの奴隷たちによる歌と踊りは、裕福なプランター階級出身のレベッカ・キャメロンの回想記にも登場する。キャメロンは、ノースカロライナ州南東部のケープフィア川沿いに米プランテーションを所有していた祖父の大屋敷で、家族や奴隷たちと過ごした一八四八年のクリスマスの光景を描くが、なかでも奴隷たちの踊り「ジョン・クーナー」は、特別な思い出である。

　クリスマスの二日目、お決まりのジョン・クーナーが始まる。その日の朝、黒い顔の伝令が興奮して告げる。「ジョン・クーナーが来るぞ！」その声を聞いて皆いっせいに子ども部屋から飛び出した。彼らはやってくる、そう！　奇妙きてれつな列をなして。小屋から丘をゆっくり越えて。男たちの集団が、鳥や獣や人物に扮し、へんてこな衣装をまとっている。いろいろな布を破いてぼろぼろにした、白や赤が目立つ細長い切れ端をふさ状にして縫いつけた衣装を身にまとっている〔……〕。彼らは本当にすばらしい見せ物だ。動物の頭を象ったもの――角がある者とない者がいるが――を被っている。ボール箱でつくった仮面をつけた者もいる。〔……〕バンジョー、動物の骨でつくった楽器、トライアングル、カスタネット、横笛、太鼓など、プランテーションにあるいろいろな楽器を奏でる者たちが行進に参加する。〔……〕妙ちきりんで、恐ろしげなこの生き物は、陽気で調和のとれた理想的な動きで踊る。〔……〕踊り手のひとり、熊に扮した者が、近くにいる黒人の女の子《ピッカニィニィー》の帽子を引ったくって取り、白人たちのところへ小銭をもらおうとやってくる。〔……〕騒がしい歌が終わりに近づくと、白人の子どもたちが大広間のドアを開けてナッツ、レーズン、りんご、オレンジ、ケーキやキャンデーをいっぱい持ってきて一団に振りまく。皆で取り合いだ！

すべて掻き集めると、直ちに先導者が鞭をぴしっと振って合図をして、くるっと回り、一団はつぎのプランテーションへ向かう。（Cameron 5）

南北戦争後に書かれたキャメロンの回想記は、「ジョン・クーナー」のパレード（図版1）、黒人たちの宴会、彼女の曾祖父の軍服を着てヴァイオリンを弾く黒人の「アンクル・ロビン」のイラストを載せ、過ぎ去った奴隷制プランテーションへの郷愁を描き出す。そこに再建時代を経て、旧南部社会を白人の「古きよき時代」と神話化し、近代的国民国家へと統合するアメリカの人種主義を読み取ることができるが、キャメロンの描写が、奴隷たちによるクリスマスの独特な舞踊の証言であることは確かである(1)。かたや奴隷少女、かたやプランターの孫娘と、人種も境遇も違うジェイコブズとキャメロンだが、彼女たちの記憶のなかのプランテーションの奴隷によるクリスマスの踊りは、呼び名は異なるものの、衣装、動物の頭の被りもの、仮面を付けた先導者など同様な特徴がある。こうした黒人奴隷によるクリスマスの光景は、エデントン、ウィルミントン、ニューベルンなどノースカロライナ州からヴァージニア州サフォークなどの海岸や河口の町を中心に、一九世紀奴隷制時代のアメリカ南部の海岸低地地域に広がっていた。

奴隷たちのクリスマスの踊りはアメリカ合衆国にとどまらず、一七世紀から一九世紀にかけてジャマイカ、バハマ諸島、セント・キッツやネヴィス島、ベリーズなどのイギリス領植民地に広く見られた。

奴隷舞踊「ジョンコニュ」は、西半球世界《アメリカス》における植民地支配と奴隷制プランテーションの歴史が生み出したものである。この奴隷舞踊に関する記録から、アメリカスにおけるその起源について、まず記してみたい。

「ジョンコニュ」が西半球の奴隷制社会にどのように誕生したのか、その起源は謎に包まれている。ミルトン・レディは、とくにノースカロライナ州にジョンコニュという黒人奴隷の仮面舞踊《マスカレード》が定着した理由として、沿岸洲が防護する地形で主要な農作物がなく開発がゆるやかであったこと、プランテーションや奴隷所有の規模が比較的小さく、奴隷制度が他の地域より「おだやかで、温情的だったこと」(Ready 70) を挙げる。レディは、奴隷たちはアフリカのルーツや、祖先の土地や言葉から切り離されながらも、部族の儀礼や習慣や伝統をジョンコニュによって保持しようとし、その衣装はアフリカの呪術師や魔術師の姿を象《かたど》ったもので、角や杖は力や威信のシンボルであるという。さらにレディは、ジョンコニュに死者と生者の交信や、自然の秩序への信仰を読み取っている。

図版1 「ジョン・クーナーが来るぞ！ ほら，そこに！」

この奴隷舞踊を最初に記録したイギリス人は、ハンス・スローンである。スローンは総督付きの医師として一六八七年から一五か月間ジャマイカに滞在し、この地で奴隷舞踏を目撃し、「牛の尻尾を臀部に結びつけ、その他のものも体の諸処に付け、異様ないでたちであった」(qtd. in Shapiro 46) と記している。エドワード・ロングも『ジャマイカの歴史』(一七七四年) のなかで、クリスマスに目撃した奴隷舞踊を、「背が高く屈強な体格の数名の者がグロテスクな衣装をまとい、仮面から二本の雄牛の角が生えていて、口にも大きな雄豚の牙をつけて恐ろしげな様子である。この仮面を付けた者は木の剣を手にしており、そのあとに大勢の酔っぱらった女たちが付き従い、角と牙を付けた先導者を頻繁にアニス水で元気づける。彼は家から家へ踊って回り、大きな声で『ジョン・コニュ!』と吠える」と記している (Long 424)。

ロングは、「ジョン・コニュ」について、アフリカのギニー海岸 (現在のガーナ) の「アキシム」の近くの「トレプンタス」にいた部族の酋長ジョン・コニーを讃えるものとする (424)。ロングの記述から、ジョンコニュの起源をジョン・コニーに由来するものとし、彼の名がジャマイカでこの奴隷舞踊を表す「ジョン・カヌー」という英語表記になったという説が有力となる(2)。

ジョンコニュがどのように西半球の奴隷制プランテーションに出現したのか、西アフリカから奴隷船によって運ばれてきた奴隷たちが行き着いたそれぞれの場所で、故郷の風習を個別に持ち込んだという説、また西アフリカからカリブ海に到着した奴隷たちがいったん気候に慣らされ《シーズニング》たあと、カリブ海の他の植民地やアメリカ東海岸に移動するなかで伝播したのではないかという説がある。ジョンコニュは土地ごとに呼び名が異なり、内容も異なった発展を遂げる。しかし、前述のとおり、衣装、楽器、踊りはほぼ似ていることに加えて、鳥や獣を象った被り物や仮面の象徴性という共通点がある。さらにクリスマスのあいだの日常の規律の一時的な中断、奴隷と主人の関係の一時的な弛み (奴隷は主人の屋敷に入り、食事をともにして握手をしたり、報酬を要求したりすることもある) という要素もみられる。

バルバドス生まれの詩人・批評家のカマウ・ブラスウェイトは、カリブ海世界に広がるジョンコニュについて、アフロ＝カリビアン文化の複雑な総体の一部であり、ヴードゥーやシャンゴやクミナが秘教で地下に潜るのに対し、ジョンコニュは世俗的で公に認知されたものだという。そしてジョンコニュの本質を、「混乱、ごった煮《キャラルー》、真っ黒なつぎはぎ《ピッチィー・パッチィー》」（104）といった言葉で表現し、この舞踊を、アフリカ起源の伝統が、新世界のプランテーション・システムのもとで混成したクレオール文化であると論じる。

　カリブ海からアメリカ南東の海岸地域へと広がるそのクレオール的な系譜をみるため、ジョンコニュがもっとも繁栄し、その記録が多く残されているジャマイカにおける展開をみてみよう。

ジョンコニュの変遷――アフリカ性からクレオール性へ

　ジョンコニュのクレオール性を重視するシェリル・ライマンは、この舞踊の変遷を社会・歴史的コンテクストから三つの段階に分けている（Ryman, "Jonkonnu, Part 1" 14）。第一段階は、ジョンコニュが英語文献に登場する一七世紀末から一七七五年までの「セット・ガール以前の時代」である。その特徴は、多様なアフリカの部族の伝統の相互浸透と新しい環境への適応であり、ヨーロッパの支配階級の影響はこの段階では限定的である。先にみた、牛の角や豚の牙を付けた者が先導するジェイコブズやキャメロンが記したジョンコニュもこの特徴をもつ。ライマンによると「ジョンコニュ」とは元来牛の角をつけた先導者のことを表わし、象牙海岸、ギニア＝ビサウ、アッパーヴォルタ（現在のブルキナファソ）、トーゴ、ナイジェリアなど西アフリカでは、角には魔術師や秘密組織の領袖の連想があり、角を付けた人物は、肉体、祭祀、超自然の力と結びつけられるという（Ryman, "Jonkonnu, Part 1" 14）。

第二段階は、一七七五年から一八三八年までの「セット・ガールの時代」である。この時代は、イギリスで奴隷貿易の禁止（一八〇七年）と奴隷制度廃止の法制化（一八三三年）と徒弟期間を得て、完全な奴隷解放が実現（一八三八年）するまでの、奴隷制度をめぐる変革期に当たる。この段階のジョンコニュの特徴は、そのクレオール化の象徴である「セット・ガール」と「アクター・ボーイ」の登場である（Dirks 176; Sörgel 53）。一七七〇年代に最初のセット・ガールが登場する（図版2）。「アクター・ボーイ」とは、イギリス伝来の「無言劇」に由来し（Dirks 176）、植民地に持ち込まれたもので、「白い仮面、上着、見事な頭飾りを付けた」（Dirks 5）キャラクターである（図版3）。第二段階のジョンコニュでは、イギリスの支配文化の影響が顕著となり、プランターの資金援助や庇護のもと、プランテーションの帳簿係や専門職の白人との協働が起こるようになる。それにともない、ジョンコニュの内容や意義は大きく変化する。

第三段階は、一八三〇年代後半からの「奴隷制度廃止以降の時代」である。ヨーロッパ中心的な価値観の抑圧、アフリカからでもヨーロッパからでもない新しい移民の流入が、奴隷から市民となった黒人たちに混乱や複雑な影響を与え、それがジョンコニュにも及ぶという。さらに、この時代にジャマイカに到来したヨルバ族やコンゴ族によって、ジョンコニュに新しいアフリカ・モデルが導入されるという。

ジョンコニュの最盛期は第一と第二の段階のものといえる。ジョンコニュは奴隷制度のもとで始まり、繁栄した。奴隷制度廃止以降は、白人プランターの支援がなくなり、また自由を得た元奴隷たちは奴隷制時代の遺物であるこの舞踊を行なわなくなる。現在、ジョンコニュは、バハマでは政府支援のもと観光の目玉として、ジャマイカでは新聞社の後援のもとでコンテストを開催するなどして、復活が試みら

図版2　アイザック・メンデス・ベリサリオ「赤組のセット・ガールとジャック・イン・ザ・グリーン」(1837年)

図版3　アイザック・メンデス・ベリサリオ「クークー，アクター・ボーイ」(「クークー」とは空腹時にお腹の鳴る音をいう)(1837年)

図版４　ガストン・ラセルズ・タボイス「グアナボア谷のジョン・カヌー」（1962年）

れている。また現代アーチストの作品のなかに、郷愁の光景として描かれている（図版４）。

本稿では、第二段階に顕著となるクレオール性に注目したい。この段階で舞踊者の仮面は、牛や馬の皮で作った被りものから「白い顔の仮面」や「顔の白塗り」へと変わり、「白い手袋」など、白人の模倣や擬態といった要素が現われる。こうした人種の偽装《カムフラージュ》といったモチーフとともに、初期のジョンコニュにあったアフリカの民族的な儀式や伝統性、祖先との繋がりという要素は後退し、黒人奴隷たちによる奴隷制度の現実に対する認識、白人支配への痛烈な揶揄、イギリスの植民地主義に対する批判といった要素がみられるようになる。ジョンコニュは、奴隷たちによる社会批判や自己表現の手段となるのである。その様子を、一九世紀初めから一八三〇年代にかけてこの舞踊を目にした人びとによる記録からたどってみたい。次節では、ジャマイカ総督夫人マライア・ヌージェント、ゴシック作家マシュー・グレゴリー・ルイス、そしてトム・クリングルのペンネームで書いたスコットランドの作家マイケル・スコットの目に映じたジョンコニュをみてみよう。

二　ジャマイカにおけるジョンコニュのクレオール性
――イギリスの渡航者が記録したジョンコニュ

マライア・ヌージェントの日記

マライア・ヌージェントは、ジャマイカ総督となった夫とともに一八〇一年七月から一八〇五年六月までこのイギリス領植民地に滞在した。ヌージェントが記した日記は、ジャマイカの東方のフランス領植民地サン＝ドマングで起こった奴隷反乱を指揮したトゥサン・ルヴェルチュールによる「黒人帝国」への対応についても触れている。イギリスは、サン＝ドマングに対して一七九三年から五年にわたり軍事的な干渉を行なったあと、この時期はフランスとトゥサンとのあいだで中立の立場をとっていたが、自領地内の奴隷への革命思想の感染に神経をとがらせていた。ジャマイカには、サン＝ドマングからの避難者たちが奴隷をともなって到来しており、キングストンやスパニッシュ・タウンには、その多くは女性である「茶色い肌をした自由なムラート」が入り込んでいた。

一八〇一年一二月二五日クリスマスの日、ヌージェントは「一晩中トムトムの音楽が聞こえ、朝早く起きると、町も家もおしなべて仮面舞踊一色」で、教会に行ったあと「ジョニー・カヌーという奇妙な行進と人物たち」（Nugent 48）を大いに楽しんだ、とその日記に記している。

みな踊り、跳びはね、いろいろな道化芝居をする。踊る男たちや女たちのグループがある。リーダー役がいて、レチタティーヴォのようなものを歌い、行進を統率しているようだった。〔……〕歌に伴奏するのは木の皮で作られた粗末な太鼓で、二本の棒で打ち鳴らしている。歌う者たちも足で音を出す。それから役者《アクター》たちの一団がいる。王の役をする小さな子どもが紹介され、ほかの子どもたちを刺す演技をする。聞いたところでは子どもたちはティッポー・サーヒブの子どもたちで、男はフランスのアンリ四世なのだそう。――なんというごたまぜ！　みな着飾っていて、黒人の多くは金や銀のふさ飾りを衣装に付けている。悲劇のあとは歓喜の踊りが始まった。(48、強調原文)

ヌージェントが見た踊りには牛などの角の被り物は現われず、「セット・ガール」への言及はないものの「アクター・ボーイ」が登場するなど、ライマンの分類による第二段階のクレオール的なジョンコニュといえる。

近世ヨーロッパからイギリスとインドのマイソール戦争を取り入れたアクター・ボーイによる歌舞寸劇は、ヌージェントの目には「ごたまぜ」と映る。そこにブラスウェイトがジョンコニュの本質だという混淆性をみることができる。エロール・ヒルは、アクター・ボーイの登場と、彼らが「ティッポー・サーヒブ」の戦死（マイソール戦争でのティプー・スルターンの死で、一七九九年五月のこと）というごく最近の出来事を、スルターンの子どもが父の復讐をするという寸劇にして演じていることに注目する。そして、二世紀前のフランス王との関わりは不明としながらも、奴隷たちがどのようにインドで起こった戦争のことを知ったのかを問う（Hill 237）。この場面について、サンドラ・L・リチャーズは、奴隷たちはおそらく主人たちの会話から出来事を漏れ聞き、植民地の権威に対する自身の反抗心をイギリスの敵のスルターンの死に仮想し、「抵抗の喜び」(Richards 259)として演じていると論じる。ヌージェントの記述は、ジョンコニュがジャマイカの奴隷たちにとって、イギリスのグローバルな植民地主義や奴隷制度に対する抵抗の感情を表現する劇的な空間であったことをうかがわせる。

マシュー・グレゴリー・ルイスの旅行記

マライア・ヌージェントの記録から約一五年後、マシュー・グレゴリー・ルイス(通称「マンク・ルイス」)がジャマイカに渡る。父から相続したジャマイカ西部サバンナ・ラ・メール近くの奴隷制プランテーションを訪ねるためであった。一八一六年一月一日、到着したその日に「ジョン・カヌー」を目撃する。ルイスの日記は、「大地の女神への大いなる愛には抵抗できても、ジョン・カヌーに抵抗することはできない」(Lewis 34)と、すぐさま下船してこの舞踊を楽しんだことを伝える。

ルイスがブラック・リバーの町で見たジョン・カヌーのリーダーは、「縞模様の胴衣を着た道化で、頭にボール紙でつくった屋形船を乗せており、屋形船には船乗り、兵士、プランテーションで働く奴隷などを象《かたど》ったたくさんの人形がいる」(Lewis 33)。先導者の被り物が、アフリカ起源の儀式的要素をもつ牛の角や尻尾から、人形を乗せた屋形船に変化していることは、ルイスが見た踊りのクレオール性を示している。アフリカ起源の「カウ・ヘッド」から船やプランテーション屋敷を模した「ハウス・ジョンコニュ」への変化は、奴隷舞踊が志向するシンボリックな世界の変容を意味する。牛の角が象徴するアフリカの民族の呪術的世界は、イギリスの植民地統治(軍、交易、プランテーション経済)を表わす記号に変わる。ジョンコニュのアフリカ回帰的な要素が消えることで、舞踊は白人の感情に威嚇や脅威を与えるものではない娯楽的な見せ物となり、同時にその意味作用の体系は、イギリス本国とジャマイカの植民地世界へと変容する。

ルイスの記述は、ジョンコニュの重要なキャラクターである「セット・ガール」にも触れている。ルイスは、イギリスの陸海軍がキングストンで「ブラウン・ガールズ」(ムラートの美しい女性のこと)の舞踏会を開くようになり、これが地方にも拡散したという。そして、駐屯軍と混血女性との舞踏会から始まった「セット・ガール」の催しは、クリスマスのジョンコニュではイングランドを表わす「赤組」とスコットランドを表わす「青組」のライバル・グループに分かれて、それぞれ盛大な趣向を凝らし、その出来栄えを競い合うようになったと記す。ルイスの日記は、彼が滞在したホテルの女主人が、いやがる自分の女奴隷をブリタニアに仮装させ、青組の行進に参加させる様子を生き生きと伝える。ブリタニアなどのキャラクターを登場させて、ワーテルローの戦いを模す奴隷や召使いの女性たちからなるセット・ガールの衣装は、白人のプランターや商人の資金提供によるもので、それぞれの組《セット》が海軍と陸軍、イングランドとスコットランドを表わすなど、現実のジャマイカ植民地の白人社会内の争いを代理的に演じる様子がみてとれる。

ルイスが目撃したジョンコニュは、金銭的にも内容的にも白人のコントロール下にあることを伝えている。「セット・ガール」が前面化する第二段階のクレオール化したジョンコニュは、第一段階の呪術的ジョンコニュがもっていたアフリカ的なシンボリズムが希薄化し、世俗化したエンターテイメントの要素が顕著である。ルイスが目撃したのは、奴隷貿易は禁止されたが奴隷制度そのものは存続するという、奴隷制度をめぐる過渡期の時代のジョンコニュである。

セット・ガールの登場については、ルイスが描いているようにキングストンで始まり地方に伝播していったとする考え方と、ジャマイカ起源のものではなく、サン＝ドマングの難を逃れてこの地に到来したフランス系の奴隷たちによる、外からの「輸入」（Burton 69）だとする考えがある。セット・ガールやアクター・ボーイに代表される第二段階のジョンコニュは、「ヨーロッパの影響が著しく介入」（Burton 65）している。そのことは、ヨーロッパの世界観や価値観の浸透により、初期のジョンコニュがもっていたアフリカの民族的・呪術的要素やディアスポラの感覚、白人文化からの抵抗的な差異性が、支配的文化によって馴致されたことを示しているようにみえる。

その一方で、クレオール化したジョンコニュでは、舞踊の先導者が正体を隠すため「白い仮面」を付けるなど、白人文化の擬態や、イギリス社会に対する批判の要素がみられるようになる。こうした要素は、一見エンターテイメント的なジョンコニュを、イギリスによる植民地統治や奴隷制度に対する揶揄や不敬など、ヘンリー・ルイス・ゲイツ・ジュニアがいう「騙る猿」に通じる批評空間へと転じていくように思われる。第二段階のジョンコニュにみられる植民地社会に対する批評性を考えるため、マイケル・スコットが記したこの仮面舞踊の記録をさらに検討してみたい。

マイケル・スコットの旅行記

スコットランドの小説家マイケル・スコットは、一八〇六年に伯母と従妹がいるジャマイカを訪れる。スコットはキングストン郊外のプランテーションの管理に当たるほか、交易船に乗ってジャマイカからキューバへ、さらに南米のカルタヘナに渡るなど、カリブ海地域を広く見聞した。商船や漁船、ときには軍艦に乗りながら移動するスコットは、兵士たちが集う酒場、密漁で捉えられたスペイン人の審問、商人の店、プランテーションのある山間地域、キングストンの路上など、プランター階級でもエリート層でもない白人であるがゆえの身軽さで、社会の階層を広く上下に周遊する。スコットは一八二二年にジャマイカを去ってグラスゴーに戻り、ジャマイカでの見聞録を『ブラックウッズ・マガジン』に掲載し、一八三四年に匿名で『トム・クリングルの旅行記』として出版した。

スコットは、年月の記載はないものの、おそらく一八一〇年から一八一七年にかけてのクリスマスの時期に「ジョン・カヌー」を目撃し、詳しくその様子を書いている。スコットのペルソナであるトム・クリングルは、牛の頭を付けたジョン・カヌー、セット・ガールなど定番のキャラクターを目撃するが、トムの観察眼は、ヌージェントやルイスの記述からうかがいえなかった奴隷舞踊のさまざまな側面を伝えてくれる。

トムは「ニグロ・カーニヴァル、つまりクリスマス休暇の最初の日」、キングストンから二マイル離れたところで、「太鼓や角笛など野蛮な音楽、さまざまなアフリカの部族の叫び声、より耳にここちよいセット・ガールの歌声が風に乗って力強く流れてくる」(Scott 370) のに出くわす。近づいてみると、黒人の男女や子どもが踊り歌い、叫びながら行進している。先導者は肌の白い活発な「クレオール・ニグロ」の若者で、肩章のある砲兵隊の青い軍服を着て、尻には羊の尻尾を、顔には大きな帽子を斜めに被り、「白人の顔の仮面」(371) を付けている。彼に続いて二人の大きな男たちが、牛の頭、四つの足、尾がそろった皮をフードのようにまとい踊っている。さらに頭の角が付いた羊の皮を着た二人のフルート奏者、小牛の角でつくった笛を吹く屈強な男たちなど、五〇名ほどの行列が続いていた。トムが目にしたジョン・カヌーは、角がついた動物の毛皮をまとって青い軍服を着るなど、アフリカ性とクレオール性が混合している。トムは、動物の毛皮を着た者を「グロテスクで、奇怪」(371)だと感じ、セット・ガールに対しては、「見せ物のなかで最も美しい部分」(376)と言うなど、同時代のイギリスからの渡航者と同様な感情を抱く。

しかし、トムはこの一行が「肉屋の一団」(370)だと述べて、ジョン・カヌーには「職人や生業ごと」(374)の行進があることを伝える。とくに庭師たちのジョン・カヌーは、彼がロンドンで見た五月祭の催しに似て、「彼らのジャック・イン・ザ・グリーンは大きな花の見事さで、譬えようがなく美しかった」(374)と語る。

職業別ジョン・カヌーのなかには、「ニグロの犯罪人」を監視し、ときには彼らに刑罰を科さねばならない労役所の看守によるものもある。そこで先導を務めるのは「親方《ドライバー》」で、彼は弁護士の古い法服を着て幅広のたれ襟を付け、黒い絹のズボンを着用し、靴の変わりに小牛の皮で作ったサンダルを履いている。頭には小さな帽子を被り、大きな「カリフラワー・ウィグ」に「お決まりの白い仮面をつけていたが、その様子はS主席裁判官におかしいくらい似ていた」(375、強調引用者)。スコットはこの裁判官に扮した人物の人種を述べていないが、白人の顔を模した仮面を付けていることから、黒人または混血の自由人であると思われる。スコットは、五歳や六歳の子どもにも「リリパット版のジョン・カヌーとその装着」(376)があると書いている。さらに驚くべきことに、「白人のジョン・カヌー」(379)まであるという。白人の行進を先導するのはトランペット奏者で、「黒人のジョン・カヌーでは白人の顔の仮面を付けるところだが、黒い顔になるのが決まりである」(379)。
スコットの旅行記は、ジャマイカでは職業や人種別のジョンコニュが存在していたことを伝えるが、人種の別は黒人と白人だけではない。一五人から三〇人の一団で踊るセット・ガールには、「ブラウン・セットもあれば、ブラック・セットもあり、その間のあらゆる肌色の濃淡のセットがあった。それぞれのセットは細部まで同じ格好をして、色や大きさが同じのパラソルをかざし、頭にはまったく同じ模様の、綺麗で派手なつばなし帽かマドラス・ハンカチーフを巻いていた」(376、強調引用者)。スコットはとりわけ「ブラウン・セット」について、「これほど美しい生き物は見たことがない――明るいオリーヴ色の肌色で、整った顔立ち、目もあやな姿かたち、申し分のない体つきで――ふっくら丸々として、堂々としている」(376)と賛美の情を表わしている。肌色によって結成されるそれぞれのセットは、肌の濃淡が異なれば「決して同じセットに混ざりあうことはなく、ブラッキーがブラウンと、またブラウンがクロテンと混じることもなく、つねに黒いおなごと茶色いレディーとの別をわきまえているのであった」(377、強調原文)。

奴隷制社会は、ヒエラルキーの社会である。そしてそのヒエラルキーは人種、すなわち「肌色」にもとづき、肌色が白いほど上位に位置するという、イギリス領植民地ジャマイカの差異の構造をジョンコニュは映し出していることがうかがえる。あるいは、ジョンコニュとはそうした肌色にもとづく植民地社会の差異の構造を、スペクタクルとして可視化する野外劇だといえる。この舞踊では、奴隷制度や植民地支配の現実は秘匿されることはなく、劇的に視覚化される。セット・ガールは自分の肌色を演じ、ジョンコニュにつきもの仮面を付けた黒人男性は白人を、白人は黒人を装う。アフリカはヨーロッパに、ヨーロッパはアフリカに入り込む。そこにみられるのは、人種の仮装あるいは擬態ないし模倣という、人種のパフォーマンスである。

肌色の濃淡を演じるジョンコニュは、人種のヒエラルキー構造をときに嘲笑し攪乱する。スコットは、五〇名ほどの一団が、「悪魔が取り憑いたように狂乱して」(373) 歌うその歌詞を記している。卑猥な歌の内容は、イギリスからジャマイカに来た「白人の旦那」が、最初は牛を追いかけ、そのあとで「悪い熱病に罹った」自分を優しく介抱してくれた「茶色い肌」の混血女性に夢中になり、白人の恋人を「おはらいばこ」にするという、セクシュアリティと人種をめぐる境界侵犯を謳う。

この歌は白人男性による有色女性の性的支配という、ジェンダーや人種の権力関係を反映するというよりは、白人男性の好色をあざ笑い、白、茶、黒の人種の差異は、熱帯の地では序列の関係ではなく、交換可能になりうることを示している。奴隷舞踊の歌謡は、植民地社会の現実をその歌で再現・表象しながら、現実の社会の権力関係が緩む局面を示す。トムは、こうした白人への嘲笑に対して「うせろ、このけしからんごろつきめ」と叫ぶが、歌い手たちは「旦那こそ立ち去れ!」と言い返す。こうした応酬は、ジョンコニュがカーニヴァル空間として、日常の規律や上下関係が一時的に弛緩し、転倒される場であったことを示している。

ジョンコニュからみえてくるオルタナティヴな歴史

奴隷船で大西洋を渡った奴隷たちは、西半球世界《アメリカス》の各地でジョンコニュを根づかせた。ジョンコニュは、その過程で初期のアフリカの呪術的要素を失い、新世界のプランテーション社会のなかでクレオール化する。奴隷所有者は、この舞踊を奴隷制度維持の安全弁とみて、庇護・奨励するなど積極的に関与したという指摘がある（Forrester 72; Fenn 142）[3]。奴隷制廃止論者は、この奴隷舞踊に否定的な感情を抱いていた。ポートロイヤルとキングストンの牧師補で、漸次的奴隷解放論を唱えたリチャード・ビケルは、奴隷たちがキリスト教に改宗するとともに、彼らの「習慣や道徳は向上し、赴任した当初、奴隷たちがアフリカの風習からくる野蛮で騒がしいジョン・カヌーというものを行なうため、クリスマスには夜は眠れず通りを馬車で進むこともできなかったが、近ごろではこの風習はたいへん下火になってきた。キリスト教徒になった奴隷たちは、これに参加することを恥ずかしいと考えている」（Bickell 214-15）と述べている。奴隷制廃止論者たちにとって、ジョンコニュとは、奴隷たちの感情の管理されたはけ口であり、奴隷制度の存続に益するものであった。

その一方で、ジョンコニュが行なわれる時期に奴隷反乱が多発していたという事実もある。一八三一年から一八三二年にジャマイカで起きた「クリスマス反乱」がその代表的なものである。白人支配層もそうしたジョンコニュの抵抗の要素を十分に認識していた。キングストンの兵士たちは、「ジョンコニュの参加者が、でき心から町を放火したり略奪したりしないか、また主人の喉頸をかっ切ったりしないか」（Scott 377）、クリスマスには警戒を怠らなかった。予定より二年早く一八三八年八月一日に完全な奴隷解放が実現したあと、人種間の緊張が高まるなかで、ジョンコニュは一八四一年に反動的な市長のもと、キングストンで禁止され（Forrester 83）、それ以降この奴隷舞踊の伝統は廃れていく。

ジョンコニュの最盛期は奴隷制度の時代にあった。植民地支配と奴隷制度のなかでうまれた仮面舞踊ジョンコニュは、歌と踊りで現実の人種にもとづくヒエラルキー社会を視覚的に再現すると同時に、その権力関係が一時的に弛緩し攪乱される空間を創出した。白い顔の擬態や人種を演じる「セット・ガール」など、現実社会を反映するそのパフォーマンスは、仮面やシンボルを使ったゲリラ的抵抗であったといえるだろう。

ジョンコニュの意義とは、公的な歴史記述からその内面をうかがうことができず、書く行為の主体となることもなかった奴隷たちにとって、この仮面舞踊が、奴隷制社会を生きる自己、また植民地社会の現実に対する自らの認識を映し出す批評的な感情の表出の場であったということである。ジョンコニュは、黒人奴隷たちがディアスポラのなかでアフリカの記憶や民族儀礼を伝習する手段であり、アフロ＝クレオールとしての自己を表現する場でもあった。彼らの歌とパフォーマンスは、支配者の公的言語がつくり出す歴史とは異なる、口承と舞踊によるオルタナティヴな歴史の時空があることを知らせる。そこに残された奴隷たちの身振りや言葉を回収することで、別の歴史が立ち現われてくることをジョンコニュは伝えているのである。

三　ジャマイカからアメリカへ

——ミシェル・クリフの『フリー・エンタープライズ』にみるジョンコニュ

ベリサリオが語る奴隷舞踊と「正体のしれない人《ジャン・アンコニュ》」

ジャマイカ生まれのセファルディのユダヤ人で画家のアイザック・メンデス・ベリサリオは、予約購読者を募って出版した挿絵集『人物スケッチ——ジャマイカ島のニグロの風習、職業、衣装の図版』

（一八三七～三八年）のなかで、「ジョン・カヌー」を描いた絵を七点残している。ベリサリオは、挿絵集の趣意文に「急速な文明の進歩によって日々変化が生じているニグロたちの独特な風習、流儀、衣装を忠実に描いて伝えたい」（Belisario, *Sketches of Character*, qtd. in Barringer et al. unp.）と述べている。その言葉どおり、ベリサリオが描く踊りのキャラクターたちは、ジャマイカにおいて完全解放にいたる直前の「徒弟期間」にある彼らの姿を映し出している。

興味深いことに、ベリサリオは挿絵につけた文章で、「ジョン・カヌー」の語の起源は、フランス語だと述べている。

> おそらく、つねに仮面を付けていることから「正体のしれない人」を意味する〔フランス語の〕ジャン・アンコニュ（"Gens inconnu"）が崩れたものと考えた方がより矛盾がない。この島では、さまざまな肌色の濃淡や果物などを、外国語で呼ぶことがしばしばあるからである。（Belisario, *Sketches of Character*, qtd. in Barringer et al. unp.）

先述のとおり、ジャマイカの奴隷舞踊《ジョンコニュ》はフランスの影響が強まる一七九〇年代以前から存在しており、舞踊の呼び名をフランス語起源とするベリサリオの説は正しくはない。しかし、ベリサリオの言葉は、英語圏とフランス語圏、それにスペイン語圏の植民地が隣接するカリブ海地域では、人間、もの、言語、文化、思想が混ざりあい、互いの反響のなかからそれらの新しいかたちが生成されてくるという、クレオール世界のありようを伝える点で意義深い。

ミシェル・クリフが描く「正体のしれない人《ジャン・アンコニュ》」

カリブ海世界を「風が吹き荒ぶ場所」、中心も周縁もない混乱した宇宙、「言語、人間、風景など、あらゆるものは他所《よそ》からのもの」（Cliff, *Free Enterprise* 6）というジャマイカ出身のアメリカ作家ミシェル・クリフは、そのようなクレオール的生成を、小説『フリー・エンタープライズ』（一九九三年）に描き出す。クリフは、ジョンコニュがカリブ海からアメリカ南東部に拡散したように、一九世紀半ばに奴隷制度廃止運動という「大義」のため、アメリカスの各地から風にのるがごとく国境を越えて拡散した人びとによる密やかなネットワークを幻視し、エドゥアール・グリッサンの言葉を借りると、カリブとアメリカの「地下水脈的な繋がり」を掘り起こそうとする。

『フリー・エンタープライズ』において、そのようなクレオール的生成を生み出すものは、登場人物がまとう「正体のしれない人びと《ジャン・アンコニュ》」というアイデンティティである。この小説は、一八五八年五月のカナダのチャタムでの秘密会議に出席してジョン・ブラウンに資金提供をし、ハーパーズ・フェリー兵器廠の襲撃計画にあたり決定的な役割を果たしたという、実在の黒人女性メアリー・エレン・プレザントを中心に描く。メアリーのまわりに現実および虚構の人物を配し、一九世紀半ばのカリブ海からアメリカにかけて国境を越えてつながる奴隷制廃止運動、奴隷の逃亡ルート、マルーン・コミュニティの広がりを想像／創造しようとする。(4) メアリーをはじめ、クリフの登場人物たちがまとう「正体のしれない人びと《ジャン・アンコニュ》」というアイデンティティ、さらにそのアイデンティティと奴隷舞踊「ジョンコニュ」との関わりについて考察してみたい。

小説の冒頭の章は、「正体のしれない人びと《ジャン・アンコニュ》」と題されており、そのひとりであるレジーナ・クリスマスは、ジャマイカ社会におけるその地位と継承を語る。レジーナは、英語のほか、フランス語、スペイン語、ラテン語、ヘブライ語、中国語、アラビア語、それにさまざまなアフリカの部族語がぶつかり合うジャマイカ北部の町ラナウェイ・ベイで生まれ育つ。レジーナはこの地では、「『正体のしれない人《ジャン・アンコニュ》』は、『奴隷の仮面舞踊《ジョンコニュ》』のなかに忍び込む」(8)という。この言葉は、先にみたベリサリオがいうジョンコニュをフランス語源とする俗説を思わせるが、その結びつきは音の類似にとどまるものではない。クリフの小説で、奴隷の仮面舞踊への言及がなされるのはこの一回のみであり、奴隷舞踊《ジョンコニュ》と「正体のしれない人《ジャン・アンコニュ》」が結びつけて語られるのもこの一回のみであるが、両者の結合は、ヨーロッパとアフリカ、白人と黒人が混ざり合うカリブのクレオール的混淆世界を描くこの小説の政治性に、決定的な契機を呼び込むものとなる[5]。

クリフの小説では、「仮面を被った人びと」あるいは「主体のしれない人」を意味するフランス語「ジャン・アンコニュ」とは、アフリカ起源の人びとが、白人との混血を繰り返すことで肌を白くし、白人の地位を手に入れるにいたった人びとのことを指す。レジーナの「シナモン色の肌」(52)は、そのように「念入りに交配した結果の肌色」(9)である。そうした肌色は何世代にわたって家族のなかで受け継がれていく。自らも「ジャン・アンコニュ」(6)として、白い肌を娘に引き継いだレジーナの母は、娘にこう言う——「あなたは一族のひとりなのよ」(9)。

クリフの小説で「ジャン・アンコニュ」とは、ただ代々肌色を白くした一族を指すのではなく、「判決の結果の最終的な言い方」(6)でもある。そうした法的地位を「ジャン・アンコニュ」と呼称するのはクリフの創作であるが、現実に植民地時代のジャマイカでは、肌の白い混血の人びとが民事的な請願をして、審議によって「公的な白人の地位」を認可されることがあった。

　植民地ジャマイカでは、白人と黒人の人口比で白人人口が少なく、男女の比率も不均衡であった。そこで一七三三年に「ニグロの祖先から三親等隔たった者は選挙で投票することができ」、「三世代以降はムラートとみなされることはなく、キリスト教徒であるなら、この島の国王陛下の白人臣民としてすべての特権と免責特権を有する」（Jordan 198）という法案が植民地議会の下院を通過する。一七三〇年代からジャマイカは、プランターの有色の子孫、またときには有色の女主人に白人の権利や特権を付与する「私法律」を多く通過させた。こうした「ムラートを白人にする」（Jordan 199）法律は、植民地統治にとってきわめて重要な、白人と黒人の区別を破壊するものだという批判が高まり、一七六一年にはプランターがムラートの子どもに残す財産に制限がかけられるようになるが、こうした私法律自体は存続した。

　そうした私法律によって白人の地位を手に入れた有名な例として、一七三八年七月一九日のスザナ・オージエとその二人の娘メアリーとフランシスの判例がある。オージエ母娘に「白人の両親から産まれたイギリス臣民と同じ権利と特権」を与えたこの法律は、「この島で白人男性から産まれた彼女たちの子孫に、制限的に市民的自由の権利と白人としてみなされる法的権利を与え、民事や刑事の裁判で証言することを許可した」（Newman 587）。このような例はきわめて稀で、肌の色が白く裕福なムラートに限られていたが、「こうして、イギリス植民地でも黒人人口が最も多く、女性に対する男性の人口比が最も高いジャマイカは、公的にニグロを白人に変える独特な習慣をもつ場所」（Jordan 199、強調引用者）となる。

カリブ世界における肌色の序列

クリフはこうしたジャマイカ社会の肌色の濃淡の序列《カラリズム》について、自伝的エッセイでつぎのように述べている[6]。

> 私の家族は赤と呼ばれていた。赤とは白さの程度を指す言葉である。「ぼくたちは赤い人間の一族だよ」と私の従兄は言ったことがある。肌色の序列のなかで、私は最も白いうちに属するとみなされていた。私の祖母の家を訪ねてくる田舎の人びとは、私の「上等な《トール》」髪のことを口にした——それは長いということを意味していた。カーリーな髪ではなくウェーブがかかった髪のことだ。〔……〕私たちのうち多くの者は急速に肌が白くなった。デヴォンシャー公爵の庶子と家系を辿りながら。コーンウォール伯爵。この貴族、あの貴族などと。母、祖母、曾祖母と代々続いた性的搾取のことは語られないままに。（Cliff, “If I Could Write This in Fire” 11-19、強調原文）

カリブ海社会における肌色の概念について、それが個人の属性ではなく、長い年月のなかで醸成された集団的な概念であることは、アントニオ・ベニテス゠ロホのつぎの言葉にうかがうことができる。

> カリブ海では、肌色とは少数派を表わすのでも多数派を表わすのでもなく、それ以上のものを意味する。肌色とは征服と植民地支配の暴力、とりわけプランテーション・システムの暴力によって押しつけられたものだ。どのような肌色をしていようと、それは一族の血統に連なるものでもなく、

またその保証を与えられるものでもない。肌色はそれ自身の色や他の肌色と闘争状態にあり、その不安定さに苛立ち、祖先との繋がりを絶たれた根無し草感に怒りをつのらせている。肌色とは、自己のものでも他者のものでもなく、無人地帯《ノーマンズランド》のようなもので、そこではカリブ世界に生まれた自己が、バラバラになったアイデンティティを求めて永遠の戦いを繰り広げている。（Rojo 201）

クリフやロホの言葉は、カリブ世界において肌の色とは、個人の属性ではなく、集団を階層的に相互連結させる社会構造であり、植民地主義の暴力とディアスポラの感情が収斂する場であることを伝える。

レジーナ・クリスマスの家族は、ジャマイカの植民地社会においてプランターではなく、プランテーションの監督の階級であり、代々肌を白くして、「ジャン・アンコニュ」の地位を手に入れた一族である。レジーナの母がセント・アン行政区の管理官に娘の「白人の地位」を請願して、それを勝ち得たとき、一家は盛大なパーティを開く。

巨大なケーキは、全体がココナッツの繊維を細かくほぐしたもので被われていて、それは老人の白髪を思わせたが、そのケーキを舞踏室に運んできたのは、片方の耳にだけ真珠のイヤリングを付け、白い絹の服を着た召使いだった。淑女たちはアホウドリの羽根で飾ったガウンをまとっていた。コールリッジがその衣装を見れば恐怖をおぼえたことだろうが、この島にそのようなタブーはなかった。フレンチドアが開かれ、ぞっとするように白いガウンは、その白さを満月と競いあっていた。月の光が侵入してくる部屋の真ん中には、カララ産の大理石を四角く切ったもので象眼細工が施された長テーブルがあり、そのテーブルの上には、仮面を被ったような顔と赤い足をもつカツオドリが産んだ卵が何百個も積み上げられていた。
ジャン・アンコニュになったお祝いよ、母ならそう強調して言うだろうが、当時それは大したことだったのだ。(Cliff, *Free Enterprise* 13、強調原文)

レジーナの母が開いたパーティには、奴隷の仮面舞踏《ジョンコニュ》のそれを連想させる白の記号性がある。パーティの空間を支配するココナッツ、真珠、月、鳥の羽根、卵などの白いモチーフは、父祖から子孫へと受け継がれた「白い血」とその継承を意味する。

しかし、レジーナの母は娘に対し、家族のなかで世代を重ねて白くした肌色への忠誠を要求する一方で、自分の血のなかにある「アフリカ」を忘れてはいない。レジーナの髪が「まったくそうなってほしくないのに、蛇のようにくねる」とき、母は娘に言う。

髪はアフリカに戻ろうとしているね。
「まるで故郷に戻っているようだわ。ちびっ子さん《ピックニー》」と母は言った。すると母の祖先にまつわる伝説めいたスペインの剣士だとか小貴族だとかは消え失せた。それから——「誰にも言ってはだめよ、娘よ《マフィーユ》」と、そのジャン・アンコニュの口は言う。(Cliff, *Free Enterprise* 23、強調原文)

レジーナの母は、アフリカの黒い血を恥じ、白い肌の「ジャン・アンコニュ」であることを誇りにしているが、アフリカを「故郷《ホーム》」と呼ぶのである。

四　クリフが描く「正体のしれない人《ジャン・アンコニュ》」の擬態と抵抗の戦略

やがてレジーナは、ジャマイカを去り、「大陸の運動〈奴隷制廃止運動〉に傾倒」(10)する。一八五八年にボストンでフランシス・E・W・ハーパーの奴隷制度廃止を訴える講演でメアリー・エレン・プレザントと知り合い、ジョン・ブラウンの運動にのめり込むようになる。プレザントの勧めで名前をあまりに「女王めいた響きのある」レジーナから、「アニー」という「戦闘用の名前」(25)に変え、同時に、一族のなかで世代をかけて念入りに白くした肌に液体の顔料を塗って黒くする。アニーの人種的な装いは、ジャマイカでは「白く」、大陸アメリカでは「黒く」なる。

アニーは名前を変え、肌を黒くして奴隷制廃止運動にのめり込むが、ジャマイカで受け継いだ「ジャン・アンコニュ」であることを捨て去ってはいない。むしろ、アメリカに渡り、運動に身を投じるなかで、彼女の「ジャン・アンコニュ」としての特性は、「正体のしれない人」「仮面をまとった人」というその本来の匿名性を高めていく。その過程でアニーは母が恥として消すことにつとめた「アフリカ」を追い求め、取り戻そうとする。アニーにとって「アフリカ」とはさまざまな「黒い母たち」を取り戻すことである。カリブの植民地社会では、父の肌は白く、母の肌は黒い。レジーナからアニーへの変名は、ジャマイカの伝説のマルーンの女王ナニーの名を連想させる。アニーは幼少時代にナニーの話を聞かせてくれて、のちに奴隷解放が実現した後に逃亡を企て鞭打ちとなり、子ども心にナニーの子孫ではないかと思っていた乳母のインダストリー、さらにその魔術的な力でミシシッピ川を航行する白人の船を沈めたというアフリカ女性と記憶でつながっていく。

『フリー・エンタープライズ』において「ジャン・アンコニュ」のアイデンティティをまとうのは、アニーだけではない。メアリー・エレン・プレザント、そしてメアリーの父リチャード・パーソンズも「ジャン・アンコニュ」であると描かれる。ニューベッドフォードやナンタケットの捕鯨船員から自分の船を所有する船長になったリチャードは、奴隷《コントラバンド》たちをスリナムから自由の地へと逃亡させる「大義」を行なうようになる。いかにして「明らかに肌の黒い男性」(109)が、カリブ海域で〈海の地下鉄道〉を行なうことが可能になったのか。その理由は、彼が「大いなる注意を払ってトリニダードからキューバまでつらなる島々から選んだ船員」(112)にあるとして、小説はつぎのように描く。

船長〔パーソンズ〕の成功は、ある程度は明らかに彼のクルーたちによるものだった。彼らは、一人の例外を除いて白い肌、緑色の眼という父方の血統の色を受け継いでいた。新世界の新しい人種だ。彼らクルーは何世代にもわたってイエズス会がつくり上げた〔人種の〕カテゴリーの白い肌の部類に達していた。その部類に達した何人かのクルーたちは、疑い深い者の目にも、あらゆる点で白人だった。ジャン・アンコニュだったのだ。新しい人間はほとんど肌の白さを欲するようになるが、ダイダロス号の面々はそうではなかった。彼らはもともと属していた人種を追い求めた。彼らは稀な血筋《ブリード》の者たちだった。(111、強調原文)

リチャードの船員たちは、アニーのジャマイカのジャン・アンコニュと同じく、何世代もかけて肌が白くなった人びとである。しかし彼らは、その肌色を、単なる人種のカテゴリーではなく、「新世界の人種」というクレオール性が示すとおり、黒人奴隷による仮面舞踊《ジョンコニュ》のような抵抗の戦略に変容していく。

その抵抗は、ジョン・ブラウンの襲撃に並行してメアリー・エレン・プレザントとアニーが行なったアメリカ南部での煽動活動でより明らかとなる。彼女たちの目論みは、「アフリカン・アメリカンの分離した州をつくることで、州憲法の草案も作っていた。武器を取って、一八五九年一〇月に独立戦争を始めることにしていた」(16)。そのため、彼女たちは自由黒人の証明書類や奴隷所有者が発行する通行許可書を模した偽書類を携帯して、南部に潜入し、暗号を用いて連絡をとりあう。アニーは肌を黒くして奴隷の男に扮し、プレザントは、家事使用人、馬商人の男、鍛冶屋の男、中年の黒人女など場所に応じてさまざまに扮する。

偽装は彼女〔プレザント〕がよく心得ていることだった。われわれは皆そうした。生まれつきもっているものだ。仮装。仮面。〔……〕鉄の仮面をつけ、首に錫をつけたサトウキビ刈りたち。語り部は、それぞれの部族の伝承を語るとき、その部族の顔の仮面をつける。仮装するのだ。〔……〕あなたの部族みたいになるのだ。新しい世界を求めて。そんなふうにして私たちは南部に行った。反乱を起こすため。(194、強調引用者)

クリフが描く「ジャン・アンコニュ」たちは、肌色や性別を変え、さまざまな職業に扮し、その場の人物になりすます。ここで「ジャン・アンコニュ」とは、正体を隠すためのさまざまな変装、つまり仮面の謂いとなる。クリフは、メアリー・エレン・プレザント、フランシス・ハーパー、ハリエット・タブマン、メアリー・シャド・ケアリーなどの実在の活動家に加えて、アニー・クリスマスなど虚構の人物を交錯させて、ジョン・ブラウンの背後でその運動につながったカリブからアメリカにまたがるブラック・コミュニティによる奴隷制廃止のための地下的な抵抗運動を描き出す。

こうしたアイデンティティの入れ替え、とりわけ人種のそれは「パッシング」を連想させるが、クリフはそのエッセイのなかで、自分にとっての問題は「パッシング」ではなく、「隠れる《ハイディング》」ことだという。

「黒人がそして白人が、われわれが何者であるか認識するとき、彼らの認識や思考の後ろ側にいること。〔……〕他人に私という存在を満たしてもらうのは簡単だ。〔……〕自分のなかで生きることだ。切り離された生。私は自分が何者かわかっているが、あなたには私が何者なのか、決してわからない」（Cliff, “I I Could Write This in Fire” 25）

公的歴史はエンターテイメント

『フリー・エンタープライズ』における変装、すなわち「隠れる」ことは、奴隷舞踊における仮面と衣装をまとった模倣と擬態の抵抗運動を想起させる。ジョンコニュでは奴隷たちは決して仮面をとることはなかったという。クリフの人物たちも肌色や性別を変え、その場に迷彩《カムフラージュ》し、正体を隠す。そのとき奴隷の仮面舞踊《ジョンコニュ》とクリフの「正体のしれない人《ジャン・アンコニュ》」は同じ抵抗の戦略を共有する。

こうした偽装ないし擬態による抵抗は、どのような意味があるのだろうか。クリフはそれについて、小説のなかでプレザントやアニーに語らせている。

〔ハーパーズ・フェリーの襲撃が終わり戦火が消えたとき〕この行ないに対して公に付されたのはジョン・ブラウンの名前だった。アニー・クリスマスやメアリー・シャド・ケアリーやメアリー・エレン・プレザントの名前を誰が耳にしたことがあるだろう。公式な歴史《オフィシャル・ヴァージョン》は、印刷され、言論統制されて、学校に図書館に大衆の無意識のなかに入り込む。そして共有財産となる。トラブルを起こすことなく。〔……〕公的な歴史はエンターテイメント。グレイト・ホワイト・ウェイ〔ブロードウェイの劇場地区〕を照らし、ポピュラー音楽の歌詞になる。〔……〕公的歴史は誰もが口ずさむ。（16-17、強調引用者）

私は、私たちの行なったことが「ジョン・ブラウンのハーパーズ・フェリー襲撃」と言われることに飽きあきしているの。歴史の本に印刷されていることにもね。J・Bは猛烈に狂ったモーゼだとか、彼の行為は「頭がおかしくなくては」できない、とか。〔……〕

私は名声がほしいわけでも、歴史の主人公になりたいわけでもない。でも、公的歴史はいんちきだわ。〔……〕公的歴史は一般大衆が消費《コンサムプション》／消耗するためにあるんだわ——その語の両義においてね。（137-38）

大衆は、国民国家がつくる、「偉大なる白人の足跡《グレイト・ホワイト・ウェイ》」を照らす公的歴史とその物語を消費し、それにより想像力を消耗し枯渇させる。クリフは「ジョン・ブラウン」という使い古された公的歴史の背後にある、「正体のしれない人《ジャン・アンコニュ》」たちの先行／潜行的な抵抗運動の歴史を創造することで、歴史のマスター・ナラティヴを修正しようとする。クリフにとって、公の歴史で語られ記念碑となっているジョン・ブラウンの襲撃や南北戦争は「時代劇」（108）であり、真の「フリー・エンタープライズ」とは、ブラウン以前から存在する、カリブからアメリカへまたがる黒人たちのゲリラ的な抵抗運動であり、彼らが秘密裡に行なった「自由への闘争」なのである。

物語はその最後に、ハーパーズ・フェリーの襲撃から六〇年以上たった一九二〇年、ルイジアナ州カーヴィルでひっそり暮らす晩年のアニー・クリスマスの姿を描く。アニーが住むあばら家の近くには、アメリカ公衆衛生総局が管轄するハンセン病療養施設があり、彼女はときおり訪れる。ハンセン病が初めてアメリカ合衆国に侵入したのはいつのことか、まことしやかな説がつくられ、「意図的に、アメリカに報復するため感染させてやろうとする者によって持ちこまれた」（36）とされる。その施設《コロニー》は、数世紀にわたる西洋の植民地支配の縮図のような様相を呈している。そこには、カリブ海、アメリカ西部、シー諸島、ハワイ、フィリピン、スリナムの各地から来たハンセン病者が収容されている。なかにはマルーンやアフリカから来た者、実際に罹患が確認されない収容者もいる。アフリカ、アジア、西半球の各地からの人びとを隔離するこの施設の存在もまた、植民地支配の暴力の縮図であり、公的歴史が語ろうとせず秘匿してきたものであるだろう。

収容者のひとりで、祖先がスペインの異端審問を逃れて新大陸に移住したセファルディのユダヤ人の子孫であるレイチェルに、アニーはジャマイカ時代の昔話をする。アニーが手にする古い銀盤写真には、椰子の木に囲まれた芝生の庭で椅子に座る子ども時代のアニーのほか、盛装した人びとやクジャクが写されている。八〇歳を越えたアニーは、どのような機会で撮った写真なのか思い出せないと語るが、読者には先述のアニーの母の請願が叶い、「公的な白人の地位《ジャン・アンコニュ》」を得た祝いの写真であろうことがわかる。写真に写る面々を見て、アニーはこう言う。

　もちろん〔写真に写っているのは〕私につながりのある家族に違いないわ。顔つきから彼らはジャン・アンコニュだわ。ジャン・アンコニュはみな親族どうしだから。(186、強調原文)

　そのときアニーの記憶が甦る。母は、「ジャン・アンコニュの秩序の創始者である義父」(201)の葬列で、棺のなかの亡骸に収められていた嗅ぎタバコの小箱を盗み取り〔家族の歴史は、アニーの祖父を公爵の副官で、その箱はウェリントン公爵からワーテルローの戦いの軍功として彼に下賜されたものだと伝えていた〕、のちにそれを娘のレジーナ〔アニー〕に渡したのだった。その「盗み」は、息子が釣り合わない結婚をしたと考える義父に対して忠実であった母が行なった、唯一の「抵抗」であった。アニーは母の「盗賊」(200)行為の品を、ジョン・ブラウンの襲撃に連なる戦士の肖像写真の横に置き、こう言う。「世界をからかう簡単な方法ね。その地下を掘り起こし、鉱床を探り、掘り当てることは」(202)。そのようにして「掘り起こされた」ものをアニーに伝えたのは、「記憶ともいえないような、ベッド・タイムに祖母が語ってくれる物語の切れ端」(202)であり、よい語り部だった祖母の口承には、別様の歴史の時空が在るのであった。

おわりに――国民国家《ネイション＝ステイト》の公的歴史を超えて

エドゥアール・グリッサンは、西インド諸島出身の作家にとってグローバル化する歴史意識とは何かという問いに対し、それは彼らの現実に「生きられた経験との連続性をもたないこと」だと語る（Glissant 61）。グリッサンにとって歴史とは、「暴力的な奴隷制度とともに始まる断裂」である。ヨーロッパ中心的な歴史と連続性を持ちえないこと、それらを修復する自らの集合的な記憶を形成することもまた不能であること――それが西インド諸島出身の作家の歴史意識であるという。さらにグリッサンは、自分たちが従属させられた過去、そしていまだ自分たちにとって歴史として立ち現われない過去、そうした過去とはわれわれに取り憑く「現在」なのだという。そして作家の使命とは、この亡霊のようなものと自分たちが生きる現在との繋がりを、連続的なかたちで提示することだという（63-64）。

グリッサンの言葉は、ヨーロッパの「正典的で規範的な」国民国家の歴史と、旧植民地の歴史との断裂を語る。そうした歴史認識はミシェル・クリフにも共通する。クリフは、グリッサンの歴史認識をその小説において、ジャマイカからアメリカ合衆国へとつながる奴隷制廃止運動の歴史として、国境を越えたアメリカスの時空に描き出そうとする。それにより、グリッサンがいう歴史の断裂、すなわち国民国家の公的歴史に回収されない生の軌跡が、地下水脈的に集結する場所を描き出している。

ミシェル・クリフは、小説『フリー・エンタープライズ』において国民国家がつくり出し、国家単位で分断され、ひとつの国境のなかで共有され「国民」を創出する公的歴史がつくり出す物語、すなわちジョン・ブラウン神話を「いんちき」と否定する。国民国家がつくり上げた歴史とその世界観のもとで消された人びととその記憶を掘り起こすこと、クリフの小説はそうして救い出された断片から、新たな物語を紡ごうとする。ヨーロッパによる植民地支配と奴隷制度の歴史を共有するカリブ海世界において、国境とは記憶を分断し、歴史を覆い隠すものであるだろう。カリブ海世界には国民国家によって忘却された記憶のかけらが揺曳している。ミシェル・クリフは、そのように打ち捨てられた記憶の断片を寄せ集めつなぎ合わせることで、国境を越えた新たな〈アメリカスの歴史〉を語り出そうとする。父と母の肌色の相違と相克を宿したその歴史は、肌の白い新世界の人種《クレオール》「ジャン・アンコニュ」がアフリカの記憶につながり、肌の黒い「母方の歴史」を回復する試みでもある。ミシェル・クリフの『フリー・エンタープライズ』は、「あなた＝白人」になりすまして正体を隠した「わたし＝ジャン・アンコニュ」が、アメリカスに拡散して密かに行なったゲリラ的抵抗運動を小説世界に想像／創造し、国民国家の公的歴史の言説によってつくり上げられた世界のかたちを修正しようとする実践だといえるだろう。

註記

（1）クリスマスに見た奴隷の踊りを、ジェイコブズはJohnkannaus、キャメロンはJohn Coonahと綴っている。一七世紀以降、アメリカスの各地で独自の発展を遂げたこの舞踊を表わす決まった綴りはなく、さまざまに異なる表記が用いられている。また表記に関しては、実際に舞踊を行なう民衆の発音と、それを記述する観察者の表記の不一致が指摘されている（Cassidy 257）。ケネス・ビルビーは、ジャマイカをはじめカリブ海地域で行なったフィールドワークから、発音は（/jángkunu/）であり、発音を反映する表記として“Jankunu”を用いる（Bilby180）。ジャマイカの文献は"Jonkonnu"と綴り、イギリスの影響が強い文献は"John Canoe"と綴るという（Bettelheim 21）。本稿では、一九六七年に刊行され、ジャマイカの歴史、文学、芸術、科学に関する論文を掲載する『ジャマイカ・ジャーナル』が"Jonkonnu"の表記を用いていること、本稿で扱うミシェル・クリフも"Jonkonnu"を用いていることから、これを統一的表記とし、カタカナ表記は「ジョンコニュ」とする。

（2） シェリル・ライマンは、ロングによるジョン・コニーを由来とする説に異を唱える。ジャマイカの奴隷の大半はコニーの勢力下のアカン族ではないのでコニーとの接触はなく、ジャマイカに多くいたヨルバ族やエウェ＝フォン族には仮面の伝統があるが、アカン族にはないという（Ryman, "Jonkonnu, Part 1" 16）。『ジャマイカ英語辞典』の"John Canoe"の項目は、この語はエウェ語で「魔術師」を表わす"dzonɔ"と、「致命的なもの、死の原因となるもの」を表わす"kúnu"からなる語、またはエウェ語で「魔術師の名」を顕す"dzoŋ'kɔ"と「人」を表わす"nu"からなる語であり、「魔術師＝医師」を意味すると説明する（Cassidy and Page 249）。

（3） ハリエット・ジェイコブズの所有者であったジェイムズ・ノーコムは、奴隷所有者らしくジョンコニュの支援者で、エデントンでジョンコニュに参加した黒人が居酒屋の主人を殺害するという事件が起きたとき、ノーコムは彼の助命を嘆願する手紙を知事に書いているという（Fenn 153）。

（4） 実際にメアリー・エレン・プレザントがどのようにジョン・ブラウンの襲撃に関わったのか、ブラウンが捕獲されたときに持っていた資金提供を仄めかす"W.E.P."と署名されたメモ書きがプレザントによるものなのかどうか、ブラウンの資金提供者といわれる"Secret Six"に関する文献、ブラウン・ペーパー、襲撃に関わった者の自伝のなかでプレザントに言及したものはない。プレザントとブラウンの関わりについては、一九〇一年にプレザント自身の証言をもとに書かれた一九〇三年のサム・デイヴィスの記事「いかにして黒人女性がジョン・ブラウンを支援したか」しか根拠がないが、プレザントが事業を行なったサンフランシスコのブラック・コミュニティには彼女が同地の黒人居住者から寄付金を募り、自身がいうほどの金額ではなかったが、実際にチャタムに赴きブラウンに提供したという証言があるという（Hudson 38-43）。クリフは作家オーパル・パーマー・アディサとのインタビューで、一九八四年にカリフォルニアに引っ越したあと、サンフランシスコに残るプレザントの存在の「触知できる証拠」

（Adisa 279）に接したことが、小説執筆の動機になったと語っている。

（5）アニーの名字を「クリスマス」としていることは、クリフが奴隷舞踊《ジョンコニュ》を意識したもうひとつの表われかもしれない。クリスマスという名に、ジョンコニュが行なわれる奴隷の休暇のほか、この時期に多発する奴隷反乱の連想を込めていると思われる。

（6）アメリカ合衆国と西インド諸島の人種の概念の違いに関して、硬直的に線引きされる合衆国と異なり、西インド諸島では「白人」とは「社会的、政治的な」概念である（Edmondson 190-91, n. 7）。西インド諸島の人種観は「星雲状」であり、黒人と白人の混血は個別の状況に応じて「茶」「赤」「白」と呼ばれる。クリフは自身を黒人ないし混血とみなしているが、ジャマイカでは彼女は社会的、経済的に「白人」とみなされている（Edmondson 190-91, n. 7）。

引用文献

Adisa, Opal Palmer. "Journey into Speech – A Writer between Two Worlds: An Interview with Michelle Cliff." *African American Review*, vol. 28, no. 2, 1994, pp. 273-81.

Belisario, Isaac Mendes. "Sketches of Character, in Illustration of the Habits, Occupation, and Costume of the Negro Population, in the Island of Jamaica." *Art and Emancipation in Jamaica: Isaac Mendes Belisario and His Worlds*, edited by Tim Barringer, Gillian Forrester, and Barbaro Martinez-Ruiz, Yale UP, 2007, pp. 197-258.

Benítez-Rojo, Antonio. *The Repeating Island: The Caribbean and the Postmodern Perspective*. Translated by James E. Maraniss, Duke UP, 2001.

Bettelheim, Judith. "The Jonkonnu Festival: It's Relation to Caribbean and African Masquerades." *Jamaica Journal*, vol. 10. 2, 3 &4, 1976, www.dloc.com/UF00090030/00058.

Bickell, The Rev. R. *West Indies as They Are; or a Real Picture of Slavery: But More Particularly as It Exists in the Island of Jamaica*. London, J. Hatchard and Son, 1825.

Bilby, Kenneth. "Surviving Secularization: Masking the Spirit in the Jankunu (John Canoe) Festivals of the Caribbean." *New West Indian Guide*, vol. 84, no. 3-4, 2010, pp. 179-223.

Brathwaite, Kamau. "Ala(r)ms of God - Konnu and Carnival in the Caribbean." *Caribbean Quarterly*, vol. 36, no. 3&4, December 1990, pp. 77-107.

Burton, Richard D. E. *Afro-Creole: Power, Opposition, and Play in the Caribbean*. Cornell UP, 1997.

Cameron, Rebecca. "Christmas on an Old Plantation." *The Ladies' Home Journal*, vol. 9, no. 1, 1891, p. 5.

Cassidy, F. G., and R. B. Le Page, editors. *Dictionary of Jamaican English*. U of the West Indies P, 2002.

Cassidy, Frederic G. *Jamaica Talk: Three Hundred Years of the English Language in Jamaica*. U of the West Indies P, 2007.

Cliff, Michelle. *Free Enterprise: A Novel of Mary Ellen Pleasant*. 1993. City Lights, 2004.

——. "If I Could Write This in Fire, I Would Write This in Fire." *If I Could Write This in Fire*. U of Minnesota P, 2008, pp. 9-31.

Dirks, Robert. *The Black Saturnalia: Conflict and Its Ritual Expression on British West Indian Slave Plantation*. UP of Florida, 1987.

Edmondson, Belinda. "Race, Privilege, and the Politics of (Re)Writing History: An Analysis of the Novels of Michelle Cliff." *Callaloo*, vol. 16, no. 1, Winter 1993, pp. 180-91.

Fenn, Elizabeth A. "'A Perfect Equality Seemed to Reign': Slave Society and Jonkonnu." *The North Carolina Historical Review*, vol. 65, no. 2, April 1988, pp. 127-53.

Forrester, Gillian. "Mapping a New Kingston: Belisario's Sketches of Character." *Art and Emancipation in Jamaica: Isaac Mendes Belisario and His Worlds*, edited by Tim Barringer, Gillian Forrester, and Barbaro Martinez-Ruiz, Yale UP, 2007, pp. 65-87.

Glissant, Edouard. *Caribbean Discourse: Selected Essays*. Translated by J. Michael Dash, UP of Virginia. 1999.

Hill, Errol. *The Jamaican Stage 1655-1900: Profile of a Colonial Theatre*. U of Massachusetts P, 1992.

Hudson, Lynn M. *The Making of "Mammy Pleasant": A Black Entrepreneur in Nineteenth-Century San Francisco*. U of

Illinois P, 2003.

Jacobs, Harriet A. *Incidents in the Life of a Slave Girl, Written by Herself*. 1861. Harvard UP, 2009.

Jordan, Winthrop D. "American Chiaroscuro: The Status and Definition of Mulattoes in the British Colonies." *The William and Mary Quarterly*, vol. 19, no. 2, Apr. 1962, pp. 183-200.

Lewis, Matthew. *Journal of a Residence among the Negroes in the West Indies*. Nonsuch Publishing, 2005.

Long, Edward. *The History of Jamaica. Volume 2*. 1774. Cambridge UP, 2010.

Newman, Brooke N. "Gender, Sexuality and the Formation of Racial Identities in the Eighteenth-Century Anglo-Caribbean World." *Gender and History*, vol. 22, no. 3, November 2010, pp. 585-602.

Nugent, Maria. *Lady Nugent's Journal of Her Residence in Jamaica from 1801 to 1805*, edited by Philip Wright, U of the West Indies P, 2002.

Ready, Milton. *The Tar Heel State: A History of North Carolina*. U of South Carolina P, 2005.

Richards, Sandra L. "Horned Ancestral Masks, Shakespearean Actor Boys, and Scotch-Inspired Set Girls: Social Relations in Nineteenth-Century Jamaican Jonkonnu." *The African Diaspora: African Origins and New World Identities*, edited by Ididore Okpewho, Carole Boyce Davies, and Ali A. Mazrui, Indiana UP, 1999, pp. 254-71.

Ryman, Cheryl. "Jonkonnu: A Neo-African Form, Part 1." *Jamaica Journal*, vol. 17, no. 1, February 1984, pp. 13-23. www.dloc.com/UF00090030/00058.

——. "Jonkonnu: A Neo-African Form, Part 2." *Jamaica Journal*, vol. 17, no. 2, May 1984, pp. 50-61. www.dloc.com/UF00090030/00058.

Scott, Michael. *Tom Cringle's Log: Sea Stories of Michael Scott*. 1834. Forgotten Books, 2015.

Shapiro, Sherry B. *Dance in a World of Change: Reflections on Globalization and Cultural Difference*. Human Kinetics, 2008.

Sörgel, Sabine. *Dancing Postcolonialism: The National Dance Theatre Company of Jamaica*. Transcript Verlag, 2007.

あとがき

グローバリゼーションの時代に、これまで国民国家の枠組みにあった文学研究をどう変えていくことができるのか。グローバリゼーションに内在する新植民地主義的な構造を視野に入れながら、国民国家を批評する文学・文化研究の思考をどのように編成することが可能か。本書の構想はポストコロニアリズムに関心をもつ研究者たちが集う研究会から始まった。

グローバリゼーションのなか、国民国家を取り巻く環境は急激に変わりつつある。多国籍企業や国家を超えた経済圏や通貨圏の出現はいうまでもなく、国家による価値の裏書きのない仮想通貨の登場や情報インフラは、国境を越える人の移動を促進し、国民国家の概念を変容させる。二〇一八年一月一一日付けの『ジャパン・タイムズ』によると、同年、東京二三区で成人になった八人に一人は外国籍であるという。昨年の一二月に成立した外国人労働者の受け入れを拡大する改正出入国管理法は、ますます国家のなかに住む人びとの国籍を変え、国民と国土ないし故郷との関係を切り離していくだろう。

グローバルな規模で経済や文化が統合されるにつれて、人びとが世界中の大都会に移住し、伝統的な生活や家族形態、土地の習慣は一掃される。グローバリゼーションによる経済格差が加速させる国民国家の綻びについて、経済学者のリチャード・J・バーネットとジョン・カヴァナは、マンハッタンのアッパー・イーストサイドの高級アパートの住人と、そこから一つか二つブロックを隔てた場所に住む「貧しくあまり移動しない」住人との関係を引き合いに出しつつ、国家に拠らないコミュニティはまだその姿を現わしていないが、グローバル化した世界における政治的闘争は、国家間の、もしくは経済ブロック間のそれではなく、移動する勢力と土地に根ざした勢力との争いになるだろうと予言している。

バーネットとカヴァナがいう「まだ現われていない、国家によらないコミュニティ」とはどのようなものか、プエルトリコの作家ルイス・ラファエル・サンチェスが描く「空飛ぶバス《エアバス》」(一九八三年)はそのかたちを示唆する。ますます短時間での移動を容易にする国内線・国際線の定期便は、生まれ育った場所と労働の場所とのあいだの移動を常態とする労働者の一群を生み出す。境界を越えてやってくる労働者の「回転ドア式移動」は、もはや土地に帰属することのない、「空港と空港とのあいだに浮かぶネイション」を、フライト機上に出現させる。サンチェスは、そうした現象をニューヨークとサン・ファンを絶えず往復するプエルトリコからの移動労働者の姿に描き出す。

バスにひょいと乗る感覚で、二つの都市のあいだに横たわる大西洋を、あたかも「小川《クリーク》」をまたぐかのごとく往来する彼らが交わすおしゃべりは、「爆発的な人間のエネルギー」に満ち、彼/彼女たちの高揚した生を機上に浮上させる。そこで交わされる、お決まりの会話は「出身はどちら?」というものだ。「プエルトリコ」という答えでは十分ではない。

「ウマカオです」と私は言った。この答えは彼女を喜ばせる。彼女は嬉しそうに「ウマカオには行ったことがありますか」と応じたからである。〔……〕私も答えのわかりきった質問をする。「ご出身はどちら?」彼女はあだっぽく目を輝かせ、頰を紅潮させて「プエルトリコですわ」と言う。私は「わかってますよ。プエルトリコのどちらの町のご出身で?」と尋ねる。彼女は言う――「ニューヨークです」。

使い古された言い回し、もしくは哀れな地理感覚の喪失だろうか。あるいは嘲笑を込めたジョークだろうか。それとも国境線の引き直しか。いや、静かにして甘美なる復讐かもしれない――侵略者のなかに侵略しようとする被侵略者たちによる。

アメリカにもプエルトリコにも、ニューヨークにもサン・フアンにも根ざさない、間エアポートの住人の流動的なハイブリッド性は、グローバリゼーションの時代の新しいネイションの形を示唆している。

さらにグローバリゼーションと高度なIT技術によって、もはや身体の物理的な移動をともなうことなく、国境の外から人を受け入れ、国民国家のかたちを積極的に変えようとしている国もある。北欧の小国エストニアである。e-Residency(電子居住者制度)によって、インターネットによる申請を通じて世界中から「デジタル移民」を募る。申請が通れば e-Residency カードが発行され、エストニアの行政サービスを受け、銀行口座を開設し、会社を設立することができる。電子居住者は、EU加盟国であるエストニアの「仮想市民」として、EU五億人の市場に参入することができるようになる。このように海外から国民=起業家を誘致することで、人口が少なく資源に乏しいエストニアは経済成長をはかろうとする。そこにあるのは、国民の概念の変容だけではなく、起源の土地や国土という概念がもはや消失した、未来の国民国家の姿なのかもしれない。来たるべき「デジタル国家」、そして「デジタル国民」が紡ぎだすネイションの物語とは、どのようなものになるのであろうか。

グローバリゼーションが加速させる〈移動〉は、国家の枠を離れた主体を構築し、そうした主体のゆるやかな集合からなる、可動的で不定形な、ネットワーク状のネイションを諸処につくり出す。その巨獣《レビヤタン》のごとき回遊力によって、国民国家はこれからもさらなる変容を余儀なくされていくだろう。

本書は、成蹊大学アジア太平洋研究センターから出版助成を受け、同研究センター叢書の一冊として刊行される。出版をこころよくお引き受けくださった作品社の福田隆雄氏には大変お世話になった。また、本書の企画・出版にあたっては編集者の勝康裕氏に大変にお世話になった。勝氏は、私たちの「ネイションと文学」研究会にご参加くださり、本書の構想や原稿の校正にも多大なるお力をいただいた。両氏に厚く謝意を表したい。

二〇一九年一月七日

庄司　宏子

引用文献

Barnet, Richard J., and John Cavanagh. *Global Dreams: Imperial Corporations and the New World Order*. Touchstone, 1994.
Sánchez, Luis Rafael. "The Airbus." Translated by Diana L. Vélez, *Village Voice*, Jan. 1984, pp. 39-43.

図版出典一覧

34頁：Kateb Yacine 1956 - autographing *Nedjma*. Wikimedia Commons, https://commons.wikimedia.org/wiki/File:Kateb_Yacine_Nedjma_authograph.jpg

67頁：Couzens, Tim. *The New African: A Study of the Life and Work of H. I. E. Dhlomo*. Ravan, 1985. Dhlomo 個人所蔵（The author's personnal collection）。

68頁：2枚とも，Couzens, *The New African*.

102頁：結城正美撮影。

126頁：結城正美撮影。

140頁：Portrait of George Lamming. Wikimedia Commons, Library of Congress Van Vechten Collection 1955 LCCN 2004663173 jpg #702

148頁：Lamming, George. *In the Castle of My Skin*. Michael Joseph, 1953. 吉田裕所蔵。

177頁：Marson, Una. *Tropic Reveries, Poems*. The Gleaner Co, 1930, frontispiece.

207頁：Procter, James. "Una Marson at the BBC." *Small Axe*, vol. 19, no. 3, November 2015, p. 3.

217頁：*Short Story Classics (American)*, Vol. 3, edited by William Patten, P. F. Collier & Son, 1905, frontispiece. Photograph by Elliot & Fry.

223頁：Joseph Pennell, "Palazzo Moncenigo (sic), Venice." James, Henry. *Italian Hours*. Houghton Mifflin Co, 1909.

264頁：Chamoiseau, Patrick. *Au temps de l'antan: contes du pays Martinique,* illustrations de Mireille Vautier, Hatier, 1988, pp. 86-87. 大辻都所蔵。

299頁："'De John Coonahs comin'! And there they come, sure enough!'" *The Ladies' Home Journal*, vol. 9, no. 1, December 1891, p. 5.

303頁（上）：Isaac Mendes Belisario, "Red-Set-Girls, and Jack-in-the-Green" (1837). Ranston, Jackie. *Belisario, Sketches of Character: A Historical Biography of a Jamaican Artist*. The Mill Press, 2008, p. 243.

303頁（下）：Isaac Mendes Belisario, "Koo, Koo, or Actor-Boy" (1837). I. M. Belisario. "Sketches of Character, in Illustration of the Habits, Occupation, and Costume of the Negro Population in the Island of Jamaica." *Art and Emancipation in Jamaica: Isaac Mendes Belisario and His Worlds*, edited by Tim Barringer, Gillian Forrester, and Barbaro Martinez-Ruiz, Yale UP, 2007.

304頁：Gaston Lascelles Tabois, "John Canoe in Guanaboa Vale" (1962), Collection: NGJ. *National Gallery of Jamaica Blog*, https://nationalgalleryofjamaica.files.wordpress.com/2012/11/john-canoe-in-guanaboa-vale.jpg.

27
リチャーズ，I・A（Richards, I[vor] A[rmstrong]） 140
リュゼル，フランソワ＝マリ（Luzel, François-Marie） 278, 280, 281
ルイス，マシュー・グレゴリー（Lewis, Matthew Gregory） 305, 307, 310
『マシュー・グレゴリー・ルイスのジャマイカ日記』（*Journal of a Residence among the Negroes in the West Indies*［1834年］） 307
ルナン，エルネスト（Renan, Joseph Ernest） 279, 280
ル・ボン，ギュスターヴ（Le Bon, Gustave）
『群衆心理』（*La psychologie des foules*［1895年］） 90
ルミュー，ジェルマン（Lemieux, Germain） 270
ルーンバ，アーニャ（Loomba, Ania） 163
レーヴィ，プリモ（Levi, Primo） 142-143
レヴィナス，エマニュエル（Lévinas, Emmanuel） 142
レタマール，ロベルト・フェルナンデス（Retamar, Roberto Fernández） 167n(1)
レンジャー，テレンス（Ranger, Terence） 66
労働運動（labour movement） 91, 153, 201
ローズ，ジャクリーン（Rose, Jacqueline） 142
ローズ，セシル（Rhodes, Cecil） 95n(7)
ロック，アラン（Locke, Alain） 81 →「ニュー・ニグロ」も参照
ロブスン，ポール（Robeson, Paul） 155
ロベール総督（Robert, Georges） 284
ローマックス，アラン（Lomax, Alain） 260, 290n(3)(4)
ロマン，ジョエル（Roman, Joël） 280
ロレンス，T・E（Lawrence, T[homas] E[dward]） 142-143
ロング，エドワード（Long, Edward） 300
『ジャマイカの歴史』（*The History of Jamaica*［1774年］） 300

［ワ　行］
ワイルド裁判（The Trials of Oscar Wilde） 235
ワシントン，ブッカー・T（Washington, Booker T.） 64-65
『奴隷より立ち上がりて』（*Up from Slavery*［1901年］） 66
ワーズワース，ウィリアム（Wordsworth, William）
「黄水仙」（“Daffodils”［1807年］） 178, 179, 182

マノーニ，オクターヴ（Mannoni, Octave） 167n(1)
マルティニック（Martinique） 14, 46, 256, 257, 258, 259, 260, 268, 270, 284, 290n(3)
水俣 120-123
南アフリカ原住民民族会議（SANNC: The South African Native National Congress） 63
ミュゼット（オーギュスト・ロビネ）（Musette［Robinet, Auguste］） 27
民族解放戦線（FNL: Front de libération nationale）（アルジェリア） 33
メイヨ，キャスリーン（Mayo, Katherine）
『母なるインド』（*Mother India*［1927年］） 157
メニル，ルネ（René Ménil） →「エメ・セゼール」を参照
メルヴィル，ハーマン（Melville, Herman） 140
メンミ，アルベール（Memmi, Albert） 271
モース，マルセル（Mauss, Marcel） 280
森崎和江 100-104, 109-110, 131n(10)
「アトヤマ――日本の女と労働」 118
「京ノ方ヲ向イテ拝ムガヨイ」 131n(11)
『慶州は母の呼び声――わが原郷』 113, 131n(14)
「坑底の母たち」 117
「筑豊と山本作兵衛さん」 103
「地底の神と私」 131n(13)
『奈落の神々――炭坑労働精神史』 105-107, 111, 116-117, 119, 124, 129n(3)
「未熟なことば・その手ざわり」 121-122, 124
「森崎和江インタビュー“生む・生まれる”ことば：いのちの思想をめぐって」 114-115
「わたしのかお」 130n(5)
モレッティ，フランコ（Moretti, Franco） 8

［ヤ 行］
山口昌男 262
ユゴー，ヴィクトル（Hugo, Victor-Marie） 280

［ラ 行］
ライト，リチャード（Wright, Richard） 144
「伝統と工業化」（“Tradition and Industrialization: The Historic Meaning of the Plight of the Tragic Elite in Asia and Africa”［1956年］） 168-169n(10)
ラシュディ，サルマン（Rushdie, Salman） 8
ラスキン，ジョン（Ruskin, John） 215, 219, 226
ラミング，ジョージ（Lamming, George） 137-140, 156, 158-167, 167n(2), 169n(11)(12)
『木苺入りの水』（*Water with Berries*［1971年］） 167n(2)
「黒人作家とその世界」（“The Negro Writer and His World”［1956（1958）年］） 138, 144-146, 150, 158, 168-169n(10), 169n(11)
『故国喪失という喜び』（*The Pleasures of Exile*［1960年］） 138, 143, 155-157
『成熟と無垢について』（*Of Age and Innocence*［1958年］） 156
『冒険の季節』（*Season of Adventure*［1960年］） 156
『私の肌の砦のなかで』（*In the Castle of My Skin*［1953年］） 138, 143, 147-148, 155
ランドー，ロベール（Randau, Robert）

323, 325-329, 331, 332-333n(4)
プラーキ，ソル（Plaatje, Sol）
『ムーディー』（*Mhudi*［1930年］） 95n(5)
ブラスウェイト，カマウ（Brathwaite, Kamau） 301, 306
ブラック・アトランティック（Black Atlantic） 296
ブルゴーニュ（Bourgogne） 272, 273
プルースト，マルセル（Proust, Marcel） 280
『プレザンス・アフリケーヌ』（*Présence africaine*）［雑誌］ 144
プレザント，メアリー・エレン（Pleasant, Mary Ellen） 323-327, 332-333n(4)
フロイト，ジグムント（Freud, Sigmund） 168n(7)
プロスペロ・コンプレックス（Prospero Complex） 163
フロベール，ギュスターヴ（Flaubert, Gustave） 280
『ボヴァリー夫人』（*Madame Bovary*［1856年］） 281
ブロンソン，アーサー（Mrs. Arthur Bronson） 227-228
ブロンテ，エミリー（Brontë, Emily）
「愛情と友情」（“Love and Friendship”［1846年］） 212n(9)
ブンガ制（The Bhunga System） 83
ヘーゲル，G・W・F（Hegel, G[eorg] W[ilhelm] F[riedrich]） 169
ベニテス゠ロホ，アントニオ（Benítez-Rojo, Antonio） 320-321
『反響する島』（*The Repeating Island*［1989年］） 320-321
ベネディクト，ルース（Benedict, Ruth） 142, 168n(9)
ベリサリオ，アイザック・メンデス（Belisario, Isaac Mendes） 303, 315-316, 318
『人物スケッチ――ジャマイカ島のニグロの風習，職業，衣装の図版』（*Sketches of Character, in Illustration of the Habits, Occupation, and Costume of the Negro Population, in the Island of Jamaica*［1837-1838年］） 315
ベル，ヴェラ（Bell, Vera）
「競りにかけられた先祖」（“Ancestor on the Auction Block”［1948年］） 159
ヘルツォーク，ジェームズ（Hertzog, James Barry Munnik） 78
ベルトラン，ルイ（Bertrand, Louis） 27
ペロー，シャルル（Perrault, Charles） 289
ベンヤミン，ヴァルター（Benjamin, Walter） 168n(7)
ホーソーン，ナサニエル（Hawthorne, Nathaniel） 215, 246n(6)
『大理石の牧神』（*The Marble Faun*［1860年］） 215
ホッジ，ヒュー（Hodges, Hugh） 186
ボードレール，シャルル（Baudelaire, Charles） 280
ホブズボーム，エリック・J（Hobsbawm, Eric J[ohn]） 7
堀江邦夫 130-131n(9)
ボールドウィン，ジェイムズ（Baldwin, James） 168n(10)

［マ 行］

マグレブ（Maghreb） 26, 52, 270, 271, 273
マーソン，ウナ（Marson, Una） 175-211, 211n(1)(4), 212n(8)
『蛾と星』（*The Moth and the Stars*［1937年］） 183, 201, 208
『熱帯での夢想』（Tropic Reveries［1930年］） 177, 185-186, 187, 190, 198

210, 279-280, 288 →「遠隔地ナショナリズム」も参照
ナショナリテ（nationalité） 26, 55
ナライン，デニース（Narain, Denise deCaires） 185
ニコルズ，グレース（Nichols, Grace） 179, 184, 185, 211n(3)
ニュー・ニグロ（New Negro） 81 →「新しいアフリカ人」も参照
ヌージェント，マライア（Nugent, Maria） 304-307, 310
『マライア・ヌージェントのジャマイカ日記』（*Lady Nugent's Journal of Her Residence in Jamaica from 1801 to 1805*［1839年］） 305-306
ネグリ，アントニオ（Negri, Antonio） 11 →「マイケル・ハート」も参照

［ハ　行］
ハイチ（Haiti） 270 →「サン＝ドマング」も参照
ハイデッガー，マルティン（Heidegger, Martin） 142
ハイレ・セラシエ（Haile Selassie I） 175, 200
バイロン，ジョージ・ゴードン（Byron, George Gordon） 215
パス法（The Pass Laws） 84
バディウ，アラン（Badiou, Alain） 63, 91
ハート，マイケル（Hardt, Michael） →「アントニオ・ネグリ」も参照
『帝国』（*Empire*［2000年］） 11
バートラム，ヴィッキー（Bertram, Vicki） 179
バーネット，リチャード・J（Barnet, Richard J.） 338 →「ジョン・カヴァナ」も参照
バーバ，ホミ・K（Bhabha, Homi K.） 6, 167-168n(6), 184, 185, 192
パムク，オルハン（Pamuk, Orhan） 9
バルザック，オノレ・ド（Balzac, Honoré de） 280
パルシー，ユーザン（Palcy, Euzhan）
『マルチニックの少年』（*Rue cases nègres*［1983年］）［映画］ 261
ハルドゥーン，イブン（Khaldun, Ibn） 53
ハーレム・ルネサンス（The Harlem Renaissance） 81
ハーン，ラフカディオ（Hearn, Lafcadio） 256, 284, 290-291n(7)
反アパルトヘイト運動（The Anti-Apartheid Movement） 92
汎アフリカ主義（Pan-Africanism） 62, 65, 69-70, 73, 76, 78, 80
バントゥー作家会議（The Bantu Authors' Conference） 69
ピクチュアレスク（picturesque） 215, 221, 225, 230-232, 247n(12)
ピーターソン，ベキズィズウェ（Peterson, Bhekizizwe） 70
ファノン，フランツ（Fanon, Frantz）
『黒い皮膚，白い仮面』（*Peau noire, masques blancs*［1952年］） 144, 167-168n(6), 168n(10), 169n(11), 199
「人種主義と文化」（"Racisme et culture"［1956年］） 168-169n(10)
『地に呪われたる者』（*Les damnés de la terre*［1961年］） 167-168n(6)
フィヒテ，ヨハン・ゴットリープ（Fichte, Johann Gottlieb） 279
フェリース，アリアーヌ・ド（Félice, Aliane de） 274, 275, 276, 277, 291n (10)
フォースター，E・M（Forster, E[dward] M[organ]）
『眺めのいい部屋』（*A Room with a View*［1908年］） 216, 247n(14)
ブラウニング，ロバート（Browning, Robert） 215, 228
ブラウン，ジョン（Brown, John） 317,

315, 321
デュルケム，エミール（Durkheim, Émile） 280
デリダ，ジャック（Derrida, Jacques） 168n(8)
統一運動（Risorgimento）（イタリア） 13, 218, 234
トゥサン・ルヴェルチュール，フランソワ＝ドミニク（Toussaint Louverture, François-Dominique） 305
トゥネーズ，マリ＝ルイーズ（Tenèse, Marie-Louise） 269
ドゥルーズ，ジル（Deleuze, Gilles） 142-43
ドネル，アリソン（Donnell, Alison） 187, 189, 190, 200, 201, 203, 204
トム・クリングル →「マイケル・スコット」を参照
ドラリュ，ポール（Delarue, Paul） 257, 269, 273, 274, 277-279, 281-283, 289
トランスヴァール共和国（The Transvaal Republic） 61
トリックスター（trickster） 262, 267, 287, 289
奴隷（slave） 93n(1), 104, 120, 158, 169n(11), 180, 258, 259, 265
奴隷制度 10, 142, 148, 149, 258, 265, 298-299, 302, 304, 307-309, 312, 314-315, 330
奴隷解放，奴隷制廃止論運動，奴隷制廃止論，奴隷制廃止論者 14, 302, 314, 316-317, 323-324, 330
奴隷反乱 305, 314
奴隷貿易 14, 149, 180, 188, 302, 308
奴隷舞踊 →「ジャンコニュ」を参照
ドローモ，ハーバート・アイザック・アーネスト（Dhlomo, H[erbert] I[saac] E[rnest]）
「アフリカ人のヨーロッパ人に対する考え方」（“African Attitudes to the European”［1945年］） 80
『生ける屍』（*The Living Dead*［1939年］） 69
『男と女』（*Men and Women*［1940年ごろ］） 69
『シャカ』（*Shaka*［1936-1937年ごろ］） 69
『救うために殺した少女――解放者ノンガウセ』（*The Girl Who Killed to Save: Nongqause the Liberator*［1936年］） 62, 69-70, 72, 76-78, 95n(4)
『セテワヨ』（*Catshwayo*［1936年］） 62, 69-70, 76
『千の山がある谷』（*Valley of a Thousand Hills*［1941年］） 69, 95n(4)
『ディンガネ』（*Dingane*［1936-1937年ごろ］） 69
『マラリア』（*Malaria*［不明］） 69
『身分証明』（*The Pass*［1942年］） 63, 80, 84, 89
「民衆と芸術家」（“Masses and the Artist”［1943年］） 83
『モショエショエ』（*Moshoeshoe*［1937年］） 69
『ルビーとフランク』（*Ruby and Frank*［1939年ごろ］） 69
『労働者』（*The Workers*［不明］） 63, 80, 88-89
『ンツィカナ』（*Ntsikana*［1935年］） 69
ドローモ，R・R・R（Dhlomo, R[olfes] R[obert] R[eginald]） 95n(4)
トンプソン，スティス（Thompson, Stith） 271, 278

［ナ 行］

ナショナリスト（nationalist） 32, 45, 70, 196, 204
ナショナリズム（nationalism） 5, 11, 13, 28, 31, 34, 38, 64, 76, 78, 194, 201,

264, 267, 271, 288
植民地主義（colonialism） 4, 6, 8, 11, 12-13, 15, 16, 62, 65, 72, 92, 94-95n(3), 110, 130n(5), 142, 158-160, 163, 166, 168n(8), 175, 183, 185, 188, 200, 205, 307, 321
ジョップ，アリュン（Diop, Alioune） 144
ジョーンズ，トーマス・ジェシー（Jones, Thomas Jesse） 65
ジョン・カヌー（John Canoe） 305, 307, 310-311, 314, 316, 331-332n(1)
ジョンカノー（Johnkannaus） 295-296, 300, 331-332n(1)
ジョン・クーナー（John Coonah） 297-298, 331-332n(1)
ジョンコニュ（奴隷舞踊）（Jonkonnu） 295, 299-309, 312-318, 322, 325-326, 332n(3) →「ジョン・カヌー」，「ジョンカノー」，「ジョン・クーナー」も参照
人種（race） 6, 10, 15, 38, 40, 196, 201, 206-207, 333n(6)
人種（差別）隔離政策 61, 64, 87, 94n(2), 199, 237 →「アパルトヘイト」も参照
人種の擬態（パッシング） 304, 313, 315, 326
スコット，マイケル（トム・クリングル）（Scott, Michael） 305, 309-313
『トム・クリングルの旅行記』（*Tom Cringle's Log: Sea Stories of Michael Scott*［1834年］） 310-312
スタンダール（Stendhal；マリ＝アンリ・ベール［Marie Henri Beyle］）280
スティーガー，マンフレッド・B（Steger, Manfred B.） 128-129n(1)
スピヴァク，ガヤトリ・C（Spivak, Gayatri Chakravorty） 83, 141
スペンダー，スティーヴン（Spender, Stephen） 137
スミス，アンソニー・D（Smith, Anthony D.） 7
スミス，ゼイディ（Smith, Zadie） 8
スローン，ハンス（Sloane, Hans） 299
セゼール，イナ（Césaire, Ina） 266
セゼール，エメ（Césaire, Aimé） 144 →「ルネ・メニル」も参照
『トロピック』（*Tropiques*［1939-1945年］）［文芸誌］ 256, 284, 285, 287, 288, 291n(9)
「文化と植民地主義」（"Culture et colonisation"［1956年］） 168-169n(10)
セティフ暴動（Émeutes de Sétif） 33-36, 56
セビヨ，ポール（Sébillot, Paul） 279-281
セルヴォン，サミュエル（Selvon, Samuel） 137, 166
想像の共同体（imagined community） 8, 9, 63-64, 71, 288
ソガ，ティヨー（Soga, Tiyo） 75-76
ゾラ，エミール（Zola, Émile） 280

［タ 行］
第二次ボーア戦争（The Second Anglo-Boer War） 61
谷川 雁 112, 113, 115, 123, 124, 131n(12)
タブマン，ハリエット（Tubman, Harriet） 326
タボイス，ガストン・ラセルズ（Tabois, Gaston Lascelles） 304
「グアナボア谷のジョン・カヌー」（"John Canoe in Guanaboa Vale"［1962年］） 304
ダルク，ジャンヌ（d'Arc, Jeanne） 72
チュツオーラ，エイモス（Tutuola, Amos）
『やし酒飲み』（*The Palm-Wine Drinkard*［1952年］） 290n(6)
ディアスポラ（diaspora） 5, 9, 15, 296,

年］） 144-146, 169n(11)(12)
サン゠クリストフ（セント・キッツ）（Saint-Christophe［Saint Kitts］） 258
サンゴール，レオポール・セダール（Senghor, Léopold Sédar） 144
サンチェス，ルイス・ラファエル（Sánchez, Luis Rafael） 338
サン゠ドマング（Saint-Domingue） 258, 305, 309 →「ハイチ」も参照
シェイクスピア，ウィリアム（Shakespeare, William）
『テンペスト』（*The Tempest*［1611年］） 138, 155-156, 161-163, 166, 167n(2)
『ハムレット』（*Hamlet*［1600年］） 190-191, 211n(3)
ジェイコブズ，ハリエット・A（Jacobs, Harriet A.） 332n(3)
『ある奴隷少女に起こった出来事』（*Incidents in the Life of a Slave Girl, Written by Herself*［1861年］） 295-296, 331-332n(1)
ジェイムズ，ウィリアム（James, William）
『心理学原論』（*The Principles of Psychology*［1890年］） 142
ジェイムズ，ヘンリー（James, Henry） 221, 225, 244, 246n(4), 247n(13)(15), 248n(18)
「アスパンの手紙」（"The Aspern Papers"［1888年］） 216
『アメリカの風景』（*The American Scene*［1907年］） 217, 242-244, 248n(19)
『ある婦人の肖像』（*The Portrait of a Lady*［1881年］） 216, 223, 227
『イタリア紀行』（*Italian Hours*［1909年］） 216, 219-245
『黄金の杯』（*The Golden Bowl*［1904年］） 216
「デイジー・ミラー」（"Daisy Miller: A Study"［1878年］） 216
『鳩の翼』（*The Wings of the Dove*［1902年］） 216
「密林の野獣」（"The Beast in the Jungle"［1903年］） 236
『ロデリック・ハドスン』（*Roderick Hudson*［1875年］） 216, 232, 233, 240, 247n(15)
ジェイムソン，フレドリック（Jameson, Frederic）
政治的無意識（the political unconsciousness） 100
シェプストン，セオフィラス（Shepstone, Theophilus） 77-78
ジェームズ，C・L・R（James, C[yril] L[ionel] R[obert]） 139
「アビシニアと帝国主義者たち」（"Abyssinia and the Imperialist"［1936年］） 211n(7)
シェリー，P・B（Shelley, Percy Bysshe） 215
ジム・クロウ（Jim Crow） 65
ジャマイカ（Jamaica） 13, 14, 159, 165, 175, 176, 183-186, 188-189, 193-198, 201, 205, 212n(8), 258, 298-300, 303, 305, 314, 316, 318-321, 323, 330, 331-332n(1), 332n(2), 333n(6)
シャモワゾー，パトリック（Chamoiseau, Patrick） →「ラファエル・コンフィアン」も参照
『クレオール文芸』（*Les lettres antillais*［1991年］） 256, 259, 268, 290n(1)
『素晴らしきソリボ』（*Solibo magnifique*［1988年］） 256
「ティ・ジャン・オリゾン」（Ti-Jean Horizon［1988年］） 264-266
シュヴァルツ゠バルト，シモーヌ（Schwarz-Bart, Simone）
『ティ・ジャン・ロリゾン』（*Ti-Jean L'Horizon*［1979年］） 255, 256,

Enterprise［1993年］） 295-296, 317, 321-322, 324, 326-327, 330-331
『もしこれを炎で書くことができたら』（*“If I Could Write This in Fire”*［2008年］） 320, 326
グリム兄弟（Brüder Grimm） 278
グリーンブラット，スティーヴン（Greenblatt, Stephen） 9
クルーガー，ローレン（Kruger, Loren） 71
クレオール（Créole），クレオール性，クレオール文化 27, 176, 258-259, 261, 286-289, 296, 301-302 304, 306-309, 310, 313, 315-318, 325
グローバリゼーション，グローバル化（globalization） 3, 128, 128-129n(1), 330, 337
クロフォード，F・マリオン（Crawford, F[rancis] Marion） 215-216, 245n(2), 246n(7)
『ドン・オルシーノ』（*Don Orsino*［1892年］） 246n(7)
『南部の支配者』（*The Rulers of the South*［1905年］） 247-248n(17)
ゲイツ，ヘンリー・ルイス，ジュニア（Gates, Henry Louis, Jr.） 309
ケープ植民地（The Cape Colony） 61, 64, 93-94n(1)
ケープ・リベラリズム（Cape Liberalism） 61, 64, 93-94n(1)
ケルアック，ジャック（Kerouac, Jack）
『オン・ザ・ロード』（*On the Road*［1957年］） 100
ゲルナー，アーネスト（Gellner, Ernest） 7, 15
原子力，原発（nuclear energy, nuclear power plant） 100, 105, 107-111, 125, 130n(6)(7), 130-131n(9)
原子力発電環境整備機構（NUMO: Nuclear Waste Management Organization of Japan） 108, 109
コーエン，マット（Cohen, Matt） 212n(8)
黒人意識運動（The Black Consciousness Movement） 65
ゴーシュ，アミタヴ（Ghosh, Amitav） 9
コバム＝サンダー，ロンダ（Cobham-Sander, Rhonda［Cobham, Rhonda］） 193, 194
コリモア，フランク（Collymore, Frank） 137
コルタサル，フリオ（Cortázar, Julio） 9
コレンソ，ジョン（Colenso, John） 77
コレンソ，ハリエット（Colenso, Harriet） 77
コロンボ，クリスティーヌ（Colombo, Christine） 259, 260, 263, 265, 268
コンデ，マリーズ（Condé, Maryse） 290n(6)
コンフィアン，ラファエル（Confiant, Raphaël） →「シャモワゾー」を参照

［サ　行］
サイード，エドワード（Said, Edward） 6
『サークル村』［雑誌］ 113, 115, 119, 131n(12)
サッカレー，ウィリアム・メイクピース（Thackeray, William Makepeace） 229
サッセン，サスキア（Sassen, Saskia） 4
佐藤　泉 103, 116, 118
サリヴァン，J・R（Sullivan, J. R.）
『セオフィラス・シェプストン卿の原住民政策』（*The Native Policy of Sir Theophilus Shepstone*［1928年］） 78
サルトル，ジャン＝ポール（Sartre, Jean-Paul）
『存在と無』（*L’Être et le néant*［1943

61

[カ　行]
カイエ，ベルナデット（Cailler, Bernadette） 267
カヴァナ，ジョン（Cavanagh, John） 338
ガーヴィー，マーカス（Garvey, Marcus） 78
ガーヴィー主義（Garveyism） 65-66, 73, 76
カズンズ，ティム（Couzens, Tim） 78, 88, 93
カディック，フランソワ（Cadic, François） 273, 281
カテブ・ヤシン（Kateb Yacine）
『カーヒナあるいはディヒヤ』（*La Kahina ou Dihya*；後に『二千年戦争あるいは西の王』*La guerre de deux mille ans ou le roi de l'ouest* と改題［1999年］） 52
「ケブルートとネジュマ」（"Keblout et Nedjma"［1951年］） 52
「彷徨う民衆」（"Peuple errant"［1947年］） 56
『祖先たちは残酷さを増す』（*Les ancêtres redoublent de férocité*［1959年］） 49
『包囲された屍体』（*Le cadavre encerclé*［1959年］） 47, 48-49, 50-51, 56
『報復の円環』（*Le cercle des représailles*［1959年］） 46
『星の多角形』（*Le polygone étoilé*［1966年］） 48
『ネジュマ』（*Nedjma*［1956年］） 34-37, 39-40, 44, 48, 49-50
カミュ，アルベール（Camus, Albert） 27 →「アルジェ派」も参照
『異邦人』（*L'étranger*［1942年］） 28-30
『カリブの声』（*Caribbean Voices*）［BBCラジオ番組］ 175, 211n(1)
キーツ，ジョン（Keats, John）
「ナイチンゲールに寄せる頌詩」（"Ode to a Nightingale"［1819年］） 178
キップリング，ラドヤード（Kipling, Rudyard）
「もし」（"If-"［1895年］） 187, 191, 192
キャメロン，レベッカ（Cameron, Rebecca）
「昔のプランテーションのクリスマス」（"Christmas on an Old Plantation"［1891年］） 297-298
キャリバン（Caliban） 138, 162-164, 167n(1)
キンケイド，ジャメイカ（Kincaid, Jamaica） 167n(5), 180, 184, 185, 186
『ルーシー』（*Lucy*［1990年］） 180-183
近代化（modernization） 25, 64, 72, 103-104, 111, 116, 119-121, 227, 228, 234, 240, 241, 242, 244, 246n(7)
グギ，ワ・ジオンゴ（Ngũgĩ, wa Thiong'o）
『一粒の麦』（*A Grain of Wheat*［1967年］） 140, 157
『十字架の上の悪魔』（*Devil on the Cross*［1980年］） 162
クック，トーマス（Cook, Thomas） 220
クッツェー，J・M（Coetzee, J[ohn] M[axwell]） 8-9
工藤晶人 58-59n(2), 59n(4)
グラシアン，ジョルジュ（Gratiant, George） 256
グランドツアー（the grand tour） 215, 217, 220, 227, 234, 245n(1), 247n(12)
グリッサン，エドゥアール（Glissant, Edouard） 46-47, 317, 330
『カリブ海序説』（*Le discours antillais*［1981年］） 256, 285-288
クリフ，ミシェル（Cliff, Michelle） 295-296, 317-318, 320, 330-331, 331-332n(1), 332-333n(4), 333n(6)
『フリー・エンタープライズ』（*Free*

索　引

（人名・事項・作品名）

［ア　行］
アアルネ，アンティ（Aarne, Anti）　271, 278
アガンベン，ジョルジオ（Agamben, Giorgio）　142
アグレイ，ジェームズ・E（Aggrey, James E.）　66
新しいアフリカ人（The New African）　80-85, 88, 91　→「ニュー・ニグロ」も参照
アパドュライ，アルジュン（Appadurai, Arjun）　9
アパルトヘイト（Apartheid）　61, 66, 71, 78-79, 82, 88, 92-93, 94n(2), 168n(8)
アビタシオン（habitation）　255, 258, 265
アフメド，サラ（Ahmed, Sara）　141
アフリカ民族会議（ANC: The African National Congress）　62-63, 67, 76, 92-93n
アルジェ派　27
アルジェリアニスム（algérianisme）　27
アレクシエービッチ，スベトラーナ（Alexievch, Svetlana）　110
アンダーソン，ベネディクト（Anderson, Benedict）　7, 8, 9, 64, 90, 257　→「想像の共同体」も参照
イギリス帝国（The British Empire）　13, 63-64, 77, 79-80, 175, 182, 192, 232, 234, 244
池澤夏樹　108, 109
石牟礼道子　119, 122, 124, 131n(10)
ウィラン，ブライアン（Willan, Brian）　93
ヴィルヌーヴ，ガブリエル=シュザンヌ・ド（Villeneuve, Gabrielle-Suzanne de）　269
ヴィンソン，ロバート・トレント（Vinson, Robert Trent）　65
ウィンター，シルヴィア（Wynter, Sylvia）　165
ウェリントン運動（The Wellington Movement）　73, 76
ウェリントン博士（Dr. Wellington［Elias Wellington Buthelezi］）　73
ウォルコット，デレク（Walcott, Derek）　9
「ティ・ジャンと兄弟たち」（“Ti-Jean and His Brothers”［1957年］）　270, 272
ヴォルダン，イヴリーヌ（Voldeng, Evelyne）　270, 273, 275, 291n(9)
鵜飼　哲　142, 280
ヴードゥー（Vaudou）　270
ウモレン，イマボン・デニス（Umoren, Imabong Denis）　206, 208, 212n(10)
ANC　→「アフリカ民族会議」を参照
エイブラハムズ，ピーター（Abrahams, Peter）　95n(5)
エリオット，T・S（Eliot, T[homas] S[tearns]）　140, 167n(1)
遠隔地ナショナリズム　15
オージエ，スザナ（Augier, Susanna）　319
オーディジオ，ガブリエル（Audisio, Gabriel）　27　→「アルジェ派」も参照
オレンジ自由国（The Orange Free State）

形象——ジョージ・ラミング『成熟《エイジ》と無垢《イノセンス》について』論」『多様体』第1号（2018年），訳書に，ジョージ・ラミング『私の肌の砦のなかで』（月曜社，2019年），ポール・ビュール『革命の芸術家——C・L・R・ジェームズの肖像』（共訳，こぶし書房，2014年）など。

小林 英里（こばやし えり）
1971年生まれ。お茶の水女子大学大学院人間文化研究科比較文化学専攻修了，博士（人文科学）。現在，成蹊大学文学部准教授。専門は，イギリス文学，英語圏カリブ海文学。著書に『Women and Mimicry ——ジーン・リース小説研究』（ふくろう出版，2011年），主な論文に，「人種的他者としてのヒースクリフ——エミリー・ブロンテ『嵐が丘』およびマリーズ・コンデ『風の巻く丘』論」二十世紀英文学研究会編『英文学と他者』（金星堂，2014年），「帝国の失われた子どもたち——キャリル・フィリップス『ロスト・チャイルド』論」二十世紀英文学研究会編『二十一世紀の英語文学』（金星堂，2017年），「ウナ・マーソン作品における三つの異界——キングストン，ロンドン，ポコマニア」森有礼・小原文衛編著『路と異界の英語圏文学』（大阪教育図書，2018年）など。

北原 妙子（きたはら たえこ）
1966年生まれ。東京大学大学院人文社会系研究科欧米系文化研究専攻博士課程修了，博士（文学）。現在，東洋大学文学部教授。専門は，アメリカ文学。主な論文に，「実人生とフィクション——彫刻家トーマス・クロフォードと『ロデリック・ハドスン』」里見繁美・中村善雄・難波江仁美編著『ヘンリー・ジェイムズ，いま——歿後百年記念論集』（英宝社，2016年），“F. Marion Crawford's Supernatural World: The Art of Narration,” in Gordon M. Poole, ed., *A Hundred Years After: New Light on Francis Marion Crawford* (Napoli: Franco di Mauro Editore, 2011) など。

大辻　都（おおつじ みやこ）
1962年生まれ。東京大学大学院総合文化研究科地域文化研究専攻修了，博士（学術）。現在，京都造形芸術大学准教授。専門は，フランス語圏文学。著書に『渡りの文学——カリブ海のフランス語作家マリーズ・コンデを読む』（法政大学出版局，2013年），主な論文に，「シモーヌ・ヴェイユ『アメリカノート』——ゾラ・ニール・ハーストンとともに」岩野卓司・鈴木順子ほか著『シモーヌ・ヴェイユ』（水声社，2017年），「夢としての民話——シモーヌ・シュヴァルツ＝バルト『ティジャン・ロリゾン』」『立命館言語文化研究』第29巻4号（2018年3月）など。

執筆者紹介（執筆順）

庄司 宏子（しょうじ ひろこ）［奥付参照］

鵜戸　聡（うど さとし）
1981年生まれ。東京大学大学院総合文化研究科地域文化研究専攻修了，博士（学術）。現在，鹿児島大学法文学部准教授。専門は，フランス語圏アラブ＝ベルベル文学。主な論文に，「小さな文学にとって〈世界文学〉は必要か？」『文学』第17巻第5号（2016年9月），「アラブ演劇の（非）流通から〈世界文学〉を踏み外す」稲賀繁美編『海賊史観からみた世界史の再構築』（思文閣出版，2017年），「アラブ俳句と現代詩のあいだ」『吟遊』第79号（2018年7月），« Présence maghrébine au Japon: Contextes historiques de traduction et d'interprétation », *Expressions maghrébines*, 15(1) (2016) など。

溝口 昭子（みぞぐち あきこ）
1966年生まれ。英リーズ大学修士（MA in Literature from Commonwealth Countries）。現在，東京女子大学現代教養学部教授。専門は，イギリス文学，アフリカ英語文学。共編著に『〈終わり〉への遡行——ポストコロニアリズムの歴史と使命』（英宝社，2012年），主な論文に，「『国民未満』から対自的民衆へ——H・I・E・ドローモの作品を中心に」『多様体』第1号（2018年），"'Modern' Tradition and an Alternative 'Imagined' Community in Sol Plaatje's *Mhudi*,"『黒人研究』第83号（2014年），"What Languages Do Aliens Speak? Multilingual 'Otherness' of Diasporic Dystopia in *District 9*," *Journal of African Cinemas*, 8(2) (2016) など。

結城 正美（ゆうき まさみ）
1969年生まれ。ネヴァダ大学リノ校英文学研究科修了，Ph.D. (English)。現在，金沢大学人間社会研究域教授。専門は，アメリカ文学，環境文学。主な著書に，『水の音の記憶——エコクリティシズムの試み』（水声社，2010年），『他火のほうへ——食と文学のインターフェイス』（水声社，2012年），共編著に，『里山という物語』（勉誠出版，2017年），*Ecocriticism in Japan* (Lexington, 2017) など。

吉田　裕（よしだ ゆたか）
1980年生まれ。一橋大学言語社会研究科博士課程後期修了，博士（学術）。現在，東京理科大学専任講師。専門は，カリブ文学および思想，ポストコロニアル研究，文化研究。主な論文に，「中野好夫と沖縄——『道義的責任』と主体化の論理」『年報カルチュラル・スタディーズ』第4号（2016年），「群衆，あるいは脱植民地化の不確かな

【編著者紹介】
庄司 宏子（しょうじ ひろこ）
1961年生まれ。お茶の水女子大学大学院博士課程人間文化研究科比較文化学専攻単位取得，博士（学術）。現在，成蹊大学文学部教授。専門は，アメリカ文学。著書に『アメリカスの文学的想像力――カリブからアメリカへ』（彩流社，2015年），編著に『絵のなかの物語――文学者が絵を読むとは』（法政大学出版局，2013年），主な論文に，「ハイチという妖怪――ロバート・C・サンズの『黒い吸血鬼――サント・ドミンゴの伝説』にみるムラートの表象」福田敬子・上野直子・松井優子編『憑依する英語圏テクスト――亡霊・血・まぼろし』（音羽書房鶴見書店，2018年）など。

成蹊大学アジア太平洋研究センター叢書
国民国家と文学
――植民地主義からグローバリゼーションまで

2019年 2月 25日　第1刷印刷
2019年 2月 28日　第1刷発行

編著者　庄司宏子
執筆者　鵜戸　聡・溝口昭子・結城正美・吉田　裕
小林英里・北原妙子・大辻　都
発行者　和田　肇
発行所　株式会社 作品社
〒102-0072 東京都千代田区飯田橋 2-7-4
電　話　03-3262-9753
ＦＡＸ　03-3262-9757
http://www.sakuhinsha.com
振　替　00160-3-27183

編　集　勝　康裕
装　幀　小川惟久
本文組版　米山雄基
印刷・製本　シナノ印刷㈱

落・乱丁本はお取替えいたします。
定価はカバーに表示してあります。

ISBN978-4-86182-727-3 C0090

【作品社の本】

誕生日

カルロス・フエンテス著　八重樫克彦、八重樫由貴子訳

過去でありながら、未来でもある混沌の現在＝螺旋状の時間。

家であり、町であり、一つの世界である場所＝流転する空間。

自分自身であり、同時に他の誰もである存在＝互換しうる私。

目眩《めくる》めく迷宮の小説！　『アウラ』をも凌駕する、メキシコの文豪による神妙の傑作。


ISBN978-4-86182-403-6

逆さの十字架

マルコス・アギニス著　八重樫克彦、八重樫由貴子訳

アルゼンチン軍事独裁政権下で警察権力の暴虐と教会の硬直化を激しく批判して発禁処分、しかしスペインでラテンアメリカ出身作家として初めてプラネータ賞を受賞。

欧州・南米を震撼させた、アルゼンチン現代文学の巨人マルコス・アギニスのデビュー作にして最大のベストセラー、待望の邦訳！


ISBN978-4-86182-332-9

天啓を受けた者ども

マルコス・アギニス著　八重樫克彦、八重樫由貴子訳

合衆国南部のキリスト教原理主義組織と、中南米一円にはびこる麻薬ビジネスの陰謀。アメリカ政府と手を結んだ、南米軍事政権の恐怖。

アルゼンチン現代文学の巨人マルコス・アギニスの圧倒的大長篇。

野谷文昭氏激賞！


ISBN978-4-86182-272-8

マラーノの武勲

マルコス・アギニス著　八重樫克彦、八重樫由貴子訳

「感動を呼び起こす自由への賛歌」――マリオ・バルガス＝リョサ絶賛！

16～17世紀、南米大陸におけるあまりにも苛烈なキリスト教会の異端審問と、命を賭してそれに抗したあるユダヤ教徒の生涯を、壮大無比のスケールで描き出す。

アルゼンチン現代文学の巨匠アギニスの大長篇、本邦初訳！


ISBN978-4-86182-233-9

【作品社の本】

悪しき愛の書　フェルナンド・イワサキ著　八重樫克彦、八重樫由貴子訳

9歳での初恋から23歳での命がけの恋まで——彼の人生を通り過ぎて行った、10人の乙女たち。バルガス・リョサが高く評価する“ペルーの鬼才”による、振られ男の悲喜劇。ダンテ、セルバンテス、スタンダール、プルースト、ボルヘス、トルストイ、パステルナーク、ナボコフなどの名作を巧みに取り込んだ、日系小説家によるユーモア満載の傑作長篇！

ISBN978-4-86182-632-0

悪い娘《こ》の悪戯《いたずら》　マリオ・バルガス＝リョサ著　八重樫克彦、八重樫由貴子訳

50年代ペルー、60年代パリ、70年代ロンドン、80年代マドリッド、そして東京……。世界各地の大都市を舞台に、ひとりの男がひとりの女に捧げた、40年に及ぶ濃密かつ凄絶な愛の軌跡。ノーベル文学賞受賞作家が描き出す、あまりにも壮大な恋愛小説。

ISBN978-4-86182-361-9

チボの狂宴　マリオ・バルガス＝リョサ著　八重樫克彦、八重樫由貴子訳

1961年5月、ドミニカ共和国。31年に及ぶ圧政を敷いた稀代の独裁者、トゥルヒーリョの身に迫る暗殺計画。恐怖政治時代からその瞬間に至るまで、さらにその後の混乱する共和国の姿を、待ち伏せる暗殺者たち、トゥルヒーリョの腹心ら、排除された元腹心の娘、そしてトゥルヒーリョ自身など、さまざまな視点から複眼的に描き出す、圧倒的な大長篇小説！

ISBN978-4-86182-311-4

無慈悲な昼食　エベリオ・ロセーロ著　八重樫克彦、八重樫由貴子訳

「タンクレド君、頼みがある。ボトルを持ってきてくれ」地区の人々に昼食を施す教会に、風変わりな飲んべえ神父が突如現われ、表向き穏やかだった日々は風雲急。誰もが本性をむき出しにして、上を下への大騒ぎ！　神父は乱酔して歌い続け、賄い役の老婆らは泥棒猫に復讐を、聖具室係の養女は平修女の服を脱ぎ捨てて絶叫！　ガルシア＝マルケスの再来との呼び声高いコロンビアの俊英による、リズミカルでシニカルな傑作小説。

ISBN978-4-86182-372-5

顔のない軍隊　エベリオ・ロセーロ著　八重樫克彦、八重樫由貴子訳

ガルシア＝マルケスの再来と謳われるコロンビアの俊英が、母国の僻村を舞台に、今なお止むことのない武力紛争に翻弄される庶民の姿を哀しいユーモアを交えて描き出す、傑作長篇小説。スペイン・トゥスケツ小説賞受賞！　英国「インデペンデント」外国小説賞受賞！

ISBN978-4-86182-316-9